ROSENLAUI

Dieses Buch ist ein Roman. Handlungen und Personen sind frei erfunden. Ähnlichkeiten mit lebenden oder toten Personen sind nicht gewollt und rein zufällig.

SILVIA GÖTSCHI

ROSENLAUI

Kriminalroman

emons:

Bibliografische Information der Deutschen Nationalbibliothek
Die Deutsche Nationalbibliothek verzeichnet diese Publikation
in der Deutschen Nationalbibliografie; detaillierte bibliografische
Daten sind im Internet über http://dnb.d-nb.de abrufbar.

© Emons Verlag GmbH
Alle Rechte vorbehalten
Umschlagmotiv: stock.abobe.com/Franz Gerhard
Umschlaggestaltung: Nina Schäfer, nach einem Konzept
von Leonardo Magrelli und Nina Schäfer
Umsetzung: Tobias Doetsch
Gestaltung Innenteil: DÜDE Satz und Grafik, Odenthal
Druck und Bindung: GGP Media GmbH, Pößneck
Printed in Germany 2024
ISBN 978-3-7408-1757-2
Originalausgabe

Unser Newsletter informiert Sie
regelmäßig über Neues von emons:
Kostenlos bestellen unter
www.emons-verlag.de

Manchmal sind die größten Werke der Liebe die allerschwierigsten.

Filmzitat aus »Die Vorsehung«

Sie stützte sich mit den Händen an dem kalten Geländer vor dem Zugang zur Schlucht ab und betrachtete den Wasserfall, der vor ihren Augen in die Tiefe stürzte. Silbrig-weiß, wie eine nie endende Schneelawine, fiel der Weißenbach talwärts. Das zarte Grün des Frühsommers, die smaragdfarbenen Tannen und Moosböden verschmolzen mit dem hellen Grau der Felsformationen. Ein friedliches Bild, wäre diese Idylle nicht plötzlich von etwas Dunklem gestört worden, von einem Objekt, das hier nicht hingehörte.

Sie war sich zuerst nicht sicher, was ihren Blick auf sich zog. Unterhalb des Wasserfalls schien es zu hängen, der Strudel hielt es gefangen oder der Gesteinsbrocken, an dessen Seite eine Föhre wuchs.

Sie kehrte bis fast zum »Schluchthüttli« zurück, schlug den Pfad rechter Hand ein und musste ein paar Meter durch hohes Gras und über Geröll staksen, bevor sie den Bach erreichte. Was sich weiter oben tosend zwischen den Felswänden und über die Fallkante entlud, sprudelte hier friedlich vor sich hin.

Sie hätte sich am liebsten ausgezogen und sich ins Wasser gelegt. Die Sonne stand schon hoch und brannte auf sie herunter. Sie ging weiter. Noch eine Tanne, die sie geschickt umgehen musste. Sie hielt sich an deren dünnem Stamm fest und hangelte sich auf die andere Seite. Von der Prallzone des Wasserfalls stob Gischt auf, wehte hierher und benetzte ihr Gesicht mit einer feinen Dusche kalter Tropfen.

Anfänglich sah sie nur einen Fuß, an dem ein robuster Bergschuh steckte. Sie kletterte über einen Stein, der ihr die Sicht auf das, was dort lag, im ersten Moment verdeckte. Doch dann erschrak sie dermaßen, dass sie fast ausrutschte. Gerade noch vermochte sie sich am Ast der Tanne festzukrallen.

Die Sicht war frei und fiel auf einen Körper, der zur Hälfte im Wasser lag. Sprudelnde Wellen umspülten ihn. Der Kopf war abgewandt und seltsam verdreht. Das linke Bein wie geknickt, unnatürlich hob sich der Unterschenkel vom Oberschenkel ab. Es schien, als würde die lange Hose den Körper zusammenhalten. Die Arme schaukelten im bewegten Wasser wie zwei abgetrennte Extremitäten.

Es war ein Mann. Seine Hose und die Fleecejacke hatten sich mit Wasser vollgesogen, waren an einigen Stellen zerrissen und schmutzig. Sie kraxelte weiter, egal, wie nass sie wurde. Das kühle Wasser war eine Wohltat. Sie befand sich etwa einen Meter vom Kopf des Verunglückten entfernt, als eine Stromschnelle sie erfasste. Sie sank bis zu den Knien ein, wandte sich talwärts, versuchte erneut, bei den Steinen Halt zu bekommen. Der Körper neben ihr bewegte sich, rutschte weiter. Der Kopf schlingerte in den Fluten und drehte sich.

Sie konnte den Schrei nicht unterdrücken. Graues Entsetzen packte sie. Das Gesicht war zerfetzt, und dort, wo die Nase hätte sein müssen, klaffte ein Loch. Nicht blutig, nicht rot. Das Wasser hatte die Stelle ausgewaschen und blank poliert.

EINS

Bei Maximilian von Wirth herrschte seit Tagen Flaute. Seit eine zugewanderte Detektei mit dem Firmennamen »Fast & Cheap Solutions« ihre Türen kaum zweihundert Meter neben seinem Büro in Hergiswil geöffnet hatte, blieben bei ihm die Mandanten aus. Das konnte auch Zufall sein. Vielleicht gaben die Leute einfach weniger Geld für Privatermittlungen aus, oder es lag daran, dass die Welt freundlicher geworden war. Oder es war das Sommerloch, das sich in diesem Jahr früher bemerkbar machte als sonst. In der Regel häuften sich die Anfragen im Herbst wieder, wenn die Leute aus den Ferien zurück waren und manche Beziehung drohte in die Brüche zu gehen, weil ein Ferienflirt ernst geworden war.

Max' Handy klingelte schrill wie die Glocke eines Bakelit-Telefons. Er meldete sich nicht, war nicht motiviert, ein Gespräch entgegenzunehmen. Er ließ es klingeln und durchschritt gedankenverloren das Wohnzimmer. Fede beanspruchte heute und morgen für sich, weil ihre Kuh Mimi das zweite Mal gekalbert hatte. Nachdem der erste Wurf kurz nach der Geburt gestorben war, wollte sie diesmal kein Risiko eingehen. Sie hatte den Veterinär bestellt und alles Nötige vorbereitet. Wenn das Kalb das Licht der Welt erblickte, sollte es weich landen, im frischen Heu.

Vor einigen Minuten hatte Fede in einer SMS geschrieben, Kuh und Kalb gehe es gut. Nach Max' Befinden hatte sie nicht gefragt. Na ja, seit dem Vorfall in Gstaad stand er bei seiner Freundin an zweiter Stelle.

Er betrat den Balkon und sah hinunter auf den Vierwaldstättersee, der im abendlichen Licht schimmerte. Boote warfen weiß-bunte Sprengsel darauf. In fünf Tagen würde die Sonne den Höchststand überschreiten. Dann ging es wieder bergab und dem Winter zu, was die hohen Temperaturen Lügen straften. Es war bereits neun und noch immer über fünfundzwanzig Grad. Selbst der Schatten, den der Pilatus auf das Dorf warf, brachte keine Abkühlung.

Max ließ das Handy weiter läuten. Anonym. Solche Anrufe ignorierte er. Diese waren schlimmer als die Belästigung durch sogenannte Callcenter, die ihn zu den unmöglichsten Zeiten erreichten und ihm Versicherungen, Wein oder die ultimative Potenzpille verkaufen wollten. Der Anrufer ließ nicht locker. Er war beharrlich. Max fuhr mit dem Finger über den Touchscreen und meldete sich.

»Herr von Wirth? Bin ich richtig?« Die Stimme wie ein Bariton. »Mein Name ist Sandro Anderegg. Sie sind doch Detektiv, oder?« Er wartete eine Antwort nicht ab. »Ich benötige Ihre Hilfe.«

»Wissen Sie eigentlich, wie spät es ist?« Max dachte an die letzten Wochen, in denen er froh um jeden seriösen Anruf gewesen wäre. Tagsüber, selbstverständlich. Jetzt war Freitagabend, und das Wochenende stand bevor.

»Ich … beziehungsweise mein Bruder steckt in argen Schwierigkeiten.« Mit diesem Satz entkräftete er Max' Zweifel. »Es tut mir leid, wenn ich Sie störe. Aber Sie wurden mir empfohlen.«

»Von meiner Mutter?«, entglitt es Max laut und unbedacht. Es gab nur diese Möglichkeit. Milagros besorgte die lukrativen Fälle und löste sie auch noch, wenn Max ehrlich mit sich selbst war. So gesehen, war aus der Detektei von Wirth, die er mit Fede betrieb, ein detektivisches Trio entstanden – mit dem Know-how eines ehemaligen Anwalts und einer IT-Spezialistin und dem Herzdenken einer Rentnerin. Max' Mutter war jetzt pensioniert. Er verstand nicht, weshalb sie sich so aufdrängte.

»Von einem Freund.« Somit waren die falschen Vermutungen aus dem Weg geräumt. »Er erinnert sich an den Fall in Interlaken vor drei Jahren, den mit den Chinesen. Ich wohne in Meiringen. Ich möchte, dass Sie mich besuchen.«

»Jetzt?« Max nahm sein Handy vom Ohr und sah auf das Display, vergewisserte sich von Neuem, wie spät es war, und bewegte die Hand wieder Richtung Kopf. »Unmöglich, Meiringen ist ja nicht gleich um die Ecke.« Er war nicht begeistert, zu fortgeschrittener Stunde seine Wohnung zu verlassen. Er hatte gerade eine Flasche Rotwein geöffnet und sich darauf eingerichtet, einen Krimi im Ersten Deutschen Fernsehen zu schauen. So weit war er also schon. Anstatt im Pilatuskeller das Tanzbein zu schwingen, was er früher oft getan hatte, war er froh, wenn er in Ruhe gelassen wurde.

»Ich werde Sie gut bezahlen.« Das hatten schon die Chinesen in Interlaken gesagt, geblieben war nicht viel.

»Ich habe meinen fixen Stundenlohn. Spesen sind extra.« Max' Erspartes schrumpfte mit jedem Tag, an dem er keine Arbeit an Land zog, mehr. Milagros wollte nicht mit dem Notgroschen herausrücken, den Max' Vater für ihn hatte einfrieren lassen. Milagros lebte großzügig und gut. Aber an diesem Leben durfte Max nur bedingt teilhaben, zudem war es auch sein Wunsch gewesen, von seiner Mutter unabhängig zu bleiben. Sie hatte ihm jedoch ein Ultimatum gestellt. Sollte er sein Vorhaben endlich umsetzen und um Federicas Hand anhalten, würde sie ihm einen Erbvorbezug gewähren. Das war Erpressung. Klar würde sie ihn nicht im Stich lassen. Aber Max fiel es nicht im Traum ein, bei ihr zu betteln. Und ob Fede Ja sagen würde, stand auf einem anderen Blatt. Er hatte ihr Vertrauen missbraucht, vor einem Jahr in Gstaad. Daran nagte sie noch immer, auch wenn sie es nicht zugab. Im Gegenteil: Sie hatte ihn mit einer Reise überrumpelt. Ihre eigene subtile Rache? Sie wusste doch, wie Max seit dem Tod seines Vaters unter Flugangst litt. »Können wir uns am übernächsten Montag treffen?« Max sah die Ferienwoche mit Fede bachab gehen. Dabei hatte sie ihn eingeladen, mit ihr nach Bodø zu fliegen und mit einem gemieteten Wohnmobil in nördliche Richtung zu fahren und den Mittsommer auf den Lofoten zu feiern.

Das war Fede, hielt immer eine Überraschung bereit. Und vielleicht würde es die eine oder andere Gelegenheit geben, auf das Thema Ehe zu kommen. An einem romantischen Platz im

Grünen oder am Meer. Max wog ab. Andererseits konnte er sich unmöglich vorstellen, die ganze Nacht aufzubleiben, was Fede ihm euphorisch in Aussicht gestellt hatte. Im Norden wurde es nicht dunkel in dieser Jahreszeit. Die Sonne ging nicht unter, berührte nur knapp den Horizont, bevor sie wieder aufstieg. Max fragte sich, was Fede daran faszinierte.

»Wenn Sie jetzt losfahren, sind Sie in gut einer Stunde bei mir.« Anderegg riss ihn aus seinen Gedanken. »Oder haben Sie einen Termin?«

»Ja, morgen Samstag fliege ich nach Norwegen.«

Am anderen Ende der Leitung blieb es still.

»Sind Sie noch dran? Haben Sie verstanden? Ich fliege nach Norwegen.«

»Wenn Sie die Reise stornieren, werde ich selbstverständlich auch diese Kosten übernehmen.«

Anderegg musste am Verzweifeln sein. Gut reden konnte jeder. Max zog Fakten vor. Noch hatte er keine Ahnung, worum es ging. »Sie sagten, Ihr Bruder stecke in Schwierigkeiten.«

»Ich werde Ihnen davon erzählen, wenn Sie bei mir sind. Ich teile Ihnen die Adresse mit.«

Max stellte sich Fedes Gesicht vor, wenn er ihr davon erzählte. Seit einem Monat redete sie davon, von der Reise mit dem Wohnmobil, von Bodø mit der Fähre Richtung Lofoten und Vesterålen. Und weiter nördlich nach Andenes. Sie hatte die Flüge gebucht und den Wagen reserviert. Max konnte unmöglich absagen. Er musste sie bei Laune halten, wenn sie schon einmal etwas für ihre Zweisamkeit tat.

»Zehntausend Franken als Vorkasse«, tönte es aus dem Smartphone.

Max schluckte leer. Zehntausend. Es war genau der Betrag, der ihm momentan in der Kasse fehlte. Er klemmte das Handy zwischen Ohr und Schulter und klickte auf die Tastatur des Laptops auf dem Küchentisch. Der Monitor erwachte aus seinem Schlaf. Max gab den Namen »Sandro Anderegg« unter Google ein. Gleich zuoberst erschien »S & C Anderegg« – eine Firma für

Entsorgungen und Wiederverwertungen in Meiringen. Offenbar machte Anderegg mit Müll das große Geschäft. Ob er der Mann war, der dahintersteckte? »S« stand offenbar für Sandro. Und »C«? War er der Bruder?
Anderegg ließ ein Seufzen vernehmen. »Mein Bruder gerät immer mehr in den Schlamassel.«
Max erhob sich. Er schloss den Laptop. Was vergab er sich dabei, wenn er später als beabsichtigt ins Bett kam? Die Arbeit würde ihn von den abstrusen Gedanken ablenken, die ihn seit einiger Zeit belasteten. Wenn er Fede heiratete, hieß dies, dass sie beide Kompromisse eingehen müssten. Max würde seine Wohnung verkaufen und Fede den Bauernhof aufgeben. Sie würden sich in der Mitte treffen. Ein neues Heim auf dem Land vielleicht, mit einem Stall daneben? Fede würde niemals auf ihre Tiere verzichten. Nebst den Hühnern und den Kühen hatten zwei neue Katzen im Drachenried Einzug gehalten, nachdem Chérie-Bibi gestorben war. »Okay, ich fahre los. Der Teufel weiß, worum es geht und warum Sie ausgerechnet mich damit beauftragen wollen.« Fast hätte er den Namen seiner Konkurrenz in den Mund genommen. Aber diesen »Fast & Cheap Solutions« traute er keine kniffligen Fälle zu. Die zwei jungen Männer, deren Visagen er auf der Homepage gesehen hatte, machten nicht den Anschein, viel Erfahrung zu haben.

Sandro Anderegg lebte am Rand von Meiringen, in der Nähe der Aare, in einem Quartier mit älteren Wohnblöcken, die aus den sechziger Jahren stammten und einen Neuanstrich nötig gehabt hätten. An einigen Stellen an der Fassade blätterte die graue Farbe ab. Zwischen den Häusern gab es Teppichstangen, daneben viereckige Sandkästen aus Holz, die verwaist dastanden. Im schwachen Schein einer trüben Lampe streunte eine Katze umher.
Der Fluss plätscherte dahin, klang lauter, als das Wasser hoch war. Max fand den Namen Anderegg an einer alten Sonnerie und betätigte sie. Der Türsummer ertönte, eine Anschaffung neueren

Datums. Vor sechzig Jahren hatte kaum jemand solche Gegensprechanlagen gehabt. Er trat ein in ein Treppenhaus ohne Lift, in dem es nach etwas undefinierbar Süßlichem roch. Er stieg die Treppe hoch.

Unter dem Türrahmen im zweiten Stock baute sich eine imposante Mannsfigur auf. »Willkommen. Und danke nochmals, dass Sie meiner Einladung Folge geleistet haben.«

Auf der Etage angekommen, streckte Max ihm die rechte Hand zum Gruß entgegen und musterte ihn diskret. Anderegg trug kurze Hosen und ein geripptes ärmelloses Leibchen von der Art, die Fede zum Toilettenreinigen brauchte, ein verwaschenes Teil, das wie ein Witz über seine ausladende Wampe hing. S & C Anderegg – Entsorgungen und Wiederverwertungen? Vorstellbar. Wahrscheinlich trug er seine Arbeitskluft. Max entledigte sich seiner abwertenden Gedanken. Er war einfach nicht in Stimmung.

»Ich hoffe, mein abendlicher Ausflug nach Meiringen hat sich gelohnt.« Max betrat die Wohnung. Hinter ihm klickte die Tür ins Schloss. Er hatte etwas anderes erwartet als diese einfache Unterkunft, die bloß mit dem Nötigsten ausgestattet war. Weder Pflanzen noch Bilder schmückten die Räume, deren Türen weit offen standen. Auch entdeckte er auf die Schnelle kein einziges Buch. Die Möbel grenzten an eine Geschmacksverirrung, zusammengewürfelt, ohne Konzept. Die Farben Gelb und Beige wirkten disharmonisch. Nichts verströmte den Geruch von Geld. Max spürte ein erstes Unbehagen. In der Küche, deren Einrichtung behelfsmäßig ausfiel – ein Tisch, eine Eckbank, Kochfeld und Schränke mit braunem Kunststoff überzogen –, saß eine Frau mit langen dunklen Haaren. Sie hatte ihm den Rücken zugewandt und rührte sich nicht. Ob sie ihn nicht gehört hatte? Das hier sah nicht danach aus, als könnte der Mieter auf die Schnelle zehntausend Franken hinblättern.

Anderegg musterte zuerst seine Frau, dann Max. Und lächelte. »Das ist Clementine. Sie redet nicht.«

Und bewegte sich nicht. Atmete auch kaum. Atmete sie

denn? Max blieb stehen, derweil sich Anderegg auf einen Stuhl schwang.
Max versuchte es auf die nette Art. »Guten Abend, Frau Anderegg.« Er vermied es, ihr ins Gesicht zu sehen, und blieb seitlich von ihr stehen. Er malte sich bereits aus, wie er die Wohnung hier fluchtartig verließ wie ein feiger Hund.
Clementine ließ ihn außer Betracht, als gäbe es ihn nicht. Sie war adrett angezogen. Ein blau-weiß getupftes Kleid bedeckte nur knapp ein Dekolleté. Ihre Augen waren auf einen Punkt vor ihr fixiert. Die Arme hatte sie verschränkt. Am linken Ringfinger funkelte ein grüner Smaragd. Max hatte gelernt, worauf er achten musste, um sich ein Bild von einem möglichen Mandanten zu machen. Fede hatte ihn deswegen schon als Snob beschimpft, weil er dauernd mit jedweden Vorurteilen auf jemanden zuging. Er hinterfrage zu viel, fand sie, und überlasse nichts dem Zufall.
»Die beste Investition, die ich je getätigt habe.« Anderegg betrachtete seine Frau, als erwartete er von ihr eine Bestätigung für seine seltsame Äußerung.
»Was meinen Sie damit?« Max vermutete, in eine Falle getappt zu sein.
»So, wie ich es gesagt habe. Clementine geht mir nie auf den Keks. Sie ist gefügig und immer gut drauf. Sie meckert nicht, lässt mich machen. Seit ich geschieden bin, leistet sie mir Gesellschaft, ohne zu fordern. Unter uns gesagt«, Andereggs Stimme verlor an Lautstärke, »ich kann sie nehmen, wie es mir passt, muss nicht fragen oder eine schriftliche Bestätigung einholen, ob sie Lust hat. Sie hat mich noch nie abserviert.«
Clementine verzog keine Miene. Möglicherweise war sie gehörlos oder stinkesauer. Max regte Andereggs Machogehabe auf; er hätte dem Fettwanst am liebsten eine gescheuert. Wie konnte man mit einer Frau so umgehen?
Anderegg gluckste, hielt sich die Fettschürze vor Lachen. »Jetzt gucken Sie nicht so. Clementine sieht verdammt echt aus, oder? Sie stöhnt auf Knopfdruck. Wollen Sie ein Bier?«
»Nein danke.« Max realisierte erst jetzt, wen er anstarrte. Es

war ihm peinlich, in Andereggs intimste Sphäre eingedrungen zu sein, und er musste sich zusammenreißen, nicht länger zu glotzen. Seine wüsten Gedanken hatten sich verselbstständigt, und er spürte, wie seine Hose im Schritt spannte. Verdammte Phantasie. Ein doppelter Whisky wäre jetzt angemessener gewesen. Eine eiskalte Dusche.

»Eins-a-Qualität«, schwärmte Anderegg. »Fühlt sich zart und weich an und an den wichtigsten Stellen behaglich feucht und warm.«

Max ekelte es zunehmend. Er musste hier raus, bevor er die Beherrschung verlor.

»Ich kann sie Ihnen vorführen, wenn Sie mögen. Sie ist mit allem ausgestattet.«

Der Typ war pervers! »Ich glaube, ich bin der Falsche für Ihren Auftrag, falls Sie denn überhaupt einen haben.« Max war nicht heikel. Als Detektiv hatte er einiges erlebt. Das hier überschritt jedoch seine kühnsten Vorstellungen. Fede hätte gewiss anders reagiert und Anderegg, ohne mit der Wimper zu zucken, eine gescheuert. Aber Fede kümmerte sich um ihre Rindviecher, und Max musste allein sehen, wie er mit der Situation fertigwurde.

»Jetzt zieren Sie sich nicht so.« Anderegg entblößte ein erstaunlich kräftiges Gebiss. »Ob ich mich mit einer Puppe vergnüge oder nicht, sagt nichts über meinen Charakter aus. Aber es geht nicht um mich, sondern um meinen Bruder. Nehmen Sie Platz … bitte.«

Max setzte sich widerwillig, noch immer überwältigt von diesem armseligen Auftritt, der künstlichen Frau und seinem zukünftigen Mandanten. Er musste es wagen. Er brauchte das Geld, und die Ferien mit Fede konnte er verschieben.

Anderegg setzte sich, nachdem er zwei Dosenbiere aus dem Kühlschrank geholt hatte. »Lassen Sie sich von meiner Lebensweise nicht täuschen. Doch ein Bier?«

Max griff nach der Dose, die Anderegg über den Tisch schob, zwang sich, dabei den Kopf zu heben und die Puppe anzusehen.

Die Ähnlichkeit mit einer lebenden Frau verblüffte ihn. Oder er hatte das hier einfach nicht erwartet. »Die Zeit, die ich bei Ihnen verbringe, verrechne ich.«

»Das ist Ihr legitimes Recht. Sie sind wie ich, Unternehmer.« Anderegg öffnete den Dosenverschluss und prostete ihm zu. »Auf eine gute Zusammenarbeit.«

Max riss den Verschluss ebenfalls weg und setzte zum Trinken an. Das kalte Bier rann über seine Kehle und stimmte ihn versöhnlicher und weniger angespannt. *Er* definierte die Regeln. Es blieb *ihm* überlassen, was er aus dem Mandat machte. »Ihnen gehört die Firma S & C Anderegg?«

»*Yes.*« Anderegg streckte seinen Rücken und rülpste diskret hinter vorgehaltener Hand. »›C‹ steht für Carlo. Und um diesen geht es. Vielleicht haben Sie es gelesen oder gehört. Nach ihm wird gefahndet.«

»Das entzieht sich meinem Wissen. Warum sucht man ihn?«

»Er soll eine Frau umgebracht haben.«

※※※

Fede wischte sich den Schweiß von der Stirn. »Wenn ich mir das Kalb ansehe, scheint es doch recht kräftig zu sein, anders als sein Geschwister, das wir vor gut einem Jahr verloren haben.«

Chrigi reichte ihr einen selbst gefertigten Apfelschnaps. »Den hast du dir verdient. Ich hätte es nicht geschafft, auch nur eine Minute bei der Austreibung dabei zu sein. Dann ziehe ich doch lieber Pflanzensamen und sehe ihnen beim Wachsen zu.«

Mimi hatte ihr Kalb mit ihrer rauen Zunge abgeleckt und der Veterinär dem Jungtier bereits zwei Liter Kolostralmilch verabreicht, um das Immunsystem zu stärken. Nun saß er seit gefühlt zwei Stunden entspannt auf einem Strohballen, vor einer Platte mit verschiedenem Käse und Brot. Er prostete Fede und Chrigi zu. »Die Voraussetzungen waren diesmal optimal, dass es eine komplikationslose Geburt geben würde. Das nächste Mal darfst du es einfach geschehen lassen, Federica.«

»Es wird kein nächstes Mal geben.« Fede trank den Apfelschnaps in einem Zug aus. Das Destillat brannte höllisch. »Ich habe nicht vor, eine Rinderzucht zu betreiben. Mir reicht es für eine Selbstversorgung. Täglich frische Milch, die Chrigi zu Joghurt verarbeiten kann, wenn es davon Überschüssiges gibt.«

Vor gut neun Monaten war Nachbar Odermatts Fleckviehbulle bereits zum zweiten Mal auf Besuch gewesen. Von künstlicher Befruchtung und Besamungsstationen hielt Fede nichts. Auch Kühe sollten ein wenig Freude haben, war ihre Überzeugung, und ein Natursprung war aus ihrer Sicht ein Erlebnis, dem auch die Feriengäste beiwohnen konnten. Sie holte ihr Smartphone aus der Tasche ihrer Latzhose und schaute nach, ob Max zurückgeschrieben hatte. Nach ihrer SMS hätte er ihr zumindest zu dem Frischling auf ihrem Hof gratulieren können. Fast ein wenig wehmütig sah sie zu Mimi hinüber, die sich im Heu von den Geburtsstrapazen erholte. Das Kälbchen stakste umher und schien sein Zuhause auszukundschaften. Fede wählte Max' Nummer. Gut möglich, dass sie ihn mit dem Kalb ins Drachenried locken konnte, wenn sie nur genug lange von ihm schwärmte. Zudem hatten sie viel zu besprechen. Chrigi hatte sich bereits einverstanden erklärt, auf Haus und Hof aufzupassen, während Fede und Max im Norden unterwegs waren.

Max antwortete nicht. Immer dann, wenn etwas wichtig war, war er nicht zu erreichen. Fede stellte das leere Schnapsglas auf den Boden, wo es Chrigi aufnahm. »Wo bist du mit deinen Gedanken?«

»Hat sich Max heute mal gemeldet?«

»Ich dachte, er habe dir erst noch geschrieben.«

»Er interessiert sich keinen Deut für meine Tiere.« Trug lieber auf Hochglanz polierte Schuhe im oberen Preissegment und hatte noch immer nicht begriffen, dass seine goldenen Anwaltsjahre der Vergangenheit angehörten. Fede verbiss sich ein lautes Fluchen. Was würde der Veterinär von ihr denken, oder Chrigi, der Intellektuelle, der sich selbst in den gröbsten Momenten gewählt ausdrückte? »Ich brauche etwas anderes zwischen die

Zähne als Käse.« Fede erhob sich, und ohne einen Blick auf die beiden Männer zu werfen, verließ sie den Stall.

Draußen war die Nacht mit jener Schwärze hereingebrochen, wie sie nur in Leermondzeiten vorkam. Ein silberfarbener Nebel dort, wo der Erdtrabant am Himmel stand. Nichts weiter als ein Hauch, von bloßem Auge kaum zu erkennen. Fede sog die kühle, frische Luft durch die Nase und breitete dabei ihre Arme aus. Sie hatte einem Kalb auf die Welt geholfen, zum zweiten Mal in ihrem Leben, und war ein wenig stolz darauf. Sie würde es »Selene« nennen, wie die griechische Göttin des Mondes.

Fede hatte hier das Sagen, zumal sie als Freelancerin bei der IT-Firma in Freienbach Max oft schon unter die Arme gegriffen hatte, was die Aufrechterhaltung ihrer Detektei betraf. Die Firma gehörte beiden, aber Fede war nicht erpicht darauf, an Fällen, wie zum Beispiel Beweise in Bild und Video zu liefern, mitzuarbeiten. Sollte Max, wie Milagros – seine Mutter – es wünschte, um ihre Hand anhalten, würde sie ihm den Tarif durchgeben. Entweder er fügte sich ihren Wünschen, oder er ließ es sein. Oft geisterte die Fremde aus Gstaad in ihrem Kopf herum. Fede begriff nicht, warum sich Max auf sie eingelassen hatte. Eine Irre. Fede hatte es sich zum Hobby gemacht, die Frau zu verfolgen. Auf Instagram, wo diese seit Neustem als Influencerin auftrat und für eine Pflege- und Kosmetiklinik warb, als hätte sie es nötig gehabt, noch mehr Geld auf diese Art zu verdienen, als sie eh schon besaß. Masha stand wie ein Schwert zwischen Max' und Fedes Liebesglück, ein Schwert mit zwei Klingen. Fede würde es nicht zugeben, sollte Max sie nach ihr fragen. Und den Neid und den Hass, den Fede auf die Frau verspürte, hatte sie in diesem Maße nie gekannt. Das Glamourgirl war eine Mörderin. Nichts anderes. Sie hatte Fedes Katze auf dem Gewissen. An diesem Fakt hatte sich Fede festgebissen. Es tat ihr nicht gut, das wusste sie. Bislang hatte sie als aufgeschlossene Frau gegolten, der nichts und niemand etwas anhaben konnte. Chaotisch und großzügig im Denken und Handeln, mit Verständnis für jedermann. Sie ließ leben und wünschte sich vom Gegenüber dasselbe.

Plötzlich wurde sie von etwas allzu Menschlichem hinuntergezogen.

Hatte Masha ihr den Spiegel vorgesetzt? Erkannte Fede die Frau, die sie in Wirklichkeit war? Verletzlicher, als sie sich zugestand? Besitzergreifender? Mit dem kleinen Bauernhof im Drachenried hatte sie sich einen Jugendtraum erfüllt und etwas aufgebaut, was ihren sporadischen Einsatz bei der IT-Firma ausbalancierte. Der Intellekt und das Schöpferische, wobei auch im Schöpferischen viel Intellekt steckte. Das eine schloss das andere nicht aus.

Fede betrat das Haus und die Küche, die gleich hinter der Eingangstür lag. Auf der Herdplatte schmorte seit Mittag ein Sauerbraten in der Pfanne. Chrigis Geheimrezept. Auch für ihn war der Bauernhof eine schöne Abwechslung zu seiner philosophischen Arbeit. Das Buch, an dem er seit geraumer Zeit schrieb, sei bald fertig, hatte er ihr unlängst anvertraut.

Fede nahm einen Suppenteller aus dem Geschirrschrank und einen Löffel aus der Besteckschublade und schöpfte von dem heißen Sud. Sie setzte sich damit an den Tisch und wollte sich den ersten Bissen einverleiben, als sich Max durch ein »Bling« per Whatsapp meldete.

Bin in Meiringen. Habe eventuell einen neuen Fall. Werde mich wieder melden.

Fede biss sich auf die Unterlippe. Wut stieg in ihr auf, eine dunkle Kraft, die sie sonst nicht zuließ. Max hielt es nicht einmal für nötig, sie direkt darüber zu informieren. Morgen wollten sie verreisen. Am frühen Nachmittag ging der Flug nach Oslo. Sie mussten noch packen, die Pässe suchen. Was auch immer. Für einen neuen Fall blieb keine Zeit. Oder drückte sich Max etwa vor den Ferien mit ihr? War es das endgültige Aus zwischen ihnen? Er hatte kein Wort über ihren Vorschlag verloren, hatte aber auch keine große Freude darüber gezeigt. Er war ihr immer ausgewichen, wenn das Gespräch auf Norwegen umschwenkte. Jetzt hatte er einen neuen Fall. Der musste ihm gelegen kommen.

ZWEI

»Erzähl mir von deinem Bruder.«
»Er ist achtunddreißig, war ein Nachzügler. Er stand stets unter meiner Obhut. Ich habe ihn zur Arbeit und zum Fleiß erzogen, weil meine Mutter nicht fähig dazu war. Sie hatte früh ihren Mann verloren – meinen Vater. Da war Carlo erst sechs. Er besuchte die Primarschule und kam in die Realschule. Ihn interessierten weder Rechnen noch Schreiben, hatte damit so seine Mühe. Aber er konnte anpacken. Mit elf sammelte er Altpapier und Glasflaschen und verdiente so sein erstes Taschengeld. Er brachte mich auf die Idee mit der Entsorgungsfirma. Lange Rede, kurzer Sinn: Wir gründeten sie, bauten diese im Laufe der Jahre aus und entsorgen heute auch Sondermüll.«
»Was ist passiert, dass man nach ihm sucht?«
»Einmal ist er auf die schiefe Bahn geraten. Er hat es bereut. Das Gefängnis wurde ihm nicht erspart. Er hat seine Strafe verbüßt.«
»Aufgrund welcher Tat?« Max saß vor dem vierten Bier. Mit Sandro Anderegg hatte er längst auf Du angestoßen. Der Mann entpuppte sich als umgänglicher als vorerst angenommen. »Was war ihm zum Verhängnis geworden?«
»Im Mai vor sieben Jahren hatte er seine Freundin schwer verletzt. Sie waren unterwegs zu den Reichenbachfällen, als sie ihn so in Rage versetzt haben musste, dass er völlig durchdrehte. Sie stritten sich, er packte sie und stieß sie gegen ... über«, korrigierte er, »das Geländer der Aussichtsterrasse. Sie verlor das Gleichgewicht und stürzte die Böschung hinunter. Mit letzter Kraft gelang es ihr, sich an einem Baum festzuhalten. Sie zog sich Kratzwunden am Hals zu, die meinem Bruder zum Verhängnis wurden. Sie behauptete, er habe sie gebissen. Touristen kamen damals zu Hilfe und konnten die Frau retten. Sie hatte ein paar Brüche ... Carlo wurde wegen schwerer Körperverletzung und

der versuchten vorsätzlichen Tötung eingebuchtet. Anfang März dieses Jahres kam er wegen guter Führung raus. Seine Freundin war die Ausgeburt der Hölle. Dass ihm die Hand ausrutschte, konnte ich sogar etwas nachvollziehen.«

»Die Hand rutschte ihm aus?« Max kniff die Augen zusammen. Sandro versuchte, die Tat eindeutig zu beschönigen. »Vorher hast du gesagt, er habe sie über das Geländer gestoßen.«

Sandro winkte ab und erhob sich schwerfällig. Er ging zum Kühlschrank und wollte weitere Bierdosen daraus holen. »Das Bier ist alle.« Er griff nach einer Flasche Williams. »Der tut's auch.« Er goss den Williams randvoll in zwei bereitstehende Schnapsgläser und brachte diese an den Tisch. »Der Wiedereinstieg ins Geschäftsleben gelang Carlo dank meiner Hilfe. Ich bürge für ihn. Er bewies, dass ein gewissenhafter Mensch in ihm steckt. Die Straftat war aus einem Impuls heraus geschehen, wie gesagt.«

»Du weichst mir aus«, beschwerte sich Max. »Ich muss den Sachverhalt kennen, sonst kann ich dir nicht helfen.« Er hatte ein ungutes Gefühl.

»Seine Freundin konnte ihn zur Weißglut bringen. Einmal war das Fass voll. Aber ja, er hätte sich beherrschen müssen. Die unterlassene Hilfeleistung trug nichts zu einer Entlastung der Anklage bei. Er stand jedoch unter Schock … Mit dem heutigen Tag hat sich alles verändert. Plötzlich will man in ihm einen Wiederholungstäter sehen.«

Max wollte Sandro nicht unterbrechen, obwohl ihm eine Frage dazu auf der Zunge lag. War es Absicht gewesen? Oder bloß das Resultat einer Verteidigung gegen die verbalen Angriffe seiner Freundin, wie Sandro es nannte?

»Ein Risiko bleibt«, fuhr dieser fort. »Wenn einem die Freiheit entzogen wird, heißt dies lange nicht, dass man sich bessert. Ich behaupte, ein hoher Prozentsatz der Häftlinge wird mit dem Absitzen im Gefängnis noch krimineller. Aber Carlo war anders. Er ist leidenschaftlich, kennt jedoch seine Grenzen.«

»Außer beim versuchten Totschlag«, provozierte Max.

Sandro sah ihn an, als verstünde er den Einwand nicht. »Er ist komplett ausgerastet. Dabei spielten viele Faktoren mit. Ich weiß, es ist keine Entschuldigung. Aber Carlo hat seine Strafe abgesessen. Er hat sich auf einen Neubeginn gefreut.« Sandro hob das Glas, setzte es an seinen breiten Mund und trank es in einem Zug aus. Er stellte es leer zurück auf den Tisch. »Dann passierte das mit der Frau, gestern bei den Reichenbachfällen. Die Polizei geht von einem Tötungsdelikt aus, obwohl es nach Suizid aussieht. Wie damals im April, als innerhalb zweier Tage zwei Frauen in den Tod sprangen. Offenbar spielt eine Bisswunde am Hals der Toten eine große Rolle. Verletzungen, die man auch an Carlos Ex-Freundin festgestellt hatte. Der Verdacht fällt jetzt auf meinen Bruder. Für die Zeit des Unfalls hat er kein Alibi.«

»Er wurde erneut festgenommen?«

»Nein.«

»Nein?«

»Es gelang ihm, heute Mittag zu verschwinden, bevor die Polizei hier auftauchte.«

»Er wohnte bei dir?«

»Er hat seine eigene Wohnung. Aber die Polizeibeamten konnten ihn dort nicht finden, also sind sie zu mir gekommen. War naheliegend.«

»Dein Bruder ist untergetaucht?«

»Carlo hat die Tote gekannt. Noch gestern hatte er, wie er mir erzählte, von deren Suizid gehört und dass man Bisswunden an ihr festgestellt hatte. Da kam wohl alles wieder hoch. Carlo muss geahnt haben, dass der Verdacht auf ihn fällt.«

»Du sagtest, es sei Suizid gewesen.«

»Es gibt Parallelen zu den zwei Fällen im April. Soviel ich weiß, wurden die Ermittlungen jedoch eingestellt. Nun werden die Fälle neu aufgerollt. Wegen dieser seltsamen Wunden am Hals. Mehr weiß ich nicht. Akteneinsicht bekomme ich nicht, solange mein Bruder nicht wieder auftaucht. Sein Anwalt, ein Pflichtverteidiger, weiht mich von Gesetzes wegen nicht ein. Ich

hatte ihn heute Mittag am Draht. Ihm seien die Hände gebunden, behauptet er.«
»Kennst du den Aufenthaltsort deines Bruders?«
»Das ist kein Thema, das dich interessieren dürfte.«
»Also weißt du, wo er ist.«
Sandro dementierte es nicht.
»Hältst du ihn in deiner Wohnung versteckt?«
»Würde ich dann alle Türen offen stehen lassen?« Sandro schenkte sich Williams nach.
»Aber du kennst seinen Aufenthaltsort.« Max war sich sicher, Sandro verschwieg ihm etwas. »Sollte ich das Mandat annehmen, bedingt dies, dass du mir gegenüber mit offenen Karten spielst.«
»Je weniger du weißt, umso besser für dich. Ich will nicht, dass du in einen Gewissenskonflikt gerätst und in der Folge die Polizei einschaltest.« Sandro stützte das Glas an den Mund und trank das Destillat wieder ex.
»Okay, ganz, wie du willst.« Max erhob sich. Das Schnapsglas hatte er nicht angerührt. »Ich habe Besseres zu tun. Morgen geht mein Flug zuerst nach Oslo, dann nach Bodø.« Wahrscheinlich das kleinere Übel. »Solltest du einen Verdächtigen decken oder verstecken, machst du dich mitschuldig.«
Sandro verschränkte die Arme und kratzte sich am Kinn. »Das sehe ich nicht so. Mein Bruder ist ein Bauernopfer. Er muss für den wahren Täter hinhalten, weil die Polizei nicht fähig ist, ihre Ermittlungen in verschiedene Richtungen auszudehnen ... falls es doch Mord sein sollte.«
»Wenn er sich meldet, bekommt er eine angemessene Verteidigung, und ich kann mit gutem Gewissen an den Fall ran.«
»Carlo wird keine Chance haben. Man ist auf ihn fixiert. Seine Vergangenheit macht ihn automatisch zu einem Wiederholungstäter. Ich habe unserer Mutter am Sterbebett versprochen, Carlo und ich würden zusammenhalten, was immer geschieht.«
»Dann verrate mir seinen Unterschlupf.«
Sandro zögerte. »Erst will ich die schriftliche Zusicherung, dass du während deiner Recherche die Polizei nicht informierst.«

Das war grenzwertig. Max wollte es nicht versprechen. Wenn er erfuhr, wo Carlo sich aufhielt, und er darüber schweigen würde, machte er sich strafbar. Max vermutete, Sandro war sich dessen bewusst. »Es würde einiges erleichtern, wenn Carlo mit der Polizei Kontakt aufnehmen würde. So hingegen würde ich hinterrücks und parallel zur Polizei recherchieren. Wenn er sich meldet, kann ich ohne Bedenken ermitteln.«

»Er wird sich bestimmt nicht melden. Die Fälle wurden erst wieder aufgenommen. Wozu seid ihr Detektive denn da? Es ist doch euer Job, falsche Verdächtigungen aus dem Weg zu räumen. Glaube mir, ich würde es selbst tun, hätte ich mehr Zeit. Aber ich habe ein Unternehmen mit zweihundert Mitarbeitern. Ich kann es mir nicht erlauben, nur einen einzigen Tag zu fehlen. Die Logistik würde zusammenbrechen.« Er lachte kurz auf. »Okay, das war jetzt übertrieben. Ich versichere dir, sollte mein Bruder wider meine Überzeugung schuldig sein, bin ich der Letzte, der eine Festnahme verhindert. Ich brauche Gewissheit. Ich bin mir sicher, der wahre Täter läuft frei herum.« Sandro wies mit der rechten Hand zum Fenster. »Der Polizei traue ich nicht.«

Eine äußerst ambivalente Situation. Max musste mehr in Erfahrung bringen und alles über die beiden Suizide vom April herausfinden. Ob es Parallelen zum gestrigen Fall gab? »Existieren Zeitungen, Berichte über die Selbsttötungen, Informationen, die du gesammelt hast?« Noch bevor Max den Satz zu Ende gesprochen hatte, war er sich im Klaren, er würde das Mandat annehmen. Norwegen musste warten.

»Dann darf ich mit dir rechnen?«

»Ja, aber ohne Vertrag.«

»Also gut. Sehen wir es als eine Art Gentlemen's Agreement an.« Anderegg atmete sichtlich erleichtert auf. »Ich habe alles gesammelt, was damals mit der Tat meines Bruders zu tun hatte. Unterlagen über die Suizide im April habe ich keine. Ich hatte keinen Grund, diese zu horten.« Er wischte sich mit dem Arm über den Mund und erhob sich. Im Davongehen legte er Cle-

mentine die Hand auf die Schultern, als erwartete er von ihr eine Erwiderung.
»Auf Treu und Glauben.« Max lief ein Schauer über den Rücken. Gut möglich, dass er Sandro falsch einschätzte. Aber sollte dessen Bruder Ähnlichkeiten mit ihm haben, würde er wahrscheinlich eine harte Nuss zu knacken haben. Besser als Mittsommer und endlos helle Nächte. »Ist der Name der gestrigen Toten bekannt?«
»Nein, sorry, tut mir leid. Carlo wollte ihn mir auch nicht sagen.«
Eine halbe Stunde später verließ Max Sandros Wohnung mit einem Karton voller gesammelter Informationen über die versuchte Tötung bei den Reichenbachfällen vor sieben Jahren.

Wieder zu Hause, schenkte er sich ein Glas Rotwein ein. Er musste sich Mut antrinken, bevor er Fede über seinen Entscheid informierte. Ob sie schon schlief? Auf Whatsapp sah er, dass sie vor zehn Minuten noch aktiv im Internet gewesen war. Sollte er mit ihr sprechen oder feige eine Nachricht senden? Sie würde es nicht wagen, ihm deswegen eine Szene zu machen. Nach einem weiteren Glas wählte er ihre Nummer.
Fede nahm den Anruf entgegen, als hätte sie neben dem Smartphone darauf gewartet. »Max, endlich, wo steckst du? Hast du schon gepackt? In zehn Stunden müssen wir einchecken.«
Er wusste nicht, was sagen.
»Alles klar bei dir?«
»Ich gratuliere zum neuen Erdenbürger.« Er musste den Wind aus den Segeln nehmen.
»Ach, und ich dachte schon, das gehe dir am Allerwertesten vorbei. Es ist eine Sie. Selene ist ihr Name, hellbraun mit einer schwarzen Nase, ein Bijou von einem Kalb, außergewöhnlich in der Farbe. Ein bisschen Mimi, ein wenig Nachbars Bulle. Sie steht unter einem guten Stern.«
Fedes kindlicher Freudentaumel ließ ihn kurz schmunzeln. Max musste sich räuspern. »Bei mir stehen die Sterne nicht gut.«

»Was soll das heißen? Hast du Stress?« Fede ließ eine Kunstpause verstreichen. »Bist du krank? Hast du ein Virus eingefangen?«
Er schwieg.
»Du hast den Fall angenommen.«
Manchmal war es unheimlich, wie gut sie ihn kannte. Oder sie hatte so etwas wie einen sechsten Sinn. Er konnte ihr nichts vormachen. »Bist du enttäuscht?«
»Willst du meine Meinung hören?« Wieder pausierte sie, und Max stellte sich vor, wie sie das Handy ans Ohr drückte, die Augen verdrehte und die roten Haare nach hinten schüttelte, sich über ihn aufregte und es sich nicht eingestehen konnte, *wie* wütend sie auf ihn war. »Ich habe so etwas geahnt. Um fünf vor zwölf trudelt ein neuer Fall ein. Nach dem Stillstand in den vergangenen Wochen würde es mich wundern, hättest du ihn nicht angenommen.«
»Mein neuer Mandant wird sämtliche Stornierungskosten übernehmen.«
»Das hast du auch schon in die Wege geleitet. Ein schwacher Trost. Ich habe mich auf diese Ferien so gefreut. Es wäre an der Zeit, miteinander über diverse Dinge zu sprechen.«
»Flieg doch mit Christian hin.« Falscher Vorschlag. In ihren Ohren musste es so tönen, als hätte er sich nie etwas aus diesen Tagen gemacht.
»Und wer schaut zu den Tieren? Du etwa? Ha, mich knutscht ein Elch. Selene steht unter Beobachtung. Ich will, dass es dem Kalb gut geht. Zudem haben wir ab morgen wieder Feriengäste.«
»Du hast recht. Ich habe mir nichts überlegt. Aber ... Milagros könnte doch ...«
»Was?«
»Mit dir reisen.«
Fede lachte laut heraus. »Ich habe ein Wohnmobil reserviert mit französischem Bett. Untersteh dich. Jetzt hängst du mir deine Mutter an den Hals. Ich mag Milagros, keine Frage. Aber sie soll das sein, was sie ist: deine Mutter und nicht mein Anstandswauwau.«

»Jetzt übertreibst du. Vielleicht würdest du deine Schwiegermutter endlich besser kennenlernen.«
»Schwiegermutter? Aha, ist das eine abgekartete Sache? Oder ein Wink mit dem Zaunpfahl? Ich verstehe.«
»Nein, so meinte ich es nicht.« Wie konnte er so undiplomatisch sein? »Ich dachte, du hättest die Ferien nötig.«
»Natürlich habe ich sie nötig. Aber wir haben sie zusammen nötig.«
Es wurde still in der Leitung. Max vernahm nur ihren Atem.
»Ich werde auch zu Hause bleiben.«
Es hörte sich wie eine Trotzreaktion an. »Hat es einen Grund?«
Fede räusperte sich, setzte hörbar zum Sprechen an, schwieg jedoch. Es war schwierig, ihre Befindlichkeiten zu deuten.
»Du traust mir nicht, ist es das?«
»Wer einmal lügt ...«
»Das ist Monate her.« Max hatte sich oft damit beschäftigt, wie er Fedes Misstrauen ihm gegenüber aus der Welt schaffen könnte. Sie ließ es ihn spüren, dass sie ihm seinen Fehltritt nicht verzieh. Ihr Sexualleben war anstrengender geworden, die Unbeschwertheit von früher war einer Art Zwang gewichen. Manchmal hätte er gern ihre Gedanken gelesen, wenn sie miteinander schliefen.
»Mag sein.«
»Ich kann also auf dich zählen?«
»Okay, das wird dich aber etwas kosten.« Was, verriet sie ihm nicht.

DREI

Schwere Wolken hingen über der Miliflue. Nebel waberte durch den Wald, als zöge ein unsichtbares Wesen einen Schleier hinter sich her. Die Sicht reichte kaum weiter als bis zu den nächsten Bäumen, die wie stumme Riesen die Burgruine bewachten. Das Wetter hatte entgegen den meteorologischen Voraussagen umgeschlagen. Bereits am Vormittag hatten sich die Vorboten eines Gewitters aufgetürmt, um die Berge gelegt wie schmutziger Schaum. Ein erstes dumpfes Grollen zog heran, begleitet von unheilvollen Sturmböen.

Dr. Alfons Fontana bog vom Restiweg zum Waldpfad ab, als ein Blitz unmittelbar in seiner Nähe einschlug und ein gewaltiger Donnerschlag ihn fast zu Tode erschreckte. Wie auf Knopfdruck öffnete der Himmel seine Schleusen, und augenblicklich goss es wie aus Kübeln. Fontana hielt schützend die Hände über den Kopf und rannte, so schnell ihn die Füße trugen, zum nächsten Unterstand, zur Burgruine Resti. Tropfnass grüßte er ein paar Touristen, die in gelben Pelerinen und Schirmen das Naturschauspiel von der Treppe aus beobachteten. Dem Arzt schenkten sie nur kurz ihre Aufmerksamkeit. Fontana drückte sich die gefugte Steinmauer entlang bis zur Ecke des Turms. Vom Dach tropfte es.

Von dieser Stelle aus sah er wie einen Schemen das Sanatorium Santa Madre, welches ihm seit vielen Jahren Schutz und Arbeit bot. Durch den Regenvorhang und die hohen schlanken Tannen wirkte das Gebäude wie ein altes, verwunschenes Kloster, mit seinen balkonlosen Fassaden und den kleinen Fenstern, aus denen spärliches Licht entwich. Der fünfgeschossige Bau stand mitten im Wald. Ging man den Weg dahinter weiter, erreichte man die Felsen der Miliflue. Dorthin kam niemand freiwillig, weil es angeblich spukte. Die »Klapse« sei das Ende der Zeit, wurde behauptet. Wer hier landete, hatte das einfache Ticket in die Hölle gelöst. Es gäbe kein Zurück. Fontana wusste um den schlechten Ruf der Klinik, die im frühen zwanzigsten Jahrhundert von einem italienischen Arzt gegründet worden war. Schauergeschichten umrankten das Anwesen im Schlosswald, dort, wo der Milibach durch die Wildnis mäanderte. Es kursierten mündliche Überlieferungen aus dem Zweiten Weltkrieg, die später zu Papier gebracht worden waren, von unmenschlichen Heilmethoden und Folterungen, von Menschenversuchen für den medizinischen Fortschritt. Für Fontana war dies bloß Propaganda, um einem einst verrufenen Berufszweig einen negativen Nährboden zu geben.

Er gelangte über den nassen Pfad zum Haupteingang, der über eine achtstufige Treppe von zwei Seiten her erreichbar war. Auf dem Fries über dem Torbogen war der Name »Massimo Caprici« eingraviert und erinnerte an den italienischen Psychiater, der bis 1939 hier praktiziert hatte. Ein Handlauf verhinderte Stürze. Er war erst im letzten Jahr angebracht worden, nachdem ein Patient über die steilen Stufen gefallen war und einen Rückenwirbel gebrochen hatte, sodass man ihn nach etlichen Operationen in paraplegische Pflege geben musste. Die Tür hatte ein Sicherheitsschloss und ächzte in den Angeln. Fontana betrat eine Halle, die mit einem Klinkerboden ausgelegt war. Ein Windstoß knallte die Tür wieder ins Schloss. Eine plötzliche Stille umgab ihn. Fontana strich sich über die nassen Haare.

»Herr Doktor Fontana, wie sehen *Sie* denn aus?« Die Stationsschwester kreuzte wie aus dem Nichts seinen Weg, die kleine Frau mit der schrumpeligen Haut. Man nannte sie das Reptil. Sie hieß Paulina und war zuständig für die Patienten in Trakt fünf, wo die schwer therapierbaren sowie akuten Fälle untergebracht waren. Sie wäre vor sieben Jahren in Rente gegangen, hätte man eine würdige Nachfolge gefunden. Aber wer mochte schon in diese Gegend ziehen und hinter die alten unheimlichen Gemäuer, die den Ruf einer undurchsichtigen Institution hatten, sehen?

»Geht es Ihnen gut?« Ihrem Gesichtsausdruck zu urteilen nach, musste ihr etwas auf dem Herzen liegen.

»Das Gewitter hat mich überrascht. Früher gingen diese erst am Abend nieder. Man kann sich auf nichts mehr verlassen.«

»Soll ich Ihnen ein Handtuch holen?« Paulina schien auf seine Zustimmung zu warten.

Ihm war es nicht recht. Manchmal kam sie ihm zu nahe. »Nicht nötig. Die Toiletten liegen auf dem Weg zum Behandlungszimmer, wo ich hinmuss.« Fontana schenkte Paulina ein Lächeln. »Damit ich es nicht vergesse, ist Dr. Borsody im Haus?«

Über Paulinas Gesicht fiel ein Schatten. »Ach ja, Frau Borsody. Sie befindet sich in der Aufnahmestation. Heute Morgen gab es einen Neueintritt. Die Ambulanz war da und hat eine junge Frau gebracht. Sie ist erst neunzehn. Ihr Hausarzt hat sie überwiesen. Er meinte, Sie wüssten Bescheid.«

»Stimmt, er hat mich angerufen.« Ein kurzes Gespräch. Fontana war in Eile gewesen.

»Er ist ratlos.« Paulina versuchte, seinem Schritt mitzuhalten, als er Richtung Korridor ging. »Schlimm, wie die Jugendlichen heutzutage mit ihrer Gesundheit umgehen.«

Fontana beeilte sich. Wenn Paulina moralisierte, war sie nicht zu bremsen. Er gelangte zur Treppe, die in die oberen Stockwerke führte. Einen Aufzug gab es nicht. Ganz zu seinem Vorteil. Er würde Paulina abhängen können. So schnell war diese nicht mehr auf den Beinen. Manchmal nervte sie ihn, im Gegensatz zu den Patienten, die sie vergötterten. Das Reptil hatte etwas an sich, was ihm fehlte.

In der fünften Etage warfen die Lampen ein gespenstisches Licht und projizierten unheimliche Schatten an die Wände, unterbrochen durch helle Blitze. Die Augen auf den Gesichtern in den verschnörkelten Bilderrahmen schienen Fontana zu beobachten. Eine halbe Ahnengalerie hing da, vom Gründer von Santa Madre, seinem Personal mit den unmöglichen Frisuren bis hin zu den Stiftungsräten, die sich nach dem Zweiten Weltkrieg zusammengerauft hatten, um das Sanatorium wieder auferstehen zu lassen, nachdem es nach 1945 für kurze Zeit geschlossen gewesen war. Eine über hundertjährige Geschichte, welche Fontana nun weiterführte.

Das Unwetter war nahe. Der Donner knallte gegen die Mauern und ließ sie in den Grundfesten erzittern. Das Rauschen des Regens drang unerbittlich durch die Gänge.

Fontana machte halt bei den Toiletten, wo er sich die Hände wusch und die Haare trocken rubbelte. Der Spiegel warf ihm ein Bild entgegen, das er mochte. Hohe Wangen, schwarze Haare mit Silberstreifen durchsetzt und ein tiefgründiger dunkler Blick. Mit seinen fünfzig Jahren hatte er sich gut gehalten, war groß und schlank und mit einer außergewöhnlich männlichen Ausstrahlung. Er war geschieden, hatte zwei Töchter und eine Ex-Geliebte.

Die Beziehung zu Belinda war kompliziert gewesen, ihrem Ende trauerte er nur bedingt nach. Für Fontana war sie die Eintrittspforte zum Sanatorium gewesen. So gesehen, ein Teil der erhofften Karriere. Denn kurz nach der Trennung war er Leiter der psychiatrischen Klinik geworden. Mit Belinda arbeitete er seit Kurzem wieder zusammen.

Dr. Borsody erwartete ihn im Aufnahmezimmer. Bei ihr befand sich eine junge Frau, reglos auf einem Stuhl, die ihn beim Eintreten keines Blickes würdigte.

»Johanna.« Fontana flüsterte. Er musste seine Kollegin bei Laune halten. Nicht die Frau seiner Träume, aber eine willkommene Abwechslung im Alltag des Sanatoriums. Er begehrte sie. Johanna Borsody, Fachärztin für Suchtkrankheiten, unstillbare Nymphomanin, die nicht nur zu Fontana eine sexuelle Beziehung pflegte. Manchmal fragte er sich, wo sie Grenzen setzte. Ob sie welche hatte, mit ihrer tadellosen Fassade. Er hatte ihre Obsessionen ausgeblendet, die Kontrolle über sie verloren. »Ist sie die Patientin, die uns Dr. Udrisold überwiesen hat?« Fontana warf einen Blick zur jungen Frau.

»Er meinte, sie brauche zwingende Maßnahmen, denen er nicht gerecht werden könne. Zwei Komma fünf Promille Alkohol im Blut. Das war vor einer Stunde. Santa Madre ist wie ein

Auffangbecken für die hoffnungslosen Fälle. Die Privatklinik in der Nähe konnte sie wegen Platzmangels nicht aufnehmen.« Fontana sah sich die Eintrittspapiere an. »Akute Intoxikation, also Vergiftung, durch Alkoholmissbrauch.«

»Völlige Enthemmung.« Johanna seufzte. »Sie soll in ihrer Euphorie in einer In-Bar in Meiringen mit nacktem Hintern auf den Tresen gepinkelt haben, angestachelt durch zwielichtige Jungs. Danach sei sie bewusstlos umgefallen. Der Wirt habe die Ambulanz gerufen. Diese habe sie in die Notaufnahme des Spitals gebracht.«

Die Zweite in dieser Woche. Junge Menschen, die sich ins Koma soffen. Aufgegriffen an den neuralgischen Orten der Schweizer Städte oder in den Agglomerationen. Sabrina hatte sich bis zur Bewusstlosigkeit betrunken. Nicht zum ersten Mal. Aus Gelegenheit würde Gewohnheit werden, weil sie es selbst nicht mehr im Griff haben würde. Naltrexon, Nalmefen, Disulfiram, Acamprosat, Distraneurin. Fontana würde entscheiden, welches Medikament zur Unterstützung gegen die Alkoholsucht erträglich für sie war. Er würde sie zurückführen in ein lebenswertes Dasein. Er war bekannt dafür, den schädlichen Ursachen auf den Grund zu gehen und ihnen durch eigene Methoden den Garaus zu machen. Er hatte Erfahrung darin, wusste, wie sie tickten, die alkoholabhängigen Menschen, die ohne die tägliche Ration nicht auskamen. Zwei Komma fünf Promille. Der Anfang vom Ende, sollte er nicht eingreifen. Vor einem halben Jahr hatten sie eine Patientin verloren, die mit drei Promille eingeliefert worden war. Ein Rausch um alles auf der Welt. Anders war ihr Leben nicht zu ertragen. Fontana holte sie aus der Notlage, befreite sie von ihrem Leiden, suchte das Gespräch mit ihnen – Routine in seinem Beruf.

Sabrina saß wie weggetreten auf dem Sessel. Fontana setzte sich ihr gegenüber. Immer dasselbe. Ein leerer, starrer Blick, der Geruch nach Hochprozentigem und Erbrochenem. Schlimmer als das Delirium nach dem Konsum einer Überdosis Kokain. Fontana kannte das. Am Freitagabend begann es. Wochenende und weg von der Spießigkeit künstlich besorgter Erzeuger. Schließlich lebte man für den sechsten und siebten Tag in der Woche. Für die Nächte sowieso. Die Arbeit bewältigt, die man hasste. Eltern, die einem mit ihrem Genörgel auf den Keks gingen, ein nervender Bruder und die Aussicht auf ein bisschen Spaß. Man wollte dazugehören. Ein Glas hier, einen Shot da. Später eine Flasche. Ein Wettbewerb zwischen Gleichaltrigen. Immer wieder. Immer ein wenig mehr. Die Abstände zwischen den alkoholfreien Zeiten verringerten sich. Plötzlich hatte man das Bewusstsein, ohne Alkohol gehe es nicht mehr.

Irgendeinmal war die Grenze überschritten und die chronische Sucht vorprogrammiert. Vor Fontana saß eine bemitleidenswerte Person. Sabrina wirkte apathisch. Das waren die Alkoholkranken und Komatrinker in der Regel nicht. Manch eine rebellierte, wollte nach Hause, drohte mit der Anwältin, dem Anwalt. Man musste sich wehren, durfte nicht alles akzeptieren, was die Götter in Weiß als notwendig erachteten. So dachten sie alle. Eine Chimäre, die sich mit der Wirklichkeit vermischte, mit dem realen Leben. Stars wollten sie werden, eine Berühmtheit auf der Bühne ihrer Träume. Der Absturz, wenn der Traum ausgeträumt war. Die lindernde Wirkung von Alkohol. Der Alptraum danach. Manchmal bettelten sie geradezu nach einer Therapie.

Fontana wandte sich an Johanna. »Wurde sie gewogen?«

»Vierundvierzig Kilogramm bei einer Größe von eins fünfundsechzig.«

»Da wirkt schon wenig Alkohol wie ein Hammer. Sie muss in den Aufwachraum. Die Pflegerin soll eine Infusion setzen, eine Vollelektrolytlösung zuführen und die Blutwerte checken. Dann soll sich Sabrina erst einmal ausruhen. Ist Zimmer neun frei?«

»Das Einzelzimmer auf der Traumastation?« Johanna sah die Liste durch. »Die Patientin wurde heute Morgen in Trakt zwei verlegt. Es geht ihr wesentlich besser.«

»Wir sollten die Neue gut im Auge behalten. Gibt es Anzeichen von Gewaltbereitschaft gegen andere oder sich selbst?«

»Keine bis jetzt.«

»Gut, dann muss sie nicht in die Akutabteilung. Ich gehe davon aus, das Zimmer ist noch nicht gereinigt. Trotzdem möchte ich, dass man sie ins Bett steckt und fixiert. Zu ihrer eigenen Sicherheit.«

»Fixieren?« Johannas Augen blitzten, und Fontana musste an ihre abartigen Neigungen denken.

»Ja, und mache alles bereit für einen stationären Aufenthalt. So, wie ich das auf den ersten Blick beurteilen kann, liegt hier eine Störung durch psychotrope Substanzen vor.«

»Ohne persönliche Diagnose?« Johanna verschränkte die Arme. »Ohne Untersuchung?«

»Das haben das Spital und Dr. Udrisold bereits erledigt.« Fontana entging nicht Johannas aufmüpfiger Blick. »Besorge seine Unterlagen. Gut möglich, dass er etwas über den familiären Hintergrund erfahren hat. Gibt es eine Krankengeschichte? Existieren Polizeiakten? So, wie mir Dr. Udrisold mitgeteilt hat, ist die Patientin wegen eines Wiederholungsfalls hier. Und … dass ich es nicht vergesse: Die Patientin bekommt vorerst zwei Kapseln des Medikaments Distraneurin zur Prophylaxe der akuten Entzugssymptomatik bei Absetzen von Alkohol. Und bitte«, er sah auf seine Armbanduhr, »um fünf heute Nachmittag lade ich zur Besprechung über die Einweisungen und Austritte ein.«

***

»Hier habe ich etwas.« Fede rührte in der Tasse mit Ovomaltine und sah Max stirnrunzelnd an, als wäre sie es gewohnt, eine sofortige Erwiderung auf ihre Feststellung zu bekommen. Das Thema Norwegen war gestrichen, der Flug und die Miete des Wohnmobils waren storniert. Die Kosten standen noch an.

Max setzte sich zu ihr an den Küchentisch. Er legte die Dokumente, die er von Sandro Anderegg erhalten hatte, neben den Laptop. Es würde Stunden, wenn nicht gar Tage dauern, bis er alles durchgesehen und gelesen hatte. Sandro hatte alles gesammelt, was es an Informationen der Polizei und der Staatsanwaltschaft gab. Zeitungsberichte und persönliche Notizen hatte er zwar in mehreren separaten Ordnern abgelegt, aber ohne System. »Was hast du gefunden? Sandro Andereggs Sammlung allein genügt mir nicht.« Max sah auf den Bildschirm, wollte nicht zugeben, wie sehr ihn das Aktenstudium nervte. »Ich will Vergleiche zu den Suiziden vom April dieses Jahres.«

»Ich war bereits fleißig«, sagte Fede, was Max nicht bezweifelte. »Am 26. April fanden Wanderer bei den Reichenbachfällen, unterhalb der Bergstation, einen leblosen Körper im Wasser treiben. Die sofort alarmierte Polizei und der Notfallarzt konnten nur noch den Tod feststellen. Zwei Tage später, am 28. April, will eine Mitarbeiterin des Gasthauses Zwirgi in Schattenhalb gesehen haben, wie eine Frau neben ihr in den Bach stürzte. Die Servicemitarbeiterin befand sich auf dem Weg zur Bergstation der Reichenbachbahn. Später kam aus, dass sich beide Frauen das Leben genommen hatten.«

»Sind die Namen der Toten bekannt?«

»Nein, aber das lässt sich herausfinden. Ich werde mir die Todesanzeigen in den gängigen Berner Oberländer Print- und Digitalmedien anschauen, die Ende April erschienen. Schwierig wird es nicht sein, da das Alter der Frauen bekannt ist. Dreißig und zweiunddreißig. So viele Verstorbene mit diesen Jahrgängen wird es nicht gegeben haben.«

»Steht, woran sie gestorben sind?« Max fokussierte seinen Blick auf den Text, ohne ihn wirklich zu lesen. »War der Aufprall die Todesursache?«

»So weit bin ich noch nicht.« Fede sah auf die Uhr. »Sorry, ab jetzt gilt Expresszuschlag.«

Max fand nicht heraus, was sie damit meinte. »Okay, wir teilen uns die Arbeit auf. Du übernimmst die beiden Toten. Ich widme mich Andereggs Bruder Carlo. Anderegg hat da so Andeutungen gemacht, dass der weibliche Leichnam, den man vorgestern aus dem Reichenbach geholt hat, Bisswunden am

Körper aufgewiesen hat. Ich will erfahren, ob es Parallelen zum versuchten Totschlag vor sieben Jahren gibt. Sandro Anderegg kann es nicht genug schnell gehen. Das scheint mir suspekt. Er weiß wahrscheinlich, wo sich sein Bruder versteckt hält, möchte es mir aber nicht verraten. Die Polizei will in einem Suizid plötzlich einen Mord sehen. Aber die Medien haben nichts darüber berichtet.«

Fede hob den Kopf. »Normalerweise wird in Fällen, in denen es um Suizid geht, nichts gegen außen verlautbart.«

»Wegen des Werther-Effekts, ich weiß«, fuhr Max ihr ins Wort.

»Nachdem Johann Wolfgang von Goethes Werk ›Die Leiden des jungen Werthers‹ erschienen war, gab es Nachahmer unter den Lesern, die sich in einer ähnlichen Situation wähnten wie die Romanfigur. Es ging um eine verschmähte Liebe, die im Suizid endete.« Fede plusterte ihre Wangen mit eingeatmeter Luft auf.

»Andererseits gibt es bei jedem Tötungsdelikt ein Statement der Polizei, sofern es hilfreich für die Ermittlung ist.« Max musste leer schlucken. »Ich habe Sandro Anderegg die Zusicherung gegeben, dass ich mich ... dass wir uns der Sache annehmen.« Max wandte sich ab. Er hatte Fede versprochen, heute Vormittag das Kalb mit dem poetischen Namen Selene anzusehen. Eine offizielle Taufe lag noch vor ihnen. Fede wollte sie auf den Abend verschieben, bei Kerzenschein und einer Flasche Louis Roederer, die sie neulich von Milagros bekommen hatten.

»Ich gehe in den Stall.«

»Brauchst du nicht.« Fede drehte ihren Stuhl zu ihm um. »Mutter und Kind befinden sich draußen auf der Weide.«

»Ist das nicht zu früh?«

»Auch Kälber brauchen Vitamin D.«

Fede, in deren Körper zwei Herzen schlugen, das der Bäuerin und das der IT-Spezialistin. Max wünschte sich nichts sehnlicher, als dass eines auch wieder für ihn schlug. Seit ihrer ersten Begegnung im Dancing hatte sie sich schleichend verändert. Wo war die Femme fatale geblieben, deretwegen er damals fast den

Verstand verloren hatte? Manchmal wurde er nicht schlau aus ihr. Der Wutausbruch, den er von ihr erwartet hatte, war bisher ausgeblieben. Anstatt dessen machte sie sich seelenruhig an die Ermittlungen. Möglicherweise war sie nicht unfroh, nach Selenes Geburt im Drachenried bleiben zu können.

»Was ist?« Fede sah ihn nachdenklich an, als er rückwärts aus der Küche durch die offene Tür ging.

Er blieb stehen. »Nichts.« Seit mehr als fünf Jahren waren sie ein Paar, und Max hatte noch immer Bammel, mit ihr über intime Gefühle zu sprechen. Die größte Herausforderung für sie war, ihr Leben der Alltagswelt unterzuordnen. Die Fähigkeit, ihre Intuition in einen logisch zusammenhängenden Plan einzufügen. Das gelang ihr nicht, denn sie entfernte sich stets weiter von der trivialen Welt des Körpers und den materiellen Objekten. Sie war blitzgescheit, keine Frage, aber sie selbst bewertete ihre Denkfähigkeit so hoch, dass sie oft versuchte, durch Analysieren einen Ausweg aus ihrer existenziellen Angst vor dem gewöhnlichen Leben zu finden. Sie dachte lieber an die großen Zusammenhänge und zog es vor, sich mit »höheren« und »wichtigeren« Dingen zu beschäftigen. Vielleicht setzte sie ihre geistigen und bildhaften Fähigkeiten auch dazu ein, sich von der bedrohlichen Welt intimer Beziehungen zu entrücken. Es schien, je länger, desto mehr, dass sie mit fordernden und für sie unangenehmen Gefühlsdingen nur umgehen konnte, indem sie eine Art geistige Gymnastik betrieb.

»Du hast doch was.«

Sollte er sie darauf ansprechen? Wohl kaum der passende Moment. Aber dieser existierte nie. »Vielleicht müsstest du lernen, eine bessere Beziehung zu deinen Gefühlen aufzubauen, um mit meinen Bedürfnissen einfühlsamer umgehen zu können.«

»Wie bitte? Habe ich etwas verpasst?«

Ergab es Sinn, näher darauf einzugehen? Sie kannte seine Gedanken nicht. Er hätte sie vielleicht äußern sollen, statt sie nur vor sich hin zu brüten. Wenn er schwieg, nützte es beiden nichts. Es war der falsche Ansatz, sie für seine Wünsche zu sensibilisieren. Nicht so und nicht aus heiterem Himmel. Manchmal wäre ihm ein unkontrollierter Gefühlsausbruch von ihr lieber gewesen als das Schweigen oder Ablenkung auf ihre Tätigkeit als Bäuerin. In Wirklichkeit war das nicht Fede. Oder wusste sie um ihr Manko und versuchte, dieses mit ihrer Fürsorge für die Tiere zu legitimieren?

»Ich werde mir den neuen Erdenbürger ansehen.«

»Tu das. Ich suche weiter nach Informationen.«

Max setzte sich wieder in Bewegung. War sie so kalt? Oder bildete er es sich bloß ein? Hatte sie, seit sie mit Christian auf dem Drachenried lebte, Züge von dessen Leben angenommen? Sex werde überbewertet, war vielleicht nicht nur Christians Meinung.

Hinter dem Haus gab es eine große Wiese, die im Frühling von einem Teppich goldgelber Sonnenwirbel bedeckt war. Mittendrin blühten Apfel- und Birnbäume. Ein Traum, der in der aktuellen Jahreszeit dunkelgrünen Blättern und kleinen Obstnippeln gewichen war, ohne seinen Reiz zu verlieren. Im Schatten des Nussbaumes grasten die Kühe Rambo und Mimi. Selene schaute die ihr fremde Welt mit ihren großen braunen Augen an. Noch ging das Kälbchen auf wackeligen Beinen, aber ihm schien der Platz zu gefallen.

Christian lehnte an einem der Baumstämme. Er hatte das linke Knie angewinkelt, die Arme verschränkt und grüßte Max, als er ihn erreichte. »Fede hat sich auf die Ferien mit dir gefreut. Was ist dazwischengekommen? Sie will es mir nicht sagen.«

»Ein Auftrag. Kann sein, dass wir in absehbarer Zeit ins Berner Oberland fahren. Solltest du schon Pläne geschmiedet haben, was unsere Abwesenheit betrifft, steht dir nichts im Weg.«

Christian stieß sich vom Stamm ab. »Ich habe Fede zugesichert, dass ich hier die Stellung halte. Was also soll die Bemerkung? Hast du Zoff mit Fede?«

»Nein, aber ich wünschte, sie wäre laut geworden. Sie nimmt es einfach hin.«

»Sie liebt dich.«

»Schade, dass sie es mir nicht zeigen kann.«

»Du musst sie verstehen.«

»Was mir gerade etwas schwerfällt.«

»Als ich sie kennenlernte, war sie freier im Kopf.« Christian tippte sich an die Stirn.

»Was meinst du damit, freier im Kopf?« Max spürte ein verdächtiges Stechen in der Herzgegend. Versuchte Christian gerade, einen Keil zwischen ihn und Fede zu treiben? Was war der Grund?

»Willst du meine Meinung hören?«

So hatte Max Fedes Mitbewohner selten erlebt. »Bitte, wenn es der Sache dient.« Er rang um eine klare Stimme.

»Früher lebte sie ohne Beziehung, machte ihr Ding, war glücklich und zufrieden. Wir wohnten zwar unter dem gleichen Dach, aber jeder für sich. Wir trafen uns höchstens zum Essen und, wenn es der Zufall wollte, auch mal zu einem Drink im Garten. Sie musste all das aufgeben, seit du in ihr Leben getreten bist ... du und deine Mutter.« Christian hielt die Handflächen abwehrend gegen ihn. »Meinst du, nur dir fällt Fedes Veränderung auf? Im Gegensatz zu dir, versuche ich herauszufinden, weshalb.«

Ha, Christian war gerade der Richtige. Er hatte von Beziehungen nicht die leiseste Ahnung.

»Zudem hast du ihr wehgetan.«

»Die Sache mit Masha. Verdammt. Will sie mir diese Geschichte ein Leben lang nachtragen?«

»Sie will Antworten. Das kannst du ihr nicht verübeln.«

Fede analysierte diesen Ausrutscher, war ja klar. So schlecht schätzte Max sie nicht ein. Ob sie ähnlich über ihn und Milagros dachte, wie Christian es soeben angedeutet hatte? Seit Milagros am Brienzersee wohnte, besuchte sie weniger oft das Drachenried und mischte sich demzufolge kaum mehr in Max' Leben ein. »Weißt du, was? Eigentlich geht dich meine Beziehung zu Fede nichts an.«

»Du hast mich gefragt. Ich habe dir geantwortet. Ich persönlich würde mit ihr reden. Verstehe es als einen guten Rat von einem Freund. Ich mag dich nämlich.« Christian entfernte sich vom Platz.

Natürlich hatte er recht, aber er hätte es nicht so offensichtlich aussprechen sollen. In was für einen intellektuellen Sumpf hatte Max sich hier gesetzt? Kopfschüttelnd ging er zurück zum Haus, wo Fede noch immer über dem Laptop brütete.

Sie blickte auf. »Gut, bist du hier. Ich habe die Namen der beiden Frauen. Constance Glatthard und Evelyne Sommerhalder. Auch die näheren Angehörigen konnte ich ausfindig machen. Ich denke, wir dislozieren heute nach Meiringen. Ich habe mir ein paar Unterkünfte angesehen. Im Hotel Sherlock Holmes hat's noch freie Zimmer. Die Taufe von Selene müssten wir verschieben.«

VIER

»Die Familie Schuster kauft seit Monaten dieselben Kräcker bei ›Meierhans‹ in Meiringen. Auch Joghurt ist bei denen der Renner. Seit Neustem haben sie ihren Einkauf jedoch nach Interlaken verlegt, dorthin, wo es die Himbeerjoghurts gibt. Wäre vielleicht ein Grund, Himbeere wieder ins Sortiment bei ›Meierhans‹ zu nehmen.« Maria Sommerhalder streckte ihren Rücken und strich sich mit den Händen über die Stirn. Die schwülfeuchte Luft von draußen drang ins Büro und setzte sich wie ein klebriger Film auf ihrer Haut fest. Maria blickte auf den Bildschirm, wo sie die Einkäufe der Kunden überprüfen konnte. Dank der Megacard, welche die Leute an der Kasse vorwiesen und die eingescannt wurde, waren der Ort der Einkäufe, das Quantum und die Vorzugsprodukte ersichtlich. Marias Aufgabe bestand darin, anhand der Daten Listen zu erstellen und diese auszuwerten. Dadurch behielt ihre Abteilung die Übersicht über die Verkäufe, und sie konnte entsprechenden Support geben für Werbung und Aktionen. Aber vor allem wusste man über das Kaufverhalten der Kundschaft Bescheid.

Sven Heller hüstelte hinter vorgehaltener Hand. Wie jeden Morgen war er der Letzte, der ins Büro gekommen war. »Der Standort Meiringen hat kaum Platz für eine Aufstockung. Warum sollten wir wegen *einer* Familie die Regale überladen?«

»Es geht nicht bloß um diesen einen Kunden. Die Nachfrage nach dem fehlenden Produkt übersteigt die Fünfprozentmarke.«

Heller schien kein Ohr für ihr Anliegen zu haben. »Hast du herausgefunden, woran der schleppende Verkauf bei den Meringues liegt?« Themenwechsel. Wie üblich, wenn ihm ihre Meinung nicht in den Kram passte oder er mit ihrer Anwesenheit überfordert war.

»Wir sollten wieder einmal eine Aktion starten«, sagte Maria.

Heller schüttelte den Kopf. Seine zurückgesprayten Stirnfransen flogen ihm ins Gesicht, obwohl er auf das Haargel schwor, dessen Werbeauftritt er kürzlich in Umlauf gebracht hatte. »Die letzte liegt kein halbes Jahr zurück.«

»Diese war meines Erachtens etwas gar kitschig. Wer bringt Meringues mit Sherlock Holmes in Verbindung?«

»Beides sind Produkte aus Meiringen.« Heller gab sich beleidigt.

»Bei den Meringues gebe ich dir recht. Eine Legende besagt, dass um 1600 herum ein Konditor namens Gasparini an seinem Wirkungsort Meiringen die Süßigkeit aus Zucker und geschlagenem Eiweiß hergestellt hatte. Aus ›Meiringen‹ wurde ›Meringues‹. Man könnte sie umbenennen. Anstelle von Meringues Meiringer Klapperbrötchen.«

»Spitzfindig.« Heller lachte. Er hatte ja keine Ahnung.

»Holmes dagegen verbindet man mit Kriminalromanen oder mit London. Für die Meringues sähe ich eher eine Kuh oder einen Kessel voller Milch. Meringues genießt man am besten mit Schlagrahm.«

Das hörte Heller nicht gern, wenn Maria seine Werbung anprangerte. Er war seit drei Jahren Marketingchef des Großverteilers »Lupo« und prahlte mit Auszeichnungen, die er als gelernter Grafiker eingeheimst hatte. »Ich wäre dafür, dass wir mit dem Preis nach oben gehen und dafür Prozente anbieten«, sagte er.

Maria ging nicht darauf ein, dachte sich aber ihre Sache. Es war bald zur Gewohnheit geworden, dass sie den Preisüberwacher im Haus hatte und Heller sich rechtfertigen musste. »Meringues mit Rahm als Aufhänger sind naheliegender. Ein Mädchen wie Heidi zum Beispiel, welches auf der Alp ein feines Dessert zubereitet.«

»Das hatten wir schon. Zudem ist ›Heidi‹ altbacken.«

»Die Konsumenten haben Sehnsucht nach Tradition.« Maria versuchte zu lächeln, was ihr nicht gelang. Seit Evelyne sich das Leben genommen hatte, empfand Maria tiefe Trauer, die sie vor allem nachts einholte. Sie war froh um den Job. Sie brauchte das

Geld. Ihr Mann hatte sie verlassen, das Schicksal sie auseinandergetrieben. Sie waren nicht fähig gewesen, gemeinsam um ihre Tochter zu trauern, und Freunde hatte sie nicht.

Nach einem kurzen Klopfen ging die Tür ins Büro auf, und Hellers Sekretärin schob sich in den Raum. Minirock und Rüschenbluse, die Haare hochgesteckt und Lippenstift – die wandelnde Werbekampagne der Abteilungen für Kleider und Kosmetik. »Maria, hast du Zeit? Da steht wer am Empfang, der dich sprechen will.«

Maria sah Heller an, um auf seinem Gesicht eine Reaktion zu lesen.

Dieser nickte. »Geh schon. Ist sowieso bald Mittag.«

Maria sicherte die Dateien. Sie ließ sich Zeit, während die Sekretärin nervös an ihrer Bluse herumnestelte. »Kennst du ihn?«

Die Sekretärin hob ihre Schultern. »Er sagt, er sei Detektiv.«

Maria erhob sich, schob den Bürostuhl ordentlich unter das Pult und beeilte sich nicht. Fast provokativ langsam verließ sie das Büro, vorbei an der Sekretärin, deren Arm sie streifte. »Wie ist sein Name?«

»Maximilian von Wirth. Er sieht gut aus.« Die Sekretärin verdrehte schmachtend die Augen.

Der Mann hatte ihr den Rücken zugedreht, wandte sich jedoch sofort zu ihr herum, als sie auf ihn zuging. Gut aussehend? War untertrieben. Von Wirth hatte etwas Unverschämtes an sich. Seine Augen leuchteten wie Smaragde im gebräunten Gesicht, und seine Haare erinnerten an Pech. Kein Einheimischer, ging Maria durch den Kopf.

»Sind Sie Frau Sommerhalder?«

Und diese Stimme. Sonor, aber nicht zu tief, mit einem Timbre, das Maria unter die Haut ging.

»Worum geht es?« So schnippisch hatte sie nicht antworten wollen. Sie hustete einen störenden Kloß in ihrem Hals weg. Fehlte noch, dass sie wie ein Schulmädchen errötete. Und das mit zweiundfünfzig, ein Alter, in dem man die Frauen nicht mehr beachtete. Sie passte längst nicht mehr ins Beuteschema des männlichen Geschlechts, und seit ihre Tochter gestorben war, ließ sie sich gehen. Hätte sie bloß etwas Rouge aufgetragen und die Augen mit Lidschatten betont. Maria kam sich nackt vor.

Von Wirth streckte ihr seine Visitenkarte entgegen. Dabei berührten sich ungewollt ihre Hände. Wie elektrisiert las Maria den Text. »Maximilian von Wirth und Federica Hardegger – Detektei, Hergiswil«. Telefonnummer und E-Mail-Adresse waren ebenfalls vermerkt. Er arbeitete nicht allein. Betont lässig schlenderte Maria zur Tür, welche in die Kantine führte. Ihre Kluft sah nicht gerade sexy aus. Sie trug graue Hosen und eine schwarze Bluse, was zu ihrem hellen Teint wie die Faust aufs Auge passte. Seit April waren solch eintönige Klamotten bei ihr Standard.

»Wenn Sie mögen, können wir uns beim Essen unterhalten.«

»Gern.« Von Wirth trabte hinter ihr her.

Einzelne Mitarbeiter hatten sich an die Tische verteilt, nachdem sie am Buffet ihre Ration geschöpft hatten. Maria entschied sich für zwei Portionen Tagliatelle, welche der Koch aus der Mikrowelle zog. Diese Woche standen Probeessen an. Man wollte testen, was man den Kunden anbot.

Von Wirth hatte sich längst gesetzt. Möglicherweise aß er lieber Frischzubereitetes. Damit konnte Maria ihm heute nicht dienen. Sie stellte das Tablett mit den Tellern ab und servierte zwei Fläschchen Mineralwasser dazu, Meiringer Sprudel. Maria setzte sich. Nach Essen war ihr nicht zumute, sie war aber froh, sich an Messer und Gabel festhalten zu können. Von Wirth machte sie nervös. Sie zwang sich zu zwei Bissen von den Teigwaren. Von Wirth schaufelte die Tagliatelle in seinen Mund, als hätte er tagelang nichts gegessen. Kein Wort zum Geschmack, der weniger an die Italianità, für die beim Genuss geworben wurde, als vielmehr an einen Mehlbrei mit unbekanntem Aroma erinnerte. Aber hier war Marias Meinung nicht gefragt.

»Schmeckt es Ihnen?«

Er sah sie lächelnd an. »Nicht fünfsternewürdig, aber auch nicht schlecht.«

»Die kommen bald ins Sortiment unserer Ladenkette.«

Von Wirth legte das Besteck übers Kreuz in den Teller. Es schien, als könnte er mit dem Namen nicht viel anfangen. »Sie arbeiten schon lange für ›Lupo‹?«

»Ja, seit ein paar Jahren. Aber erklären Sie mir jetzt, warum Sie mich sprechen wollen?«

»Es geht um Ihre Tochter Evelyne.«

Von Wirths Worte schlugen wie eine Bombe ein.

Maria spürte, wie sich ihr Hals zuschnürte. »Ich habe der Polizei alles erzählt, was wichtig ist, damals, als man sie aus dem Wasser geholt hatte. Ich konnte es zwar nicht glauben, aber es deutete alles darauf hin, dass sie sich umgebracht hatte.«

»Suizid?«

»Ich ... ich ...« Maria schaffte es nicht, nicht zu stottern. »Was wollen Sie damit andeuten?« Ihre eigene Stimme hörte sich zittrig an. Warum ließ man sie nicht einfach in Ruhe?

»Ich habe den Auftrag, wegen eines erneuten Suizids zu ermitteln. Vielleicht haben Sie es mitbekommen. Vorgestern sprang eine junge Frau in den Tod, an der fast gleichen Stelle wie Ihre Tochter. Ihre Tochter war im April nicht die Einzige, die sprang. Da tauchen Fragen auf.«

»Was soll das?« Maria sah sich um. Sollte wieder alles von vorn beginnen? Mit stundenlangen Vernehmungen? Würde man die Wunden wieder aufreißen? In den letzten Wochen hatte sich zumindest eine feine Kruste darüber gebildet, je mehr Abstand sie von der ganzen Tragödie bekam. Mit dem Sommer und dem hellen Licht war Hoffnung eingekehrt. Die durchweinten Nächte waren weniger geworden, die Selbstzweifel hatten neuer Kraft Platz gemacht. Maria hatte gelernt, das Schicksal anzunehmen. Die Traurigkeit war geblieben. Manchmal brauchte es nur einen kleinen Gedanken an Evelyne, und der Abgrund vor ihr tat sich wieder auf. Die Nachricht der Polizei, die mitfühlenden Worte des Care Teams, dass man den Wunsch der Tochter akzeptieren müsse – sie hatte gedacht, sie müsse selbst gleich sterben. Doch sie hatte sich damit abgefunden. Es war Evelynes freier Wille gewesen. Ihre Zeit war abgelaufen. Und nun kam einer daher, der alles von Neuem durcheinanderbrachte und ihr den sicheren Boden unter den Füßen wegziehen wollte.

»Ich kann Ihnen den Namen meines Auftraggebers nicht verraten. Es liegt aber in seinem Interesse, die Wahrheit zu erfahren und den zu Unrecht Beschuldigten zu rehabilitieren.«

»Einen Beschuldigten? Sie meinen, jemand habe sie gestoßen? Von dem weiß ich nichts. Zudem bringt es mir meine Tochter nicht zurück. Und das Interesse Ihres Auftraggebers ist sicher nicht meines.« Sie verhaspelte sich, während sie auf die farblosen Tagliatelle starrte.

»Ihre Tochter war zweiunddreißig Jahre alt, richtig?« Von Wirth schob den halb leer gegessenen Teller zur Seite und entnahm einer Mappe, die er auf einem Stuhl liegen hatte, Dokumente und einen Schreibblock. Er ließ sich von Marias Bedenken nicht abhalten. »Wo hat sie gearbeitet, bevor sie ... starb?«

Früher hatte es nichts Erbaulicheres gegeben, als von Evelynes Tätigkeit zu erzählen. Maria war stolz auf ihre Tochter gewesen, die bereits in der Primarschule und später am Gymnasium ihren Fleiß und den Durchhaltewillen unter Beweis gestellt hatte. Maria spürte, wie sich ein warmes Gefühl in ihr ausbreitete. Wenn sie über ihre Tochter sprach, verschwand diese nicht ganz aus ihrem Leben. Es waren so viele Erinnerungen, die ihr ein wenig von dem damaligen Glück zurückbrachten. Wenn dieses Heftige des Todes nicht so schmerzhaft gewesen wäre und die Frage, was sie, Maria, in ihrer Erziehung falsch gemacht hatte. »Sie hat Medizin studiert. Ihr Ziel war die Psychiatrie. Sie praktizierte zuerst zwei Jahre in der Privatklinik Meiringen, danach holte man sie ins drei Kilometer entfernte Sanatorium Santa Madre.«

»Santa Madre?« Von Wirth sah sie überrascht an.

»Das kennen die wenigsten. Ist auch schwer zu finden. Es liegt hinter der Burgruine Resti, mitten im Wald. Im Sommer sieht man es kaum von der Straße aus, obwohl es fünf Stockwerke hoch ist. Im Winter wirkt es unbewohnt und unheimlich zwischen den Tannen und blätterlosen Bäumen.«

Von Wirth machte sich Notizen. »Wie lange war sie im Santa Madre?«

»Knapp drei Jahre.«

»Hat man sie der Privatklinik abgeworben?«

»Nicht, dass ich wüsste. Sie wollte noch mehr Erfahrungen sammeln, und ins Sanatorium gelangen oft die Fälle, für die Hopfen und Malz verloren ist ... zu Evelynes Zeit war das so.«

»Hat Ihre Tochter darüber gesprochen?«

»Sie hat einstweilen Bemerkungen darüber gemacht, ohne konkret zu werden.« Maria fühlte sich unwohl. Die gleichen Fragen hatte die Polizei gestellt und sich wahrscheinlich selbst einen Reim auf Evelynes Suizid gemacht. Möglicherweise hatte sie mit der psychischen Belastung nicht umgehen können. »Hören Sie, ich glaube nicht, dass ich Ihnen helfen kann.«

»Hat sich Ihre Tochter darüber geäußert, dass sie verfolgt wird? Hatte sie Feinde?«

Er gab wohl nicht auf. »Nein.«

»Hat sie einen Abschiedsbrief hinterlassen?«

»Nein.« Maria wischte sich die Tränen ab. Dieser von Wirth kannte nichts. Er bohrte in ihrer Seele, holte Vergangenes brutal wieder hervor.

»Existieren Dokumente, die Sie mir aushändigen könnten?«

»Was für Dokumente?« Dieser Kerl erdreistete sich. Für Maria verlor er an Sympathie.

»Hatten Sie Akteneinsicht über die polizeilichen Ermittlungen, was den Tod Ihrer Tochter betraf?«

»Ich erfuhr lediglich, was genau passiert war. Dabei blieb mir der Gang ins Institut für Rechtsmedizin in Bern nicht erspart.« Maria presste die Hand auf den Mund, um nicht zu schreien. Die schrecklichen Bilder kehrten mit aller Gewalt zurück. Der Moment, als sie ihr geliebtes Kind auf diesem Aluminiumschragen hatte liegen sehen, eine seelenlose Hülle, auf der Brust eine blaurote Narbe, die bis hinunter zum Schambein reichte. Die einst langen Haare waren abrasiert, der Kopf wies Wunden auf. Das Schlimmste waren ihre Verletzungen im Gesicht gewesen.

Der Sturz über die Wasserfälle und das Aufschlagen auf den Felsen hatten sie entstellt. Es war schwer zu ertragen gewesen, ihre einst fröhliche Tochter zu identifizieren. Ihr Verstand hatte Ja gesagt, dass sie es war, ihr Herz hatte geblutet und alles nicht für möglich gehalten. Maria war zusammengebrochen.

»Was ist passiert?« Von Wirths Stimme war sanfter geworden. Vielleicht war er gar nicht so kalt, wie sie glaubte.

Maria klammerte sich am Teller mit den erkalteten Tagliatelle fest und drückte ihre Fingernägel gegen das Porzellan, dass es schmerzte. »Die Polizei sprach davon, dass sie vor der Brücke zuerst mit dem Rücken aufgeschlagen war. Aber das war nicht die tödliche Ursache. Sie sei wahrscheinlich bewusstlos geworden und daraufhin ertrunken. Sie wurde gebissen. An ihrem Hals gab es Bissspuren ... vielleicht hat ein Tier sie angefallen, als sie bereits im Wasser lag. Es ist nichts Neues, dass Wölfe durch unsere Wälder streifen und sich die Beute aus den Bächen holen. Den Körper oder das, was davon übrig war, rissen die Fluten mit. Gefunden hatte man sie letztendlich unterhalb der Bergstation.«

Von Wirth kniff die Augen zusammen. »Sie sagten, sie habe Bissspuren am Hals gehabt?«

»Das weiß ich nicht genau.« Sie merkte, wie sie sich widersprach. »Es hätten auch Kratzer sein können oder Stiche, die sie sich selbst zugefügt hatte, bevor sie sprang. Ich habe nicht danach gefragt. Was weiß man, was in jemandem vorgeht, wenn er keinen Ausweg mehr sieht. Die Polizei gab sich bedeckt. Der Fall wurde archiviert. Es war Suizid. Meine Tochter hat sich umgebracht. Ich habe es aufgegeben, nach dem Grund zu suchen.«

**

Den Besuch in der Klinik verschob Max auf einen der nächsten Tage. Er erachtete ihn als nicht relevant, war bloß ein Strang im Leben der Evelyne Sommerhalder. Wichtiger schien ihm ein Treffen mit den Eltern der Toten, die man zwei Tage nach Evelyne aus dem Reichenbach geborgen hatte. Max war mit Fede so verblieben, dass sie sie anrufen würde.

Unverkennbar das Logo auf der weißen Hotelfassade. Das Profil von Sherlock Holmes: ein Mann mit Deerstalker-Mütze, markanter Nase und einer Pfeife im Mund; Ehrenbürger von Meiringen, Kultfigur im Berner Oberland, die für Verschiedenes Pate stand: für ein Museum mitten im Dorf, für den Krimi-Spaß für Jung und Alt, für Schokolade. Selbst ein Käsefondue wurde danach benannt. Und wenn man bei der Bäckerei und Konditorei »Frutal« in die Auslage sah, waren der Phantasie keine Grenzen gesetzt.

Als Max den Hotelempfang betrat, wurde er von einem Asiaten überschwänglich begrüßt. Im Hintergrund erklang Musik. Ländler. »Ihre Frau ist schon oben. Sie hat den Anmeldeschein ausgefüllt. Herr von Wirth, richtig?« Der Rezeptionist lächelte ihn an. »Die Nummer –«

»Max, da bist du ja.« Fede unterbrach den Redeschwall des Mannes.

»Von Wirth oder Hardegger?«

»Hä?«

»Mit welchem Namen hast du uns angemeldet?«

»Ist das wichtig?«

»Ja, mir schon.«

»Bist *du* gut drauf. Mit beiden.« Fede nahm ihn beim Arm. »Ich hatte ein Gespräch mit Constance Glatthards Eltern. Sie sind einverstanden, wenn wir sie noch heute Abend treffen. Wie lief es bei dir?«

»Evelynes Mutter scheint mir noch immer völlig durch den Wind zu sein. Den Tod ihrer Tochter nimmt sie zwar hin, mit deren Selbstmord hat sie sich abgefunden. Aber vieles wirkt wie aufgesetzt.«

»Wenn ich die Todesanzeigen und deren Wortwahl lese, gab es keinen Zweifel, auch bei der anderen Selbstmörderin nicht. Diese Frauen sind sang- und klanglos aus ihrem Leben geschieden.«

Max folgte Fede bis zum Aufzug. Er drückte auf den Pfeil,

der nach oben wies, und wartete. »Maria Sommerhalder hat da so Andeutungen gemacht, dass der Hals ihrer Tochter mit undefinierbaren Wunden übersät gewesen sei. Wenn du mich fragst, wurden vielleicht forensische Abklärungen verschlampt.«

»Starker Tobak.« Fede betrat den Lift und drückte den Knopf in die dritte Etage.

Max ging hinter ihr her. »Wo gearbeitet wird, werden Fehler gemacht.«

»Aber doch nicht in zwei Fällen nacheinander.«

Der Aufzug setzte sich in Bewegung. In der Kabine roch es nach Küche. Es konnte ein Kartoffelgericht sein. Max bekam Hunger. Die Tagliatelle hatten ihm nicht gereicht, zumal er sie nur zur Hälfte gegessen hatte. Sie hatten ihm nicht geschmeckt, aber das hatte er Maria Sommerhalder nicht sagen können, nachdem sie ihn zum Essen eingeladen hatte. »Im dritten Fall gehen die Behörden anders vor.«

»Genau, indem sie einen kürzlich entlassenen Häftling beschuldigen.«

»Was an und für sich ein Rätsel ist. Weshalb engagiert Sandro Anderegg uns kurz nach dem Ereignis bei den Reichenbachfällen?«

»Weil er nicht an die Unschuld seines Bruders glaubt?«

Sie erreichten den dritten Stock und verließen den Lift.

»Oder er fühlt sich vom Bruder unter Druck gesetzt. Will er etwas wiedergutmachen? Ein schräger Vogel, das kann ich dir sagen.« Max erzählte von der Gummipuppe und Andereggs Einladung, sie sich näher anzusehen.

»Hast du sie angenommen?«

»Was?«

»Die Einladung.« Fede ging den Korridor entlang bis zu einer Tür.

»Wofür hältst du mich?«

Sie drehte sich zu ihm um. »Du besteigst ja sonst auch alles.«

Max blieb perplex stehen. »Willst du mich bis an mein Lebensende bestrafen?«

»Ja.«
»Können wir das nicht einfach begraben?«
»Nein.«
»Das ist nicht dein Ernst.« So radikal erlebte er Fede selten, und wenn er in ihr Gesicht sah, meinte sie es ernst.
»Komm schon, war nur Spaß.« Fede steckte den Schlüssel ins Schloss und öffnete. »Tadaaa ... Zimmer mit Aussicht. Man sieht direkt an den Ausläufer des Waldes. Und den Laptop habe ich bereits installiert. Hier lässt sich gut arbeiten.«
 Max schwang sich auf das Doppelbett. Ob sich hier auch gut schlafen ließ? Wie konnte Fede ihn so vor den Kopf stoßen? Würde sie sich wegen des Seitensprungs an ihm weiterrächen? Es war nicht das erste Mal, dass sie eine solche Bemerkung fallen ließ. Aber die kamen stets zu den unmöglichsten Zeiten. Dabei hatte Max sich solche Mühe gegeben, im Verlauf der letzten Monate zärtlich zu Fede zu sein. Oftmals wies sie ihn ab, aus unerfindlichen Gründen. Im Gegensatz dazu kuschelte sie sich an ihn, wenn er nicht in Laune nach Schmusen war.
 Fede blieb beim Fenster stehen und blickte auf die Parkplätze gegenüber. »Constance Glatthard war Apothekerin, wusstest du das?«
 Max erhob sich, ging zur Minibar und schaute fast eine Minute auf die gefüllten Regale. Wein und Champagner in Miniflaschen, ebenso Fläschchen mit Mineral und Cola. Die kleinsten unter ihnen enthielten Kirsch und Williams. Minimal in jeder Hinsicht. Eine Packung Schokolade hatte es auch drin. Runde Plätzchen mit Marzipanüberzug und dem Emblem von Sherlock Holmes. »*What else?*« Max griff nach dem Williams. Sein Magen rumorte. Kein Hunger. Es waren die Tagliatelle, die ihm schwer auflagen.
 »Hörst du mir zu? Constance Glatthard hat in einer Apotheke gearbeitet. Vielleicht gibt es Verbindungen.«
 »Wir wissen nicht genau, wo wir beginnen sollen, und du sprichst von Verbindungen?« Max schraubte den Deckel des Fläschchens auf, stützte es an seine Lippen und trank es ex. Er

verkniff sich ein Rülpsen. »Heute Abend fahren wir zu den Glatthards, versprochen. Danach will ich mich Carlo Anderegg widmen, um den es schließlich geht.« Max wies auf den Koffer neben der Toilettentür. »Nicht umsonst habe ich so viel Papierkram mitgenommen.«

»Aktenstudium?« Fede stieß sich vom Fenster ab. »Ich hoffe, wir können diesmal strukturierter vorgehen als früher.«

»Strukturierter. Natürlich.« Max wusste, wie zynisch es klang.

***

Es war erst fünf Uhr, aber im Sanatorium breitete sich Dunkelheit aus. Nach dem Gewitter war die Sonne nicht wieder zum Vorschein gekommen. Es schien, als wäre die Nacht allgegenwärtig. Die Feuchtigkeit hatte sich ins Haus gedrückt, was einen müffelnden Geruch verursachte.

Im Gebäude gingen die Lichter an. Gelb schimmerte es von den kahlen Wänden. Das Zimmer, in dem sich die Ärzte und Therapeuten jeweils trafen, war mit wenig ausgestattet. Ein langer Tisch, darum herum billige hellbraune Lehnstühle, die jeden Rücken und jedes Gesäß malträtierten. Manche behaupteten, das sei gewollt, damit sich die Sitzungen nicht in die Länge zögen. Neben einer Leinwand hingen Zeichnungen, Skizzen und Texte von Patienten, die im Fokus der Ärzte standen. Kaum Erbauliches, selten Positives. Vor allem die Bilder wiesen auf die Schreckgespenster der Patienten hin, die diese gemalt hatten. Schwarz, Grau und Blutrot dominierten, als hätten sie mit diesen Farben das Elend ihrer kranken Seelen offenbart, das Monster auf Papier gebracht, manchmal in Form eines poetischen Ergusses. Ludwig aus Trakt drei zum Beispiel führte Tagebuch in Reimform.

Fontana setzte sich die Brille auf und warf einen Blick über den Goldrand in die Runde. »Fehlt jemand?«

Niemand antwortete. Papierrascheln und diskretes Husten breiteten sich aus.

»Gut, dann starten wir. Wir hatten heute eine Verschiebung von der Akutstation in die moderate Pflege, dazu einen Eintritt in den Aufwachraum. Ich komme später darauf zurück. Aktuell befinden sich zweiundvierzig Patienten im Haus, dreiundzwanzig Frauen und neunzehn Männer. Zehn in der zweiten, elf in der dritten, fünfzehn in der vierten und sechs in der fünften Etage. Im fünften Stock befinden sich zwei Patientinnen in einem bedenklichen Zustand. Bei der Klientin Cassandra, die vor drei Wochen eingeliefert wurde, will sich keine Veränderung zeigen. Wir müssen die Medikamente neu einstellen. Und die Klientin Sabrina. Gibt es neue Erkenntnisse über sie?« Fontana nahm Johanna ins Visier.

»Sie ist so weit stabil. Distraneurin verträgt sie gut. Das Medikament wirkt beruhigend und schwächt Unruhe ab. Vor allem auch die Schweißausbrüche während des Entzugs. Sabrina steht unter Beobachtung. Aus den Akten von Dr. Udrisold geht hervor, dass sich die Patientin kurz vor der Prodromalphase befand, als sie zu ihm kam. Im Vorhof zur Hölle. Höchste Zeit also, zu verhindern, dass sie chronisch an Alkoholismus erkrankt.«

»Sie ist jung. Könnte man die Dosis des Medikaments erhöhen?«

»Nicht bei diesem Untergewicht.« Johanna suchte den Blickkontakt zu ihrem Gegenüber. Dr. Papadopoulos allerdings war nicht bei der Sache.

»Warten wir demzufolge den nächsten Tag ab. Ist sie ansprechbar?«

»Sabrina?«

Fontana lächelte Johanna zu. »Wenn wir sie nicht therapieren können, ist ihr ganzes Leben verpfuscht, bevor es richtig begonnen hat.«

»Wir haben noch andere schwierige Fälle, die wir nicht aus den Augen lassen dürfen.« Johanna schob ihre Unterlippe vor. »Roger, zum Beispiel, der mit der Überdosis von letzter Woche, halluziniert. Zudem sind seine Leberwerte auf einem Allzeithoch.«

»Wir müssen mit Dr. Udrisold Kontakt aufnehmen. Es ist schließlich sein Patient. In Rogers Fall schließe ich eine Leberzellschädigung nicht aus. Das Blut zeigt einen erniedrigten Albuminspiegel auf. Die zunehmenden Ödeme in den Beinen bestätigen dies.«

Johanna nickte einvernehmlich.

Fontana seufzte innerlich. Wie er diese Frau begehrte. Und sie wusste es. »Es ist an der Zeit, dass Dr. Udrisold ein paar von unseren Patienten auf ihre Physis untersucht. Nicht alle vertragen die Medikamente gleich gut.«

»*Alle* aus Trakt fünf?« Papadopoulos reckte den Hals, was ziemlich arrogant rüberkam. Er hielt sich für etwas Besseres, sorgte oft für Widerstand, glaubte, einen eigenen Weg einschlagen zu müssen.

Fontana hatte ihn schon länger in Verdacht, dass er nicht die gleiche Philosophie vertrat wie der Rest der Ärzteschaft und Therapeuten im Haus. Fontana hätte ihn vor ein Ultimatum stellen sollen, als die Zeit dafür reif gewesen war, entweder er zog am gleichen Strick wie alle anderen, oder er musste gehen. Jetzt war es zu spät. Und auf die Schnelle einen Ersatz mit seinen Fähigkeiten zu finden, war schwierig. Überall herrschte Mangel an qualifiziertem Personal. Fontana konnte sich keinen Abgang erlauben. Er nahm das kleinere Übel in Kauf, behielt Papadopoulos jedoch im Auge. Ihn und das Reptil, dem er nicht zu hundert Prozent vertraute. Da konnte Paulina noch lange schöne Augen machen. Manchmal plagte ihn das seltsame Gefühl, die beiden würden hinter seinem Rücken etwas gegen ihn aushecken.

Fontana widmete sich wieder Johanna, während er sie in Gedanken auszog. Sie hatte einen schwierigen Charakter, ihr Körper jedoch ließ keine Wünsche offen. Sie war sexhungrig und begierig und kannte weder Scham noch Maß. Es war an der Zeit, sie wieder einmal auf sie zugemessen zu therapieren. »Wie weit bist du mit Roger?«

»Er leidet unter Alkoholentzugssyndromen. Zittern der

Hände, Schlaflosigkeit, Herzrasen und arterielle Hypertonie. Der diastolische Blutdruck hat den Wert von hundertzehn überstiegen, der systolische geht durch die Decke. Und wie gesagt, er halluziniert und hat Krampfanfälle.«
»Dann bringe ihn morgen um neun Uhr ins Behandlungszimmer. Bis dahin stelle ihn ruhig.«

***

Ein Chalet am äußeren Ende von Meiringen, die Bahnlinie, der Fluss, welcher das Karibikblau der letzten Tage trotz schlechten Wetters nicht verloren hatte: eine kleine Idylle vor dem Portal zur Aareschlucht. Die feuerroten Geranien an den Fenstern tupften die Tristesse farbig. Lieblich war das Haus, mit verspielten Rüschenvorhängen und Gartenzwergen vor dem Eingang.

Man hatte sie erwartet. Frau Glatthard führte Max und Fede in ein Wohnzimmer, das den Reiz vergessener Tage des letzten Jahrhunderts ausstrahlte. Es gab einen Kachelofen, mit allerlei Nippes dekoriert. Das Porträt einer jungen Frau in einem Holzrahmen hing über einer Kommode, auf der eine Vase mit verschiedenen Wiesenblumen stand, eine Telefonstation, ein Porzellanengel, eine brennende Kerze. Über allem lag der Geruch nach Lavendel.

Die Möbel ausgesucht, aber alt, und so geordnet, als hätte man sie für einen Katalog für Inneneinrichtungen aufgestellt. Bordeauxrote Ohrensessel, ein Jugendstilsofa, ein Salontisch mit einer Platte aus Mosaiksteinen. Alles sehr gepflegt. Der dreiarmige Leuchter musste aus den fünfziger Jahren stammen. Auf der einen Seite zogen sich Regale voller Bücher und Kostbarkeiten aus Glas über die Wand.

Max ließ sich nieder. Er sank ein in den weichen Samt, und Fede konnte ein Kichern nicht unterdrücken.

Frau Glatthard tischte Tee auf, das Set in erlesenem Porzellan. Ihr Hang zum Romantischen war nicht zu übersehen. »Mein Mann wird gleich runterkommen.« Sie deutete auf eine Treppe, die ins obere Stockwerk führte. »Er holt Unterlagen, die Sie interessieren dürften. Er hat sich gewundert, dass Sie ausgerechnet zu uns wollten. Was er davon hält, kann er Ihnen selbst sagen.« Max sah auf den filigranen Henkel, der zwischen seinen Fingern verschwand. Auf der hellgrünen Flüssigkeit schwammen Reste von Kräutern. Pfefferminze. Gewiss aus dem eigenen Garten. Frau Glatthard setzte sich. Nur Fede blieb stehen. In ihren knielangen ausgefransten Hosen und dem Tanktop wirkte sie wie eine Exotin in diesem stilvollen Raum. Sie trug eine Kette in verschieden langen Strängen, die bei jeder Bewegung klimperten, und um ihre Handgelenke hatte sie farbige Bänder gebunden, die ihren unzähligen Tattoos beinahe die Show stahlen. Frau Glatthard starrte sie eine Weile an, als sei Fede eine realitätsfremde Erscheinung. »Tragen Sie Strümpfe?«, fragte sie dann und zeigte auf Fedes Beine.

»Kunst am Bein, Frau Glatthard, das sind Tattoos.«

»Wie kann man seinen Körper so verunstalten?«

Fede schwieg und wandte sich der Treppe zu, über die Herr Glatthard kam. Jeder Tritt knarzte unter seiner Last. Auf den Armen transportierte er einen Berg von Akten und Ordnern und versuchte offensichtlich, die Balance zu halten.

»Guten Abend.« Er wuchtete den Packen auf den Tisch und stieß dabei die Teetasse seiner Frau um. Der Aufguss verteilte sich auf dem rosaroten Häkeltuch.

»Kannst du nicht aufpassen?« Frau Glatthard verlor kurz die Kontrolle.

»Entschuldige. Kommt nicht wieder vor.« Glatthard reichte Max die Hand und bedachte Fede mit einem Lächeln. »Sie sind nicht von der Polizei, richtig?« Ein stämmiger Kerl mit sanften Augen und gelichtetem Haar. Er hatte versucht, mit den wenigen verbliebenen Strähnen seinen beginnenden Kahlkopf zu kaschieren.

Fede machte sich bemerkbar. »Wir sind Privatdetektive.«

»Vorgestern gab es bei den Reichenbachfällen einen erneuten Suizid.« Max half Frau Glatthard, die nasse Häkeldecke vom

Tisch zu nehmen. »Die Polizei will diesmal nicht von einer Selbsttötung ausgehen und fahndet nach einem Mann. Dessen Bruder hat uns den Auftrag erteilt, nach der Wahrheit zu suchen.«

»Um welchen Mann handelt es sich?« Glatthard stützte seine Ellenbogen auf dem mitgebrachten Papierberg ab.

»Das kann ich leider nicht sagen.«

»Wie die Polizei«, sagte Frau Glatthard. »Sie waren im April nur kurz da, nachdem man unsere Constance aus dem Bach geborgen hatte. Sie erkundigten sich lediglich nach einem Abschiedsbrief. Dann schwiegen sie. Mein Mann wurde in die Rechtsmedizin vorgeladen. Ich selbst schaffte es nicht, hinzugehen. Bereits drei Tage später stand fest, dass Constance sich umgebracht hatte.« Frau Glatthard fuhr mit den Händen in ihr Gesicht und verbarg es.

Ihr Mann legte tröstend seine Hand auf ihre Schulter. »Es kommt immer wieder hoch. So ist das nun mal. Lisbeth versucht täglich, Constances Sachen zu entsorgen. Bis zum Toilettenschrank hat sie es gemeistert. Aber das Zimmer sieht noch genau gleich aus wie vor dem Unglück.«

»Hat Ihre Tochter bei Ihnen gelebt?« Max konnte es nicht ganz nachvollziehen. Als Apothekerin hatte sie bestimmt angemessen verdient.

Lisbeth Glatthard nahm die Hände vom Gesicht, das vom Weinen verquollen war, und putzte sich die Nase mit einem Stofftaschentuch. »Sie hatte immer ein Zimmer bei uns. Sie kam gern hierher. Sie sagte, es sei wie Ferien.«

Fede trat einen Schritt näher zum Tisch, blieb jedoch weiterhin stehen. »Erlauben Sie mir die Frage«, sie wandte sich an Lisbeth Glatthard, »hat sich Ihre Tochter darüber geäußert, dass sie bedroht wurde?«

»Bedroht?« Lisbeth Glatthard schaute mit weit aufgerissenen Augen zu ihrem Mann.

Glatthard brachte sich ein. »Uns fiel auf, dass sie unausgeglichener war. Etwas musste sie bedrückt haben. Als Eltern spürt man das. Aber Constance winkte immer ab, wenn wir den Versuch starteten, sie auszufragen. Es sei nichts, vielleicht ein bisschen überarbeitet, so ihre Antwort. Im Nachhinein sagten wir uns, dass sie ziemlich unter Druck gestanden haben musste, bevor sie ... bevor sie ...« Hier versagte Glatthards Stimme. Er schluckte ein paarmal schwer und fuhr mit der einen Hand über die Dokumente. »Diese Dinge wurden uns überbracht, bevor man die Apotheke Constances Nachfolgerin übergab. Notizen und persönliche Sachen.«

»Könnten Sie uns den Namen der neuen Apothekerin nennen und wo wir sie finden?« Max fächerte die Dokumente auseinander, sah nichts, das ihm von Interesses wegen sofort ins Auge gestochen wäre. »Und dürften wir die Papiere und Ordner mitnehmen?«

Glatthard nickte. »Wir können nichts damit anfangen. Wir haben genug mit den Sachen, die in unserem Haus zurückgeblieben sind. Wir sollten sie endlich wegräumen.« Er wandte sich anklagend an seine Frau. »Lisbeth, die Zeit ist reif.«

Max war es nicht recht, Zeuge einer heiklen Aufforderung geworden zu sein. Er wiederholte die vorletzte Frage, war sich nicht sicher, ob Glatthard sie verstanden hatte.

Glatthard verzog seine Miene, als würde ihm allein der Gedanke an die neue Apothekerin sauer aufstoßen. »Dr. Belinda Kohler.«

FÜNF

Fontana hatte es trotz vieler Interventionen, sein Behandlungszimmer sei zu düster, nicht umgestaltet. Dabei hätte ein heller Farbanstrich die Stimmung hier gehoben. Er wusste das. Der Stiftung fehlten die finanziellen Mittel, das Haus einer Generalsanierung zu unterziehen, sie setzte andere Prioritäten, und Fontana dachte nicht daran, auch nur einen Rappen aus seiner eigenen Tasche zu investieren. Er hatte anderes zu tun. Und solange die Nachfragen nach dem Sanatorium ungebremst weiter zunahmen, sah er keinen Grund, daran etwas zu ändern. Mit Ausnahme der Patientenzimmer im sterilen Weiß dominierten die dunklen Brauntöne im gesamten Gebäude. Fontana überließ es seinem Pflegepersonal, hin und wieder etwas für eine positive Ausstrahlung beizutragen, indem er sie Pflanzen und Blumen aufstellen ließ. Auch klassische Musik trug zu einer besseren Atmosphäre bei. Hauptsache, sauber. Vier Portugiesinnen reinigten im Schichtbetrieb fast rund um die Uhr sämtliche Räume, bekamen dafür Kost und Logis und einen Minimallohn.

Fontana hatte zwei Therapieräume, einen im ersten und einen im fünften Stock direkt unter dem Dach. Der Dachstock bot lediglich für allerlei Gerümpel Platz und war nur über den Turm im Westen erreichbar. Was man unten nicht mehr benötigte, wurde dorthinauf gebracht. Mit den Jahren hatte sich viel Unrat angesammelt, auch Dokumente aus der Zeit der Entstehungsgeschichte. Signor Dottore Massimo Caprici hatte das Sanatorium nach den Plänen eines befreundeten Architekten bauen lassen und war kurz nach der Eröffnung mit seiner psychisch kranken Mutter eingezogen. Die Tagebücher des Arztes, gesammelt in einem Band, waren bei Fontana auf großes Interesse gestoßen. Sie waren das Einzige, was er vom Dachboden geholt und in schlaflosen Nächten studiert hatte. Caprici hatte seine Mutter bis zu ihrem Tod hingebungsvoll gepflegt, hatte alle möglichen Methoden seiner Vorbilder Sigmund Freud und Carl Gustav Jung angewandt, teils jedoch erfolglos, wie er schrieb. Seine Mutter habe an Kräften verloren, sei »ausgezehrt« gewesen, am Ende nur noch Haut und Knochen. Es sei ihm nichts anderes übrig geblieben, als bei der geliebten Mamma seine eigene Behandlungsweise anzuwenden. Ein halbes Jahr später hatte er sie in ein einigermaßen erträgliches Leben zurückführen können, ohne die epileptischen Anfälle und frei von Halluzinationen. 1910 war sie im Alter von siebenundfünfzig Jahren gestorben. Geblieben war der Name der vergötterten Mutter: »Santa Madre«.

Johanna trat, ohne zu klopfen, ins Zimmer. Hinter ihr ging ein Pfleger und führte den Patienten Roger mitsamt Infusionsständer herein. Er sah aus wie ein Gespenst im beigefarbenen Trainingsanzug, den langen ungepflegten Haaren, die in sein blasses Gesicht fielen. Eine männliche Porzellanpuppe, zerbrechlich und nicht wirklich fassbar. Wie ein Todgeweihter, der mit letzter Kraft versuchte, aufrecht zu gehen.

Die Uhr über dem schweren Pult zeigte neun an. Pünktlich wie immer. Johannas Wangen glühten. Noch bevor sich ihre Blicke trafen, wusste Fontana, woran sie dachte. In der vergangenen Nacht war sie bei ihm gewesen, im Nordturm, wo seine Wohnung lag.

»Wie geht es Ihnen, Roger?« Fontana bat ihn, sich auf das braune Sofa zu setzen. Er hatte es sich angewöhnt, seine Patienten mit dem Vornamen anzusprechen. Seines Erachtens überwand dies Hürden und förderte das Vertrauen. Und dies war das Allerwichtigste. Roger musste ihm vertrauen können. Ihm und Johanna, die sich neben dem Sofa auf einen Stuhl setzte.

»Ich gehe zurück in den Gymnastiksaal«, befand der Pfleger. »Oder brauchen Sie mich noch, Dr. Fontana? In einer halben Stunde assistiere ich in der Bewegungstherapie.«

»Nein danke. Ich werde Sie rufen, sobald wir hier fertig sind.« Fontana sah dem Pfleger nach und schwieg, bis dieser die Tür hinter sich ins Schloss gezogen hatte. Er schritt zum Sofa, setzte

sich davor und nahm Rogers Hand, die sich kalt und mager anfühlte. Er roch säuerlich, eine Mischung aus Schweiß und ungewaschenen Socken. »Sie haben mir noch nicht gesagt, wie es Ihnen geht.«
»Ich habe Kopfschmerzen.«
»Kein Wunder, bei diesem Konsum an Alkohol. Was ist der Grund, weshalb Sie sich andauernd betrinken?«
Roger reagierte nicht. Vielleicht waren seine Worte nicht bei ihm angekommen.
»Eintritt war vor drei Tagen«, sagte Johanna, dass nur Fontana es hörte. »Ich habe die psychiatrische Anamnese seines Leidens erfasst. Sie unterscheidet sich wesentlich von Sabrinas Krankengeschichte, dies zum Vergleich. Seine Mutter hatte ihn im Badezimmer gefunden. Er war nicht ansprechbar gewesen, was Anlass für die Konsultation bei seinem Hausarzt und später bei seinem Psychiater war. Dieser hat ihn an uns verwiesen.«
Fontana wandte sich vom Patienten ab. »Kennt man die auslösenden Ereignisse?«
»Es gäbe familiäre Vorbelastungen. Sein Vater war Alkoholiker. Er starb an alkoholbedingter Leberzirrhose.«
»Genetisch bedingt, worauf ich mich nicht versteifen möchte.« Fontana drehte sich wieder zu Roger um. »Mein Lieber, so geht das nicht weiter. Sie trinken sich zu Tode. Ist es das, was Sie wollen?«
Roger sah zur Zimmerdecke. In seinen Augen lag großes Entsetzen.
Fontana folgte seinem Blick. »Sehen Sie dort oben etwas?«
»Es bewegt sich.« Roger begann zu zittern.
Er halluzinierte, war klar. Nach der Euphorie kamen die Trugbilder.
»Was genau?«, fragte Fontana.
»Etwas Schwarzes.«
»Können Sie es mir beschreiben?«
»Es ist schwierig.« Roger beruhigte sich ein wenig.
»Hat es Beine? Arme? Einen Kopf?«

»Ich weiß nicht.«
»Hörner? Schwarze Flügel?«
»Vielleicht ... schwarze Flügel.«
»Schwarze Flügel wie Luzifer, der gefallene Engel, nicht wahr?«
Roger ließ ein Röcheln vernehmen.
Fontana erhob sich seufzend. »Glaubst du, er ist so weit, Johanna?«, flüsterte er und sah die Ärztin forsch an. Sie hatte nichts getragen als einen Bademantel. Diesen hatte sie fallen lassen und war zur Stereoanlage gegangen, wo sie eine CD einlegte.
»Sicher. Am Morgen habe ich die Dosis reduziert. Er müsste jetzt empfänglich sein.«
»Blutdruck?«
»Noch immer hundertachtzig zu hundert.«
»Ein Risiko.«
»Haben wir eine Wahl?«
»Wir wagen es.« Das Bild, wie sich Johanna nach der berauschenden Melodie »Midnight City« von M83 vor ihm angekleidet hatte, vermochte er nicht zu vergessen. Zuerst das Höschen aus feiner Spitze, den BH, an dem noch das Preisschild hing, die Strümpfe, zuletzt das grüne Kleid. Eine Art »Striptease« in umgekehrter Reihenfolge, nicht weniger erregend. Sie hatte sich ihm entzogen, ihn leiden lassen. Er war um sie herumgetänzelt und sich dabei albern vorgekommen. Trotzdem hatte es in ihm den potenten Mann noch mehr entfesselt. Sie hatte ihn ausgelacht, so lange, bis er durchdrehte und bettelnd vor ihr in die Knie ging.
Er sah auf Rogers linken Unterarm, wo der Zugang der Infusion lag. »Wann hast du ihm zum letzten Mal eine isotonische Kochsalzlösung intravenös verabreicht?«
»Um sieben. Dazu ein Distraneurin oral.«
Fontana musste sich an der Nase kratzen. »Vielleicht sollten wir mit der Behandlung warten.«
Johanna war dagegen. »Es stehen noch weitere Patienten in der Warteschlange.«

Fontana wusste, dies war nicht der Grund für Johannas Beeilung. Seine Schuld. Er hatte sie an einem Sonntag zum Dienst gebeten. Sie nahm es ihm übel, obwohl sie sich nicht dazu äußerte. Aber er kannte ihre Mimik. Und wenn sie, wie jetzt, in diesem weißen Kittel auftauchte, musste er davon ausgehen, dass sie nichts darunter trug. Sie spielte mit dem Feuer und provozierte ihn. Eine Art Racheakt, weil er auf ihre Wünsche, was die freien Tage betraf, nicht einging.

Er hustete. Verdammtes Luder. »Wir können uns keinen Lapsus mehr erlauben.«

»Es ist wie eine Gratwanderung.« Johanna lachte auf. »Auf welche Seite fallen wir?« Sie erhob sich, ging zum Infusionsständer und tat so, als prüfte sie den Beutel mit der Lösung. Dabei warf sie Fontana einen zerknirschten Blick zu. »Wir sollten vorwärtsmachen. Bist du bereit?«

Roger hatte seine Augen halb geschlossen. Die Schemen über ihm schienen nicht mehr zu existieren. Der passende Moment, um mit der Behandlung zu beginnen.

***

Max sah auf die Uhr. Wenn es nach Fede gegangen wäre, hätten sie sich nach dem Flug nach Oslo, dem Inlandflug nach Bodø und einer Übernachtung auf dem Festland jetzt auf der Fähre zu den Lofoten befunden. Kurz überkam ihn Wehmut, und ihn quälte die Frage, ob er sich richtig entschieden hatte. In Gedanken sah er sich in der Businessclass ein Glas Champagner schlürfen und mit Honig und Salz geröstete Pekannüsse knabbern. Vor dem Fenster nur Blau, ab und zu eine Wolke wie Zuckerwatte, welche den Flügel des Airbusses streifte. Max war seit dem tödlichen Flugunfall seines Vaters nicht mehr geflogen. Und der Tandemflug mit dem Paraglider vor drei Jahren in Interlaken hatte sein Trauma verstärkt, anstatt es zu beseitigen. Max hatte in der Reise nach Oslo und Bodø die Chance gesehen, endlich seinen inneren Schweinehund und die Angst zu überwinden.

Nun saß er im Zimmer vor dem gekippten Fensterflügel im dritten Stock des Hotels Sherlock Holmes und beobachtete nichts als eine graue Suppe, die um das Gebäude waberte. Nach dem Frühstück, welches sie im Restaurant im Kreise von Touristen eingenommen hatten, hatte er sich hierher zurückgezogen und begonnen, die Dokumente zu sortieren. Sandro Anderegg, der keinen großen Hang zur Ordnung hatte, erschwerte mit dem Chaos die Arbeit zusätzlich. Gerichtsbeschlüsse, Zeitungsartikel, Notizen, ausgedruckte Berichte aus den Onlinemedien, sogar Leserbriefe waren durcheinander eingeheftet. Max ordnete alles nach Datum. Dies verschaffte ihm zumindest eine Übersicht über die Chronologie.

15. Mai vor sieben Jahren. Ein Sonntag. Carlo Anderegg und seine Freundin waren von Willigen mit der Standseilbahn zur Bergstation der Reichenbachfälle gefahren. Sie befanden sich auf dem Aufstieg Richtung Gasthaus Zwirgi, als es bei den Steintreppen der ersten Aussichtsplattform zu einem Handgemenge zwischen den beiden kam. Zeugenaussagen zufolge habe Carlo Anderegg seine Begleiterin an den Schultern gepackt und sie gegen das Geländer gestoßen. Sie habe sich gewehrt und um sich geschlagen, worauf Anderegg an ihren Hals griff und eine nicht definierbare Bewegung mit dem Kopf gegen ebendiesen vollzog. Eine Zeugin behauptete, sie habe gesehen, wie er die Frau gebissen hatte. Eine andere Zeugin wollte gesehen haben, wie Anderegg die Freundin über das Geländer gestoßen hatte. Das Opfer habe noch versucht, sich festzuhalten, habe aber das Gleichgewicht verloren und sei nach unten gerutscht, wo eine kleine Tanne im letzten Moment einen Sturz in den Abgrund verhindert hatte.

»Also nicht gefallen«, sprach Max laut vor sich hin. »Sie ist gerutscht, nicht gefallen.« Wahrscheinlich hatte ihr die Schwerkraft ihres Oberkörpers einen Streich gespielt. Auf einem Bild, das die ganze Figur der Verunglückten zeigte, fiel ihm auf, wie gut gebaut sie war. Trotz etlicher Zeugen hatte offenbar niemand über den genauen Tathergang Auskunft geben können.

Die verschiedenen Aussagen widersprachen sich. Nur in der Meinung, Carlo Anderegg habe die Frau vorsätzlich von der Treppe über das Geländer stoßen wollen, waren sich alle einig gewesen. Der Streit der Involvierten hatte eskaliert. Anderegg behauptete, er habe überreagiert und die Nerven verloren, habe aber nie die Absicht gehabt, seine Freundin zu töten. Carlo Anderegg hatte bislang einen tadellosen Leumund gehabt, was ihm bei der Urteilsverkündung zugutekam.

Max suchte nach dem Namen der Freundin. Sie hatte den Sturz mit Prellungen und einem komplizierten Bein- und einem Rippenbruch überlebt. Der Hals aber sei von seltsamen Bissspuren übersät gewesen. Max konnte sich keinen Reim darauf machen. Er fand die Anklageschrift und im ausführlichen Statement der Gegenpartei endlich auch den Namen. Corinne Häberli, wohnhaft in Meiringen, Köchin von Beruf. Bis vor sieben Jahren hatte sie im Parkhotel Escada gearbeitet. Ob sie dort wieder war, wusste er nicht. Max suchte unter search.ch ihre Wohnadresse, fand aber keine. Möglicherweise hatte sie keinen Festnetzanschluss.

Die Zimmertür ging auf. Der Luftzug wirbelte die Dokumente hoch. Max klatschte mit den Händen darauf, versuchte, ein Durcheinander zu verhindern. Zu spät. All seine Bemühungen landeten in Form zerwühlter Blätter auf dem Boden. Max schoss vom Stuhl hoch und ging in die Hocke, derweil er ein noch größeres Chaos vermied.

»Oh, sorry, der Wind …« Fede kam von einer Besichtigung der Burgruine Resti zurück, weil ihr das Sanatorium Santa Madre angeblich nicht aus dem Kopf ging. Die Apotheke, in der Constance Glatthard gearbeitet hatte, war am Sonntag geschlossen. Mit etwas hatte sie die Zeit vertrödeln müssen. Fedes Haare waren feucht vom Regen, und die Pelerine troff vor Nässe. »Hudelwetter«, beklagte sie sich und setzte sich aufs Bett. Es schien ihr egal zu sein, dabei die Laken zu nässen. »Von der Ruine aus kann man das Sanatorium sehen, wenn man weiß, in welche Richtung man schauen muss.«

Max unterbrach seine Tätigkeit und blickte Fede von unten her an. »Und? Warst du dort?«

»Vor dem Haus, in sicherer Entfernung, nicht drinnen. Ich kann mir nicht vorstellen, wie man dort gesund werden soll. Das Gebäude sieht gruselig aus und ist mit Maschendraht umzäunt. Gewiss ist es eine geschlossene Anstalt.«

»Steht vielleicht unter Denkmalschutz, wie so viele Gebäude im Berner Oberland. Schau dich um, nichts als Jugendstilhäuser.«

»Santa Madre gleicht eher einem Kloster in den Apenninen. Düster und unheimlich. Es gibt dort nicht mal einen Balkon. Die Fenster sind wie Gucklöcher, und die zwei Türme ragen bedrohlich aus dem Wald. Ich hatte echt kein Bedürfnis, dort hineinzugehen, obwohl eine Art Gartentor zum Haupteingang offen stand. Aber ich kann mir gut vorstellen, dass es Evelyne Sommerhalder zu viel geworden war. Vielleicht hatte ihr das Haus mehr zugesetzt als die Patienten, die es bewohnen.«

»Darüber können wir nur spekulieren. Innen sieht es vielleicht passabel aus. Solange wir nicht wissen, was genau der Grund für Evelynes Freitod gewesen ist, sollten wir die Finger davon lassen.«

»Wie willst du den Grund herausfinden, wenn wir nicht alle Möglichkeiten für eine Aufklärung ausschöpfen? Wir müssen mehr über Evelyne Sommerhalder und Constance Glatthard erfahren und über die Frau, die sich am Donnerstag umgebracht haben soll. Wer sind ihre Familien, gibt es Freunde, die sie gut gekannt haben? Gab es Vorfälle in der Vergangenheit, was einen Suizid rechtfertigt?«

»Zuerst möchte ich mir ein Bild von Carlo Anderegg machen. Aber bislang hatte ich keine Gelegenheit, ihn näher kennenzulernen. Er muss ein Choleriker sein. Es wäre mir lieber, du würdest an meiner Stelle noch einmal zu seinem Bruder fahren. Wir müssen in Erfahrung bringen, wo sich Carlo aufhält. Sandro wollte es mir nicht verraten. Ich muss Carlo sprechen. Ich bin es gewohnt, mir verschiedene Meinungen anzuhören. Am besten, wir bekommen die Informationen von ihm persönlich.

Ich würde gern seine Schilderung des Vorfalls vor sieben Jahren hören und warum die Polizei glaubt, er hätte etwas mit dem Fall vom letzten Donnerstag zu tun.«

»Ich soll das einfädeln?« Fede legte die Stirn in Falten. »Okay, bei dieser Gelegenheit lerne ich endlich Clementine kennen.«

***

Auf den Vorplatz fuhr eine schwarze Stretchlimousine zu, als Max und Fede aus dem Hotel traten. Sie hielt an, und ein livrierter Chauffeur stieg aus. Er spannte einen blauen Schirm auf und ging damit um den auf Hochglanz polierten Wagen herum. Er öffnete die hintere Tür. Die Regentropfen perlten von der Karosserie ab.

Fede lachte. »Ha, ha, schau, der Prinz von Zamunda ist auch da.«

»Schlimmer.« Max hielt die Hände vors Gesicht. Ihn traf fast der Schlag.

Zuerst sah er nur ihre Beine und auf unverschämte High Heels an den Füßen, die sie elegant auf den nassen Asphalt schwang. Ihr rotes Sommerkleid, das sie nur für besondere Anlässe trug, war längst aus der Mode gekommen. Aber Max wusste, wie sie es liebte.

»Was?«

»Haben wir vom Teufel gesprochen?«

Jetzt blieb auch Fede stehen. »Deine Mutter! Wie zum Henker weiß sie, dass wir hier sind?« Sie wollte sich umdrehen, als eine schrille Stimme über den Vorplatz tönte.

»Federica, Maximilian, was für ein Timing. Welch ein Empfangskomitee.« Milagros schulterte ihre Louis-Vuitton-Tasche, ein Andenken an die abgebrochene Kreuzfahrt auf dem Mittelmeer, und stöckelte auf den Hoteleingang zu. Der Chauffeur hatte alle Hände voll zu tun, damit sie unter dem Schirm im Trockenen blieb. Außer Atem erreichte sie das abgerundete Vordach. »Was für eine Überraschung.«

»Das kann man wohl sagen.« Max drückte ihr widerwillig einen Kuss ins Haar, das nach einem intensiven Lack roch. »Wir sind in Eile.«

»Ist er das?« Milagros drehte sich zu Fede um, die schadenfreudig schmunzelte. »Ihr hättet es mir sagen können, dass ihr ins Berner Oberland reist.«

»Was hätte es geändert?« Max gab sich angriffig. Seit Christian ihm die Meinung gesagt hatte, empfand er gegenüber seiner Mutter ein ambivalentes Gefühl. Sollte seine Beziehung zu Fede an ihrer zuweilen nervigen Gegenwart scheitern, würde er mit ihr Klartext sprechen müssen. Niemals würde er wegen seiner Mutter mit Fede brechen. Im Moment schien es jedoch, als freute Fede sich über Milagros' Ankunft. Sie umarmte sie und küsste sie dreimal auf die Wangen. Dabei wehte ein opulenter Parfümduft zu ihm herüber.

»Wer hat dir davon erzählt?«

»Christian. Ich habe ihn angerufen. Zum Glück bin ich im Besitz seiner Handynummer. Er hat den Anruf entgegengenommen, im Gegensatz zu dir und ... Federica.« Sie tadelte Fede mit einem spöttischen Augenaufschlag. »Was ist so wichtig, dass ihr ohne Benachrichtigung eure Pläne über den Haufen schmeißt? Ich dachte, ihr seid in Norwegen. Gut, hätte mich gewundert, wenn du, Maximilian, die Flugangst überwunden hättest. Gibt es Arbeit? Habt ihr einen neuen Fall?« Sie hob ihre Augenbrauen. »Klärt ihr mich auf?«

»Seit wann lässt du dich mit einer Stretchlimousine chauffieren?« Max deutete auf den schwarzen Cadillac, vor dem sich der Fahrer positioniert hatte, noch immer mit Schirm, als warte er darauf, von Milagros Order zu bekommen. Max hätte ihn am liebsten unters Vordach gebeten. Seine Mutter schaffte es immer wieder, die reiche Diva herauszuhängen, auf Kosten irgendwelcher armen Kerle.

»Ach, ich hatte einfach Lust dazu. Du kennst mich, mein lieber Maximilian. Ich bin zurzeit angewiesen, in der Nähe meines Wohnorts zu bleiben. Man gönnt sich ja sonst nichts.«

»Angewiesen?« Fede sah zuerst Max, dann Milagros an. »Gibt es denn Probleme mit deiner Gesundheit?«

»Ich habe mir den Knöchel verstaucht.«

»Und du balancierst mit einer Verletzung auf diesen Stöckelschuhen?« Max schaute auf ihre Füße.

»Wie du siehst, kann ich es noch.« Sie sah sich um. Ihr Blick blieb an der Fassade hängen, wo Sherlock Holmes' Kopf über braunen Holzbalken prangte. »Drei Sterne, aha. Also, in den Ferien seid ihr wohl kaum.«

»Wir haben einen neuen Auftrag«, sagte Fede leichthin und strich sich eine Haarsträhne aus dem Gesicht.

Milagros sah sie skeptisch an. »Könnt ihr meine Hilfe gebrauchen?«

Das fehlte noch. Max nahm Fede beim Arm. »Wir müssen uns beeilen.« Er wollte eine Diskussion verhindern. Milagros ging für seine Maßstäbe immer zu weit, war beharrlich und meinte, ihn noch immer bemuttern zu müssen.

»Aber wir haben doch alle Zeit der Welt. Das Dessert läuft uns nicht weg.« Fede beugte sich zu Milagros hinüber. »Wir wollten nämlich ins Parkhotel Escada, Kuchen essen und Kaffee trinken. Vielleicht möchtest du uns begleiten?«

Max verstand die Welt nicht mehr. Fedes Freundlichkeit seiner Mutter gegenüber war das Gegenteil von dem, was Christian ihn hatte glauben lassen. Bekundete er etwa selbst ein Problem damit, weil er Fede auf einmal nicht mehr für sich allein hatte? Schloss er von sich auf andere? Waren Max und Milagros in *sein* Reich eingedrungen? Gut möglich, dass er Angst davor hatte, Fede könnte ihn in naher Zukunft auf die Straße stellen. Er würde auf verlorenem Posten stehen. Nicht jede vertrug seinen verschlossenen Charakter.

»Ich bin dabei. Aber …« Milagros runzelte die Stirn. »Sagt mir, worum es in eurem neuen Fall geht.«

»Um … um einen Suizid.« Für den Anfang genügte diese Information, fand Max.

»Selbstmord?« Milagros' Stimme hatte eine höhere Oktave

angeschlagen. Ihr Chauffeur ließ den Schirm sinken und sah konsterniert zu ihnen herüber.

»Nicht so laut«, protestierte Max.

»Ermittelt ihr etwa aufgrund dieses Unglücks, das vor drei Tagen bei den Reichenbachfällen geschah?« Milagros strich sich enthusiastisch über das rote Kleid. »Die Sonntagszeitung ist voll davon. Selbstmord, sagtest du? Das sieht eher nach einem perfiden Mord aus, sonst wäre es nicht in den Medien erschienen. Das Opfer hat Bisswunden am Hals. Schrecklich. Ganz bestimmt hatte jemand seinen Hund nicht an der Leine und ihn womöglich auf die arme Frau gehetzt. Ich selbst fürchte mich jedes Mal, wenn mir Leute mit diesen Kötern entgegenkommen, die sie frei laufen lassen. Ein Pitbull oder ein Rottweiler hat die arme Frau gebissen, die dann vor Schreck über die Brüstung bei den Wasserfällen sprang. Fragt sich, was das kleinere Übel ist, von so einem Monster gebissen zu werden oder der Sturz in die Fluten. Der Hundebesitzer sollte zur Rechenschaft gezogen werden.«

»Steht das so in der Zeitung?«

»An den Wortlaut erinnere ich mich nicht genau. Aber man sucht nach Zeugen. Ha, Hund und Besitzer werden bereits über alle Berge sein. Ich hoffe, der Gerichtsmediziner deutet die Bissspuren richtig. Das Opfer kann sich kaum selbst gebissen haben.« Milagros' Augen glänzten. »Wir fahren jetzt zum Parkhotel Escada, und ich werde mir dort ein Zimmer mieten.« Ganz selbstverständlich hatte sie das Zepter übernommen. »Ich sehe, ihr könnt mich gebrauchen. Aber in dieses ›Sherlock Holmes‹ bringen mich keine zehn Pferde.« Sie seufzte. »Dieses Theater um diesen Meisterdetektiv, aber auch … tss … tss. Und stellt euch vor, Meiringen hat ihn zum Ehrenbürger gemacht, obwohl er bloß eine Romanfigur ist.«

»Arthur Conan Doyle.«

»Was ist mit dem, Maximilian?« Milagros hüstelte vor sich hin.

»Ach, vergiss es.«

SECHS

»Etienne schreit sich wieder einmal die Seele aus dem Leib.« Paulina versuchte, mit Dr. Papadopoulos Schritt zu halten. »Ich dachte, er hätte diese Phase hinter sich.«

Er ging mit wehendem Arztkittel über den Korridor zu Zimmer elf. Wenn der Psychiater einen Schritt machte, musste sie zwei tun.

»Seit wann ist das so?«

»Seit heute Morgen. Wir sollten ihn in die fünfte Etage verlegen, Costa.« Paulina bemühte sich um einen sanften Ton. Seit dem hässlichen Vorfall, bei dem einer ihrer Patienten über die Treppe gestürzt und seither querschnittsgelähmt war, hatte sie Papadopoulos näher kennengelernt, diesen anständigen Mann, der nicht zu stolz war, Gespräche mit ihr zu führen. Ja, sie waren sich nähergekommen, wenn auch bloß platonisch.

»Hast *du* ihm heute Morgen die Medikamente verabreicht?«

»Um sieben, wie vorgeschrieben.«

»War er anders als sonst?« Papadopoulos strich mit dem Finger über das Tablet, das er mit sich trug, und suchte nach Einträgen.

»Wie immer leicht apathisch. Heute Morgen hat er sich geweigert, mit den anderen Patienten zu turnen.«

Noch während des Gehens besah sich Papadopoulos die Liste der gestrigen Therapien. »Ich sehe, er war bei Fontana. Und die Medikamente sind neu eingestellt worden. Hat das Fontana veranlasst? Ist Etienne deshalb so durch den Wind?«

»Ich kann mir keinen Reim darauf machen. Es scheint, als hätte er sein Fühlen eingestellt. Er schreit ins Leere.« Paulina war es nicht recht. Zwischen den beiden Ärzten herrschte eine spürbare Rivalität. Der eine versuchte den anderen beim Pflegepersonal zu verunglimpfen. Aber Paulina mochte Costa. Der Psychiater mit griechischen Wurzeln war zwei Jahre nach Fontana ins Sanatorium gekommen, nachdem er mehrere Jahre in Zürich eine Privatpraxis betrieben hatte. Eine Praxis, in die nicht die Patienten gekommen waren, die er sich erhofft hatte. Den Gang zum Psychiater fanden vor allem die Städterinnen hip. Anstelle des Mittagessens ging man zum Botoxen oder zum Seelendoktor.

Papadopoulos hatte auf den Chefposten im Santa Madre spekuliert. Aber Fontana hatte nie vorgehabt, sein Feld zu räumen. Mit den Stiftungsräten war dieser in gutem Einvernehmen, und solange der Rubel rollte, sah man dort keinen Bedarf für einen Führungswechsel. Ganz zu Papadopoulos' Leidwesen. Er musste nicht darüber sprechen. Für Paulina war er wie ein offenes Buch. In seinem Wesen lagen Hoffnung und Enttäuschung zugleich. Er hoffte auf eine partnerschaftliche Beziehung zu Fontana, andererseits war er ob dessen Überheblichkeit enttäuscht.

Sie erreichten die Tür zu Zimmer elf. Paulina stieß sie auf. Drinnen stand Baldur am Bett des Patienten. Der Pfleger war ein Hüne, doch gütig zugleich, ein Mann, der es gewohnt war, anzupacken, der den festen Griff genauso beherrschte wie ein zärtliches Streicheln, wenn es darum ging, einen Patienten zu beruhigen. Er wich von der Stelle, als Papadopoulos eintrat.

Das Kopfteil des Bettes war hochgestellt. Etiennes Körper versank in den Kissen. Er war einst ein kräftiger Mann mit ausgeprägter Muskulatur gewesen, der sich zeitlebens in Fitnesszentren aufgehalten haben musste, ein Schönling, den niemand übersehen hatte. Er war ein erfolgsverwöhnter Mensch gewesen. Früher, das wusste Paulina, als ihm alles zuzufliegen schien. Eine schöne Frau, drei Kinder, das eigene Haus, ein gut bezahlter Job in der Versicherungsbranche. Mit dem Geständnis seiner Frau, sie habe sich in einen anderen verliebt und würde ihn verlassen, war alles wie ein Kartenhaus zusammengefallen. Nach der ersten Wut waren die Selbstzweifel gekommen, die Überzeugung, ein Versager zu sein. Er hatte sich zu sehr auf seine intakte Familie und seinen sicheren Beruf konzentriert, dass die kleinste Ab-

weichung seines vermeintlichen Glücks im Desaster endete. Seit er in der psychiatrischen Klinik war, hatte er abgenommen, war eingefallen, in seinen Augen spiegelte sich Traurigkeit.
Etienne schrie, er hatte sich kaum mehr unter Kontrolle.
»Er müsste bald seine Stimme verlieren.« Baldur kratzte sich am Hinterkopf.
Papadopoulos nahm einen Stuhl und setzte sich ans Bett, nachdem er das Tablet auf die Kommode daneben gelegt hatte. Er nahm die Hand des Patienten in seine und redete besänftigend auf ihn ein. »Können Sie mir erklären, was vorgefallen ist, Etienne?«
»Ich will nach Hause.« Tränen liefen über Etiennes Gesicht, auf welchem sich vom vielen Schreien aufgedunsene und rote Spuren eingezeichnet hatten. »Ich halte es hier nicht mehr aus.«
»Aber Sie wollen doch gesund werden. Das erfordert Geduld, Ruhe und unsere Unterstützung. Sie sollten zudem an unseren täglichen Turnübungen teilhaben, anstatt untätig im Bett zu liegen. Beginnen Sie wieder mit dem Krafttraining, das Sie früher so mochten. Bauen Sie sich auf.«
Etienne wischte sich mit der Hand über das Gesicht und zog Rotz hoch. »Gestern war ich draußen im Garten. Sie wollten es so, dass ich so viel wie möglich an die frische Luft gehe. Aber der Garten engt mich ein. Ich komme mir vor wie ein Gefangener.«
»Es ist Ihnen freigestellt, sich so zu bewegen, wie Sie möchten. Hauptsache, Sie sind –«
»In der Achtsamkeit, ich weiß … Ich fand einen Durchschlupf und gelangte ins Dickicht. Man sollte dort nicht hingehen.«
»Wer hat davon abgeraten?« Papadopoulos hob den Kopf Richtung Paulina. »Weißt du etwas davon?«
»Ach, es kursieren Gerüchte.« Paulina wollte sich nicht lächerlich machen. Es gab Geschichten, die, wenn man sie genug lange erzählte, glaubhaft klangen. In dunklen Gebäuden wie diesem fanden sie eine Triebfeder. Die Sensibilität einiger Patienten trug das Ihrige dazu bei.
»Was für Gerüchte?«

Etienne setzte wieder zum Schreien an, als wolle er sich Gehör verschaffen. Aber Paulina wusste, dass es in einer tiefen Verzweiflung wurzelte und er es kaum zu steuern vermochte. Sobald die Medikamente ihre Wirkung verloren, hatte sich Etienne nicht mehr im Griff.

»Patienten von uns sollen dort ›Geister‹ gesehen haben«, sagte sie beiläufig.

Papadopoulos schüttelte den Kopf, während er Etienne mit seiner rechten Hand beruhigend über den Oberkörper fuhr. »Es ist keine Seltenheit, dass es in unserer Klinik zu solchen Vorkommnissen kommt.«

Paulina gab ihm recht. »Die Erzählungen stammen allesamt von Patienten, die Halluzinogene intus haben. Sie sehen Phantasiegebilde.«

Er hob die Augenbrauen.

»Ich will nach Hause«, sagte wieder Etienne.

»Das überlasse ich Ihnen.«

»Mir?« Etienne schluchzte wie ein kleiner Junge.

Papadopoulos nahm sein Tablet zur Hand und sagte nichts.

»Was tun Sie da?«, fragte Etienne.

»Ich sehe mir an, wann Sie, wenn Sie jetzt nach Hause gehen, wieder bei uns eintreten werden.« Papadopoulos legte das Tablet auf seinen Schoß. »Es ist besser, Sie bleiben noch ein wenig. Erzählen Sie mir, was Sie außerhalb des Gartens gesehen haben.«

»Ich kann es nicht sagen, aber es war unheimlich.«

»Waren Sie gestern in der Therapie bei Dr. Fontana?«

»Gestern? Sie bringen da etwas durcheinander. Gestern war ich hinter dem Haus. Ich ging bis zu den Felsen, wollte ein wenig Luft schnappen, verstehen Sie? Da sah ich sie, diese Irrlichter. Dr. Fontana sagte, sie suchen mich heim.«

»Sie haben sich gewiss getäuscht.« Papadopoulos erhob sich. »Paulina«, seine Stimme wurde zu einem Flüstern, »wir müssen uns über die Medikation unterhalten. Die Halluzinationen sollten verschwinden, stattdessen verstärken sie sich. Hast du die Anamnese des Patienten griffbereit? Ich müsste sie mir noch einmal ansehen. Beim Patienten stimmt etwas nicht. Ich verstehe nicht, wie mein Kollege die Medikamente neu einstellen konnte, ohne sich mit mir abzusprechen. Etienne hatte sie doch gut vertragen. Jetzt dies ...«

***

Trotz des trüben Lichts des regenverhangenen Nachmittags wirkte das 1880 errichtete Hotel auf seine Art feierlich. Es lag im Zentrum von Meiringen, inmitten eines grünen Parks mit mächtigen Bäumen, die das Sonnenlicht brachen.

Milagros' Chauffeur fuhr direkt vor die Treppe, die zum überdachten Eingang führte, auf dessen Treppenabsatz zwei bronzene Löwen standen wie die Wächter eines indischen Tempels. Eine Gruppe Frauen in Regenkleidung verließ das Hotel und steuerte auf die linke Seite zu, wo das Sherlock-Holmes-Museum lag. Der Hoteldirektor persönlich erschien und öffnete die Tür der Stretchlimousine. »Hermann Singeisen. Wie die Vögel, aber ohne m.« Er lachte über seinen Scherz. Gut möglich, dass er jemand anderen erwartet hatte.

»Willkommen bei uns, im Escada.« Er half Milagros auf die Beine. »Haben Sie bei uns ein Zimmer reserviert?«

»Was nicht ist, kann noch werden.« Milagros strich sich das Kleid glatt, indem sie ein paar Verrenkungen machte und darauf achtete, dass es ihre Knie bedeckte. »Wir möchten aber auf jeden Fall bei Ihnen Kuchen essen. Das vorab. Später schaue ich mir dann die Suiten an.«

»Dann begleite ich Sie in unsere Lounge. Im Garten ist es zurzeit nicht gemütlich.«

»Ja, und die Meisen singen bei dem Regen sicher nicht.«

Max sah, wie Milagros die Sympathie des Direktors auf ihrer Seite hatte. »Ich sehe, wir verstehen uns«, hörte er ihn sagen, bevor er und Fede den Wagen verließen.

Die Lounge gestaltete sich anders als vermutet. Ein Mix aus Elementen der Belle Époque und Modernität. Rote, weiße und schwarze Sessel befanden sich im Einklang mit Säulen und antik anmutenden Lampen, wahrscheinlich Reproduktionen. Am Flügel saß ein Pianist und entlockte den Tasten wohltuende Melodien. Beethoven, »Für Elise«. Eines von Vaters Lieblingsstücken.

»Unsere Sonntagnachmittagsunterhaltung, Klassik vom Feinsten.« Singeisen hielt Ausschau nach freien Sitzgelegenheiten, fand sie und führte Milagros unter den neugierigen Blicken der Hotelgäste zu einem runden Glastisch. »Kann ich sonst noch etwas für Sie tun?« Er wartete, bis Milagros sich gesetzt hatte.

Max brachte sich ein. »Wenn Sie Zeit haben, würden wir Sie gern über eine Mitarbeiterin befragen, die vor sieben Jahren bei Ihnen in der Küche angestellt war.« Er zückte seinen Ausweis. »Max von Wirth. Ich bin Privatdetektiv.« Und wies auf Fede. »Das ist meine Partnerin Federica Hardegger.« Max wollte keine Zeit verlieren und schickte ein Stoßgebet zum Himmel, Milagros möge schweigen.

Sie schwieg und besah sich zuerst die Getränkekarte, die Gäste, dann die Einrichtung. Sie würde, was Max vermutete, im Nachhinein gewiss Verbesserungsvorschläge für die Dekorationen anbringen. Egal, Hauptsache, sie hielt jetzt den Mund.

»Privatdetektiv?« Singeisen verschränkte die Arme. »Das ist mir in all den Jahren, in denen ich das Hotel führe, noch nie passiert. Auf jeden Fall hat sich niemand dafür ausgegeben.« Er zog einen leeren Sessel an Max' Seite, überlegte. »Hm, vor sieben Jahren. Ja, klar.«

»Ihr Name ist Corinne Häberli.«

»Corinne. Sie war Küchenchefin. Eine kreative Persönlichkeit, die mit ihren frechen exotischen Kochkünsten sogar die High Society aus der Stadt Bern und aus Interlaken zu uns lockte. Sie war es, die Fisch mit Fleisch auf dem gleichen Teller anrichtete und zu Scampi Kartoffelstock und Tomatensoße servierte.« Singeisen brach abrupt ab, als müsste er den nächsten Satz überlegen, bevor er ihn aussprach. »Sie hatte ein cholerisches Temperament. Durch den bedauerlichen Vorfall bei den

Reichenbachfällen musste sie die Arbeit beenden. Nach dem Sturz war sie lange Zeit in Behandlung.«
»Pflegen Sie Kontakt zu ihr?«
»Nein, leider nicht. Ich weiß auch nicht, ob sie jemals wieder in den Beruf zurückgekehrt ist.«
Eine Serviceangestellte erkundigte sich nach den Konsumationswünschen. Milagros bestellte Champagner, machte trotz des fehlenden Louis Roederer keine Szene und entschied sich für Meringues mit Rahm. »Wenn ich schon mal in Meiringen bin.« Sie seufzte.
Fede schloss sich Milagros an, und Max orderte eine Flasche eines Edelgebräus. Er nahm den Faden wieder auf. »Wissen Sie etwas über die Behandlung, die Sie angetönt haben?«
»Ich kenne keine Details und die Geschichte darüber nur aus zweiter Hand. Aber, soweit mir bekannt ist, war Corinne drei Monate lang in einer Klinik.«
»In Meiringen?«
»In Meiringen.«
»In der Privatklinik oder im Sanatorium Santa Madre?«
»Santa Madre?« Singeisen sah Max entgeistert an. »Das Sanatorium hat einen schlechten Ruf. Wo genau es sich befindet, ist mir jedoch nicht bekannt.«
»Es liegt in der Nähe der Resti-Ruine.«
»Die Burgruine kenne ich gut. Ich schicke manchmal Gäste hin.«
»Sie leben doch in Meiringen, oder?«
Singeisen lächelte beschämt. »Vor einem Jahr haben meine Frau und ich das Zehnjährige gefeiert«, wich er der Frage aus. »Tut mir leid, dass ich Ihnen nicht weiterhelfen kann.« Er war im Begriff, aufzustehen.
Max bat ihn, sitzen zu bleiben. »Es würde mir helfen, wenn Sie die aktuelle Adresse von Frau Häberli ausfindig machen könnten. Vielleicht hilft Ihnen Ihr Personal. Es muss doch jemanden geben, der sie gut kennt und weiß, wo sie sich aufhält.«
»Ich will sehen, was ich machen kann. Vielleicht ist mein heu-

tiger Küchenchef mit ihr befreundet. Er war früher ihr Souschef. Aber er hat heute seinen freien Tag.«
»Wo kann ich ihn erreichen?«
Singeisen zögerte. »Ich weiß nicht, ob Marcel das recht ist.«
»Marcel heißt er. Hat er auch einen Nachnamen?« Max griff nach dem Bier, welches die Serviceangestellte unlängst auf das Tischchen gestellt hatte. »Hören Sie, ich werde jede Information, die ich bekomme, mit größter Sorgfalt behandeln.«
Singeisen erhob sich. »Verraten Sie mir, worum es geht?«
Der Pianist spielte den »Türkischen Marsch« von Mozart. Max war beeindruckt, wie die Hände über die Tasten des Flügels flogen. Auch Milagros' Aufmerksamkeit war geweckt. »Il rondo alla turca.« Sie juckte auf. »Schaut, wie der Pianist dieses Stück beherrscht. Ich liebe Amadeus. Er war ein ganz Großer.«
Ja, Mutter, renk dich wieder ein. Laut sagte Max: »Sie haben sicher von dem Suizid bei den Reichenbachfällen gehört.«
»Am Donnerstag war es. Schlimme Sache. Viele Leute können mit der momentanen Wirtschaftslage nicht umgehen. Eine schwierige Zeit. Auch in der Hotellerie und Gastronomie. Betriebe müssen geschlossen werden, weil das Personal fehlt. *Touch wood.*« Singeisen griff sich an den Kopf. »Bis anhin kann ich mich nicht beklagen. Ach ja, damit ich es nicht vergesse: Sein Name ist Marcel Rufibach.«

Am späten Nachmittag war die Stimmung zwischen Max und Fede außerordentlich entspannt. Kein Unwort trübte ihre Gespräche. Nach gefühlt zwei Stunden hatten sie das Escada gemeinsam verlassen. Milagros hatte sich nach mehreren Zimmerbesichtigungen für eine Suite entschieden und war fürs Erste beschäftigt. Kein Ton von Fede, dass Milagros' Besuch sie nervte. Max war froh darum. Was immer Christian mit seiner Aussage hatte bezwecken wollen, es war nicht mehr von Belang, und es gab keinen Grund, sich Sorgen zu machen.

Fede hatte Sandro Anderegg endlich telefonisch erreicht und mit ihm einen Termin am frühen Abend vereinbart. Max trennte sich von Fede, die ihren Mini im Hotel Sherlock Holmes abholte. Sie waren gestern mit zwei Autos angereist, zumal sie nicht wussten, wie weit sich die Ermittlungen ausdehnen würden.

Max verließ die Bahnhofstraße auf der Höhe des Sherlock-Holmes-Museums und zweigte auf die Allmendstraße ab. Der Regen machte eine Pause, der Himmel riss ein wenig auf. Max überquerte die Bahnlinie und erreichte auf der linken Seite die Turenmatten. Marcel Rufibach wohnte in einem Mehrfamilienhaus im Erdgeschoss mit Ausgang zum Garten. Max betrat das Treppenhaus, weil die Tür offen stand, und läutete bei Rufibach. Er brauchte nicht lange zu warten.

Rufibach baute sich vor ihm auf, hemdsärmelig, in kurzer Hose und mit einer Flasche Bier in der Hand. »Zeugen Jehovas?« Er grinste übers ganze Gesicht, auf welchem Schatten eines Dreitagebarts lagen. Offensichtlich ein Versuch. »Kommen Sie jetzt sogar an einem Sonntag?«

Max stellte sich mit Namen vor und überreichte Rufibach seine Visitenkarte.

Dieser drehte die Karte, las und lächelte. »Detektiv? Und ich dachte schon, Sie wollen mich bekehren.«

Ein Spaßvogel und kein Kostverächter. Ein paar Pfunde zu viel auf den Hüften und trotzdem keine Scham, sich in diesem Outfit zu präsentieren. Max kam sich in seiner schicken Hose und dem weißen Hemd ein wenig deplatziert vor. Er schätzte Rufibach um die vierzig. Er hatte graue Augen und eine freundliche Mimik, die angeboren schien.

»Kommen Sie rein, aber stören Sie sich nicht an der Unordnung.«

Max störte es nicht, und er nahm dankend das Angebot für eine Flasche Bier an.

Rufibach verschwand in der Küche. Max sah sich um. Er befand sich in einer Einzimmerwohnung, in einem Raum, der Wohn- und Schlafzimmer in einem war. Ein Schrank, in den man das Bett hochklappen konnte, und ein Fernsehbildschirm, der eine ganze Wand einnahm, dominierten die wenigen Quadratmeter. Max musste Rufibach darin unterbrochen haben, als dieser einen Film angesehen hatte. Die offene Hülle einer Blu-Ray-Disc verriet seine Leidenschaft: Kickboxen für Frauen.

Rufibach kam zurück. »Interessieren Sie sich für diesen Sport?« Er nickte in seine Richtung.

Max legte ertappt die Hülle auf das Liegemöbel. »Sorry, eine Déformation professionnelle. Es stach mir ins Auge.«

»Aber ich werde doch nicht etwa verdächtigt?« Rufibach reichte Max die Flasche und setzte sich aufs Bett. »Habe ich zu scharf gekocht?«

Manchmal bedurfte es, trotz eines Grunds zum Lachen, ernst zu bleiben. Max nahm einen Schluck Bier und behielt die Flasche in der Hand. »Ich will nicht um den heißen Brei herumreden. Ich bin hier, weil ich Corinne Häberli suche. Sie haben mit ihr vor sieben Jahren im Escada gearbeitet, nicht wahr?«

»Sie war meine Chefin.«

»Und Sie ihr Nachfolger.«

Rufibach schlug die Augen nieder. »Ja. Ein trauriger Verlust. Wer hätte das gedacht, dass die einst so quirlige Frau so endet?«

»Wie kann ich das verstehen?«

Einer von Rufibachs Mundwinkeln zog sich ein wenig nach unten. »Nach dem Sturz in den Reichenbach hat sie sich nie mehr richtig erholt. Sie haben sicher davon gehört. Oberschenkel- und Rippenbruch.«

»Ihr Freund soll sie vorsätzlich hinuntergestoßen haben«, schwindelte Max.

»Ich war nicht dabei«, wich Rufibach aus. »Es wurde allerhand geredet.« Er stutzte. »Sind Sie etwa wegen des erneuten Unfalls bei den Reichenbachfällen hier? Man munkelt, diesmal sei es Mord.«

»Dann wissen Sie mehr als ich.« Max führte abermals die Bierflasche zum Mund. Trotz des regnerischen Wetters drückte es die Hitze ins Zimmer. Rufibachs Kleider rochen nach Küche, ein Geruch, den er wahrscheinlich nicht so schnell loswurde.

»Die Polizei bittet um Mithilfe.«

»Ein Zeugenaufruf?«

»Etwas Ähnliches. An der Leiche hat man Bissspuren gefunden wie damals an Corinnes Hals.« Rufibach ließ sich rücklings auf das Bett fallen. »Mannomann, was sind das für Kerle, die Frauen beißen?«

»Wurde Corinne Häberli tatsächlich gebissen?«

»Sie behauptete es. Eine der Selbstmörderinnen, die im April ums Leben kamen, hatte auch Bisswunden am Hals, anscheinend von einem Tier. Seit die Wölfe wieder durch unsere Wälder streifen, kann man sich seines Lebens nicht mehr sicher sein.«

»Wissen Sie, wo ich Corinne Häberli finde?« Max hätte diese Informationen lieber aus erster Hand erfahren.

Rufibach richtete sich auf. »Ich glaube nicht, dass dies in ihrem Sinn wäre, wenn ich sie verrate. Aufgrund des neuen Falls fürchtet sich Corinne davor, sich unter Leuten zu zeigen. Sie würde es mir nie verzeihen, wenn ich Ihnen ihren Aufenthaltsort preisgebe.«

»Dann pflegen Sie noch Kontakt mit ihr?«

»Hin und wieder. Sie war immer ein Vorbild für mich. Ich habe viel gelernt bei ihr. Aber an ihre Kochkünste komme ich nicht heran. In einem bin ich ihr zwar voraus.« Rufibach lachte vor sich hin. »Meine Spezialität sind Gewürzwürste.«

Max überging diesen Kommentar. »Sehen Sie keine Chance, dass Corinne Häberli jemals wieder als Köchin arbeitet?«

»Sie ist psychisch noch immer stark angeschlagen.«

»War sie denn nie in Behandlung?« Max wunderte sich ein wenig, weil Singeisen von einem Aufenthalt in der Privatklinik Meiringen gesprochen hatte.

»Doch, aber es hat alles nichts genützt.« Rufibach schlug die Beine übereinander und stützte sich mit den Armen auf dem Bett ab. »Es ist, als hätte der Angriff damals etwas in ihr umgeschaltet.«

Max nahm wieder einen Schluck. War er umsonst hierhergekommen? Wenn sich alles so in die Länge zog, würde er Wochen an dem Fall arbeiten müssen. Warum gaben sich alle so bedeckt?

Bislang war er auf niemanden gestoßen, der ihn unvoreingenommen über die Ereignisse bei den Reichenbachfällen hatte aufklären können. Nein, er würde Rufibachs Wohnung nicht verlassen, ohne von ihm einen kleinen Hinweis entgegengenommen zu haben.

»Für wen arbeiten Sie?« Die Frage kam so überraschend wie der Windstoß, der im selben Moment ein gekipptes Fenster zuschlug.

Max konnte Rufibach unmöglich die Wahrheit sagen. »Für eine leidtragende Person, die wegen der Suizide in den neuen Fall involviert ist.« Im Endeffekt musste Max Carlo Anderegg als ein Opfer ansehen. »Wie gesagt, ich weiß nicht viel über das Unglück am Donnerstag.«

»Aber es gibt einen Verdächtigen.« Rufibach setzte sich gerade hin.

»Und wer soll es sein?«

»Carlo Anderegg.« Rufibach erhob sich. »Sie werden sicher verstehen, weshalb ich Corinnes Aufenthaltsort nicht verrate. Sie schwebt in Gefahr ... seit ihr Ex-Freund entlassen wurde.«

»Gibt es einen Grund? Hat er sie neulich angegriffen, sich bei ihr gemeldet, nachdem er rausgekommen ist?«

»Soviel mir bekannt ist, hat er eine richterliche Verfügung bekommen, sich ihr nicht zu nähern. Aber bei diesen Kerlen weiß man nie, woran man mit ihnen ist.«

SIEBEN

Der Regen hatte sich über Nacht verzogen, und mit den letzten Restwolken kündigte sich ein freundlicher Tag an. Die Sonnenstrahlen fielen auf den bronzenen Meisterdetektiv, der etwas gar steif auf dem Stein im Museumspark saß. Ein Betontopf, prall gefüllt mit verschiedenen Alpenblumen, flankierte die Statue. Max besah sich das angebrachte Schild: »Eine Hommage«.

Das Museum selbst war bis auf die Museumsleiterin leer. Emsig räumte sie einen Karton mit Postkarten aus und platzierte diese neben Souvenirs aus Meiringen und anderen Preziosen.

»Guten Tag, so früh schon unterwegs?« Die Frau hielt inne und musterte Max von oben bis unten. Sie trug ein luftiges Sommerkleid, und in die grauen kurzen Haare hatte sie eine Sonnenbrille geschoben. »Verbringen Sie Ihre Ferien im schönen Berner Oberland?«

»Ja, aber ich scheine ein bisschen Pech zu haben.«

»Wobei denn? Aber nicht wegen des schlechten Wetters. Morgen soll es definitiv besser werden. Ein Sommerhoch, wenn ich richtig gehört habe.« Ihr Interesse war geweckt. Sie stellte den Karton ab und kam um den Tresen herum. »Kann ich Ihnen helfen?«

»Ich habe gelesen, Sie öffnen das Museum erst um halb zwei. Um diese Zeit bin ich leider schon wieder weg.«

»Aber das ist doch kein Problem. Kommen Sie. Möchten Sie sich die Geschichte unseres Ehrenbürgers ansehen?«

»Das hatte ich eigentlich vor. Ich habe mich zudem mit einem Herrn verabredet. Wenn möglich, würden wir uns gern in einer ruhigen Ecke unterhalten.«

»Selbstverständlich. Wenn Sie die Treppe runtergehen, gelangen Sie unter anderem in den Raum mit Holmes' Wohnzimmer. Es wurde exakt der Romanbeschreibung nachgebildet.« Sie ließ fünf Schweigesekunden verstreichen. »Das kostet fünf Franken.«

Max reichte ihr eine Zehnernote. »Für mich und meinen Bekannten.«

Die Museumsleiterin steckte das Geld in die Kasse. »Vielleicht lohnt es sich, gleich in den Raum nebenan einen Blick zu werfen. Sie werden sehen, mit wem Sie sich da einlassen. Sherlock Holmes war Detektiv. Gut, das muss ich Ihnen nicht erklären, das weiß ja jeder. Seine Arbeitsmethode kombinierte die Wissenschaft der logischen Deduktion mit einem ungeheuren Wissen über die Geschichte des Verbrechens und umfassenden, aber teilweise unsystematischen Kenntnissen in Naturwissenschaften. Er sagte, man brauche all das auszuschließen, was unmöglich ist, und was dann übrig bleibe, müsse die Lösung sein.«

Ob sie eine Schallplatte verschluckt oder die Ansage auswendig gelernt hatte? Einen ähnlichen Text entdeckte Max auf der Tafel im Raum nebenan. »Ach, das werde ich mir merken.« Er sah auf seine Armbanduhr. Er war früh dran. Nachdem Fede am Abend zuvor Carlo Andereggs Telefonnummer aus dessen Bruder hatte herauskitzeln können, hatte sie Max gleich angerufen und sich über Clementine amüsiert. Max verstand nicht, mit welchen Tricks sie es anschließend geschafft hatte, Carlo Anderegg aus seinem Versteck zu locken. Er hatte vorgeschlagen, sich im Holmes-Museum zu treffen. An einem Montagmorgen sei die Museumsleiterin vor Ort und würde sie gewiss hereinlassen.

Carlo Anderegg kam mit zehn Minuten Verspätung. Er war es. Unverkennbar Sandros Bruder, dessen jüngeres Abbild. Unwesentlich größer, nicht minder schlank, jedoch angemessen gekleidet. Er trug helle Jeans und ein rot-blau kariertes Hemd. Die dunklen Haare hatte er mit Gel nach hinten gekämmt. Sie glänzten wie Lack. Er schlich an der Kasse vorbei, mit gesenktem Haupt. Mit wenig Selbstbewusstsein, ging Max durch den Kopf, als er ihn auf der Treppe ins Untergeschoss in Empfang nahm. Er reichte ihm die rechte Hand, mit der linken winkte er der Museumsleiterin zu, war froh, machte sie kein Aufsehen. »Danke, dass Sie sich Zeit für ein Gespräch nehmen.«

Carlo Anderegg murmelte etwas vor sich hin und ging nach unten.

Max folgte ihm und gelangte in einen Raum, dessen Konturen durch diffuses Licht verwischt wurden. Die Wände dienten der Ausstellung verschiedener Requisiten aus dem Leben des Schriftstellers Arthur Conan Doyle. Was genau hinter den Glasscheiben präsentiert wurde, vermochte Max des fehlenden Lichts wegen nicht zu erkennen. Er betrat einen weiteren Raum. Licht flammte auf, und unweigerlich fühlte sich Max zurückversetzt in die Zeit des 19. Jahrhunderts, so, wie er sie aus Filmen kannte.

Carlo Anderegg ließ sich auf einer der Bänke vor der Glasscheibe nieder, welche den Besucherteil vom Wohnzimmer abgrenzte. »Es ist die weltweit einzige authentische Nachbildung des Salons aus dem Haus an der Baker Street 221b, in dem Sherlock Holmes gelebt und seine Fälle gelöst hat.« Fast ehrfürchtig flüsterte er.

»Beeindruckend«, musste Max zugeben. In diesem chaotischen Durcheinander an Möbeln, Lampen, Geschirr und Zeitungen, gemusterten Tapeten, Teppichen, Bildern und, falls er sich nicht täuschte, Mordwaffen wie Cheminée-Haken und Meißel musste ein brillanter Kopf ermittelt haben. Max überlegte sich, was er bei seinem Fall an Unwahrscheinlichkeiten ausschließen durfte. Nun, so weit war er noch nicht.

»Mein Bruder sagte mir, ich könne mich auf Sie verlassen.« Carlo Anderegg streckte die Beine. Seine Füße berührten die Scheibe vor dem Wohnzimmer. »Ehrlich gesagt, habe ich gerade etwas Mühe damit. Bislang konnte ich niemandem vertrauen. Man sieht in mir nach wie vor einen Schwerverbrecher.«

»Sie hätten mit der Polizei kooperieren sollen, anstatt sich zu verstecken.«

»Sie hat mir vor sieben Jahren schon nicht geglaubt.«

»Dann waren Sie unschuldig im Knast?«

»Diesem hysterischen Huhn glaubte man mehr als mir«, wich Carlo Anderegg aus. »Dabei war es offensichtlich, dass sie mich bis aufs Blut provoziert hatte. Die sogenannten Zeugen mussten es gesehen und mitbekommen haben. Aber als es darum ging, gegen Corinne auszusagen, zogen sie den Schwanz ein.«

»Sie sollen sie gebissen haben.«

Carlo Anderegg wies auf die gegenüberliegende Wand. »Dort hängen Waffen, sehen Sie? Gebogene Schwerter, Messer, Gewehre, mit denen früher duelliert wurde. Woran denken Sie, wenn Sie sie betrachten?«

Gute Frage. »An Mord und Totschlag.« Max konnte sich auf Carlo Andereggs Bemerkungen keinen Reim machen. Er gab ihm Rätsel auf.

»Klar, weil sie im Zusammenhang mit Sherlock Holmes stehen. So gesehen könnte auch die Geige auf dem Stuhl dort ein Mordwerkzeug sein oder der Geigenbogen daneben. Die Ausgangslage macht es aus, der Grund, wie und was wir sehen wollen. Hinter den Waffen muss sich nichts Abtrünniges verstecken. Es sind Ausstellungsobjekte. Erst der Mensch macht sie gefährlich, wenn er sie missbraucht.«

»Was wollen Sie mir damit sagen?«

»Die Wunden an Corinnes Hals … sie mussten sich entzündet haben.«

»Was hat dies mit den Waffen an der Wand zu tun?«

»Wir sehen nur, was wir wollen, auch wenn es in Wahrheit anders ist. Verdammt, sie mochte es gern brutal.«

»Brutal.« Max fehlten die Worte. Er wollte es sich nicht vorstellen, was Carlo Anderegg damit meinte.

Dieser brauchte eine Weile, bis er weitersprach. Die Stille im Museum war greifbar. Weit entfernt jedoch, als wäre es in einer anderen Zeit, vernahm man die heiteren Töne eines Alphorns. Meiringen erwachte.

»Ich …«, Carlo Anderegg überlegte lange, »… knutschte und biss sie, wenn wir miteinander schliefen. Corinne mochte es.«

»Offenbar nicht nur im Bett.«

»Wie gesagt, ich flippte aus, damals auf dem Weg nach Schattenhalb. Sie war mir gegenüber auch nicht zimperlich.«

Ein cholerisches Temperament, erinnerte sich Max an Singeisens Worte. »Sie wollen damit Ihre Aktion rechtfertigen?«

Carlo Anderegg kniff den Mund zusammen und starrte vor sich hin.

Max musste aufpassen. Wenn er ihn zu sehr provozierte, verschloss er sich womöglich vor ihm, und das Treffen war umsonst gewesen. »Sie müssen ehrlich mit mir sein, wenn Sie wollen, dass ich Ihnen helfe. Sie stecken bis zum Hals in, in ...«

»Sprechen Sie es ruhig aus. Ich stecke in der Scheiße. Okay, ich habe sie gebissen, weil ich dachte, sie damit auf andere Gedanken zu bringen.«

In was für eine verzwickte Situation war Max hineingeraten? Was Sandro an der Gummipuppe auslebte, schien Carlo Anderegg an einer lebenden Frau zu tun. Abartige Sexpraktiken. Für Max war es schwierig, dabei einen kühlen Kopf zu bewahren.

»Haben Sie das der Polizei auch gesagt?«

»Fakt ist, dass die Bisswunden existierten ... frische eben. Mein Anwalt riet mir, mich dazu *nicht* zu äußern. Sie wissen, wie das ist. Je mehr man sagt, umso mehr gerät man in die Fänge der Justiz.«

»Nein, weiß ich nicht.«

»Sie waren doch Anwalt. Mir machen Sie nichts vor.«

Das war also auch schon durchgesickert. Sandro musste ihn akribisch studiert haben, bevor er ihn angerufen hatte. Max musste die Richtung ändern, in die das Gespräch lief.

»Könnte Sie jemand nachgeahmt haben?«

»Was? Nein. Das ist weit hergeholt.«

»Haben Sie Constance Glatthard gekannt?«

»Nein.«

»Evelyne Sommerhalder?«

Carlo Anderegg zog die Beine zurück und schlug sie übereinander. Er verschränkte die Arme vor der Brust. »Natürlich, die Frage musste kommen. Ja, ich habe Evelyne gekannt, und nein, ich pflegte keine sexuelle Beziehung zu ihr.«

»Als die Frauen im April in den Tod sprangen, waren Sie bereits auf freiem Fuß.«

»Ein Glück, dass man mich nicht schon damals verdächtigt hat. Evelyne Sommerhalders Leichnam wies Bissspuren am Hals auf. Aber diese stammten offenbar von einem Tier.«

»Woher wissen Sie das?«

Carlo Anderegg lachte. »Meiringen ist ein Dorf. Solche Dinge verbreiten sich schnell.«

»Der Hoteldirektor des Escada weiß nicht einmal, wo sich das Sanatorium Santa Madre genau befindet.«

»Er ist kein Einheimischer.«

»Aber Sie schon.«

»Ich bin hier aufgewachsen. Aber das hat Ihnen mein Bruder sicher alles erzählt. Auch von meiner Karriere.« Carlo Anderegg untermalte das Wort mit Gänsefüßchen. »Er mag es, mich in seinen Schatten zu stellen. Die Geschichte um meine Legasthenie ist Ihnen sicher nicht fremd. Seit Neustem hängt er mir sogar Dyskalkulie an. Ich gebe zu, weder mit Schreiben noch mit Rechnen habe ich viel am Hut. Für mich existieren andere Werte. Aber mir würde es nicht im Traum einfallen, meinen Bruder so niederzumachen, wie er das mit mir tut. Der Knast hat mich geprägt, mich aber auch von meinem Bruder entfernt.«

»Er half Ihnen, wieder auf die Beine zu kommen.«

»Klar, seine Firma war meine Idee. Er ist mir etwas schuldig.« Carlo Anderegg winkte ab. »Lassen wir das. Mich interessiert, ob Sie mir helfen, damit ich mich in Zukunft als freier Mensch bewegen kann.«

»Dazu müssten Sie mir noch einiges über sich verraten, vor allem auch, wo ich Sie erreichen kann. Wo haben Sie sich versteckt?«

»Netter Versuch. Zuerst muss ich sicher sein, dass Sie zu hundert Prozent auf meiner Seite stehen.«

»Ich habe ein Mandat, das Ihr Bruder finanziert. Sollte sich herausstellen, dass Sie sich gegenseitig bekriegen, müsste ich mich zurückziehen.« Und die Anzahlung von zehn Riesen ginge flöten. Das sagte Max nicht laut. Sandro war sein Auftraggeber. Er hätte mit ihm kommunizieren sollen. Machte er gerade einen Fehler?

»Keine Sorge. Das, was ich über ihn erzählt habe, bleibt doch unter uns. Ich bin froh, wird etwas getan. Die Differenzen zwischen meinem Bruder und mir sollen Sie nicht tangieren.«

»Selbstverständlich.« Max hatte dennoch Bedenken. Er war mit Carlo Anderegg einerseits und mit Corinne Häberli andererseits konfrontiert. Das, was Rufibach über sie erzählt hatte, gewichtete genauso schwer wie Carlo Andereggs Informationen. Wem durfte er glauben? Als Anwalt wäre es ihm leichter gefallen. Er hätte sich für die Partei entschieden, die er zu vertreten hatte. War es jetzt anders? »Selbstverständlich«, wiederholte er und reichte Carlo Anderegg die Hand. »Vertrauen Sie mir, aber teilen Sie mir Ihre momentane Adresse mit.«

»Ich gebe Ihnen meine Handynummer. Sie können mich jederzeit erreichen.«

»Diese habe ich bereits. Ich brauche die Adresse.«

»Kennen Sie die Rosenlauischlucht?«

»Ja, vom Hörensagen.«

»Das Hotel Rosenlaui?«

»Müsste ein Hotel in der Nähe der Schlucht sein.«

»Dort bin ich nicht.« Carlo Anderegg lachte. »Aber in der Nähe. Ein Bekannter von mir hat dort ein kleines Ferienhaus. Dort verkrieche ich mich.«

※※※

Nichts verabscheute Fontana so sehr, wie mit einer Gruppe psychotischer Patienten im Kreis zu sitzen und sich ihre Geschichten anzuhören. Doch heute hatte er es Johanna versprochen, der Runde beizuwohnen, weil auch Sabrina anwesend war und Shanice, die zu den immer wiederkehrenden Patienten gehörte. Gemäß Johannas Bericht sorgte die Vierzigjährige wiederholt für Ärger.

Shanice war vor fünf Jahren mit einer akuten Essstörung ins Santa Madre gekommen. Anfangs war nicht ersichtlich gewesen, ob sie unter Anorexie oder Bulimie litt. Shanice hatte die Krankheit geschickt bis zu ihrem fünfunddreißigsten Lebensjahr verstecken können. Mit dreißig hatte sie geheiratet und Kinder gewollt. Es war beim Versuch geblieben. Diverse Gynäkologen hatten sie untersucht und keine Anomalien der weiblichen Geschlechtsorgane gefunden. Selbst die Menstruation hatte sie bekommen, wenn auch unregelmäßig. Ihren sehr schlanken Körper begründete Shanice damit, wie sportlich unterwegs sie sei und dass sie essen könne, sooft und wann sie wolle, sie nehme nicht zu. Als ihr Hausarzt sie überwies, war sie dünn wie ein unterentwickeltes Mädchen gewesen, jedwede Fraulichkeit hatte gefehlt. Sie hatte unter Haarausfall gelitten, und im Gegenzug dazu hatte die Sekundärbehaarung zugenommen. Ihre Augenbrauen wucherten, und über der Lippe spross Flaum. Aus der Krankenakte ging hervor, ihr Mann habe sie verlassen und mit einer anderen Frau ein Kind bekommen, was ausschlaggebend für Shanices Totalzusammenbruch war. Trotz wiederholter Therapien war sie nie einsichtig gewesen. Oft lebte sie lethargisch in den Tag hinein, ihre Vorsätze, zur Gesundheit ihres Körpers etwas beizutragen, endeten meistens damit, dass sie sich erbrach. Lange Zeit war man ihr nicht auf die Schliche gekommen, bis eines Tages ein Pfleger sie bewusstlos auf der Toilette gefunden hatte. Eine kontrollierte Gewichtszunahme wechselte sich ab mit heimlichem Erbrechen. In den fünf Jahren, die sie unregelmäßig im Sanatorium verbrachte, hatte sie sich oft selbst entlassen. Die Wiedereinweisung erfolgte jeweils über ihren Hausarzt. Für Fontana hatte sich bereits während ihres ersten stationären Aufenthalts ein klares Bild abgezeichnet. Shanice litt unter Depressionen, Angstzuständen, Persönlichkeitsspaltungen und Essstörungen. Pathologisch ein Klassiker. Shanice war als Kind von ihrem Onkel über mehrere Jahre missbraucht worden. Sie hatte eine Art Schutzmechanismus aufgebaut und sich in der Verdrängung geübt.

Nun war sie wieder da. Seit einem halben Monat bewohnte sie ein Einzelzimmer in der zweiten Etage und sorgte für Aufregung im ganzen Haus. Nebst den vielen Einzeltherapiestunden bei Fontana war sie zwischendurch auch bei Dr. Papadopoulos gewesen und kam von diesen Sitzungen jeweils komplett verändert zurück, was sich für Fontanas Bemühungen wie eine Watsche anfühlte. Er hatte seinen Kollegen mehrmals darauf angesprochen und ihn gebeten, sich an seine Therapien zu halten. Dieser gab sich jedoch bedeckt. Es war an der Zeit, Shanice unter seine alleinige Obhut zu stellen, wollte er nicht, dass alles aus dem Ruder lief.

Fontana hielt sich zurück. Johanna führte die Gesprächsrunde mit jener Gelassenheit, die es ihm ermöglichte, Notizen zu machen und nur im Ausnahmefall einzugreifen, wenn zum Beispiel ein Patient übergriffig wurde. Ein Pfleger befand sich in der Nähe der Tür und behielt die Patienten im Auge.

Shanice saß auf dem Rand ihres Stuhls, hatte die Hände auf dem Sitz aufgestützt und ließ ihre Beine baumeln. Es gelang ihr nicht, ruhig zu sitzen. Ihre Augäpfel waren stetig in Bewegung. Fontana beobachtete sie eine Weile. Er wurde nicht klug aus der Frau. Irgendetwas umtrieb sie, wovon selbst Fontana keine Ahnung hatte. Sie war intelligent, außer Zweifel, hatte den Master in Archäologie gemacht und mit einer weiterführenden Ausbildung für Kulturwissenschaften begonnen. Nach der Heirat hatte sie nur ein Ziel gehabt, das ihr schließlich zum Verhängnis geworden war. Ihre Eltern lebten nicht mehr, und der einzige Mensch, an den sie sich geklammert hatte, war ihr entglitten.

Fontana wurde jäh in die Gegenwart gerissen. Johanna wandte sich an Shanice, indem sie laut ihren Namen aussprach. Bislang war die Lautstärke des Gesprächs moderat gewesen. Nun hob sie ihre Stimme. »Wie sieht es mit Ihrer Achtsamkeit aus?«

Shanice hielt mit den Bewegungen ihrer Beine inne. Sie zog die Hände vom Sitz weg und legte sie in ihren Schoß. Ehrfürchtig flüsterte sie: »Ich nehme den Augenblick bewusst wahr und kehre mit meiner Aufmerksamkeit zum gegenwärtigen Moment zurück, sollten meine Gedanken abdriften. Weder bewerte ich meine Gefühle und Körperempfindungen, noch urteile ich über sie.« Shanice schien ganz bei sich zu sein. Ein erster Erfolg? Hatte Johanna sie im Griff? Fontanas Genugtuung war von kurzer Dauer. Shanice warf den Kopf in den Nacken. Ihre Gesichtszüge veränderten sich, das Gesicht wurde zur Fratze, verfremdet mit der heranrollenden Wut. »Was soll der Bullshit? Seit Tagen werde ich gezwungen, mich diesem Theater hier anzuschließen. Schaut euch doch an.« Sie neigte den Kopf nach vorn, sah nach links und nach rechts und warf jedem der Anwesenden einen bösartigen Blick zu. Die Patienten duckten sich, zogen ihre Köpfe ein und bekundeten augenscheinlich Mühe mit der Situation. »Ihr lasst euch tyrannisieren, Leute. Unsere auf Perfektion und Kontrolle getrimmte Gesellschaft will uns mundtot machen. Jede Abweichung von der vorgegebenen Norm wird nicht akzeptiert. Individualität hat hier keinen Platz. Wir werden mit leeren Floskeln zugedröhnt. Achtsamkeit, ha, dass ich nicht lache … Ich habe Lust, abgelenkt zu sein und durch Abwesenheit zu brillieren. Ich bin unachtsam, weil es mir scheißegal ist, was andere von mir denken.«

Der Pfleger neben der Tür hatte seinen Platz verlassen. Er wartete nur darauf, bis Johanna ihm ein Zeichen gab, einzugreifen. Sie tat es nicht, was Fontana verwunderte. War er soeben Zeuge davon, wie Johanna ihre eigenen Aggressionen stellvertretend in Shanice ausleben ließ? Fontana sah zu ihr hinüber. Um Johannas Lippen machte sich ein Lächeln bemerkbar. Sie hob beschwichtigend ihre Hände, forderte Shanice sogar auf, weiterzusprechen. »Ja, lass es raus!«

Shanice schien für einen Moment den Faden verloren zu haben. Möglicherweise war es Johanna gelungen, sie ein wenig zu bändigen.

Doch schon war der nächste Sturm da, heftiger als zuvor. »Ja, ich habe ein Problem mit meiner Gesundheit. Ich kotze bald nach jedem Bissen. Früher führte ich ab, bis bloß noch Galle kam, aber die Knilche hier«, sie warf Fontana einen spöttischen Blick zu, »räumen alles weg, was dir Erleichterung bringt. Sie stopfen dich dagegen mit Medikamenten voll, die das eigene Denken behindern. Vom Reden ganz zu schweigen. Ein leerer Magen unterstützt den Geist. Das Denken ist freier. Völlerei ist des Teufels und ungesund. Achtsamkeit. Was ist das? Wir sollten uns Eigenverantwortung antrainieren. Es ist *meine* Verantwortung, ob ich mich zu Tode hungere oder nicht ... *Memento mori* – ich bin mir meiner Sterblichkeit bewusst.« Sie behielt Fontana weiterhin im Auge. »*Respice post te, hominem te esse memento* – sieh dich um und bedenke, dass auch *du* nur ein Mensch bist.« Mit einem kehligen Schrei brach Shanice zusammen.

Der Pfleger hob sie vom Stuhl.

»Bringen Sie sie in die Akutstation«, forderte Fontana ihn auf.

***

Milagros hatte sich verschlafen. Ausgerechnet ihr musste das passieren, ihr, die jeweils mit den Hühnern aufstand. Der Sonntag war aufregend gewesen. Sie hatte ihre Suite bezogen, das Hotel inspiziert und sich am Abend mit Maximilian und Federica zum Dinner getroffen. Trotz der Verspätung ließ sie sich Zeit mit dem Duschen, aß später ein ausgiebiges Frühstück und setzte sich mit einem Berg Zeitungen und Illustrierte in den Garten. Die Sonne lachte wieder vom Himmel, die Welt war in Ordnung, dem verstauchten Fuß ging es besser. Es hätte ein wunderbarer Tag werden können, wenn da nicht dieses Gespräch zweier Männer in ihrer Nähe gewesen wäre.

Milagros legte die Zeitung, in der sie die Börsenkurse studiert hatte, zu den anderen Zeitungen auf dem Bistrotisch ab. Sie gab sich zwei Minuten, um mit dem Stuhl näher an die Männer heranzurücken. Offenbar ging es bei ihrer Diskussion um einen

Unfall, der sich am späten Sonntagnachmittag ereignet haben sollte.

Brocken von Wörtern drangen zu ihr herüber. Milagros musste sich anstrengen. Das Vogelgezwitscher erschwerte das Zuhören. Sie nahm Wortfetzen auf wie »Reichenbachfälle«, »Sprung«, »zweiter innerhalb weniger Tage«. Milagros musste Näheres erfahren. Sie war nicht umsonst hier, hatte eine Aufgabe als drittes Glied des Detektivteams. Sie erhob sich, nahm ihre Tasche und schlenderte an den beiden Herren vorbei. Diese nahmen keine Notiz von ihr. Milagros ging zurück, tat so, als holte sie die Zeitungen, ließ sie jedoch liegen und näherte sich ein zweites Mal den Männern. Auf ihrer Höhe angekommen, stolperte sie, bewusst und theatralisch. Noch im Fallen krallte sie sich an einem Hosenbein fest. »Jesses Maria und Josef ... das ist mir jetzt aber peinlich.« Sie rappelte sich auf.

Zwei starke Hände griffen nach ihr. »Haben Sie sich wehgetan?«

Milagros sah ihren Retter an. Er war wesentlich jünger als sie und hatte einen Schalk in den Augen.

»Tut mir leid. Je älter ich werde, umso wackliger bin ich auf den Füßen.«

»Vielleicht sollten Sie sich eine Gehhilfe anschaffen.« Der andere Mann, Typ Ben Affleck mit Schnurrbart, lächelte sie entwaffnend an. Er wies auf ihre Pumps mit dem Sechszentimeterabsatz. »In Ihrem Alter sollten Sie auf Schuhe mit gutem Halt umstellen.«

Frechdachs! In ihrer Verblüffung fiel ihr nichts Spontanes ein, und es ärgerte sie. »Sorry, dass ich Sie in Ihrem Gespräch gestört habe.«

»Hauptsache, Sie haben nichts abbekommen.«

Damit hatte sie nicht gerechnet, und ihre Recherche endete, bevor sie richtig begonnen hatte. Mit dieser Schlappe gab sie sich nicht zufrieden. Die Frage drängte sich ihr geradezu auf. »Was sagten Sie, es habe einen erneuten Unfall bei den Reichenbachfällen gegeben?« Sie wischte sich mit den Händen über das

Sommerkleid. Das Rockteil wies schmutzige Schlieren auf. Der Rasen war vom Regen noch feucht, die Erde aufgeweicht.

Die Männer sahen einander an, bevor sie ihre Blicke ihr zuwandten. »Diesmal war es ein Mann«, erwiderte der Affleck-Klon. »Man hat ihn heute Morgen früh gefunden. Dieser Ort muss verhext sein.«

»Weiß man schon mehr darüber?« Milagros begutachtete den Fleck am Kleid.

»Nein, leider nicht. Wenn es Sie so blendend interessiert, raten wir Ihnen, sich mit der Polizei in Verbindung zu setzen.«

Das war oberpeinlich. Milagros sah auf ihre Armbanduhr. »Oh, ich habe eine Verabredung, habe ich fast vergessen. Danke nochmals für Ihre Hilfe.« Ein letzter Augenaufschlag zu den Herren, die sie mit gekrauster Stirn anstarrten. Dann war sie froh, verschwinden zu können. Arrogante Mannsbilder. Sie schwieg.

Ein erneuter Toter, der vierte innerhalb weniger Wochen. Maximilian und Federica hatten ihr gestern alles erzählt, sie in die verquere Geschichte um den mutmaßlichen Täter eingeweiht und sie gebeten, die Ohren offen zu halten. Mit aller Konsequenz. Milagros seufzte. Ihr schönes Kleid war ruiniert, das einzige, das um ihre Hüfte nicht spannte. Vielleicht hätte sie auf die Meringues verzichten sollen.

Sie ging zurück ins Hotel. Zu ihrer Erleichterung befand sich kein Mensch am Empfang. Aus dem Speisesaal drang das Klappern von Geschirr und Besteck. Ansonsten war es ruhig. Kurz vor Mittag.

Das Rautenmuster auf dem Boden ließ die Eleganz des vergangenen Jahrhunderts erahnen, die cremeweiße Säule neben der Rezeption. Milagros stieg über die Treppe nach oben. Auch hier breitete sich ein Odeur aus längst vergessenen Zeiten aus. Der Korridor mit dem polierten Parkettboden, die mit Stuck verzierten Wände, die Jugendstilmöbel und die Kronleuchter an der Decke warfen sie zurück in jene Epoche, in der sie gern gelebt hätte. Edel musste es damals gewesen sein. Die Leute hatten sich schön angezogen und alle Regeln des Anstands beherrscht. Wie anders war es heute. Kaum jemand gab sich Mühe, der Etikette eines Hotels wie diesem gerecht zu werden. Nicht einmal zum gepflegten Nachtessen erschienen die Gäste in angemessener Bekleidung. Jeans anstelle eines Anzugs, T-Shirt mit Aufdruck anstatt Hemd mit Manschetten. Krawatten waren längst aus der Mode. Im Gegensatz zu den Männern bemühten sich die Frauen wenigstens, sich ordentlich herzurichten. Ein Affront, wenn sich der Mann dagegen wehrte. Milagros betrat ihre Suite. Sie hatte weder eine Ahnung, wo sich Maximilian aufhielt, noch wusste sie, wo Federica war. Wen sollte sie zuerst anrufen?

ACHT

»Heute Morgen um halb sechs wurde bei den Reichenbachfällen unterhalb von Schattenhalb ein Toter entdeckt. Es handelt sich um den katholischen Pfarrer Marvin Steger. Er war bis 2017 Priester in Meiringen und beendete die Tätigkeit kurz vor seiner Pensionierung. Die Polizei bittet um Mithilfe. Sachdienliche Hinweise …«
Fede schaltete die Nachrichten ab. Es war ein Schock. Schon wieder ein Selbstmord? Seltsam, dass man den Namen des Toten erwähnte. Fede befürchtete, die Medien waren diesmal schneller als die Polizei vor Ort gewesen oder hatten zumindest Wind davon bekommen.

Das Smartphone klingelte. Fede griff nervös nach dem Gerät und öffnete gleichzeitig die Schranktür. Gestern Abend waren sie und Max auf Milagros' Wunsch vom Sherlock-Holmes-Hotel hierher disloziert. Milagros hatte die daraus entstandenen Kosten übernommen. Max hatte keine Einwände gehabt. Alte Gewohnheiten legte er nicht so schnell ab.

Drei Sommerkleider, zwei paar Hosen, eine Bluse, eine Jacke, zwei Paar Schuhe zum Wechseln. Wenigstens hatte Fede genügend T-Shirts eingepackt. Und trotzdem kaum genug, um sich hier einzurichten für mehrere Tage, wie Max in Aussicht gestellt hatte. Sie hätten sich auch einen weniger luxuriösen Aufenthaltsort aussuchen können. Aber bei Milagros konnte es nie edel genug sein, und Max kam ganz nach ihr. Fede sah erst jetzt auf das Display, strich mit dem Finger darüber und meldete sich.

»Federica, hast du's schon gehört? Bei den Reichenbachfällen wurde heute ein Toter geborgen.« Milagros war außer Atem.

»Ja, ich weiß. Es kam soeben in den Nachrichten. Es ist der Pfarrer von Meiringen.« Fede ging zum Fenster und sah hinaus. Vom fünften Stockwerk aus, wo ihr Zimmer lag, konnte sie in Richtung der Reichenbachfälle sehen. In der Nacht waren sie beleuchtet. Das Licht unterstrich das Gespenstische dieses Orts.

Was war dort drüben los? Welches Rätsel umrankte dieses bizarre Tal, wo die Kraft des Baches sich über die Felsen entlud? Es musste etwas dran sein an diesen wilden Wassern, wenn bereits Arthur Conan Doyle sie zum Tatort in einem seiner Kriminalromane gemacht hatte. Vielleicht müsste Fede selbst dorthin gehen, um das Geheimnis zu lüften, um zu verstehen, was für ein Faszinosum die Menschen jedweder Couleur anzog. »Der Pfarrer passt nicht ins Bild der übrigen Opfer.«
»Auch Geistliche haben manchmal abtrünnige Gedanken.« Milagros räusperte sich. »Ich erinnere mich an einen Priester aus der Erzdiözese Köln, der sich umgebracht hatte, weil er sich in den neunziger Jahren an einem Jungen vergangen haben soll. Auch in der Schweiz gab es solche Vergehen. Hast du schon etwas vor heute?«

Fede seufzte. Milagros lechzte nach Unterhaltung. Sie war keine Frau, die allein sein konnte. Sie brauchte Publikum. Deshalb hatte sie Max und Fede zu sich ins Hotel geholt. Ihre einst quirlige Art war einer sich anbahnenden Trägheit gewichen. Es war, als stolperte sie in ihrem Leben herum, war unsicherer geworden, dagegen konnten auch die High Heels nichts ausrichten.

»Federica, ich habe dich etwas gefragt.« Ungeduldig war sie noch immer.

»Ich wollte zu den Reichenbachfällen fahren.«

»Dann darf ich dich begleiten, oder?«

Es überraschte Fede. Es kam selten vor, dass Milagros fragte. In der Regel gab *sie* den Tarif durch. »Ich habe nichts dagegen. In einer Viertelstunde unten vor der Rezeption?« Sie überlegte. »Aber diesmal mit Wanderschuhen.«

»Diese habe ich dabei.« Milagros klickte sich weg, und Fede schrieb Max eine SMS, um ihn über ihren Ausflug zu informieren. Wenig später schrieb er zurück, er werde heute zur Apotheke gehen, in der Constance Glatthard gearbeitet hatte.

***

»1899 wurde sie erstmals in Betrieb genommen.« Milagros betrat die Reichenbachbahn und setzte sich neben ein betagtes Paar mit Hund. »Sie hat noch die genau gleichen Holzbänke wie vor über hundertzwanzig Jahren. Wie konnte man früher so unbequem reisen? Die hätten doch wenigstens ein paar Kissen auf die Sitze legen können. Mein armes Derrière.« Milagros griff sich an den Hintern und zwinkerte dem Mann neben ihr zu. »Habe ich recht?«

»*Sorry, I don't understand.*« Ein Brite, der Akzent verriet ihn. Der Mann schenkte ihr ein Lächeln.

Fede ließ sich gegenüber Milagros nieder. »Erstaunlich, wie sie noch immer funktioniert. War wahrscheinlich damals ein technisches Wunderwerk. Sie soll gleichzeitig mit der Bürgenstockbahn gebaut worden sein, vom selben Hersteller.«

»Hoffen wir, dass die Standseilbahn eidgenössisch konzessioniert ist.«

»Das ist de facto ein Muss.« Fede drehte den Kopf und sah nach oben über den Schienenstrang, wo dieser in einer Kurve verschwand.

»Hoffentlich hält das Seil. Ist ziemlich steil, die ganze Angelegenheit. Fast sechzig Prozent Steigung.«

»Wollen wir zu Fuß gehen?«

»Zu spät.« Milagros schmunzelte vor sich hin. »Wir fahren bereits.«

Fahren war übertrieben. Die rote Bahn ruckelte bergwärts. Es war, als holperten die Räder über jedwede Unebenheiten auf den Schienen. Das Holz knarzte. Der feine Luftzug streifte das Gesicht.

»Nostalgisch, nicht?« Milagros lehnte sich zurück, bis ihr Hinterkopf auf Holz traf.

Fede saß talseitig und genoss den Ausblick nach Meiringen. Unterhalb der Miliflue erkannte sie die Resti-Ruine und vage das Dach und die beiden Türme des Sanatoriums Santa Madre. Von hier aus gesehen wie der unheimliche Buckel eines fossilen Ungeheuers, wenn es denn so etwas gab.

Der Wasserfall dagegen, dessen Getöse man lange vor der Ansicht wahrnahm, zog Fedes Blick magisch an. Weiße Gischt stob über die dunklen Felsen, und dort, wo die Sonnenstrahlen das Gestein erreichten, leuchtete es im Wettlauf mit dem Wildwasser.

Milagros rückte sich auf der Bank zurecht. »Hundertzwanzig Meter im freien Fall. Da steht keiner mehr auf. Unten zerschellt der Körper im Gumpen.« Sie ereiferte sich. »Der Reichenbach überwindet sieben Kaskaden. Wer oben reinfällt, den reißt das Wasser mit und schleudert ihn an die Felsen, die den Weg des Bachlaufs säumen.«

»Stellst du dir das tatsächlich so vor?« Fede wunderte sich über Milagros' Phantasie.

»Das unterliegt einem physikalischen Gesetz. Meine Vorstellungen sind bloß logisch.«

Nach sieben Minuten fuhr die Bahn langsam in die Bergstation ein. Fede und Milagros warteten, bis die anderen Fahrgäste die Abteile verlassen hatten, und folgten einem älteren Herrn mit Wanderstöcken über die Treppe bis zum Ausgang.

Der Wind trieb Gischt über das Tobel, und die Sonne malte Regenbogen in die Luft.

Als Fede die Tür des Stationshauses passiert hatte, sah sie, wie Milagros sich hinter einer zweidimensionalen Sherlock-Holmes-Figur positionierte. »Was machst du da?«

Milagros amüsierte sich. »Ein Selfie. Ich als Sherlock. Wozu gibt es sonst die Aussparung für den Kopf? Komm, zuerst ich, dann du. Hast du dein Handy dabei?«

Fede lachte. »Ich erinnere dich daran, wie du dich neulich über den Holmes-Hype aufgeregt hast.«

»Du hast ja so recht.« Milagros hüpfte von der Erhöhung runter. »Schauen wir uns den Tatort an.« Sie wies an die linke Felswand. »Siehst du die Aussichtsplattform?«

Fede kniff die Augen zusammen und suchte die steilen Flanken ab. »Ich sehe einen hellen Stern.«

»Dort sind Professor Moriarty und Sherlock Holmes hinuntergestürzt, über die senkrechte Wand direkt in das Naturbecken unterhalb des Wasserfalls. Der Stern markiert die Absturzstelle.«

»Also nicht *über* den Wasserfall?« Fede sah nach oben zur weißen Wassersäule, die sich zwischen zwei Felszungen entfaltete.

»*Am* Wasserfall, sollte es wohl heißen. Keiner hat überlebt.«

»Aber die Geschichte um den Meisterdetektiv ging doch weiter.« Fede glaubte, etwas darüber gelesen zu haben.

»Als Sherlock Holmes starb, war halb England in Trauer. Die Anhänger verstanden es nicht, waren sogar wütend auf den Schriftsteller. Der Verlag bezahlte Doyle einen exorbitanten Betrag, damit er Holmes' Tod rückgängig machte.« Milagros steuerte auf die Holzwand zu, welche die Besucher vor den nassen Spritzern schützte. »Später hieß es, Holmes habe seinen Tod vorgetäuscht. Erst nach drei Jahren tauchte er wieder auf.«

Fede folgte ihr über eine Eisentreppe. »Kennst du dich an diesem Ort gut aus?«

»Ich war mit meinem Mann Kaspar hier, vor vielen Jahren, als wir jedes Wochenende eine Reise zu bekannten Sehenswürdigkeiten der Schweiz unternahmen.« Milagros sah zum Himmel, der sich in einem gewaschenen Blau über die Landschaft spannte. »Gott hab ihn selig, meinen lieben Kaspar. Er hätte Freude an dir gehabt.« Sie beeilte sich, als genierte sie sich, über ihre Vergangenheit zu sprechen. Sie kam außer Atem.

Fede musste sie bremsen. »Wir haben Zeit. Streng dich nicht an.«

Der Weg führte im Zickzack nach oben, durch den Wald. Holztritte wechselten sich mit solchen aus Steinen ab. »Früher ging hier der alte Säumerweg durch«, berichtete Milagros. »Oberhalb des Gasthauses Zwirgi setzt er sich fort. Er war die einzige Verbindung von Willigen ins Rosenlauital.«

Sie erreichten den nächsten Aussichtspunkt, der einige Meter oberhalb der Bergstation lag, eine Terrasse mit Geländer und Maschendraht. Fede sah über die Brüstung in die Tiefe. »Krass. Bei dem Anblick muss man schwindelfrei sein.«

»Und frei von tödlichen Gedanken.« Milagros dachte nach. »Wenn du an solchen Abgründen stehst, überlegst du dir manchmal auch, dich einfach fallen zu lassen?«

»Nein, ich überlege mir aber, warum das andere tun.«

»Wollen wir weitergehen?« Milagros schaute nach oben und stieß einen Laut aus, der sich wie ein Pfeifen anhörte. »Siehst du das? Der Weg zum Restaurant Zwirgi ist gesperrt. Hast du es gewusst?« Fast anklagend sah sie Fede an. »Polizeiabsperrbänder. Sind die mit der Spurensicherung noch nicht fertig? Komm, wir fragen einfach nach. Siehst du den uniformierten Polizisten? Der kann uns sicher Auskunft geben.«

Fede hielt sie am Arm zurück. »Du kannst dort nicht hoch. Zudem würdest du mit deinen Fragen unsere Absichten verraten.«

»Glaubst du, ich kann mich nicht diplomatisch ausdrücken? Lass mich machen.«

***

Das Glöckchen über der Tür schlug an, als Max die Apotheke betrat. Ein Hauch Nostalgie war im Ladenlokal zu spüren: Regale im Shabby Chic, vollgestopft mit farbigen Schachteln, Döschen und Behältnissen und ganz oben eine Reihe Medizinflaschen aus dem vorletzten Jahrhundert – diese hingegen als Zier. Neben der Hightech-Kasse standen zwei antike Mörser, in denen man früher getrocknete Blumen und Kräuter zu Tee, Pasten und Salben zerrieben hatte. Die Teesorten im Beutel auf dem Gestell daneben zogen in ihrer Buntheit das Auge des Kunden auf sich. Farbige Tassen und extravagant geformte Kerzen, Waschlappen aus Hanf – das Sortiment war erweitert und lud so manchen zu einem Zusatzkauf ein. Die Leute standen Schlange, die Verkäuferinnen reichten Schmerztabletten in Schächtelchen und mit kuriosen Namen über den Tresen, Aufbaumittel und Vitaminpräparate. Jemand verlangte Pflaster, ein anderer erkundigte sich nach einer Zahnbürste, welche das

Zahnfleisch schone. Die Verkäuferin empfahl eine elektrische. Der normale Wahnsinn im Leben eines Apothekers, ging Max durch den Kopf.

Er musste sich gedulden. Die Frau, die er suchte, hatte er bereits anvisiert. Er las ihren Namen auf dem Schild über ihrer linken Brust: Belinda Kohler, diplomierte Apothekerin. Constance Glatthards Nachfolgerin. Der Mann vor Max verabschiedete sich, nachdem er mittels eines ärztlichen Rezepts eine ganze Tüte Medikamente entgegengenommen hatte.

Max trat vor den Tresen.

»Guten Tag.« Belinda Kohler schaute ihn an, ohne ihre ernste Miene zu verziehen. Wahrscheinlich gab es nichts zu lachen hier. Ihre bernsteinfarbenen Augen waren klar und groß und übten auf Max eine verstörende Faszination aus. Weder Kajal noch Lidschatten verfälschten den Blick. »Was darf es sein?«

Max vergewisserte sich, dass er niemandes Aufmerksamkeit auf sich zog. Er wies sich mit seiner Visitenkarte aus und stellte sich vor. »Ich müsste Sie kurz sprechen.«

»Kurz?« Belinda Kohler sah nach links und rechts. Der vielen Leute wegen war selbst das Kurz zu lang, zumal es sich nicht um ein Verkaufsgespräch handelte. Aber das wusste sie ja nicht. »Gehen wir in mein Büro.« Es schien, als hätte sie begriffen, oder sie war froh um eine Pause.

Ein Pult, darauf zwei Bildschirme, eine Tastatur, Schreibblöcke, Kugelschreiber. Auf einem Gestell eine Kaffeemaschine mit Zubehör. Alles war penibel aufgeräumt. Das Büro entpuppte sich als eine Art Kabine ohne Fenster, ein Rückzugsort, den man mit einem Vorhang vom Ladenbereich abschotten konnte.

Belinda Kohler zeigte auf zwei Stühle und setzte sich auf einen. »Bitte nehmen Sie Platz.«

Sofort schlug sie ihre Beine übereinander. Max entgingen nicht ihre gepflegten Füße in den Birkenstocksandalen. Ihr Kittel wirkte tadellos gebügelt, die braunen Haare hatte sie hochgesteckt. Etwa fünfzig Jahre alt musste sie sein. »Warum interessiert sich ein Detektiv für mich?«

»Es geht um Ihre Vorgängerin Constance Glatthard. Haben Sie sie gekannt?«

»Ein unglaubliches Drama. Sie war so jung, hatte kaum ihre Ausbildung zur Offizin-Apothekerin abgeschlossen. Sie hatte den Bachelor und den Master in Genf gemacht und kam zurück nach Meiringen, wo sie aufgewachsen war. Ich war ihr während eines Monats unterstellt.«

»Warum das?«

»*Meine* Vita interessiert Sie nicht, nehme ich an.« Endlich erschien ein vages Lächeln auf ihrem Alabastergesicht und machte sie sympathischer. »Ich hatte gekündigt, und Constance trat ihre neue Stelle als Apothekerin in der führenden Position an. Es ging darum, sie einzuführen, ihr alles zu erklären und zu sehen, ob sie der neuen Herausforderung gewachsen war.«

»Ich gehe davon aus, dass Sie weit mehr Erfahrung haben, als Constance Glatthard mit ihren dreißig Jahren sie hatte.«

»Von wegen. Sie war ein Naturtalent. Bereits im Bachelorstudium, das sechs Semester dauert, eignete sie sich mit Leichtigkeit das grundlegende Wissen an, und den Master schloss sie mit der Bestnote ab. Vor vier Jahren machte sie ein Praktikum in dieser Apotheke und übernahm dann ein Jahr später meine Stelle, als ich aus privaten Gründen meinen Wohn- und Arbeitsort wechseln musste.«

»Nach Constance Glatthards Tod kamen Sie zurück. Hatten Sie darauf spekuliert?«

Belinda Kohler ließ eine Schweigeminute verstreichen. Vom Verkaufsraum drangen Geräusche herein. Palaver, das wiederholte Bimmeln des Glöckchens, Motorenlärm, wenn die Tür offen stand.

»Man hat mich gebeten, nach Meiringen zurückzukehren. Mit der Aussicht auf mehr Lohn habe ich zugesagt. Ich kenne mich hier gut aus, auch die Kundschaft ist mir nicht fremd. Zudem absolviere ich berufsbegleitend eine Fortbildung in der Gesundheitsentwicklung, Personalführung und Finanzverwaltung. Man lernt nie aus. Wir arbeiten nicht nur mit den verschiedenen Arztpraxen im Berner Oberland zusammen, auch mit den Kliniken. Ein breites Spektrum«, schloss sie.

»Was könnte Ihrer Meinung nach ausschlaggebend für den Suizid von Glatthard gewesen sein?«

»Das habe ich mich in schlaflosen Nächten auch gefragt. Bei Constance konnte ich es mir fast nicht vorstellen. Sie war eine starke Frau, die mit beiden Beinen im Leben stand. Aber«, Belinda Kohler seufzte, »was wissen wir, was in einem Menschen vorgeht, der so viel Verantwortung übernimmt?« Sie drehte sich nach dem Vorhang um. »Neben dem Verkaufsladen betreiben wir ein eigenes Labor. Auf der Basis ärztlicher Verordnungen stellen wir Salben, Kapseln, Sirupe, Zäpfchen und Lotionen her und sind sogar befugt, sterile Injektionslösungen und Augentropfen anzufertigen.«

Max hatte den Eindruck, Belinda Kohler spreche gern über ihre Arbeit. »Kannten Sie Constance Glatthard gut?«

»Wir waren nicht befreundet, wenn Sie das meinen. Gute Arbeitskolleginnen mit großem Respekt gegenüber der anderen.«

»Wann haben Sie sie zuletzt gesehen?«

»Als ich ihr den Schlüssel zur Apotheke übergab, bevor ich nach Zermatt zog. Das ist über den Daumen gerechnet drei Jahre her. Constance hat es nie verstanden, weshalb ich die Stelle in Meiringen aufgab, freute sich aber, diese einmalige Chance zu packen. Apotheker sind gesucht.«

»Sie erwähnten vorhin, Sie würden auch Kliniken beliefern. Wie kann ich das verstehen?«

Belinda Kohler erhob sich. »Was hat dies mit Constances Suizid zu tun?« Sie ging zur Kaffeemaschine, hob den Deckel an und schob eine Kapsel in den Behälter. »Die Ärzte stellen Rezepte aus, wir beliefern sie, auch mit Basismedikamenten. So gesehen profitieren wir beide davon.« Belinda Kohler stellte eine Tasse unter die Brühöffnung der Kaffeemaschine und wischte mit dem Finger über das Display. Kaffee floss in die Tasse, ein angenehmer Geruch verbreitete sich. »Zucker und Rahm?«

Max winkte ab. »Ich möchte keinen Kaffee, danke. Wie eng arbeiten Sie mit den hiesigen Kliniken zusammen?«
Belinda Kohler lehnte sich an das Gestell und verschränkte die Arme. »Genug eng, damit es sich rentiert.«
»Befand sich Constance Glatthard auf der gleichen Linie?« Da war ein leichtes Zögern, einen Augenaufschlag lang. »Selbstverständlich. Sie setzte das fort, was ich begonnen hatte. Vielleicht bot sie einiges mehr an, aber das entzieht sich meinem Wissen.«
»Hatte sie persönliche Verbindungen zum Personal der Kliniken? Freundschaften?«
»Ich verstehe Ihre Frage nicht.« Sie nahm die Tasse und schob sie auf einen Unterteller. Sie stellte beides auf den freien Platz neben der Tastatur und setzte sich wieder. »Ob sich da Bekanntschaften entwickelt haben, dazu kann ich nichts sagen. Sie wissen sicher, dass Mediziner untereinander spezielle Beziehungen pflegen. Ich kann selbstredend sagen, dass ich dem jetzigen Chef des Sanatoriums Santa Madre zu seiner Stelle verholfen hatte. Alfons Fontana und ich kennen uns seit dem Studium in Zürich. Er war vier Semester über mir. Heutzutage ist man gut vernetzt. Das bringt nebst einigen negativen Punkten viele Vorteile. Als der Stiftungsrat des Santa Madre, von dem ich ein Mitglied persönlich gut kenne, einen Chefarzt suchte, sah ich in Alfons die perfekte Besetzung.« Belinda Kohler nahm die Tasse zur Hand und zwei Schlucke Kaffee. »Ich war mal liiert mit ihm. Es gab dann allerdings heftige Auseinandersetzungen zwischen uns, was Grund für mein Weggehen war. Heute arbeiten wir wieder zusammen.«

Max vermutete, so viel Persönliches hatte Belinda Kohler nicht von sich verraten wollen. Vielleicht war sie die einsame Apothekerin, deren Fähigkeiten und Wissen kaum ein Mann gewachsen war, die arbeitssüchtige Frau, die am Abend allein zu Hause saß und darüber sinnierte, wie das Leben an ihr vorbeischrammte. Die Aufrechte in den Augen der Allgemeinheit, die sich bemühte, keine Fehler zu machen. Max schüttelte den

Kopf. Oft ließ er sich von abstrusen Gedanken verleiten, ausgelöst durch einen Blick auf sein Gegenüber. Fede hatte recht, wenn sie sagte, wie sehr er mit Vorurteilen belastet sei. »Eine letzte Frage: Ist Ihnen der Name Evelyne Sommerhalder ein Begriff?«

»Ja sicher. Sie war Psychiaterin im Santa Madre.«

***

Ihre Hände wollten nicht unten bleiben. Milagros hatte das Gefühl, als würde sich ihr ganzer Körper gegen den Mann neben den Flatterbändern stemmen. Natürlich war es Einbildung. Eine solche Situation war ihr nicht neu. Der Polizist stand ihr im Weg, mit der ganzen physischen Präsenz, die es ihr verbot, auch nur einen Tritt weiter nach oben zu gehen. Es gab weder eine plausible Ursache noch eine Erklärung, weshalb sie sich dermaßen versteifte. Das letzte Mal, als ihr Körper so reagierte, war, als man ihr die Nachricht über den Tod ihres Mannes gebracht hatte.

»Ist dir nicht gut?« Fede musste ihr Unwohlsein aufgefallen sein. »Du siehst aus, als hättest du ein Gespenst gesehen.«

Milagros versuchte, sich in den Griff zu bekommen. »Ich spüre, dass hier etwas Unheimliches vor sich geht, kann es aber nicht benennen.«

»Dein Bauchgefühl?«

»Maximilian hört auch darauf.«

Fede zog Milagros von den Flatterbändern weg. »Heute spricht jeder von Bauchgefühl. Dieses ersetzt weder den Verstand noch die Fähigkeit, Zusammenhänge zu erkennen. Bauchgefühl ist Nichtwissen, ist bloß eine Ahnung, die auf keiner wissenschaftlichen Basis beruht. Bauchgesteuerte beherrschen heute die Welt. Eine bedenkliche Entwicklung.«

»Was ist denn in dich gefahren? Es gab Zeiten, da verließ man sich nur auf den Verstand. Dabei ging der Instinkt ganz verloren. Wir müssen wieder eine Balance schaffen.« Es war nicht immer leicht, mit Federica zu kommunizieren, und oft sprach sie über

Dinge, die Milagros fremd waren. War sie auf der einen Seite die herzensgute Bäuerin, die sich um ihre Tiere sorgte, kam auf der anderen Seite das abgehobene Denken zum Vorschein, das selbst einen wie Maximilian in den Schatten stellte. Dabei war ihr Sohn klug und überlegt. Er wäre sonst nicht Anwalt geworden. Na ja, heute war er Detektiv, eine Tatsache, die Milagros noch immer schwer auf dem Magen lag, obwohl sie sich durch Max' Jobwechsel an seiner Arbeit beteiligen konnte.

Sie näherte sich erneut dem Polizisten. »Darf ich Sie etwas fragen?«

Fede gelang es diesmal nicht, sie zurückzuhalten, und sie widmete sich stattdessen ihrem Handy. Offenbar hatte sie eine Nachricht bekommen.

Der Mann wandte sich zu Milagros um. »Sie können da nicht durch.«

»Sie haben mich nicht verstanden, junger Mann. War es Mord?«

Der Mann schwieg, sah sie bloß an mit diesem müden Blick, der vermuten ließ, schon länger im Einsatz zu stehen.

»Milagros!« Fede zog sie am Arm weg. »Jetzt ist aber Schluss. Wir kehren um. Das hat keinen Zweck. Wir fahren nach Meiringen. Max möchte uns wegen des weiteren Vorgehens sprechen. Er war in der Apotheke bei Belinda Kohler und sieht endlich einen Silberstreifen am Horizont. Ich glaube, wir müssen dort andocken, wo wir einen Fortschritt erkennen können. Den Tatort zu besichtigen, steht nicht mehr an erster Stelle.«

»Wie du meinst.« Milagros gab auf. Sie sah an sich hinab. Wanderschuhe gehörten definitiv nicht zu ihrer Lieblingsgarderobe. In Kombination mit einem Rock sowieso nicht. Das nächste Mal würde sie allein hierherkommen oder sich von einem Taxi bis zum Gasthaus Zwirgi chauffieren lassen. Sie musste sehen, wo die Opfer in den Tod gesprungen waren.

In Willigen wartete Maximilian direkt neben der Talstation. Ihm konnte es wahrscheinlich nicht schnell genug gehen. »Wollen wir uns ins Gartenrestaurant setzen? Ich habe uns bereits einen Tisch reserviert.«

»Was hast du herausgefunden?« Federica schob ihren Arm unter seinen.

»Endlich etwas Brauchbares.« Er legte den anderen Arm um Milagros und zog sie über den Wendeplatz zum Gebäude auf der gegenüberliegenden Seite. »Es gibt Verbindungen zwischen den beiden Suizidopfern Constance Glatthard sowie Evelyne Sommerhalder und der Apothekerin Belinda Kohler und dem Sanatorium Santa Madre. Dort wiederum zu einem Psychiater. Dr. Alfons Fontana. Er ist Chefarzt.«

Der Tisch lag im Schatten. Sonnenschirme überdeckten den Garten wie riesige Propeller. Milagros ließ sich stöhnend auf einen der Stühle fallen und griff nach der Glacé-Karte, während sie in Gedanken eine Nervenzelle nach der andern in ihrem Körper zerquetschte. Sie vermochte sich ihre Nervosität nicht zu erklären. Zwei Kugeln Vanilleeis mit Meringues und Schlagrahm konnten nicht schaden. Dazu eine Portion heiße Schokolade.

Maximilian und Federica bestellten Weißwein und blätterten in der Speisekarte.

»Was schlägst du vor, was wir als Nächstes tun?« Federica sah über den Rand der Karte. »Wie sieht deine Vorgehensweise aus? Strukturierter?«

Milagros rätselte, wie Maximilian auf den Seitenhieb reagieren würde. Zu ihrer Überraschung blieb er besonnen.

»Wir müssen eine Möglichkeit finden, um ins Sanatorium zu gelangen.«

»Da bringen mich keine zehn Pferde hin.« Federica schloss die Speisekarte. »Ich weiß, was ich nehme. Den Salat.«

»Bloß weil dir das Gebäude nicht passt?«

»Wir können dort nicht einfach reinlaufen. Besuche sind keine erlaubt. Das habe ich zwischenzeitlich abgeklärt.«

Milagros schloss ihre Augen und widmete sich den inneren Bildern. »Es gab da einen Film, in dem jemand in einem Wäschetransporter in eine geschlossene Anstalt gelangt. Man müsste sich hineinschmuggeln.«

»Stellst *du* dich zur Verfügung?« Federica wieder giftiger.

»Zudem kennen wir uns in den Räumen nicht aus. Keine gute Voraussetzung, um sich im Notfall verstecken zu können.«

»Vielleicht sollten wir Belinda Kohler zu unserer Verbündeten machen.« Maximilian sah in die Runde.

»Schlechte Idee«, fand Federica. »Wir kennen sie nicht.«

Es war nicht leicht, aus drei verschiedenen Meinungen eine brauchbare Lösung zu finden. Milagros vermochte manchmal, sich selbst nicht auszustehen. Ihre Beweglichkeit hatte sich in den letzten Jahren verringert. Dies schlug sich auch auf ihren Geist nieder. Der Umzug vom Bürgenstock an den Brienzersee war eine Kurzschlusshandlung gewesen, was sie aber nicht verlautbaren durfte, vor allem nicht im Beisein von Maximilian. Er war stets dagegen gewesen, und sie bereute es. In der neuen Wohnung fühlte sie sich einsam. Ihr fehlten die Rituale, wie zum Beispiel in den Spa zu gehen oder zum Coiffeur, Kaffeetrinken an der Hotelbar. Seit sie sich vom jungen Ralph, der dem Zeitvertreib diente, getrennt hatte, war ihr, mit einer Ausnahme, nie mehr ein Mann nähergekommen. Vielleicht müsste sie eine grundlegende Änderung vollziehen, ansonsten bestünde die Gefahr, wie eine Schnecke in ihrem Haus zu verkümmern.

Sie wurde von einer Serviceangestellten abgelenkt. Sie nahm die Bestellung auf. Milagros verzichtete auf die Meringues und bestellte sich wie Federica einen Salat. Ein guter Anfang, fand sie. Man musste klein beginnen, wenn man Großes vorhatte.

»Ich habe endlich herausgefunden, wie die Frau heißt, die letzte Woche in den Tod sprang«, sagte Maximilian wenig später. Und zu Federica: »Eigentlich wäre es deine Aufgabe gewesen.«

Federica zog bloß ihre Augenbrauen hoch. »Wie hast du es angestellt?«

»Heute erschien die Todesanzeige.«

»Und darin stand, dass sie sich selbst umgebracht hat?«

»Wie ich meinen Sohn kenne, hat er zwischen den Zeilen lesen können«, brachte Milagros sich ein.

Er gab ihr recht. »›Es war ihr freier Wille, aus der Welt zu gehen‹«, zitierte Maximilian.

»Dabei ist es noch nicht einmal sicher, dass es nicht Mord war.« Fede schüttelte den Kopf. Eine rote Strähne löste sich aus den zusammengebundenen Haaren.

»Wie auch immer, es handelt sich um Anjali Schläppi, vierunddreißig Jahre alt, wohnhaft gewesen in Meiringen. Und jetzt haltet euch fest: Sie war im Sanatorium Santa Madre als Pflegerin angestellt.«

»Worauf warten wir noch?« Milagros war sich sicher, der Ursprung des Übels war in der Klinik im Wald zu suchen.

Maximilian hob die Hände. »Keine überstürzten Folgerungen, bitte. Was der Pfarrer damit zu tun hat, steht nicht fest.«

Milagros schluckte leer. »Den müssen wir vergessen. Er war des Lebens überdrüssig und hat sich selbst umgebracht.«

»Ein katholischer Pfarrer?«, fragte Federica. »Glaubst du doch selbst nicht. ›Du sollst nicht töten‹ ist eines von den Zehn Geboten. Darunter fällt auch das Selbsttöten.«

»Wir werden es herausfinden«, war sich Maximilian sicher.

NEUN

»Helfen Sie mir.«

Die Umarmung war selbst für den überraschungsresistenten Fontana unerwartet gekommen. Shanice hatte sich ihm an den Hals geworfen. Ihren ausgemergelten Körper an seinem zu spüren, schauderte ihn. Es fühlte sich an, als hielte er ein Skelett. Sanft, aber bestimmt löste er ihre Arme, die sich wie Tentakeln um ihn geschlungen hatten. Er streichelte ihren Rücken und führte sie zur Liege.

In die Akutstation gelangten nur die Patienten, die unter Verdacht standen, die Medikamente heimlich verschwinden zu lassen, anstatt sie einzunehmen. Fontana befürchtete seit einiger Zeit, Shanice führe ihn hinters Licht. Sie war clever, und im Gegensatz zu anderen Patienten fand sie immer ein Schlupfloch, durch das sie sich den erforderlichen Therapien entziehen konnte.

Fontana biss sich an ihr die Zähne aus. Shanice passte in kein Schema. Es war an der Zeit, die Maßnahmen zu wiederholen, die sein Vorbild Signor Dottore Massimo Caprici bei seiner Mutter und Fontana bereits dreimal bei Shanice angewandt hatte, bevor diese aus dem Sanatorium ausgebrochen war. Diesmal müsste er weiter gehen als bisher. Bei Etienne war er sich nicht sicher, ob die Therapie anschlug. Auch bei Sabrina machte er ein großes Fragezeichen. Aber mit ihnen stand er erst am Anfang, und die Ausgangslagen waren anders. Die Medikamente vernebelten den Geist. Es war schwiergig, diesen Dunst zu durchdringen und sich Zutritt in die zerfressene Seele zu verschaffen.

»Shanice.« Fontana nahm ihre Hand, nachdem sie sich widerstandslos hingelegt hatte. »Versprechen Sie mir, sich unter Kontrolle zu halten, wenn wir mit der Therapie beginnen? Wenn nicht, müsste ich Sie ruhigstellen. Aber das wollen wir doch nicht, oder?«

Shanice nickte. Ob sie es ernst meinte, war zu bezweifeln. »*Vivamus, moriendum est* – lass uns leben, da wir sterben müssen.« Sie sah ihn mit diesem tiefgründigen Blick an.

»Dieses Zitat sollten Sie sich zu Herzen nehmen. Sie sind zu jung, um zu sterben. Ich wiederhole, was ich Ihnen seit Beginn nahelege: Die Veränderung in Ihrem Leben muss von Ihnen aus kommen. Sie müssen es wollen. Wir im Santa Madre können Sie darin bloß unterstützen. Ist das bis hierher klar?«

Shanice schloss die Augen. »*Manus manum lavat.* Eine Hand wäscht die andere.«

»*Quid pro quo.*« Fontana tätschelte ihre Hand. »Gemeinsam können wir den Dämon aus Ihrer Seele treiben. Damit es gelingt, müssen wir ihn sicht- und greifbar machen. Das geht nur mit Ihrer Hilfe, Shanice. Es bringt nichts, wenn Sie nach meiner Spezialtherapie verschwinden. Dies bedingt, jedes Mal, wenn Sie wieder hier ankommen, von vorn zu beginnen.«

»Ich habe Angst.«

»Das kann ich gut verstehen. Aber lassen Sie sich um Gottes willen helfen.« Fontana hatte den Namen des Schöpfers nicht in den Mund nehmen wollen. Er wusste selbst, wie blasphemisch dies in Verbindung zu seiner Therapie klang. »Sie sind besessen. Das Böse wütet in Ihnen. Sie werden fremdgesteuert und beobachtet. Kein Medikament vermag all das zu eliminieren. Es kann bloß lindern, aber niemals auslöschen.«

»Sie helfen mir, ich helfe Ihnen.«

Jemand klopfte an die Tür. Ein denkbar unpassender Zeitpunkt. Jede Störung im Verlauf der Vorbereitung bedeutete einen Rückschlag für Fontanas Bemühungen. Er sah, wie der Türgriff nach unten gedrückt wurde. Er hatte den Schlüssel gedreht. Er wollte verhindern, auf frischer Tat ertappt zu werden. Außer Johanna verstand ihn niemand. Weder Papadopoulos noch die Therapeuten und das Pflegepersonal hätten mit seiner Behandlung etwas anfangen können. Sie dachten in seinen Augen zu eindimensional. Fontana hatte seine Arbeit, in der er sich mit der Diagnostik, der Therapie und der Prävention von seelischen

Krankheiten sowie ihrer Erforschung und Lehre befasste, ausgedehnt und damit ein Terrain betreten, das die Ärztekammer niemals gutgeheißen hätte. Doch Fontana war überzeugt von dem, was er tat. Dass es funktionierte, bewiesen Capricis Tagebücher.

Es klopfte erneut. Fontana ging zur Tür, während er Shanice nicht aus den Augen ließ. »Bleiben Sie liegen. Ich werde nur kurz schauen, wer mich sucht.« Bei der Tür angelangt, drehte er den Schlüssel um und öffnete.

»Seit wann schließt du dich ein?« Johanna drängte an ihm vorbei ins Zimmer.

»Ich will nicht gestört werden. Ich stecke mitten in einer Behandlung.«

»Ohne mich?« Johanna sah auf die Liege. »Ich dachte, wir tun das zusammen.«

»Ich hätte dich gerufen, hätte ich es als erforderlich erachtet. Zudem gehe ich davon aus, dass du genug mit deinen eigenen Therapien zu tun hast. Was willst du?« Manchmal traute er Johanna nicht mehr. In den letzten Monaten hatte sie oft giftige Bemerkungen fallen lassen, was seine Therapien betraf. Und seit Neustem verfolgte sie ihn wie sein Schatten.

»Wir müssen reden.«

»Du siehst, ich bin beschäftigt.« Verdammt. Sie brauchte ihn nicht einmal zu berühren. Ihre bloße Anwesenheit erregte ihn. Dabei war sie einmal seine Patientin gewesen. Ihr gestörtes Verhältnis zu ihrer eigenen Sexualität hatte sie zu ihm geführt. Später hatte er erfahren, dass sie es auf ihn abgesehen hatte. Aber da hatte er bereits nicht mehr von ihr lassen können. Dass er sie mit anderen Männern teilen musste, war ihm egal. Aus den anfänglichen Therapiestunden, die dazu gedient hatten, miteinander zu schlafen, war so etwas wie Gewohnheit geworden. Fontana sah heute Johannas gesteigertes Verlangen nach Befriedigung nicht mehr als Krankheit an, die es zu therapieren galt. Johanna hatte gelernt, mit ihren Bedürfnissen umzugehen und dass sie weniger im Vordergrund standen.

Shanice stöhnte und richtete sich auf.

»Es geht jetzt nicht.« Fontana begab sich zurück zur Liege. »Beruhigen Sie sich, Shanice. Ich bin gleich wieder ganz bei Ihnen.«

Johanna lehnte sich an die kalkweiße Wand. »Wenn dir die Zukunft von Santa Madre nichts bedeutet, dann gehe ich wieder.«

Johanna schaffte es, seine Aufmerksamkeit mit dieser Bemerkung auf sich zu ziehen. Sie wartete mit verschränkten Armen auf seine Reaktion. Ihr linkes Bein hatte sie ein wenig vorgeschoben, wobei ihr Arztkittel über dem Knie aufklaffte. Noch etwas höher, und er hätte für nichts garantieren können.

Fontana räusperte sich. »Vielleicht klärst du mich auf.«

»Nicht hier.«

»Ich kann Shanice unmöglich allein lassen.«

»Draußen wartet Baldur. Er wird sich ihrer annehmen.« Johanna stieß sich von der Wand ab. Sie schritt zur Tür, öffnete sie und bat den Pfleger herein. »In einer Viertelstunde ist Dr. Fontana zurück.«

Fontana folgte ihr über den Korridor. Er ahnte, was Johanna vorhatte, und war selbst nicht abgeneigt, sich mit ihr zu entspannen. In Gedanken zog er sie aus und warf sie auf den Tisch in der Kaffeeecke. Dennoch gebot er sich, die körperliche Sehnsucht im Griff zu halten. Er durfte Johanna nicht nachgeben. Für ihn war sie zur Sucht geworden, und das stellte eine Gefahr dar. Sie verstand es, ihren Charme zielgerichtet einzusetzen. Fontana hütete sich davor, die Finger an ihr zu verbrennen, obwohl er manchmal dachte, es bereits getan zu haben.

Auf den Zimmern war es ruhig um diese Zeit. Viele der Patienten hielten sich in der Gruppentherapie oder draußen beim täglichen Spaziergang auf.

Sie erreichten die Treppe. Johanna ging voraus.

»Wohin gehen wir?«

»In den Gemeinschaftsraum.«

Fontana folgte ihr. Er war wütend auf sich, weil er sich von ihr wieder um den kleinen Finger wickeln ließ. Er würde ihr künftig Paroli bieten müssen, wollte er im Sanatorium weiterhin die Oberhand behalten. Andererseits fürchtete er ihre Ausfälle, wenn sie ihre Beherrschung verlor. In ihrem Innern lauerte genauso ein Dämon, wie es bei Shanice der Fall war. Wenn Fontana Johanna herausforderte, würde sich das Ungeheuer von der Seite zeigen, was es war, ein sich ausbreitendes Geschwür, und würde seine eigene Persönlichkeit auf eine harte Probe stellen oder ihn sogar vernichten. Er musste vorsichtig sein.

Der Gemeinschaftsraum hatte die Größe eines mittleren Wohnzimmers und diente dem Zusammensein. Ein paar zufällig hingestellte Sofas, drei Tische und darum herum Stühle füllten eine Fläche von sechzig Quadratmetern aus. Hier trafen sich die Patienten zum Spielen, Lesen und Diskutieren. Ganz ohne Psychiater und Therapeuten. Lediglich ein Pfleger wachte über die Menschen, darum besorgt, dass nichts eskalierte und sich kein Streit entfachte. Unterschwellig litten die Patienten unter Starkstrom. In ihrem Innern brodelte es. Vieles war durcheinandergeraten in ihrem Leben. Die Nerven lagen blank. Ein kleiner Funke reichte, um einen Brand zu entfachen. Doch in der Regel ging es hier friedlich zu und her. Die meisten der Patienten waren durch Medikamente ruhiggestellt. Viele dämmerten dahin und gaben sich ihrem Schicksal hin, weil sie glaubten, die Heilung käme von außen.

Mit Ausnahme von Paulina hielt sich hier niemand auf. Sie erhob sich von ihrem Platz und räumte eine Teetasse auf das Gestell, auf dem Zeitschriften und Bücher lagen.

»Hallo, Paulina. Könnten Sie uns einen Moment allein lassen?« Johanna wedelte sie wie selbstverständlich weg, eine Geste, in der sie ihre Überheblichkeit zum Ausdruck brachte.

Fontana entging der Blick der Pflegerin nicht, den sie Johanna entgegenwarf. Er wusste, wie unbeliebt Johanna hier war. Sie spielte ihre Überlegenheit aus und ließ es vor allem die Frauen wissen.

Paulina verschwand ohne ein Wort.

»So, nun kläre mich auf. Weshalb treibst du mich durchs halbe Haus?« Fontana merkte zu spät, wie heftig er auf sie reagierte. Johanna blieb neben dem Gestell stehen. »Ich rate dir, dich zu setzen, denn das, was ich dir zu sagen habe, wird dich nicht kaltlassen.«

»Mach es nicht spannend. Ich habe keine Zeit, deine Rätsel zu lösen.« Fontana zog einen Stuhl unter einem der drei Tische hervor und setzte sich. Was immer Johanna ihm zu erzählen hatte, er wusste, dass sie gern übertrieb. »Was?«

Johanna beugte sich über den Tisch. Ihr Arztkittel klaffte auf. Fontana kam nicht darum herum, auf ihre Brüste zu starren. »Anjali Schläppi ist tot.«

***

Die Finger glitten über sein Kinn und befühlten die Partie, die er soeben mit dem Rasiermesser bearbeitet hatte. Der Spiegel fing seinen kritischen Blick ein. Max fletschte seine Zähne und grinste sich an. Auch er war älter geworden. Die feinen Falten in seinem Gesicht, die sich im grellen Licht der Neonröhre zu erkennen gaben, überdauerten den Vormittag. Am Mittag würden sie geglättet und die nächtlichen Spuren eines unruhigen Schlafs endlich weg sein. Max presste Tagescreme aus der Tube und verteilte sie auf Stirn und Wangen. Er legte großen Wert auf ein gepflegtes Äußeres, obwohl ihn Mutter Natur mit viel Attraktivität ausgestattet hatte. Es war nicht immer leicht, wenn man nur auf das Aussehen reduziert wurde. Schönen Menschen haftete oft etwas Naives an.

»Max, Darling, kann ich auch mal ins Bad?« Fede stand unter dem Türrahmen. Ihr Körper sah wie ein Kunstwerk aus. Kaum ein Stück Haut, das durch ihre Tattoos unversehrt geblieben war.

»Komm doch rein. Warum auf einmal so gehemmt?« Max nahm sie in die Arme.

Fede legte den Kopf an seine Schulter. »Meinst du, wir haben uns mit dem Fall zu viel aufgebürdet？« Solange wir nicht wissen, ob es sich um Mord oder Suizid handelt, ist es schwierig, einen roten Faden zu finden.«

»Ich hatte gestern Abend Sandro Anderegg am Draht. Ich gehe davon aus, er weiß mehr über die Polizeiarbeit, als er zugeben will. Er muss seinen Bruder auf dem Laufenden halten.«

»Hast du ihm von unseren Befürchtungen erzählt？«

»Du meinst wegen der Verbindungen von den Opfern zum Sanatorium？«

»Ja.«

»Wenn dem so wäre, tangiert es Carlo Anderegg nicht. Es gibt keine Schnittpunkte zwischen ihm und der Klinik.«

»Wir müssen mehr über diese seltsamen Bisswunden erfahren.«

»Wenn die ein Indiz wären, müsste die Polizei anders reagieren.« Max streckte seinen Oberkörper. »Das Begräbnis von Anjali Schläppi findet morgen statt. Vielleicht sollten wir dorthin gehen.«

»Hast du Neuigkeiten über den Pfarrer？«

»Bislang nicht. Aber heute müsste jemand von uns zur Haushälterin fahren. Soviel bekannt ist, hat er bis zu seinem Tod mit ihr zusammengelebt.«

Fede hörte ihm aufmerksam zu. »Gibt es eine Möglichkeit, mich ins Sanatorium einzuschleusen？«

»Das ist es, was dich umtreibt.« Max drückte sie fester an sich. »Ehrlich gesagt, ist es ein Risiko.«

»Kennst du keinen Arzt, mit dessen Hilfe ich dort reinkomme？«

»Du meinst, als Patientin？ Erst noch hast du dich dagegen gesträubt.«

»Ich weiß, sehe aber, wie wichtig es ist.«

»Rein kommst du schnell in eine Psychiatrische. Das Problem ist, wie kommst du wieder raus.«

Fede löste sich aus seiner Umarmung. »Ich bringe doch alle Voraussetzungen für ein gestörtes Selbstwertgefühl mit.« Sie lachte gekünstelt auf.

»Wenn ich mir deine Tattoos ansehe, liegst du nicht mal so falsch.« Er küsste sie zärtlich auf den Mund. Es gab Tage, da hatte er Mühe mit diesen eingeritzten Fabelwesen, und wenn er sich Fede in einem weißen ärmellosen Brautkleid vorstellte, in dem ihre nackten Arme in den Mittelpunkt rückten, mit all den Blumen, Totenköpfen, Flügeln und Kreuzen, fuhr es ihm kalt über den Rücken. Das Gefühl, Fede habe die Grenzen zwischen jugendlichem Leichtsinn und krankhaftem Wahn überschritten, wurde manchmal unerträglich. Alles, was außerhalb des Normalen lag, war für ihn pathologisch. Er hatte sie nie darauf angesprochen. »Ja, durchwegs. Du wärst das gefundene Fressen für die Psychiater. Ich müsste bloß noch beweisen können, *wie* süchtig du danach bist ...«

»Wenn ich nicht wüsste, dass du es scherzhaft meinst, müsste ich dich wegen deiner Aussage rügen.« Fede blieb ernst. »Sag schon, wer könnte mich einweisen, oder soll ich mich in einen Wäschewagen legen, wie Milagros es vorgeschlagen hat? Wir müssten aber sicher sein, ob die Schmutzwäsche tatsächlich auswärts gegeben wird oder ob die Reinigung zum Patientenprogramm gehört.«

Auf Letzteres ging Max nicht ein. »Spontan kommt mir niemand in den Sinn. Wie steht es denn mit deiner Hausärztin?«

»Unmöglich. Wir haben zusammen das Gymnasium besucht.«

»Wer, wenn nicht sie, die dich kennt, wäre geeigneter, dir zu helfen? Weiß sie, dass wir eine Detektei betreiben?«

»Ich habe ihr davon erzählt. Aber das würde sie niemals tun, schon gar nicht, wenn für mich ein Risiko besteht.«

Die Bereitschaft war da. Es gab jedoch Hürden. Und diese waren nicht einfach zu überwinden. »Wir sollten es uns gut überlegen. Die Idee muss reifen. Auf keinen Fall will ich etwas überstürzen.« Max ging ins Schlafzimmer, öffnete den Schrank, sah, dass er zu wenige Kleider mitgenommen hatte, schloss die Schranktür wieder und entschied sich, dasselbe anzuziehen wie am Vortag. »Wir teilen uns die Arbeit. Wir müssen mehr über

Evelyne Sommerhalder erfahren. Ihre Mutter hat mir eine Nachricht geschickt und mich auf eine Zeugin aufmerksam gemacht, eine Frau, die den Sturz ihrer Tochter aus nächster Nähe mitbekommen hat.«

»Hast du einen Namen?«

»Maja Linder. Sie ist Serviceangestellte im Gasthaus Zwirgi in Schattenhalb.«

»Was hast du für Milagros vorgesehen?«

»Bislang nichts. Sie soll sich ausruhen und Meiringen genießen. Ich habe ihr vorgeschlagen, heute ins Sherlock-Holmes-Museum zu gehen.«

***

Nach der Kurve fiel der Blick automatisch nach oben. Das »Zwirgi« thronte markant über dem Abhang. Ein Haus im Chaletstil, mit großen Fenstern, durch die das Außen ins Innere floss. Eine Symbiose dreier Elemente: Erde, Luft und Wasser, das der Reichenbach mit sich brachte.

Fede parkte ihren Mini hinter dem Haus auf dem Platz, der sich neben einer Straßenschlaufe befand. Am Hang gegenüber lagen ein paar Chalets verstreut. Ein historischer Pfad führte an ihnen vorbei. Fede vernahm den Dreiklang des Postautos und wartete, bis es bei der Haltestelle stoppte. Ein paar wanderfreudige Leute stiegen aus, mit Rucksack und Wanderstöcken. Sie peilten das Gasthaus an, das sie mit einer feudalen Aussicht auf Meiringen und das Haslital anlockte.

Fede betrat das Restaurant. Der Geruch nach frisch gebackenem Brot stieg ihr in die Nase. Sie sah sich um. Links von ihr befand sich eine Reihe von Tischen mit Stühlen. Die Fensterfront dahinter bestätigte das, was Fede bei der Zufahrt aufgefallen war. Die Natur hatte sich den Weg ins Haus gebahnt. Das Grün des Waldes, das Blau des Himmels – es wirkte beruhigend. In der Mitte stand die Theke, mit Alpenblumen hübsch dekoriert. Rechts ein Tisch, auf dem für zwei Personen aufgedeckt war.

»Willkommen.«

Fede hatte die Frau nicht gesehen, die in einer Ecke das Gestell mit Prospekten auffüllte. Sie trat aus dem Schatten mit einem Lächeln auf dem Gesicht.

Fede grüßte sie. »Sind Sie zufällig Frau Linder?«

»Oh nein, mein Name ist Fiona Pellmann. Mein Mann und ich sind das Wirtepaar. Zu Maja Linder wollen Sie?« Fiona Pellmann legte die Prospekte nieder und sah auf die Armbanduhr. »Sie kommt in zehn Minuten zum Mittagessen. Heute Vormittag hatte sie frei. Möchten Sie so lange auf sie warten, oder soll ich sie anrufen?«

»Nein, nicht nötig. Vielleicht können Sie mir vorab helfen.« Fede griff in ihre Hosentasche und nahm eine Visitenkarte hervor. Sie überreichte sie der Wirtin.

Diese sah sie sich eingehend an. »Sie kommen von einer Detektei? Ist das ein Scherz?«

»Es geht um die Stürze, die sich neulich in dieser Gegend ereignet haben.«

»Schlimme Sache, aber nichts Neues. Das ganze Jahr über kommen lebensmüde Menschen hierher. Und wir sind stets damit konfrontiert. Wie kann ich Ihnen helfen?«

»Wie schätzen Sie Maja Linder ein? Glauben Sie, ich könnte sie mit ein paar Fragen zu dem Unfall, den sie mitangesehen hat, behelligen?«

»Es hat lange gedauert. Aber jetzt ist sie darüber hinweg. Ob sie durch Ihre Fragen erneut in eine Depression gerät, kann ich nicht beurteilen. Möchten Sie einen Kaffee?«

»Gern.«

»Dann setzen Sie sich doch.« Fiona Pellmann zog einen Stuhl vom Tisch mit dem Gedeck weg. »Bitte.«

»Schön haben Sie es hier.« Fede ließ sich nieder.

»Uns gefällt's. Wir bieten auch Zimmer mit naturbelassenen Materialien an. Falls Sie sich einmal erholen möchten, sagen Sie es mir. Wir haben wunderbare Betten.« Fiona Pellmann ging zur Kaffeemaschine. Sie drückte einen Knopf.

Fede hätte sich gern in einem Spiegel betrachtet. Sah sie dermaßen abgeschlagen aus? Sie schlief zu wenig. Wahrscheinlich sah man es ihr an.

Der Kaffee war bereits aufgetischt, als eine junge Frau das Restaurant betrat. Sie stieß ein kollektives »Hallo« aus und schwang sich auf den Stuhl neben Fede. Sie wies auf ihre Kaffeetasse. »Kein Mittagessen heute?«

»Das ist Frau Hardegger.« Fiona Pellmann boxte der Frau behutsam in die Seite. »Sie möchte dir ein paar Fragen stellen.« Das war sie also. Maja Linder, die Zeugin. Etwa zwanzig, burschikos mit energischen Gesichtszügen. Ihre Haare waren kurz und mit blondierten Strähnen durchsetzt, die Augen grau und wach. Fede reichte ihr die Hand. »Tut mir leid, wenn ich Sie beim Mittagessen störe.«

»Das kann warten.« Maja Linder wechselte den Blick zwischen Fiona Pellmann und Fede. »Sind Sie von der Presse?« Sie gab sich gleich selbst die Antwort. »Ja klar, die zwei neuen Suizide. Wollen Sie wissen, wie sich das anfühlt, wenn man einer Selbstmörderin zusieht?«

»Ich komme von einer Detektei.« Fede wies sich aus. »Es geht nicht um die aktuellen Fälle, und es liegt mir fern, mich nach Ihren Gefühlen zu erkundigen.«

Maja Linder schluckte. »Eine Schnüfflerin sind Sie also.« Ihre Wortwahl zeigte das Maß ihrer Verachtung.

Fede lag es auf der Zunge, der jungen Dame ihren Abschluss an der ETH mitzuteilen. Sie hielt sich zurück. Maja Linder war verletzlich, obwohl sie diese Tatsache mit einem eifrigen Mundwerk überspielte. »Ich ermittle für einen Mandanten, der wegen der Unfälle bei den Reichenbachfällen des Mordes bezichtigt wird.«

»Was hat das mit mir zu tun?« Maja Linder lehnte sich zurück und kreuzte die Arme vor ihrer Brust. In dieser Geste lagen Abwehr und Neugier zugleich.

»Leider sind mir die Hände gebunden, um mich an die Polizei zu wenden«, bluffte Fede. »Es geht um den Fall von letzter Woche. Eine junge Frau kam ums Leben, auf ähnliche Weise wie die beiden Frauen im April dieses Jahres. Man hat an ihrem Hals Bisswunden entdeckt wie bei der Frau, deren Sturz Sie damals beobachtet hatten.«

Maja Linder wandte sich an ihre Chefin. »Fiona, sei so gut und schenk mir einen Schnaps ein.«

War sie bereit zu reden? Oder demonstrierte sie damit, wie gleichgültig ihr Fede war?

Fiona Pellmann griff nach Glas und Kirschflasche und schenkte ein. Sie brachte das Glas an den Tisch. »Lass dir Zeit.«

Maja Linder nahm das Glas und trank es ex. »Fragen Sie«, sagte sie, ohne Fede eines Blickes zu würdigen.

»Beschreiben Sie mir, was Sie an diesem Tag im April gesehen haben. Wo haben Sie gestanden?«

Die junge Frau sah endlich auf. »Ich war unterwegs vom ›Zwirgi‹ zur Bergstation der Reichenbachbahn. Ich wollte unbedingt auf die letzte Bahn, weil ich mich mit einer Freundin verabredet hatte. Ich war spät dran, musste mich beeilen. Ich erinnere mich nicht, irgendetwas Verdächtiges gesehen zu haben. Die Polizei hat mich dies schon zigmal gefragt. Ich hörte Musik über einen Kopfhörer.«

Fede unterbrach sie. »Sie hatten sie über beide Ohren gestülpt?«

»Mann! Ist das wichtig?« Maja Linder bemerkte offenbar, dass sie sich schon wieder im Ton vergriffen hatte. »Nein, nur mit einem, sonst hätte ich den Schrei ja nicht gehört. Der Körper kam durch die Luft geflogen und schlug unter der Brücke auf. Ich war wie von Sinnen. Trotzdem schaffte ich es, die Polizei zu alarmieren. Es ging alles sehr schnell. Wenn so etwas geschieht, funktioniert man bloß. Ich spürte pures Adrenalin. Ich kletterte über die Brüstung und versuchte, der Frau zu helfen. Aber da war Blut, und ihr Gesicht lag nach unten. Gerade rechtzeitig kam ich zur Vernunft, sonst hätte mich das Wasser auch mitgerissen.«

Maja Linder schloss die Augen. »Der Polizist am Telefon bat mich, vor Ort zu bleiben. Aber ich schaffte es nicht. Ich rannte nach unten Richtung Station. Die Bahn war weg. Ich wartete, bis die Polizei kam. Später kreiste über mir ein Helikopter. Eine Landung war jedoch unmöglich.« Maja Linder öffnete die Augen. »Das Wasser hatte die arme Frau über den großen Fall mitgerissen. Später barg man sie aus dem Gumpen unterhalb der Bergstation. Dabei war ich ihr so nahe.« Sie hielt ihre rechte Hand auf Augenhöhe und den Daumen und Zeigefinger einen Zentimeter voneinander entfernt. »So nahe.«

Fede beugte sich über den Tisch und legte Maja Linder die Hand auf den Arm. Sie ließ ein paar Sekunden verstreichen. »Hat die Polizei Sie später über Details informiert?«

»Nein, aber ich musste penetrante Fragen beantworten. Immer wieder wurde ich im Geist auf die Brücke zurückgeführt. Man fragte mich, ob mir bei der ersten Aussichtsplattform etwas aufgefallen sei. Denn von dort sprang die Frau oder wurde gestoßen. So eindeutig war es nicht, weil, wie Sie es bereits erwähnt haben, Bissspuren an ihrem Hals festgestellt wurden. Aber glauben Sie mir, ich erinnere mich weder an ein Tier noch an einen Menschen, der dort gestanden hatte. Er muss nach mir dorthin gelangt sein. Oder ich hatte ihn nicht beachtet.«

Fede hatte keine Ahnung, wie es bei der erwähnten Aussichtsterrasse aussah. »Sie sagten, das Opfer muss oberhalb der Brücke reingefallen sein. Besteht die Möglichkeit, dass man überlebt?«

Maja Linder schüttelte den Kopf. »Das wäre ein Wunder. Schon dort ist es steil. Wenn man nicht bereits nach dem Sturz auf den Felsen aufschlägt, tut man es spätestens im Wasser, dessen Grund nicht allzu tief ist. Die Strömung reißt den Körper mit, und nach der Brücke hat es weitere Felsen, bevor das Wasser durch ein Nadelöhr über den großen Fall gerät.«

»Hatten Sie Kontakt zu der Familie der Toten? Zu den Sommerhalders?«

»Als ich erfuhr, um wen es sich bei der Toten handelte, ja. Von ihnen erfuhr ich auch von den Bisswunden. Ein Tier sei es gewesen, sagte Herr Sommerhalder.«

»Sie haben mit Herrn Sommerhalder gesprochen?« Fede erinnerte sich an Max' Informationen. Die Ehe sei nach dem Tod ihrer Tochter auseinandergegangen.

»Da waren die Eltern noch zusammen gewesen. Ende Mai sah ich Frau Sommerhalder noch einmal und habe mich nach ihrem Wohlergehen erkundigt. Die arme Frau leidet, das können Sie mir glauben. Sie arbeitet wie gestört, damit sie das Drama ausblenden kann. Aber wer einmal ein Kind verloren hat, kommt nie wirklich darüber hinweg. Sie hat mir erzählt, wo Evelyne zuletzt gearbeitet hatte. Sie war stolz auf sie.«

»Im Sanatorium Santa Madre«, sagte Fede mehr zu sich selbst. »Hat Frau Sommerhalder etwas dazu gesagt?«

»Zum Sanatorium?« Maja Linder kniff die Augen zusammen. »Ich erinnere mich nicht.«

»Kennen *Sie* es?«

»Nein.« Maja Linder wandte sich an ihre Chefin. »Du etwa?«

»Es wird viel darüber gesprochen, aber hinter vorgehaltener Hand.« Fiona Pellmann setzte sich an den Tisch. Es schien, als wäre ihr Interesse geweckt. »Hat sich Evelyne Sommerhalder deswegen das Leben genommen? Ich würde mich nicht einmal wundern. Das Sanatorium hat nicht den besten Ruf.«

»Weshalb nicht?«, bohrte Fede nach.

»Nun, ich will mich nicht zu weit aus dem Fenster lehnen. Eine Bekannte von mir war dort, wegen einer Vergewaltigung. Sie war kränker nach dem Austritt als vor dem Eintritt ins Santa Madre.«

***

Max ließ es klingeln. Zehnmal. Zwanzigmal.

Endlich meldete sich Carlo Anderegg. »Wer will mich sprechen?«

»Max von Wirth. Haben Sie meine Nummer nicht gespeichert?«

»Ach, der Privatdetektiv aus Hergiswil. Was gibt's Wichtiges auf der Alpennordseite?«

Offenbar hatte Carlo Anderegg getrunken. Er lallte ein wenig und redete langsam, als müsste er sich jeden Satz zuerst überlegen, bevor er ihn aussprach.
»Befinden Sie sich in Ihrem Versteck?«
»Ich genieße gerade ein phantastisches Bergpanorama. Hier oben ist die Welt noch in Ordnung. Schade, dass es mir nicht schon früher in den Sinn gekommen ist, eine Bleibe in den Bergen zu suchen.«
»Können wir uns bei Ihnen treffen?«
»Das geht nicht, das habe ich Ihnen bereits gesagt. Liefern Sie mir Resultate, dann komme ich wieder nach Meiringen.«
»Es wäre mir lieber, ich könnte Sie sehen. Es wäre etwas persönlicher.«
»Meinem Gastgeber wäre es nicht recht, wenn wir uns hier träfen. Er hat mir sein Haus zur Verfügung gestellt. Ich respektiere seine Wünsche, hier keinen Besuch zu empfangen.«
»Vielleicht gibt es in der Nähe ein Gasthaus, wo wir ungestört sprechen können.«
»Sie können es mir am Telefon mitteilen.«
Max glaubte, seinen Geduldsfaden reißen zu hören. »Ich kann auch mit Ihrem Bruder reden, wenn Ihnen das lieber ist.«
Auf der anderen Seite der Leitung wurde es still. »Okay«, kam es zögernd. »Worum geht es?«
Am Telefon, klar. Max gab klein bei. »Um die Bisswunden am Hals Ihrer Ex-Freundin. Existieren Polizeifotos, welche diese dokumentieren?«
»Natürlich gibt es die. Wegen denen wurde auch lange genug auf mir herumgeritten.«
»Warum befinden sich die Bilder nicht bei den Dokumenten Ihres Bruders?«
»Er hat also alles gesammelt.« Carlo Anderegg hörte sich an, als wüsste er nichts davon. »Sieht ihm ähnlich. Sandro war so versessen darauf, mich zu rehabilitieren.« Er seufzte. »Geholfen hatte es nicht. Ich wanderte in den Knast, weil die Beweislage ... na ja, Sie wissen schon. Ein Scheiß war es, mich in den gleichen

Topf zu werfen wie die Vergewaltiger und Kinderschänder, bloß weil bei mir einmal im Leben die Sicherungen durchgingen.«

Max fand sieben Jahre Gefängnis auch eher genug für ein Vergehen, bei dem Beweise für eine versuchte Tötung fehlten.

»Ist es möglich, dass Sie mir die Fotos zusenden?«

»Sie haben Wünsche.«

»Besser wäre es, Sie würden sie mir persönlich übergeben.«

»Hören Sie, Sie Schlaumeier. Erstens kann ich mit meinem alten Handy keine Fotos machen, und zweitens habe ich die Fotos nicht dabei. Sie befinden sich in meiner Wohnung.«

»Hat Ihr Bruder dort Zutritt?«

»Er hat einen Schlüssel. Aber er weiß nicht, wo sich die Fotos befinden. Ich habe sie gut versteckt. Denken Sie nicht mal daran, ihn darauf anzusprechen.«

»Warum?«

»Meine Fotos gehen meinen Bruder nichts an.«

Max spürte einen Anflug von Ärger. Ohne es zu begründen, verabschiedete er sich von Carlo Anderegg. Er musste einen anderen Weg suchen, um an die Bilder zu kommen. Der Anflug wuchs zu einer Woge aus Beklemmung. Nicht Carlo war sein Auftraggeber, sondern Sandro. Max hatte ihm versprochen, täglich Meldung zu erstatten. Er hatte es die letzten Tage versäumt. Nervös suchte er nach der Telefonnummer. Aber auf eine Minute mehr oder weniger kam es jetzt nicht mehr an. Er wählte.

Sandro ließ ihn nicht lange warten. »Schön, von dir zu hören. Ich dachte bereits, du bist verschollen.«

»Entschuldige mein Versäumnis. Ist gerade viel los hier.«

»Kann ich mir denken. Es soll einen weiteren Suizid gegeben haben. Vor einer Stunde hat die Polizei ein Statement darüber abgegeben. Die Namen der Frau und des Mannes sind mittlerweile auch bekannt. Man sucht nach Zeugen. Also waren es nicht ›gewöhnliche‹ Suizide. Jemand muss nachgeholfen haben.«

Solange Carlo Anderegg sich versteckte, bestand die Möglichkeit, dass er mit den Toten etwas zu tun hatte. »Ich habe mich mit deinem Bruder getroffen.«

»Er hat mich deswegen angerufen.«

»Ach, und ich dachte, ihr habt wenig bis gar keinen Kontakt. Weißt du zufällig, wo er sich aufhält?«

»Er schweigt wie ein Lamm.«

»Irgendwo im Rosenlauital, hat er zumindest durchblicken lassen. Kennst du den Freund, dessen Haus er bewohnen darf?«

»Ich habe keinen blassen Schimmer.«

Max umtrieb ein mulmiges Gefühl. War er dabei, einem Mörder auf den Leim zu gehen? »Hat er mal seinen ›Freund‹ erwähnt?«

»Er hat wenige Freunde. Diese kann man an einer Hand abzählen.«

»Kennst du wenigstens einen davon?«

»Alles Saufkumpanen, nehme ich an.« Sandro klang verächtlich. »Kenne ich aber nicht. Seit Carlo draußen ist, trinkt er manchmal über den Durst.«

Dann hatte Max sich nicht getäuscht. »Ich komme einfach nicht an ihn ran. Dabei wüsste ich gern, in welchem Verhältnis er zu den Opfern stand. Du sagtest bei unserem ersten Treffen, dein Bruder wolle mit dem Namen der Frau nicht herausrücken, die am Donnerstag gestorben ist. Es handelt sich um Anjali Schläppi. Sagt dir der Name etwas?«

»Der Name? Ja, sagt mir etwas. Ich kannte sie aber nicht persönlich.«

»Sie soll im Santa Madre gearbeitet haben. Hatte dein Bruder jemals etwas mit dem Sanatorium zu tun?«

»Du stellst Fragen.«

»Denk nach.«

»Ich erinnere mich nicht.«

»War er dort je einmal zur Behandlung?«

»Carlo ist nicht bekloppt, wenn du das meinst.«

Max war sich nicht sicher. Carlo Anderegg hatte ihm bis jetzt einen dubiosen Eindruck gemacht. Und sieben Jahre Knast mussten ihn verändert haben. Psychisch wie physisch. »Das hat nichts damit zu tun. Nach dem Gefängnis hätte er sich Hilfe bei einem Psychiater holen können.«

»Er hatte die Arbeit und mich.«

Es war zwecklos. Sandro verschloss sich zusehends. Max überlegte, ob er ihn auf den Schlüssel zur Wohnung seines Bruders ansprechen sollte. Er hätte zu gern einen Augenschein von dessen Heim genommen. Ohne Carlo Andereggs Einverständnis wäre es jedoch Hausfriedensbruch gewesen, selbst dann, wenn ihn Sandro begleitet hätte. Andererseits hatte ein Detektiv weit mehr Spielraum als die Polizei. Sollte er ihn nutzen?

Sandro riss ihn mit einem Räuspern aus den Gedanken. »Ich habe dir heute Morgen die zehn Riesen überwiesen.«

Er meinte es also ernst. »Danke.« Max hatte das Bedürfnis, ihn mit ein paar netten Worten zu motivieren. »Ich werde Himmel und Hölle in Bewegung setzen, um deinem Bruder zu helfen.«

ZEHN

»Mit diesem Bajonett soll er jemanden umgebracht haben?« Milagros' Nase klebte fast an der Scheibe, hinter der sich ein Arsenal historischer Waffen befand. »Ich habe meine Brille vergessen. Großer Gott, früher war ich kurzsichtig. Heute sehe ich in die Ferne besser, auch im übertragenen Sinn. Weitsicht, meine Liebe, ist einer der wenigen Vorteile, die man im Alter genießt.«
Die Frau neben ihr kannte sie nicht. Sie war wie Milagros kurz nach der Türöffnung mit ihr ins Museum getreten. Gepflegte Erscheinung, etwa im gleichen Alter, neugierig wie sie.
»Sie sprechen mir aus dem Herzen.« Die Frau strich sich eine unsichtbare Haarsträhne aus dem Gesicht.
Milagros deutete auf eine Kopfbedeckung hinter der Vitrine. »Mit diesem Helm hätte man jemanden erschlagen können.«
»Das ist kein Helm, das ist eine Detektivmütze«, korrigierte die Frau.
»Ach ja, Herbstbekleidung, sehen Sie?« Milagros lenkte sie von ihrem Irrtum ab. »Der Mann trägt einen Umhang. Apropos Herbst. Ist absolut meine Jahreszeit. Oder der Altweibersommer. Passt doch zu uns. Des Sommers süße Illusionen verflüchtigen sich und bäumen sich Ende September bis Mitte Oktober noch einmal auf, sofern die Sonne den Boden küsst.«
»Von der Muse dagegen sind Sie nicht geküsst.« Die Fremde lachte verhalten. »Egal, auch in unserem Alter gibt es schöne Momente. Ich genieße sie zum Beispiel mit meinen Enkelkindern. Haben Sie auch welche?«
Ein heikles Thema. »Hat sich bislang nicht ergeben.« Milagros schritt zur nächsten Vitrine. Sie hatte kein Bedürfnis, mit einer wildfremden Person über etwas zu sprechen, das bloß in ihren Träumen existierte. »Schauen Sie, sogar Briefmarken gibt es von diesem Sherlock.«
»Heute will man mit allem Geld machen.«

»Sie haben recht, meine Liebe. Wollen wir nach oben gehen?«
»Ich bleibe noch ein wenig unten. Ich möchte mir den Salon an der Baker Street näher ansehen.«
»Wie Sie wollen.« Milagros verließ leicht beleidigt die untere Etage. Sie ging die Treppe hoch, vorbei am Empfangstresen, wo die Museumsleiterin neuen Gästen die Ausstellung erklärte, und erreichte den Raum mit den interaktiven Dokumentationen. Das Museum wurde im Mai 1991 zum hundertsten Todestag des Meisterdetektivs in der englischen Kirche von Meiringen eröffnet. Die Sherlock-Holmes-Society von London sei zugegen gewesen sowie die Tochter des Autors, wusste Milagros aus den ausgelegten Prospekten. Eine gigantische Aktion für eine fiktive Romanfigur. Für die Gestaltung des Museums sei zudem ein englisches Architektenpaar nach Meiringen gereist.

Auf halbem Weg blickte ihr der Schauspieler Benedict Cumberbatch aus einem Goldrahmen entgegen. Milagros las die Bildlegende. »Nein, so etwas.« Es gelang ihr nicht, sich zurückzuhalten, und sie wandte sich an den nächstbesten Besucher. »Können Sie mir das erklären? Das widerspricht sich. Hier steht, wenn man das Unmögliche ausschließe, bleibe die Lösung übrig, auch wenn sie noch so unwahrscheinlich sei. Unmöglich ist genauso wie unwahrscheinlich. Wenn ich das Unmögliche ausschließe, schließe ich automatisch auch das Unwahrscheinliche aus. Dieser Holmes war ein Bluffer, finden Sie nicht auch? Also gibt es, wenn ich seine Aussage richtig interpretiere, nie eine Lösung.«

»Er hat alle Fälle gelöst«, sagte der Mann, der ihr neugierig über die Schultern sah. Er zeigte auf Cumberbatch. »Ich persönlich finde Holmes' Darsteller Robert Downey Junior sympathischer.«

»Ich bin ganz Ihrer Meinung. Vor allem Dr. John Watson alias Jude Law hat es mir sehr angetan. Wenn ich bloß jünger wäre …« Ihr Handy klingelte. Beschämt wandte sich Milagros ab und nahm den Anruf entgegen.

»Amüsierst du dich?«

»Maximilian, warum rufst du mich an? Du weißt doch, dass ich im Museum bin.«
»Es war ja meine Idee.«
»Ich bin aus eigenem Antrieb hier.« Etwas Außergewöhnliches beschäftigte ihren Sohn, sonst hätte er sie nicht angerufen. Sie kannte ihn gut genug, obwohl er das oft abstritt. »Lässt du mich an deinem Anliegen teilhaben?«
»Ich verstehe deine Bemerkung nicht.«
»Du rufst mich selten grundlos an.« Sie hörte Maximilians stoßweises Atmen. »Hat es dir die Sprache verschlagen?«
»Du machst es mir echt nicht leicht.«
»Du brauchst meine Hilfe, ist es das?«
»Ich glaube, deine Idee, Fede ins Sanatorium einzuschleusen, ist nicht abwegig. Zwischen meinem Mandanten, den Suizidopfern und dem Santa Madre gibt es weit mehr Zusammenhänge als angenommen.«
»Und was ist jetzt deine Frage?«
»Du kennst doch ein paar Ärzte, du bist mit einigen sogar gut befreundet.« Maximilian machte eine Kunstpause. »Fede müsste ins Sanatorium eingewiesen werden … auf legalem Weg, nicht in einem Wäschewagen.«
»Das nennst du legal, wenn ich einen Arzt besteche?« Milagros befürchtete, Maximilian war drauf und dran, einen Blödsinn zu machen. Er foutierte sich um Gesetze. Milagros schlug in Gedanken die Arme über dem Kopf zusammen. »Wir müssten einen Grund haben, um Federica ins Sanatorium einzuweisen.«
»Sie schafft das. Wie sie einst die Femme fatale spielte, wird es ihr nicht schwerfallen, eine psychisch Angeschlagene zu mimen.« Max klang zynisch.
Milagros verstand die Bemerkung nicht. »Maximilian, jetzt bist du von allen guten Geistern verlassen. Jeder Psychiater würde den Fake aufdecken.« Sie blickte auf das kleine Stück Himmel, das sich durch das hoch angesetzte Fenster abzeichnete. Milagros hatte mit ihren fünfundsechzig Jahren weiß Gott manchen Schabernack mitgemacht, jedoch fast ausnahmslos

vor den Grenzen zum Illegalen. Ausgerechnet ihr Sohn, der einstige Anwalt, verlangte von ihr das Unmögliche. Gut, spontan fiel ihr Dr. Hansjörg Moll ein, ein Allgemeinpraktiker in Interlaken. Sie hatte ihn an einer Benefizveranstaltung im Grandhotel Victoria Jungfrau kennengelernt. Ein Gentleman in ihrem Alter, der ihr einen Abend lang den Hof gemacht hatte. Später hatten sie sich sporadisch zum Mittagessen getroffen oder nachmittags zum Tee. Er hatte ihr von seiner Vergangenheit erzählt, von seiner intakten Familie, die mit dem Geständnis seiner Frau, sie habe genug von ihm und wolle sich scheiden lassen und sich verwirklichen, abrupt zerbrochen sei. Für Milagros war klar gewesen, er suchte einen Ersatz, wollte das Loch in der Familie mit ihr ausfüllen. Eine Frau an seiner Seite, ohne die seine Existenz nur eine halbe war. Fast wäre Milagros darauf hereingefallen. Ob er sich noch an sie erinnerte? Seit einem Jahr hatte sie ihn nicht mehr getroffen. Obwohl sie manchmal selbst vor Einsamkeit fast umkam, hatte ihr die Annäherung des Arztes Angst gemacht. Er war der Typ, der klammerte.

»Mam? Bist du noch dran?«

»Milagros, wenn ich bitten darf.«

»Selbstverständlich.« Und nach einer Weile: »Überlegst du es dir?«

»Du verlangst zu viel von mir.«

»Wir sollten die Chance nutzen. Wenn du so lange nachdenkst wie jetzt, musst du jemanden im Kopf haben, der Fede einweisen kann, oder?«

»Dazu müsste sie nach Interlaken fahren. Ich kenne tatsächlich einen Arzt, aber es ist heikel.« Milagros erwähnte mit keinem Wort, was das für sie persönlich bedeuten und wie Moll darauf reagieren würde, sollte er ihren perfiden Plan durchschauen. Andererseits ging es um die Detektei und ihre Zukunft und die Aussicht auf weitere Auflösungen von verzwickten Fällen. Sollte Moll ihr jedoch schlecht gesinnt sein, wenn sie ihn nach Erfüllung des Jobs hängen ließ, würde es für Milagros nicht gut enden. Wie immer sie ihre Idee drehte und wendete, das beunruhigende Gefühl blieb.

»Könntest du das einfädeln?« Maximilian musste unter Druck stehen.

Milagros verließ das Museum mit dem Handy am Ohr. Auf dem Weg zur Holmes-Statue hüpfte ihr ein kleines Mädchen entgegen, stoppte vor ihren Füßen und sah sie mit wachsender Skepsis von unten her an. Es erschrak verzögert, begriff, drehte sich um und rannte in eine andere Richtung, schnurstracks zu einer jungen Frau. Es streckte die Ärmchen aus und hoffte offensichtlich, seine Mutter möge es aufheben. Kinder, dachte Milagros, haben ein Urvertrauen in ihre Mütter. »Gut, mein Lieber. Ich werde es versuchen, versprechen kann ich nichts.«

***

Max besann sich seiner eigentlichen Aufgabe als Detektiv, in seinem Auto zu sitzen und zu warten, bis sich auf der anderen Straßenseite etwas rührte. Beobachten und sich gedulden. Kurz nachdem er mit Milagros gesprochen hatte, rief ihn Sandro an. Sein Bruder befinde sich in Meiringen, hatte er ihm mitgeteilt, in seiner Wohnung. Allem Anschein nach wolle er Unterlagen abholen. Er müsse davon ausgehen, es handle sich um etwas Wichtiges. Sandro hatte ihm die Koordinaten übermittelt. Darauf war Max in die Lengenacherstraße gefahren. Das ambivalente Gefühl gegenüber seinem Auftraggeber blieb. Max hatte keine Ahnung, wie oft dieser mit seinem Bruder in Kontakt trat. Max hatte es unterlassen, ihn danach zu fragen. Die beiden Brüder schienen ihm undurchsichtiger als je zuvor. Wollten sie ihn auf die Probe stellen? Dazu war das Ganze zu teuer. Die vereinbarte Vorauszahlung war zwar eingetroffen, aber wer ohne Weiteres zehntausend Franken lockermachen konnte, stand für Max von vornherein unter Verdacht.

Max trug eine schwarze Sonnenbrille, auf dem Kopf eine Mütze, die er auf die Schnelle in einem Kiosk gekauft hatte. Inkognito, aber übertrieben. Max sah sich um. Das Quartier lag am Fuß eines Waldes, ein wenig abgeschieden vom Dorf, mit ein paar Häusern, die offensichtlich alle vom gleichen Architekten geplant worden waren. In der Nähe stand ein Gewächshaus, welches zu einer Gärtnerei gehörte. In der Umgebung rührte sich nichts. Max hatte das Sandwich im Hotel vergessen, das er sich für seinen Rechercheausflug hatte machen lassen. Er überlegte, ein Lebensmittelgeschäft zu suchen, das nächste lag aber außer Sichtweite. Auf keinen Fall wollte er Carlo Anderegg verpassen, falls sich dieser tatsächlich in seiner Wohnung befand. Ein waghalsiges Unterfangen. Er wurde gesucht, in den Medien war sein Bild erschienen. Man kannte sein Gesicht.

Max stellte den Autositz etwas in Rückenlage und setzte sich in eine bequemere Position. Er betrachtete eine einsame Wolke, die sich über den Wald schob, und ließ seine Gedanken mit ihr davonsegeln. Er überlegte sich, ob sich Milagros getraute, ihren Bekannten ins Vertrauen zu ziehen. Natürlich war es gewagt, und es bestand die Gefahr, dass das Vorhaben nicht glimpflich endete. Hatten sie eine andere Möglichkeit? Und was, wenn sie sich auf dem Holzweg befanden?

Auf der gegenüberliegenden Straßenseite bewegte sich etwas. Zuerst war es nur ein Schatten, den Max wahrnahm. Eine kleine Lichtreflexion, die ihn ausgelöst hatte. Ein schwarzer Toyota Yaris verließ das Grundstück. Max sank tiefer in den Sitz und versuchte, mit Blick über das Lenkrad das Gesicht des Fahrers zu erkennen. Kein Zweifel: Im Wagen saß Carlo Anderegg.

Max wartete, bis das Auto auf der Höhe des Schulhauses Pfrundmatte rechts abzweigte, und fuhr hinterher. Max stoppte und sah nach links. Angrenzend an den Sportplatz lag das Gebäude der Kantonspolizei, die Polizeiwache Meiringen. Vielleicht würde er nicht darum herumkommen, der Polizei einen Besuch abzustatten. Möglicherweise brachte es mehr, wenn er sich ihr vorstellte und ihr seine Mission erklärte. Andererseits würde er seine eigenen Ermittlungen einstellen müssen, und ihm wären fortan die Hände gebunden. Max verschob die Entscheidung auf morgen.

Mit einem moderaten Abstand folgte Max Carlo Andereggs Wagen, darauf bedacht, nicht zu nahe aufzufahren. Die Fahrt ging rasant bis zur Bahnhofstraße und von dort durch Meiringen, vorbei an einer Reihe älterer Häuser, Schaufenster und nach einer Rechtskurve über die Aare nach Willigen Richtung Innertkirchen. Max ließ sich von einem ungeduldigen Automobilisten überholen. Dieser schwenkte direkt vor ihm zurück auf seine Spur.

Den Toyota verlor Max kurz aus den Augen, bis er ihn weiter vorn wiederentdeckte. Er hatte das Tempo gedrosselt. Der Wagen vor ihm vollzog eine Bremsung. Max war abgelenkt. Als er sich wieder auf die Straße konzentrierte, war der Toyota weg.

Max fuhr langsam wieder an. Unmöglich, dass er einfach verschwunden war. Die Gerade vor ihm gähnte ihm fast leer entgegen. Bloß der Wagen, der ihn unlängst überholt hatte, fuhr bergwärts mit überhöhter Geschwindigkeit. Max hätte ihm einen Radarkasten gegönnt. Er hielt kurz nach der Bushaltestelle Lammi an, fuhr links auf den Parkplatz zweier Häuser und wendete. Erst jetzt bemerkte er, dass er die Haarnadelabzweigung Richtung Rosenlauital übersehen hatte. Mit quietschenden Reifen querte er die Straße und folgte dem Weg in entgegengesetzter Richtung. Etwas blitzte in seinem Rücken. Max sah instinktiv auf den Tachometer. Über achtzig Kilometer pro Stunde. Er war voll in die Falle getappt.

Die Straße führte durch Waldabschnitte, über grüne Wiesen an einsamen Höfen vorbei. Je höher er gelangte, umso schmaler wurde der Weg. Trotz der Enge ging Max nicht von dem Gaspedal. Lag er falsch? Vor ihm nichts als der dunkle Tann. Von dem Toyota weit und breit keine Spur. Max dachte daran, umzukehren, als er im Schatten vor ihm das Heck des Yaris ausmachte. Max bremste ab. Bis zum Gasthaus Zwirgi blieb er in Sichtweite hinter ihm und über die Scheideggstraße weiter zurück. Kein Aufsehen, jetzt, da er seinem Ziel so nahe war.

Auf der Höhe der Kaltenbrunnensäge holte er wieder auf. Der Toyota vor ihm legte nach zwei Kurven an Rasanz zu. Nach zwei Serpentinen wurde das Gelände flacher. Die Straße führte über eine Brücke den Reichenbach entlang, vorbei an idyllischen Chalets, Höfen und Weideland.

Was zum Henker hatte Carlo Anderegg vor? Er wusste doch sicher, dass er mit diesem Tempo Aufmerksamkeit auf sich zog.

Nach einer Kurve tauchte ein historisches Gasthaus auf. Es musste das Hotel Rosenlaui sein. Ein eindrücklicher Bau, dessen vorderer Teil aus dem 19. Jahrhundert stammte. Belle Époque in ihrer schönsten Blüte, ein Haus der Sehnsucht, das sich in das zarte Grün der Umgebung schmiegte, in den Ausläufer des Rufenenhubels, zwischen Tannenwald und Felsen. Vorn rauschte der Bach. Linksseitig thronten die Engelhörner wie gigantische Wächter.

Der Toyota fuhr weiter, vorbei beim Zugang zur Rosenlauischlucht. Endlich wieder Menschen. Sie pilgerten zum Eingang der Schlucht, in welcher das Wasser des Weißenbachs Höhlen und Grotten geschliffen hatte. Max kannte die Schlucht nur vom Hörensagen. Wenn sein Auftrag erledigt war, würde er sich das Naturwunder anschauen.

Eigentlich hätte Anderegg längst am Ziel angekommen sein müssen. Rosenlaui lag hinter ihm, vor ihm eine endlose Straße. Max hielt weiterhin Abstand.

Endlich bog Anderegg ab. Max ließ seinen Wagen ausrollen. Knapp konnte er den Yaris erkennen. Er stoppte vor einem Chalet, bevor er im angrenzenden Carport hielt. Max stieg aus, wartete jedoch ein paar Minuten, bis die Fenster im Haus gegenüber geöffnet wurden. Er pirschte näher heran bis zur Tür. Weit und breit war niemand zu sehen, die Stille unheimlich. Max sah auf das Schild oberhalb der Sonnerie. Nichts Aufschlussreiches. Lediglich zwei Großbuchstaben waren darauf ersichtlich: »B. A.« Die Initialen des Besitzers? Vielleicht. Max holte sein Smartphone aus der Hosentasche und suchte im elektronischen Telefonbuch nach der Adresse. Erfolglos. Immerhin hatte er Carlo Andereggs Versteck gefunden. Ob ihm das von Nutzen war, wusste Max nicht. Er überlegte, ob er die Klingel drücken sollte, entschied sich jedoch dagegen. Auf keinen Fall wollte er Aufsehen erregen und noch weniger den Eindruck hinterlassen, zu neugierig oder zu misstrauisch zu sein. Wenn Carlo Anderegg sich vor ihm versteckte, musste er einen triftigen Grund haben. Max ging auf die Rückseite des Hauses. Auch hier standen die Fenster offen. Filigrane Vorhänge bauschten sich im Wind. Max schlich sich heran. Von drinnen vernahm er das Gedudel einer Ländler-Kapelle. Offenbar die Musik, die Carlo Anderegg mochte. Auf der Höhe des ersten Fensters sah Max über den Sims. Von Anderegg keine Spur. Das Wohnzimmer war verwaist, abgesehen von einer gepflegten Sitzlandschaft und einem lackierten Holztisch in der Mitte. Auf der anderen Seite des Raums gab es eine Reihe weiterer Fenster, auf die Westseite ausgerichtet. Im Sonnenlicht tanzten feine Staubpartikel.

Max beschloss, das Tal zu verlassen.

**

Das Abendlicht zeichnete die Berggipfel mit Karmesinrot weich. Die letzten Sonnenstrahlen verabschiedeten sich vom Dorf. Die blaue Stunde hielt Einzug, legte sich still über das Tal, begleitet von einem Goldstreifen am Horizont.

Fede stand vor einem kleinen Haus, unweit einer älteren Häuserzeile, und vergewisserte sich der Richtigkeit der Adresse. Kaum hatte sie die Treppe erreicht, ging die Tür auf, und eine schlanke Mittfünfzigerin baute sich unter dem Türrahmen auf. Sie trug Schwarz und in ihren Händen ein Taschentuch, mit dem sie sich unentwegt über die Nase fuhr. Ihre Augen waren vom Weinen verquollen, die halblangen Haare zerzaust. Sie trauerte und machte keinen Hehl daraus.

»Ja?«
»Frau Müller?«

»Ja.«
»Federica Hardegger. Wir haben miteinander telefoniert. Mein Beileid. Ich bedaure, was mit Pfarrer Steger passiert ist.«
»Ich verstehe das nicht.« Frau Müller schluchzte. »Kommen Sie rein.« Ungeniert wies sie auf die Tattoos an Fedes Armen. »Sie werden es einmal bereuen. Entschuldigen Sie, geht mich nichts an. Sie sagten, Sie hätten Fragen. Ich bin ehrlich froh, kann ich mit jemandem reden. Ich halte es nicht mehr aus. Diese Ungewissheit, dieses traurige Ende ...«
Fede verkniff sich den Reflex, Frau Müller zu trösten. »Entschuldigen Sie bitte, dass es so spät geworden ist. Es ging leider nicht früher.«
»Hauptsache, Sie sind da. Treten Sie ein.« Sie hielt die Tür weit auf.

Fede betrat einen kleinen Vorraum, von dem zwei Türen weggingen und eine Treppe nach oben führte. Es roch nach Salbei.
»Ich habe das Haus ausgeräuchert«, sagte Frau Müller ungefragt. »Mit welchen schlechten Energien mein Pfarrer auch umgeben gewesen sein musste, ich habe sie alle eliminiert.« Sie schnäuzte ins Taschentuch. »Die Zeit tut nichts zur Sache. Ich kann sowieso nicht schlafen. Wollen wir uns in die Küche setzen?« Sie ging voraus. »Bitte, nehmen Sie Platz, Frau Hardegger.« Während sie weitersprach, drückte sie einen Knopf auf der Reglerleiste des Gasherds und befeuerte den Brenner mit einem Anzünder. Sie füllte eine Pfanne mit Hahnenwasser, setzte diese auf den Herd und drehte den Regler aufs Maximum. Dann nahm sie vom Gestell darüber eine Dose, öffnete sie und schöpfte zwei Suppenlöffel einer Kräutermischung in den bereitgestellten Krug. »Die Polizei war heute Morgen da und hat Marvins Arbeitszimmer durchsucht. Sie guckten sich seine Bücher an und nahmen Unterlagen mit, als würde es sie etwas angehen.«

Fede schritt zum Fenster, an welchem fadenscheinige Vorhänge hingen. Sie blickte auf die Aare, die im schwindenden Tageslicht träge dahinfloss. »Diese Aussicht ist bestimmt nie eintönig.«

Frau Müller folgte ihrem Blick. »Man gewöhnt sich an alles, nimmt vieles nicht mehr wahr, was wir täglich vor Augen haben.«

Fede wandte sich um. »Steht fest, dass es Mord war?«

»Wer hätte Grund, unseren Pfarrer zu töten?« Frau Müller tischte Tassen und Teller auf und auf einer Platte einen Streuselkuchen. »Marvin mochte Kuchen dieser Art ganz besonders gern … Einen Selbstmord mute ich ihm allerdings nicht zu. Er war ein zufriedener Mensch. Nach seiner Pensionierung hatte er sich gefreut, hinaus in die Natur zu gehen. Dreimal die Woche fuhr er mit der Bahn zu den Reichenbachfällen und wanderte von dort aus zum ›Zwirgi‹. Er war gesund, sportlich und humorvoll. Nicht die Spur einer Depression oder so.«

Fede ließ sich auf einem Taburett mit Kissen nieder. Diskret sah sie sich um. Die Küche erinnerte sie an ein historisches Puppenhaus. Sie trug eindeutig den Stempel von Frau Müllers Faible für romantische Dekorationen. Jede Nische war mit Möbeln vollgestellt, mit Nippes, Blumen und verschnörkelten Bilderrahmen bestückt, die Regale mit Spitzenbordüren geschmückt. An der Wand neben dem Ofen hing ein Kruzifix. »Erlauben Sie mir die Frage: Warum sind Sie nach Pfarrer Stegers Pensionierung bei ihm geblieben?«

»Reine Gewohnheit. Marvin hatte die Gelegenheit, sich dieses Haus zu kaufen, und fragte mich, ob ich weiterhin bei ihm bleiben wolle.«

Eine günstige Haushaltshilfe, ging Fede durch den Kopf. »Erinnern Sie sich an den letzten Sonntagabend?«

»Natürlich. Diesen Sonntag werde ich nie vergessen. Marvin verließ um vier Uhr das Haus und fuhr mit dem Auto zur Talstation. Er wollte wieder mit der Bahn hoch, bis zum Gasthaus und später zurück bis hinunter zum Ausgangspunkt wandern. Er hatte mich noch gefragt, ob ich ihn begleiten wolle.« Frau Müller schlug die Hände vors Gesicht. »Manchmal sind es kleine, nichts bedeutende Entscheidungen, die ein Leben auf den Kopf stellen. Wäre ich bloß mitgegangen. Dann wäre Marvin noch am

Leben. Andererseits ... vielleicht bin ich Teil von Gottes Plan geworden. Marvins Uhr ist abgelaufen. Ich mache mir trotzdem ein Gewissen.«

»Ich glaube nicht, dass Sie sich ein Gewissen machen müssen.« Fede griff nach einem Stück Kuchen.

»Und wie ich mir ein Gewissen mache. Ich wollte unbedingt die Duvetbezüge waschen. An einem Sonntag.« Sie schüttelte den Kopf. »Ehret den Sonntag. Ich habe es nicht getan und ließ Marvin ins Verderben laufen.«

»Haben *Sie* die Polizei benachrichtigt?«

Frau Müller schluckte leer. »Am Montagmorgen, nachdem ich sein Bett unbenutzt vorfand.«

»Ist Ihnen bekannt, wann er«, Fede überlegte, ob sie sich dermaßen konkret ausdrücken durfte, und entschied sich dafür, »wann er hinuntergestürzt ist?«

»Den Zeitpunkt kennt ja nicht einmal die Polizei. Der Beamte, der sich mit mir unterhalten hat, der einzige übrigens, sagte, in der Rechtsmedizin würde man es herausfinden. Man hat Marvins sterbliche Überreste nach Bern gebracht.«

»Kennt man die Todesursache?«

»Er sei an den Felsen zerschellt.« Frau Müller schaffte es nicht, die Tränen zurückzuhalten. »Grauenhaft, wenn ich mir das vorstelle. Darum kann ich nicht schlafen. In der letzten Nacht habe ich wach im Bett gelegen. Immer wieder erscheinen diese Bilder vor mir. Wie Marvin über das Geländer gestoßen wird.«

»Sie glauben also an Mord?« Fede biss ein weiteres Stück des Kuchens ab. »Schmeckt ausgezeichnet«, sagte sie mit vollem Mund. »Meine Großmutter mütterlicherseits hat auch gebacken. Ich erinnere mich aber bloß an die Schokoladentorte mit dem dunklen Zuckerguss und den Marzipanblumen.«

Frau Müller nahm die Pfanne mit dem siedenden Wasser vom Herd und goss es in den Krug. »Ich glaube nicht an Selbstmord. Niemals. Auch wenn Marvin lebensbedrohlich krank gewesen wäre, er hätte sich nie in das Vorhaben Gottes eingemischt. Man bekomme das, was man zu tragen imstande sei, war sein Leitsatz.« Sie ließ den Tee eine Weile ziehen. Später entnahm sie der Besteckschublade ein Sieb und brachte es mitsamt Krug an den Tisch. »Ich kann mir beides nicht vorstellen. Weder Mord noch Selbstmord. Nicht einmal einen Unfall. Die Geländer sind hoch. Man müsste darüberklettern. Außer«, sie machte eine Pause, »er hätte sich zu weit darübergelehnt ... aber nein, auch das ist nicht möglich. Warum hätte er das tun sollen?« Sie hielt das Sieb über Fedes Tasse und schenkte ein. »Marvin hat sie gesammelt. Er wusste Bescheid über die Kräuter, welche eine heilende Wirkung haben. Der liebe Gott, sagte er stets, lasse gegen jede Krankheit ein Kraut wachsen. Aber in unserer überzivilisierten Welt hätten wir verlernt, auf die Natur zu hören und das von ihr zu nehmen, was sie für uns bereithält. Wir bestehlen sie, das ist schlimmer. Wir beuten sie aus.«

Der Aufguss schmeckte nach Kamille, Melisse und Stroh, mit einer Nuance Erdbeeren.

Fede bedankte sich. Sie musste endlich auf den Kern der Sache kommen. Sie war nicht hier, um heilenden Kräutertee zu trinken. Im Hotel wartete Max auf sie. »Sind Ihnen die Namen Anjali Schläppi, Evelyne Sommerhalder und Constance Glatthard ein Begriff?«

Frau Müller schloss für einen Moment die Augen und sinnierte. »Nein.«

»Hat Pfarrer Steger sie einmal erwähnt?«

»Nein, ich erinnere mich nicht.« Frau Müller setzte sich endlich an den Tisch. Sie legte ihre Hände um die heiße Tasse, zog sie jedoch gleich wieder zurück. »Wie, sagten Sie, lauten die Namen?«

»Anjali Schläppi, Evelyne Sommerhalder und Constance Glatthard.«

»Nein, dazu fällt mir nichts ein. Wer sind sie?«

»Anjali Schläppi stürzte letzte Woche bei den Reichenbachfällen in den Tod. Evelyne Sommerhalder und Constance Glatthard starben im letzten April in der Schlucht. Bis anhin ging man von Suiziden aus.«

»Schrecklich. Und jetzt wollen Sie einen Zusammenhang mit meinem Pfarrer sehen?«

»Nicht zwangsläufig«, wich Fede aus. Ja, sie sah Zusammenhänge. Aber vielleicht dachte sie zu weit. Sie nahm die Tasse zur Hand. Kräutertee. Max hatte von einem Labor in der Apotheke gesprochen. Fede wusste, der Gedanke war weit hergeholt. »Hat Pfarrer Steger seine gesammelten Kräuter bei der Apotheke abgeliefert?«

»Wo denken Sie hin. Nein, natürlich nicht. Ist alles im Keller. Der Vorrat reicht für eine ganze Armee, und das über Jahre.« Endlich lächelte Frau Müller ein wenig.

»Kennen Sie das Sanatorium Santa Madre?«

»Kennen wäre übertrieben. Ich war noch nie dort, im Gegensatz zu Marvin. Er wurde sporadisch in die Klinik gerufen, wenn Gottes Gnaden die letzte Hoffnung für die Patienten waren. Es sind arme Seelen, die im Wald unter der Miliflue ihr Dasein fristen. Marvin war nach den Besuchen jeweils ziemlich durch den Wind.«

»Weshalb?«

»Er wollte nicht darüber sprechen.«

»Hat er Dinge erwähnt, die sich im Sanatorium während seiner Visite zugetragen haben?«

»Nein. Er hat bloß einmal eine Bemerkung fallen lassen, dass die Therapien, die sie dort anbieten, von einigen Krankenkassen nicht unterstützt werden, weil sie ... nun ja, etwas fragwürdig seien.«

ELF

Immer nachts erwachten die Stimmen im Wald. Trotz der Stille, in der Fontana sich zu wähnen glaubte, umgaben ihn Geräusche, die er als bedrohlich empfand. Er vermochte nicht, jeden Laut etwas Bestimmtem zuzuordnen. Den Ruf des Kauzes kannte er, diesen Horrorgesang des Männchens, der sich wie ein schauerliches Flötenspiel anhörte, zwei Töne in der Tonleiter von oben nach unten mit dem vibrierenden Nachklang. In dieser Nacht ließ ihn der Totenvogel nicht zur Ruhe kommen. Er beherrschte die Partitur des Grauens wie kein anderer.

Fontana lag wach, starrte zur Decke, auf der sich das schwache Funkeln eines Lichtscheins ausbreitete. Es war nicht klar, woher er kam. Die Schatten dominierten. Die Dunkelheit bedrückte ihn.

Die Therapie mit Shanice war abgebrochen worden. Anjali Schläppis Tod hatte Fontana dermaßen betroffen gemacht, dass er nicht mehr fähig war, die Sitzung mit der Patientin weiterzuführen.

Anjali, seine Lieblingspflegerin. Noch vor einer Woche hatte sie um Ferien angefragt. Sie wolle ihre Eltern in Interlaken besuchen und würde gern eine Woche bleiben. Warum sie in der Zeit in der Reichenbachschlucht gewesen war, blieb für Fontana ein Rätsel. Zigmal hatte er den Telefonhörer in der Hand gehalten, die Nummer der Familie Schläppi gewählt und feige wieder aufgelegt, sobald die Verbindung stand. Ob Mord oder Suizid, das war hier die Frage.

Dann Pfarrer Stegers Tod.

Das war der zweite Schock gewesen. Marvin war regelmäßig ins Sanatorium gekommen, um mit den Patienten zu beten, falls es diese wünschten. Einmal im Monat hielt er eine Messe. Fontana musste damit rechnen, dass die Polizei ihn früher oder später dazu befragen würde. Doch bis es so weit war, würde er sich ruhig verhalten. Bloß keinen schlafenden Hund wecken.

Anjali. Sie war nebst Johanna die Einzige, der er seine therapeutischen Maßnahmen anvertraut hatte. Sie war jung gewesen, voller Tatendrang und Wissbegierde. Sie hatte ihn vergöttert, zu ihm aufgeschaut, war interessiert an seiner Arbeit gewesen. Welch ein Verlust.

Fontana erhob sich. Vor dem geöffneten Fenster wehte der Vorhang und streifte seine Arme, als er nach seinen Schuhen suchte. Er fand sie an seinem Bettende, erinnerte sich nicht, sie dorthin gestellt zu haben. Anjalis Tod hatte ihm den Verstand vernebelt.

Fontana zog sich im Dunkeln an. Seine Augen hatten sich längst daran gewöhnt. Er kannte seine Wohnung. Drei Stockwerke im Turm hatte er zu seinem Zuhause gemacht. Mit der Chefstelle im Sanatorium hatte Meiringen dem Stiftungsrat Santa Madre die Genehmigung für einen Umbau im Nordturm erteilt. Hierher zog sich Fontana zurück, wenn ihm die Patienten, die Pflegefachkräfte und der tägliche Bürokram auf den Geist gingen. Abschalten und ausspannen, bevor er selbst in eine Krise geriet. Er sah täglich, was ein Burn-out mit seinen Patienten machte.

Vom Schlafzimmer aus, wo auch das Badezimmer lag, führte eine Wendeltreppe nach unten in den Wohnzimmerbereich und in die Küche. Manchmal zog Fontana sich zurück, um zu kochen, wenn ihm das Menü nicht passte. Er hatte bislang keinen Küchenchef gefunden, der mit Phantasie gesegnet war. Er hatte auch nicht nach einem gesucht. Mit dem Küchenchef war er gut befreundet, ihn rauszuschmeißen war kein Thema. Unter dem Wohnzimmer befanden sich zwei weitere Räume. Den einen nutzte Fontana für sein sporadisches Körpertraining. Hier standen auch ein Bett und ein Schrank für den Fall, dass ihn jemand besuchte. Seine beiden Töchter vielleicht, was ein Wunschdenken war. Im anderen befand sich sein privates Büro. Die Tür unten führte ihn hinaus zum Korridor im fünften Stock, wo die schweren Fälle stationiert waren. Hier lag permanent ein Stöhnen in der Luft, ein Wimmern, das Jammern gestörter

Seelen. Dieses Stockwerk stand unter Dauerbeobachtung. In den Patientenzimmern war es die Kamera, die mit kalten Augen wachte, im Gang ein Pfleger.

Fontana huschte an ihm vorbei zur Haupttreppe. Der Kerl schlief mit krachendem Gaumensegel und rührte sich auch nicht, als der Boden vor seinen Füßen knarzte. Fontana müsste es in einer der nächsten Sitzungen zur Sprache bringen. Jetzt verspürte er kein Bedürfnis, den Pfleger zu wecken. Im Schein des rötlichen Nachtlichts ging Fontana weiter über die Treppe bis nach unten ins Erdgeschoss. Alles ruhig und dunkel. Ein winziger Schimmer lag über allem, als verglühte das letzte Feuer dieser Nacht. Fontana nahm den Hinterausgang, der direkt zum angrenzenden Wald führte.

Die Tür war unverschlossen, was Fontana unaufgeregt zur Kenntnis nahm. Hatte der Nachtwächter auf seinem Rundgang vergessen, den Schlüssel zu drehen und ihn wegzustecken? Fontana blieb bloß ein Kopfschütteln übrig. Er hatte es sich längst abgewöhnt, sich zu wundern. In einem Haus wie diesem geschahen manchmal die merkwürdigsten Dinge. Nicht alles war rational erklärbar.

Der Wald nahm ihn auf mit seinem modrigen Atem. Nachts gaben die Bäume in geringerer Menge Sauerstoff ab als am Tag. Dafür verantwortlich war die Fotosynthese. Bei Tageslicht wandelten sie in einem biochemischen Prozess Kohlendioxid in reinen Sauerstoff um. In der Nacht aber fiel einem das Atmen im Wald schwerer. Das ging Fontana durch den Kopf, während er sich einiger abgestorbener Äste erwehrte, die sich von den Bäumen gelöst hatten. Das Laub unter seinen Füßen raschelte. Weit entfernt vernahm er das Rauschen des Milibachs und das Sirren der Grillen. Und wieder der Kauz mit seinem absonderlichen Gesang. Die scharf gezeichnete Sichel des zunehmenden Mondes blinkte durch die Tannenspitzen, wenn Fontana nach oben sah. Nachts wurde es niemals ganz dunkel. Ein Flirren blieb immer, von den Streulichtern, verursacht durch die Straßenlampen, durch beleuchtete Häuser.

Fontana blieb stehen. Ein Geräusch hatte ihn aufgeschreckt, ein Ton, der nicht zum nächtlichen Schauspiel passte. Ein Wehklagen, das aus der Richtung zu kommen schien, in der die Felsen lagen. Er sah zurück. Von einigen Fenstern des Sanatoriums flutete schwaches Licht, als Orientierung für die verwirrten Geister dieser Nacht. Das Gebäude selbst zeichnete sich schwarz vor dem dunkelgrauen Himmel ab. Fontana lauschte konzentriert.

Auf der kleinen Lichtung, welche sich beim Übergang vom Wald zu den senkrechten Felsen ausbreitete, stand jemand im Schein einer flackernden Kerze. Fontana näherte sich leise der Gestalt. Er glaubte nicht an Gespenster. Das dort war ein Mensch, eine Frau, wenn ihn seine Augen nicht täuschten.

»Nicht erschrecken. Ich bin es, Shanice.«

Wusste der Teufel, woran sie ihn erkannt hatte.

»Was tun Sie um die Uhrzeit allein im Wald?« Er ging behutsam auf sie zu.

Shanice trug ein leichtes Nachtkleid, in dem sie zerbrechlich wirkte. »In einem anderen Leben feierten wir den Mittsommer bis in die frühen Morgenstunden. Ich möchte mir ein wenig von diesem Gefühl zurückholen. Eine Nacht lang aufbleiben. Party, bis man umkippt. Nur leider sind meine Freunde alle weg. Allein feiern ist nicht lustig. Wollen wir es gemeinsam tun?« Shanice verbarg ihr Gesicht eine Weile hinter ihren Händen. »Was ist bloß aus meinem Leben geworden? Seit mein körperlicher Zustand einen Namen hat, geht es mir schlechter als je zuvor. Man kann nicht alle in denselben Topf werfen. Ich fühlte mich gesund, bis Ihre Leute kamen und mich abholten.«

Fontana blieb in einem angemessenen Abstand stehen. Shanice zu widersprechen, wäre die falsche Botschaft gewesen. Hier draußen war er ihr ausgesetzt, hatte keine Handhabe, sie zu besänftigen, sollte sie die Nerven verlieren. Er hatte weder Medikamente noch eine Injektion griffbereit.

»Ich möchte hier baldmöglichst raus. Wenn Sie mich nicht entlassen, muss ich es selbst tun. Ich finde immer einen Weg. Sie haben es in den letzten Jahren gesehen. Sie können mich ans Bett fesseln, wie Sie es mit Sabrina gemacht haben. Das arme Ding. Sie ist so jung und weiß sich nicht zu wehren. Wo ist die Freiheit, die man uns vorspielt? Ich aber werde immer entkommen.«

»Wir sollten zurückgehen«, schlug Fontana vor und ging ein paar Schritte rückwärts, ohne Shanice aus den Augen zu lassen.

Shanice machte Anstalten, ihm zu folgen. Sie hob die Kerze, die sie in den weichen Boden gesteckt hatte, auf und pustete sie aus. Shanice stand im Dunkeln.

»Woher haben Sie die Kerze?« Kerzen waren aufgrund der Sicherheit im Sanatorium verboten. Wenn man sie trotzdem verwendete, dann nur im Speisesaal und unter Aufsicht.

Shanice ging nicht darauf ein. »Dr. Borsody meint, mein Körper bekomme zu wenig Nahrung. Aber das stimmt nicht. Ich kenne einen Mann, der ernährt sich von Luft. Man muss nicht essen, um zu bestehen. Ich kann gut ohne. *Cogito ergo sum* – ich denke, also bin ich. Mein Geist steuert meinen Körper. *Mens sana in corpore sano* – ein gesunder Geist in einem gesunden Körper. Aber Sie, Herr Doktor, hindern mich daran.«

»Kommen Sie, gehen wir ins Haus. Es ist kühl draußen. Sie werden sich erkälten in Ihrem dünnen Gewand.«

»Es ist nicht kalt. Ich spüre nichts.« Shanice ging ihm nach. »Ich spüre auch keinen Hunger. Geht das in Ihren Kopf, Herr Fontana?«

Fontana öffnete die Tür. Er betätigte einen Schalter. Die Lampe im Flur warf gelbes Licht, ohne den Raum groß zu erhellen. Erst jetzt sah er Shanice eingehender an. Der dünne Stoff auf ihr zeichnete kantige Konturen. Sie hatte kaum Brüste, und die Beckenknochen standen scharf ab. In diesem Moment kam sie ihm wie eine Lichtgestalt vor. Eine unheimliche Energie ging von ihr aus. Er nahm ihre Arme, die sich wie Stecken anfühlten. »Shanice, gestern wurden wir in der Therapie unterbrochen. Ich möchte damit fortfahren. Begleiten Sie mich in den Therapieraum?«

※※※

Als Max mit Fede den Frühstücksraum betrat, stieg ihm der Geruch nach Kaffee und frischem Brot in die Nase. Milagros saß an »ihrem« Tisch, den sie mit einem Extra-Trinkgeld reserviert hatte, vorn bei den Fenstern und winkte ihnen zu. »Guten Morgen, ihr zwei Turteltauben. Ihr seid spät dran.«

Mit dem zweiten Satz zerstörte sie das Zärtliche des ersten, was Max nicht weiter störte. Er kannte seine Mutter. Sie wollte die Kühle mimen, die Überlegene, die nichts dem Zufall überließ.

Fede setzte sich Milagros gegenüber. »Du siehst frisch aus. Hattest du eine durchzechte Nacht?« Ihre zynische Bemerkung fiel nur Max auf.

»Es war viel verlangt und nicht ganz einfach«, sagte Milagros ungerührt, »einen Arzt wie Hansjörg Moll zu treffen, nachdem wir uns über Monate nicht mehr gesehen hatten. Ich hatte große Bedenken, dass er mich mit seinem Charme überfällt. Denn schon letztes Mal ging ich ihm deswegen ins Netz. Gott sei Dank fand ich gestern genügend Ausreden, um mich aus seinen Fängen zu befreien.« Milagros gluckste vor sich hin. »Der Mann ist noch immer schwer verliebt und wollte mich mit Vorwürfen torpedieren, weil ich ihn damals grundlos abserviert hatte.«

»Ist das so?« Fede griff ins Brotkörbchen und bediente sich eines Buttergipfels.

»Man bewahre mich vor weiterem Ungemach.« Milagros nahm die Tasse und schlürfte vom heißen Tee. »Ich habe ihm während sage und schreibe einer Stunde, sieben Minuten und ein paar zerquetschter Sekunden die Sachlage zu erklären versucht.«

»Und?« Max setzte sich. »Hauptsache, du bist ans Ziel gekommen. Wird er eine Einweisung vornehmen?«

»Ich musste ihm versprechen, ihn am nächsten Samstagabend ins Grandhotel Victoria Jungfrau zu begleiten. Er hat mich zum Dinner eingeladen. Ich denke, er will etwas von der süßen Schwere zurückerobern, die er nach meinem Rückzug verloren hatte.«

Sie machte es spannend wie immer, wenn sie nach Aufmerksamkeit heischte. Ihn und Fede an ihren erotischen Gefühlen teilhaben zu lassen, fand Max daneben.

»Wie seid ihr verblieben? Möchte er Fede sehen, oder wird er sie gleich ins Sanatorium einweisen?«

Milagros zog ihre schmal gezupften Augenbrauen hoch und stieß einen Seufzer aus. »Nichts dergleichen wird er tun.«

Fede warf Max einen kritischen Blick zu, bevor sie sich an Milagros wandte. »Aber du sagtest doch, er sei pensioniert und würde gewiss mitmachen. Du warst deiner Sache sehr sicher.«

»Tja, er will sich nicht strafbar machen. Wir müssen es akzeptieren. Schade, ich weiß. Der einzige Vorteil ist, ich muss nicht mit ihm essen gehen. Ich habe mein Versprechen selbstverständlich zurückgezogen.«

»Wie geht es jetzt weiter?« Fede klang, als wäre sie am Verzweifeln. »Ich muss dort rein. Je früher, desto besser.«

Max sah es auch so. Dr. Molls Weigerung, Fede auf legalem Weg ins Sanatorium zu bringen, stellte ihn vor eine neue Herausforderung. Auf der einen Seite saß ihm Sandro Anderegg im Nacken, auf der anderen dessen Bruder Carlo, der im Versteck im Rosenlauital auf die Auflösung des Falls und somit auf seine Entlastung wartete. Mittlerweile wurde nach Carlo Anderegg über die Landesgrenze hinaus gefahndet. Mit dem Wissen, wo er sich aufhielt, katapultierte sich Max in einen Gewissenskonflikt. Er hatte nicht einmal Fede eingeweiht. Dabei hätte sie ihm ohne Weiteres helfen können. Es bedingte zwar einiger Hürden, über das Grundbuchamt an den Besitzer des Chalets zu kommen, aber Fede hätte sich bestimmt eingehackt.

»Finden wir heraus, mit welcher Wäscherei das Sanatorium zusammenarbeitet«, schlug Milagros vor. »Schlimmstenfalls müsstest du dich in einem Lebensmittelcamion verstecken, um ans Ziel zu gelangen.« Sie blinzelte Fede über den Tisch hinweg zu.

»*Du* könntest dich zur Verfügung stellen«, scherzte Max, der für alles andere als Späße aufgelegt war. »Dir wird mit deiner Theatralik sicher etwas einfallen.«

»Ich lege mich in keinen Wäschewagen, wenn du das meinst, auch nicht in einen Camion, der Lebensmittel liefert.« Milagros schenkte sich Tee nach und wies auf das Frühstücksbuffet auf der anderen Seite des Saals. »Geht euch was Leckeres holen, bevor man die Sachen abräumt.«

Max widmete sich Fede, die in Gedanken versunken war.

»Wollen wir?«

Sie sah auf. »Ich glaube, ich weiß, wie ich ins Sanatorium komme.«

**

Fontana hatte bereits zwei Pausen einlegen müssen, weil Shanice auf dem Schragen eingeschlafen war. Ihr körperlicher Zustand war bedenklich, ihre Müdigkeit die logische Folge davon. Einmal musste sie zur Ruhe kommen, zumal sie während der Nacht kein Auge zugetan hatte.

Um sieben war Johanna ins Therapiezimmer getreten und hatte Frühstück gebracht. Shanice hatte einen Orangensaft getrunken und die üblichen Aufbaupräparate geschluckt. Vitamine, Eiweiße und Spurenelemente. Ob Shanice das durchhielt, bezweifelte Fontana. Er musste zusehen, wie ihr Körper mit jedem Tag mehr zerfiel, staunte aber gleichzeitig, wie zäh sie sich gab. Manchmal ließ sie es zu, dass man sie künstlich ernährte. Oft musste man sie zwangsernähren.

Shanice schlug die Augen auf. »Habe ich schon wieder geschlafen?«

»Sie haben wohl einen Nachholbedarf.« Er bemühte sich, sie liebevoll anzublicken. Wenigstens hatte er erreicht, dass sie ihm vertraute. Es war ein langer Prozess gewesen. Er hatte sie reden lassen über ihre Kindheit, die Beziehung zu ihrem Onkel. Ihre Eltern hatten ihr alles ermöglicht, sie studieren lassen. Kaum hatte sie mit dem Master in Archäologie abgeschlossen, kamen ihre Eltern bei einem Autounfall ums Leben. Zu diesem Zeitpunkt hatte Shanice ihren späteren Ehemann bereits gekannt.

Er war ihr eine Stütze gewesen und hatte sie in ihrem Drama getragen. Dies war der Beginn einer beispiellosen Odyssee gewesen. Die Essstörungen hatten bei ihr als Studentin begonnen und sich nach dem Tod ihrer Eltern ausgeweitet. Fontana nahm einen Stuhl und setzte sich näher an die Liege. Er griff nach Shanices Armen und deutete auf blutverkrustete Kratzer. »Haben Sie sich diese zugefügt?«
Shanice starrte auf ihre Arme. Sie erschrak heftig und zog sie zurück. »Nein, das war ich nicht. Wenn Sie mir jetzt auch noch Borderline unterstellen wollen, befinden Sie sich auf der falschen Fährte.«
»Ich unterstelle Ihnen gar nichts, auch keine Persönlichkeitsstörung«, sagte er, obwohl er anders darüber dachte. »Ich weise Sie aber darauf hin, dass solche Selbstverletzungen Zeichen einer instabilen Persönlichkeit sein können. Stimmungsschwankungen untermalen die Diagnose.« Dass er sich Sorgen machte, sie könnte sich das Leben nehmen, behielt Fontana für sich.
»Ich schwöre, ich habe mich nicht geritzt. Diese Wunden hatte ich gestern noch nicht.« Shanice wollte von der Liege aufspringen.
»Beruhigen Sie sich.« Fontana drückte sie sanft, aber bestimmt in die liegende Position zurück. »Sie müssen jetzt stark sein. Ich kenne Ihr Krankheitsbild. Vieles, was in Ihrem Geist wuchert, ist auf Schicksalsschläge in Ihrem Leben zurückzuführen. Der Missbrauch, dann der Verlust der Eltern, später der Verzicht auf Kinder, die Sie sich so sehr gewünscht hatten, dann der Verlust Ihres Mannes. Diese unverarbeiteten Erlebnisse haben die Wurzeln für etwas geschaffen, das nach und nach in Ihrer Psyche ausschlägt.«
Shanice nickte. Es schien, als hätte Fontana ihren Widerstand gebrochen.
»Sie waren in der letzten Nacht draußen im Wald. Sie wissen, dass es für Patienten untersagt ist, sich bis zu den Felsen zu begeben.«

»Dann hätten Sie den Zaun zurückversetzen müssen. Dieser beginnt erst neben den Felsen.«

»Was hatten Sie vor?«

»Ich atmete den Sommer.« Shanices Stimme erhob sich.

»Entspannen Sie sich. Das, was ich Ihnen jetzt mitteile, müssen Sie zur Kenntnis nehmen und annehmen. Nur so kann ich eine hundertprozentige Heilung versprechen.«

»Ich will, dass es aufhört. Ich möchte wieder ein normales Leben führen.«

Ein minimaler Widerstand blieb. Fontana spürte ihn. »Keine Therapie hat bis jetzt angeschlagen. In Ihnen steckt etwas, das sich dagegen wehrt. Wir wollen es austreiben. Ich bin mir sicher, letzte Nacht gingen Sie nicht von sich aus in den Wald. Eine fremde Kraft hatte Sie dorthin geführt. Eine, die Sie seit längerer Zeit in sich tragen.«

»Sie machen mir Angst.«

»Vertrauen Sie mir. Wir werden diese Kräfte eliminieren.« Fontana wartete, bis seine Worte die Wirkung entfaltet hatten.

Shanice räusperte sich ein paarmal. »Dann muss ich keine Medikamente mehr schlucken?«

»Es kommt darauf an, wie Sie mit mir zusammenarbeiten. Erkenntnis ist die beste Voraussetzung im Kampf gegen das Böse. Schauen Sie sich Ihre Arme an. Nicht Sie haben sich diese Schnitte zugefügt, es waren die dunklen Mächte. Dieselben, die Sie nachts in den Wald geführt haben.«

»Sie glauben ... Sie glauben, ich bin besessen?« Shanices Gesicht glich einem Leintuch.

»Ich bin mir ziemlich sicher. Sie sind Opfer einer rituellen Gewalt.«

»Was ... was heißt das ... konkret?« Shanices Stimme zitterte. Die Angst kroch sichtbar in ihr hoch.

»Sie sind Opfer satanischer Anhänger. Die Wunden an Ihrem Arm beweisen es. Denken Sie nach. Haben Sie in der nahen Vergangenheit Bekanntschaft mit sonderbaren Menschen gemacht?«

»Seltsam sind hier alle. Glauben Sie, auch diese Patienten sind Opfer?«

»Nicht alle«, wich Fontana aus. Er warf einen Blick auf das Pult an der Wand, auf dem sein wertvollstes Buch aufgeschlagen lag. Ein altes Werk mit Ledereinband. Er würde mit Hilfe der beschriebenen Riten ein weiteres Mal an Shanices Problem herangehen.

***

Im Sanatorium Santa Madre herrschte Aufruhr. Paulina hatte soeben den Dienst angetreten, als sie von einigen Patienten auf den Lärm vor dem Haupteingang aufmerksam gemacht wurde.

»Was ist denn hier los?« Auch Papadopoulos kam neugierig über den Korridor geschritten. »Hast du nachgesehen, Paulina?«

»Nein, aber wir können es gleich gemeinsam tun.« Paulina hatte schon viel erlebt in den vierzig Jahren ihrer Tätigkeit. Die tragischsten Ereignisse hatten sich zwischen den düsteren Mauern des Santa Madre zugetragen. Als sie vor zwanzig Jahren hier anfing, hatte sie nicht gewusst, was alles an Elend und menschlichen Schicksalen auf sie zukommen würde. In diesem Haus schienen die dunklen Energien gebündelt zu sein. Sie kämpfte täglich dagegen an. Ihre guten Zeugnisse und Referenzen aus den Kliniken, in denen sie vorher gearbeitet hatte, waren wie ein Freipass ins Sanatorium im Wald gewesen. Man hatte sie mit Handkuss empfangen. Sie galt als belastbar und geduldig und war bei jedermann beliebt. Sie war älter geworden. Die Pensionierung hätte sie schon damals verdient, als sie ihr vierundsechzigstes Altersjahr erreicht hatte. Doch Fontanas inständige Bitte, sie solle ein paar Monate länger bleiben, hatte sie einknicken lassen. Nur mit der Rente allein hätte sie ihre Bedürfnisse massiv reduzieren müssen. So war ihr die Verlängerung des Arbeitsvertrags gelegen gekommen. Aus den wenigen Monaten waren inzwischen sieben Jahre geworden, nicht zuletzt wegen Costa

Papadopoulos, den sie ins Herz geschlossen hatte. Er hätte ihr Sohn sein können, der ihr leider nicht vergönnt gewesen war.

Sie drehte den Schlüssel im Schloss um und zog die Tür auf. Die Frau auf der Treppe gab eine komische Figur ab. Sie heulte wie ein verletztes Tier. Trotz der Hitze, die sich bereits am Vormittag wie der Ausstoß eines Glühofens über Meiringen gelegt hatte, trug sie eine lange Trainingshose und einen Hoodie, dessen Kapuze sie über den Kopf gezogen hatte. Für Paulina nichts Besonderes. Sie hatte schon alles gesehen, kannte sich mit den schlimmsten menschlichen Abgründen aus, auch damit, dass wider jede Logik gehandelt wurde. Sie verstand nicht viel von Therapien, und die Medikation stellten die Ärzte zusammen. Aber wenn es um das Zwischenmenschliche ging, um Trost und Zuspruch, beherrschte sie die Klaviatur.

Ein Blick genügte, um die Notlage der Frau zu ermessen. Sie lag auf der Treppe und streckte ihre rechte Hand aus, als bettelte sie, man möge sie aus einem reißenden Fluss ziehen. Ein fast biblisches Bild.

Paulina ging auf sie zu. »Sie können da nicht liegen bleiben.« Sie packte sie am Arm und wollte sie auf die Beine ziehen.

»Helfen Sie mir.« Die Frau ließ sich kaum beruhigen. »Ich werde verfolgt.«

In der Zwischenzeit waren auch Papadopoulos und ein Pfleger vor dem Eingang aufgetaucht.

»Wir nehmen sie erst mal rein ins Haus«, schlug Papadopoulos vor. Er half Paulina, die Frau aufzurichten. Es schien, als wäre die Kraft aus ihr gewichen. »Bringen wir sie in meinen Therapieraum. Vielleicht ist alles nicht so dramatisch, wie es aussieht.« Er wandte sich an die Frau. »Wie heißen Sie?«

»Wo bin ich?«, war das Einzige, was sie herausbrachte.

»Sie befinden sich in guten Händen. Mein Name ist Costa Papadopoulos, und das ist Paulina, eine der Stationsschwestern. Wer hat Sie hierhergebracht?«

Auch Paulina konnte sich nicht vorstellen, wie die Frau in ihrem Zustand ohne Hilfe den Weg zum Sanatorium gefunden hatte. Es war selbst für neue Lebensmittellieferanten schwierig, ohne Navigation zum Haus zu fahren. Der Fußweg führte in der Nähe der Resti-Ruine durch, die Zufahrtsstraße machte einen ausgedehnten Bogen bis fast zur Stelle, wo sich der Zugang zur Aareschlucht befand. Es gab ein Fahrverbot und ein Stück weiter eine Schranke, die man mit Hilfe eines Badges öffnen konnte. Der Fußweg war nicht markiert.

Paulina war das Sanatorium bereits früher wie ein Hochsicherheitsgefängnis vorgekommen, abgeschieden von der Zivilisation, von einem normalen Leben. Gleichzeitig war ihr bewusst, welches Risiko die Patienten eingingen, wenn sie sich frei hätten bewegen können. Oft waren die Patienten so gefährdet, dass sie für sich selbst oder für andere eine Bedrohung darstellten. Der Eingang vorn war der einzige Durchlass zum Grundstück und führte durch das Haus.

Zusammen mit Papadopoulos geleiteten sie die Frau ins Therapiezimmer. Sie war völlig entkräftet, ließ sich fast über den Boden schleifen. Paulina hatte alle Hände voll zu tun, ihre Seite zu stützen.

Später brachten sie sie zur Liege. Paulina fuhr der Frau behutsam über die Stirn. Diese fühlte sich ungewöhnlich heiß und feucht an. »Ich werde Ihnen den Blutdruck messen. Es wäre besser, Sie würden die Jacke ausziehen. Und vielleicht verraten Sie mir Ihren Namen.«

»Ich habe ihn vergessen.«

Paulina sandte Papadopoulos einen Blick zu, in dem sie ihre Verwirrung ausdrückte.

»Ich denke, du solltest gleich eine Blutentnahme in die Wege leiten«, sagte er.

Paulina näherte sich mit ihrem Gesicht dem der Frau. »Keine Anzeichen von Alkoholmissbrauch. Aber ich werde es sofort veranlassen.« Sie half der Frau aus der Jacke. Darunter trug sie einen Feinstrickpullover. »Wenn ich es nicht besser wüsste, würde ich auf einen Hitzestau deuten. Mögen Sie den Pullover auch ausziehen?«

»Den Pullover ausziehen?« Die Frau sah sie an, als hätte sie ein Gespenst vor sich.

Paulina holte die Manschette und das Blutdruckgerät, in der Hoffnung, die Frau möge sich selbst ihres Pullovers entledigen. Als dies nicht geschah, schob sie den Ärmel des rechten Arms über den Ellenbogen. »Was ist denn das?«, entfuhr es ihr ungewollt.

Auch Papadopoulos schaute hin. »Tattoos.« Um seine Mundwinkel legte sich ein Lächeln, und leise, dass nur Paulina es hörte, sagte er: »Wir haben es möglicherweise mit einer Rockerbraut zu tun.«

»Dann wundert mich gar nichts mehr.« Paulina legte ihr die Manschette um den rechten Oberarm, presste das Stethoskop auf die Innenseite und pumpte Luft in die Aufblasbirne. Es wäre an der Zeit gewesen, ein modernes Blutdruckgerät anzuschaffen, welches an Präzision alles übertraf. Während Paulina Luft abließ, sah sie auf den analogen Druckmesser. »Hundertzwanzig auf fünfundachtzig. Nichts Bedenkliches.«

Aber die Frau war komplett durch den Wind. Und sie halluzinierte. Verängstigt sah sie sich immer wieder um und behauptete, jemand wolle sie umbringen.

Papadopoulos bestand darauf, ihren ganzen Körper zu untersuchen. Die Frau weigerte sich jedoch, sich auszuziehen.

»Lass mich das machen.« Paulina bat Papadopoulos, er möge einen Moment das Zimmer verlassen.

Paulina wartete, bis er die Tür hinter sich zugezogen hatte. Sie drehte sich zu der Frau um, die sie jetzt wohl als neue Patientin bezeichnen musste. Es war nicht das erste Mal, dass jemand mit psychischen Problemen direkt ins Sanatorium kam, ohne Einweisung des Hausarztes. Es verkomplizierte zwar die Administration und die Abrechnung mit den Versicherungen. Aber Santa Madre stand ja auch für Menschlichkeit. Abgewiesen wurde hier niemand.

»Mein Name ist Paulina. Es wäre schön, wenn Sie Ihren Namen verraten würden.«

»Federica.«
»Was für ein schöner Name.« Eine Italienerin, dachte Paulina.
»Ihr Nachname?«
»Den weiß ich nicht mehr.«
Also litt sie unter Gedächtnisverlust. Paulina maßte sich jedoch nicht an, eine Diagnose zu stellen. Mit der Zeit würde die Patientin sich erholen, was auch immer der Grund für ihre Verwirrtheit war. »Ich sollte Ihnen etwas Blut abnehmen. Danach bringe ich Sie in Ihr Zimmer.«
»Muss ich denn bleiben?«
»Zu Ihrer eigenen Sicherheit und bis alles abgeklärt ist. Und vielleicht fällt Ihnen Ihr Nachname wieder ein.«

***

Interlaken war nicht mit positiven Erinnerungen behaftet. Seit drei Jahren war Max nicht mehr hier gewesen. Selbst das Jungfraumassiv, das man vom Hotel Victoria Jungfrau aus erblickte, bedrückte ihn mehr, als dass es ihn für eine Reise dorthin motivierte.

Der längste Tag des Jahres verwöhnte die Feriengäste mit Sonne pur. Die Gartenterrassen vor den mondänen Hotels entlang des Höhewegs waren bis auf wenige freie Plätze besetzt. Kellner jonglierten Tabletts voller erfrischender Getränke über die Köpfe der Gäste hinweg. In einem Park spielte jemand Geige.

Max blieb an der Ecke zur Harderstraße stehen. Er hatte sich vor dem Geldautomaten mit den Eltern der verstorbenen Anjali Schläppi verabredet. Es sei zu kompliziert, ihre Adresse zu finden, hatten sie gesagt, sich aber für ein Gespräch bereit erklärt.

Er war früh dran. Fedes Idee, sich mit List und Trug ins Sanatorium einzuschleusen, war er skeptisch gegenübergestanden. Er vertraute auf ihre Gewieftheit. Was, wenn man ihr auf die Schliche kam? Sie hatte sich mit zwei Handys ausgerüstet, falls man ihr eines abnehmen sollte. Der Kontakt zur Außenwelt, wusste Max, war den meisten Patienten untersagt.

»Herr von Wirth?«

Max kehrte sich zu der Stimme um. »Ja, der bin ich.«

»Schläppi ist mein Name. Das ist meine Frau.«

Ein ungleiches Paar. Er ein Korpulenter mit Vollbart, sie die Zierliche, die ihrem Mann kaum bis zum Kinn reichte. Angezogen waren beide mit einer weißen Hose und einem roten Oberteil. Sie trugen eine identisch gleiche Schirmmütze mit dem Emblem eines Sportclubs. Partnerlook. Keine Anzeichen von Trauer.

Max schüttelte ihnen die Hand. »Danke, dass Sie sich die Zeit nehmen. Mein herzliches Beileid. Ich weiß, Sie haben wahrscheinlich anderes zu tun, als sich mit mir zu treffen.«

»Das ist schon in Ordnung. Anjalis Begräbnis findet erst am späten Nachmittag statt.« Es klang emotionslos. »Wir hoffen, Sie können uns auf unsere vielen Fragen Antworten geben, wenn es die Polizei nicht kann.«

Die Erwartungen waren hoch. Max schwieg und ging an der Seite des Ehepaars in Richtung Postgasse. Die Häuser standen dicht nebeneinander, ein architektonisches Kunterbunt aus dem mittleren 20. Jahrhundert, verschachtelt und verspielt. Dazwischen kleine Gärten mit Blumen- und Gemüserabatten. Nach ein paar Metern überquerten sie den Marktplatz und schlugen den Weg zur Blumenstraße ein.

»Hier hat es kaum Parkplätze«, sagte Schläppi. Er betrat einen Vorplatz und gelangte zu einem zurückversetzten Haus, welches Max kaum auf die Schnelle gefunden hätte.

Frau Schläppi öffnete die Tür und ging über eine Treppe in den ersten Stock. Ein Duft von Seifenlauge begleitete sie und weckte Erinnerungen an Max' *Abuela*, die Großmutter mütterlicherseits. Wenn sie gewaschen hatte, verströmte der gleiche Geruch.

Max folgte Frau Schläppi in eine bescheidene Wohnung. Klein und gemütlich war sie, ausgestattet mit dem Nötigsten.

Schläppi setzte sich auf ein Sofa, welchem man die Jahre ansah. »Anjali war unsere Adoptivtochter«, sagte er, als hinge seine nicht ausgelebte Trauer an dieser Bemerkung oder rechtfertigte diese. Er wirkte gefasst.

»Wir haben sie adoptiert, als sie zwei Monate alt war«, ergänzte Frau Schläppi und ließ sich neben ihrem Mann nieder.

»Sie war ein schwieriges Kind.«

Ob sie ihre Adoptivtochter jemals in ihr Herz geschlossen hatten? Max hatte sich ein Gewissen gemacht, ob sein Besuch nicht verfrüht war.

»Mit siebzehn verließ sie uns, wollte ihren eigenen Weg gehen.« Schläppi tätschelte die Hand seiner Frau, als suchte er Bestätigung für seine Aussage. »Sie ließ uns später wissen, dass sie den Pflegeberuf erlernen wolle.«

»Wie damals ihre Mutter«, sagte Frau Schläppi.

Max blieben die Worte im Hals stecken.

»Ihre Mutter hatte sich das Leben genommen, kaum war ihre Tochter auf der Welt«, ergänzte sie.

»Es gibt Dinge, die werden vererbt. Wir haben befürchtet, dass auch Anjali einst so enden würde«, sagte Herr Schläppi.

Eine nicht überlegte Aussage, wie Max fand. Er war fassungslos über die Kälte der beiden. Doch vielleicht verbargen sich dahinter der Schock oder die Auswirkungen davon. »Hat Ihnen die Polizei nicht gesagt, dass sie …« Im letzten Moment schluckte Max das Wort »Mord« hinunter. »Dass sie wahrscheinlich nicht Suizid begangen hat?«

»Wie gesagt. Wir haben viele Fragen«, wich Schläppi aus.

Das war nicht die Meinung. Wenn jemand Fragen hatte, dann Max. Fast widerwillig setzte er sich auf das zweite Sofa und sank tief ein.

»Die Polizei ermittelt«, äußerte sich Schläppi. »Wegen Mordes, obwohl wir den Beamten sagten, Anjali sei vorbelastet gewesen, und wir ihr einen Suizid durchwegs zugetraut hätten.«

»Hätte sie denn einen Grund gehabt, sich umzubringen? War sie depressiv?«

»Sagen *Sie* es uns.« Frau Schläppi saß da wie versteinert. »Wir wissen es nicht. Wir haben sie seit Monaten nicht gesehen. Anjali lebte ihres, wir lebten unser Leben. Sie fand es nicht einmal nötig, uns an Weihnachten zu besuchen. Wir haben sie lange vor ihrem Tod verloren.«

Max rechnete nach, das wäre vor siebzehn Jahren gewesen. Und wie konnte man etwas verlieren, was man nie besessen hatte? Einen Menschen konnte man nicht besitzen.

»Aber die Polizei hat doch gesagt, man habe in ihrer Wohnung in Meiringen ein Bahnbillett gefunden«, brachte sich Schläppi nun ein, »ausgestellt auf Donnerstag, den 16. Juni, für die Strecke Meiringen–Interlaken mit Halbtax.«

»Aber sie war nicht bei Ihnen?« Max erinnerte sich, der 16. Juni war Anjalis Todestag.

»Das ändert nichts an der Tatsache, auch wenn Sie die Frage zweimal stellen.« Schläppi verschränkte die Arme. »Entschuldigung. Ich bin gerade etwas durcheinander.«

»Hatte Ihre Tochter eine Freundin oder Freunde in Interlaken?«

»Bestimmt hatte sie das, aber diese kennen wir nicht. Glauben Sie, Anjali hatte sich mit jemandem aus ihrem Bekanntenkreis verabredet?«

»Möglich wäre es. Aber warum ließ sie das Billett in ihrer Wohnung liegen? Demzufolge war sie nie mit der Bahn nach Interlaken gefahren. Oder sie hat ein neues Billett gekauft, weil sie das andere vergaß.« Max ärgerte es. Die Polizei hatte, im Gegensatz zu ihm, jedwede Möglichkeiten, herauszufinden, ob Anjali Schläppi ein neues Billett gekauft hatte, sofern dieses mit einer Kreditkarte oder mit Twint bezahlt worden war.

»Erinnern Sie sich an Freunde aus der Schulzeit?«

Schläppi räusperte sich. »Da kommt mir nur gerade Kilian Stähli in den Sinn.«

»Kilian?«, fragte Frau Schläppi.

Meinte es Max nur, oder fingen Frau Schläppis Augen zu leuchten an?

»Soviel mir bekannt ist, wohnt er jetzt in Meiringen. Ich habe erst kürzlich mit seiner Mutter gesprochen. Kilian soll Elektroniker sein.« Frau Schläppis Stimme klang abwesend.

»Egal, lass gut sein.« Schläppi berührte ihre Hand.

»Haben Sie mir eine Adresse? Zum Beispiel von Kilians Mutter?« Max stand auf. Er brauchte zwei Anläufe, um auf die Beine zu kommen.

»Sie wollen uns schon verlassen?« Frau Schläppi sah ihren Mann an, als erwartete sie von ihm, er möge Max' Weggehen verhindern.

»Ich würde mich gern wieder melden, falls ich weitere Fragen habe.«

»Aber ... *wir* haben auch noch Fragen.«

Max zog Luft ein. »Ja bitte?«

»Warum interessieren Sie sich so für Anjalis Tod?«, fragte Schläppi.

»Mein Mandant wird beschuldigt, etwas damit zu tun zu haben.«

»Wer ist es?«

»Darf ich nicht sagen.«

»Etwa dieser Carlo Anderegg?«

Max setzte sich wieder. »Wie kommen Sie darauf?«

»Man sucht nach ihm.« Schläppi lehnte sich zurück und verschränkte seine Arme über seinem Bauch. »Es gab doch diese Suizide im April ... von den beiden Frauen. Wie hießen sie schon wieder?«

»Evelyne und Constance«, sagte Frau Schläppi und musterte Max mit stechendem Blick. »Damals war der Anderegg bereits auf freiem Fuß. Man hat ihn jedoch nie verdächtigt, diesen Frauen etwas angetan zu haben, wie er es mit seiner Freundin gemacht hatte.«

»Kennen Sie Carlo Anderegg näher?« Unter Max' Gesäß wurde es heiß. Das Sofa strahlte eine unangenehme Wärme ab.

»Wer kennt den nicht?« Schläppi wuchs in die Höhe. »An den Gebrüdern Anderegg geht hier niemand vorbei. Sie entsorgen unseren Dreck. Nun wird nach Carlo gefahndet. Sein Bild ist überall zu sehen.«

»Glauben Sie denn, er könnte mit den Todesfällen etwas zu tun haben?«

»Nein, glauben wir nicht.« Schläppi legte seiner Frau die Hand auf den Arm. »Es sind rechtschaffene Brüder, tun, wozu sich unsereins für zu nobel hält.«

»Kann es sein, dass Anjali Carlo Anderegg persönlich gut gekannt hat?« Max verschwieg, was Anderegg ihm erzählt hatte.

»Wie gesagt, wir pflegten kaum mehr Kontakt zu unserer *Adoptiv*tochter.«

ZWÖLF

Fede wurde ein Zimmer in der dritten Etage zugeteilt. Sie ließ alles über sich ergehen, selbst die Blutentnahme, das Messen ihres Gewichts und der Größe. Sie weigerte sich weiterhin, ihren Nachnamen zu nennen. Für das Mittagessen führte sie ein Pfleger in den Speisesaal. Fede gab sich besonders Mühe, eine angeschlagene Frau zu mimen, die sich schlecht an Dinge zu erinnern vermochte. Ihr Auftritt vor den anderen Patienten war denn auch etwas gekünstelt. Anstelle ihres Trainingsanzugs trug sie ein Leinenkleid, welches man ihr ausgeliehen hatte, Stil ärmelloser Kartoffelsack und zwei Nummern zu groß. Somit konnte jede und jeder ihre unzähligen Tattoos sehen, was zu reden gab. Für einige des Pflegepersonals und der Ärzte war von vornherein klar, sie hatten es mit einer Wahnsinnigen zu tun. Wer den Körper dermaßen verunstaltete, konnte nicht normal sein.

Willkommen im Santa Madre, dachte Fede.

Sie hantierte an ihrem Handy herum, damit alle es mitbekamen. Sie war sich sicher, man würde es ihr wegnehmen. Das zweite Mobiltelefon hatte sie in ihren Schuhen versteckt. Sie hatte sich vorgenommen, sofern die Möglichkeit sich bot, Max und Milagros regelmäßig zu informieren. Eine erste SMS war bereits raus.

»Hallo, du, bist du neu hier?« Die junge Frau musste sie seit einer geraumen Zeit angestarrt haben. Sie kam zielstrebig auf sie zu.

Fede schenkte ihr ein Lächeln. »Hallo, wie du siehst.«

»Wie heißt du?« Sie kam näher, aufrecht, sich ihres hübschen Aussehens bewusst. Keine zwanzig, ein Puppengesicht, lange blonde Haare, gefärbt, was Fede am Ansatz sah.

»Ich bin Federica, und du?«

Die Frau deutete auf ihr Handy. Gepflegte Hände, roter Nagellack, ein weißer Streifen auf brauner Haut. Ein Zeichen dafür, dass sie unlängst einen Ring getragen hatte. »Diese Dinger sind hier verboten.«

»Ach ja? Wusste ich nicht.«

»Gib mir das Handy!« Sie griff danach.

Noch ehe Fede sich's versah, hatte die Frau ihr Mobiltelefon in der Hand. Es ging blitzschnell. Fede hatte keine Chance, das Gerät zurückzuholen. Die Frau rannte davon, wohin genau, sah Fede nicht. Etwas konsterniert blieb sie stehen.

»Das war Barbara«, sagte jemand an ihrer Seite.

Fede drehte sich um und sah in ein müdes Männergesicht, der Blick verhangen, lethargisch, traurig. »Barbara?«

»Sie leidet unter einer Handymanie. Sie ist süchtig, verstehst du? Dein Pech.«

»Handysüchtig?« Fede hatte schon von vielen Suchtarten gehört. Trotzdem war sie erstaunt.

»Ja, ihr ganzes Leben ist vom Handy abhängig. Sie nennt sich Influencerin, sammelt Likes und macht es nach jeweils tausend neuen Followern publik. Sie soll heute über fünf Millionen Followers haben, und sie lechzt nach mehr. Kommt sie nicht auf die Menge des Vortags, dreht sie durch. Seit sie hier ist, hat sie keinen Zugriff mehr auf ihr Handy. Jetzt hat sie deines. Das ist, als würde ein trockener Alkoholiker ein Stück Schokolade mit Cognacfüllung essen. Das Gehirn schaltet sofort um, erinnert sich an den Geschmack. Der Alkohol hemmt die Wahrnehmungen. Pass auf, dass du nicht in Teufels Küche gerätst, wenn auskommt, dass Barbara dein Handy hat.«

Darüber machte sich Fede einstweilen keine Sorgen. »Was bietet sie denn an?«

»Nichts weiter als ihr heiliges Ich. Man kann, oder aus heutigem Blickwinkel konnte, ihr Leben verfolgen. Von morgens bis abends präsentierte sie sich mit dem, was sie gerade tat. Neben sich ließ sie alle blass aussehen. Man konnte ihr überallhin folgen, auch wenn sie mit ihrem Freund schmuste. Dieser Freund, inzwischen Ex-Freund, hat sie angezeigt. Langer Rede kurzer

Sinn: Daraufhin hat man sie in die Klapse gesteckt. Ist doch bescheuert, findest du nicht?«

Fede verstand nicht, worauf sich »bescheuert« bezog. »Ich möchte mein Handy zurück.«

»Die werden es dir so oder so wegnehmen. Hier sind Handys nicht gestattet.«

Fede inszenierte einen Schreikrampf. »Mein Handy, ich will mein Handy!«

»Sei still, oder willst du, dass Dr. Fontana dich abholt?«

»Warum sollte er mich abholen?«

»Er wird dich ruhigstellen, wenn du weiterschreist. Lass das Handy, wo es ist. Man wird es Barbara abnehmen. Noch einmal: Wenn du nicht willst, dass man dir Medikamente gegen Ausfälle gibt, verhalte dich einfach ruhig. Solche Psychopharmaka zermürben dich, je länger du sie einnehmen musst.« Er wedelte mit seiner linken Hand vor dem Kopf herum. »Du wirst ballaballa. Ich bin übrigens Flo.«

»Und weshalb bist du hier?«

»Burn-out.«

»Tut mir leid. Muss schlimm sein.« Fede vergaß ihr Smartphone.

»Mir geht's wesentlich besser als zu Beginn der Therapie. Ich übe mich jetzt in Achtsamkeit.«

»Wie lange bist du schon hier?«

»Seit Anfang April. Ich hatte Suizidgedanken. Mein Chef hatte mich zur Schnecke gemacht, obwohl ich fast rund um die Uhr arbeitete. Irgendeinmal war ich so erschöpft, dass ich nicht mehr schlafen konnte. Alles war belastend. Die Arbeit, die Familie, ein …« Er hielt abrupt inne, wollte offenbar nicht aussprechen, was ihm sonst noch auf der Zunge lag.

»Was?«

»Ach nichts.« Flo zog die Nase kraus. »Alles hat sich kumuliert.«

»Was wolltest du noch sagen.«

Flo errötete. »Ein gesundes Geschlechtsleben. Schon Sigmund

Freud wusste, dass viele Neurosen von einem unbefriedigten Sexualleben abhängen.«

»Und wozu hat dir der Doktor geraten?«

»Du weißt schon ...«

»Nein, weiß ich nicht.«

»Es gab eine Zeit, da vergewaltigte ich meine Frau, nicht eine Vergewaltigung im eigentlichen Sinn. Sie gab mir immer zu verstehen, wie sehr sie mich wollte. Als es so weit war, wehrte sie sich und behauptete hinterher, ich hätte sie ohne ihr Einverständnis genommen.«

Fede wollte ihn nicht länger aushorchen. Mit *dieser* Offenheit konnte sie nicht umgehen, und sie bereute ihre Neugier.

»Du sagtest, du bist seit April hier. Erinnerst du dich an die Psychiaterin Evelyne Sommerhalder?«

»Dr. Sommerhalder? Ja, natürlich. Meine ersten Gespräche führte ich mit ihr. Sie war jung, hatte etwas verquere Ansichten. Man muss nicht immer alles glauben, was einem die Götter in Weiß weismachen wollen. Aber ich mochte sie. Sie hatte magische Hände.« Er lächelte zweideutig. »Plötzlich kam sie nicht mehr.«

Die Nachricht über Evelyne Sommerhalders Tod hatte Flo offenbar nicht erreicht. Fede blieb ernst. »Was meinst du mit verqueren Ansichten?«

»Hey, du klingst, als wärst du ziemlich klar im Kopf. Weshalb willst du das alles wissen?« Flo sah sich um und setzte sich in Bewegung. »Wir werden beobachtet. Wir sollten endlich essen gehen.«

Fede schwieg. Mit ihrer Anwesenheit hier stand viel auf dem Spiel. Sie musste das Theater durchziehen, obwohl es ihr bereits jetzt schwerfiel. Ihre Ungeduld war groß, der Wissensdurst ebenso. Sie ging mit Flo zu einem der Tische im Speisesaal und setzte sich, bemüht darum, ein paar spastische Bewegungen zu machen, sollte der Fokus einer Aufsicht auf sie gerichtet sein. Fede war sich bewusst, dass sie sich mit dieser Aktion lustig über ernsthaft Erkrankte machte. Doch sie hatte keine Wahl, wenn sie herausfinden wollte, welches Geheimnis sich hinter den erdrückenden Mauern des Sanatoriums verbarg.

※※※

»Bist du sicher, dass sich Anjalis sterbliche Überreste in dieser Urne befinden?« Milagros reckte ihren Hals. Es gelang ihr dennoch nicht, über die Köpfe hinwegzusehen. Auf Maximilians Anraten hin hatte sie die High Heels, in denen sie zur Beerdigung hatte kommen wollen, gegen flache Schuhe getauscht. Sie gehe an ein Begräbnis und nicht an eine Party, sie solle sich anpassen, hatte er sie zurechtgewiesen. Jetzt bedauerte sie, sich seinen Wünschen nicht widersetzt zu haben. Sie wäre um mindestens acht Zentimeter größer gewesen.

»Die Rechtsmedizin hat vorgestern den Leichnam freigegeben«, sagte Maximilian.

»Das heißt, man geht nicht mehr von Mord aus.«

Die Frau vor ihr drehte den Kopf in ihre Richtung. Ihr Blick hätte töten können.

Milagros hob die Schultern und ließ sich Zeit, bis die Dame sich wieder eingerenkt hatte.

»Die Untersuchungen des Gerichtsmediziners sind wohl abgeschlossen«, flüsterte Maximilian. »Die Polizei hat Mord nicht dementiert.«

»Warum weißt du das?«

»Es stand in den Printmedien.«

Als sich die Trauergäste setzten, blieb Milagros stehen. Die Sicht auf die Blumen vor dem Altar war frei. Von der achten Bankreihe aus vermochte Milagros sogar die Zitate auf den Kranzschleifen zu lesen. Viele waren es nicht. Die letzten Grüße kamen vom Sanatorium Santa Madre und von der Bildungsstätte Thun, wo Anjali ihre Ausbildung zur Pflegefachfrau abgeschlossen hatte, sowie vom Turnverein Meiringen. Inmitten der Blumenarrangements stand eine schlichte Urne und davor ein Bilderrahmen mit Anjalis Porträt. Keine Schönheit, fand Milagros, aber unbestritten sympathisch. Braune halblange Haare, graue Augen, schmale Lippen – ein Durchschnittsgesicht. Sie konzentrierte sich halbwegs auf die Worte des Priesters und stieß ihren Sohn sanft in die Seite, während sie sich auf der Bank niederließ. »Wann wird eigentlich Pfarrer Steger begraben?«

Maximilian hielt den rechten Zeigefinger vor den Mund. »Sch … sprich leiser. Das wusste seine Haushälterin nicht.«

»Sind Anjalis Eltern auch hier?«

»Sie sitzen ganz vorn. Wundert mich, dass sie den Weg hierher gefunden haben, nachdem sie kaum ein gutes Wort über ihre Tochter verloren hatten.« Maximilian sah sich um.

Milagros stupste ihn. »Suchst du jemand Bestimmten?«

»Schläppis erwähnten einen Freund. Möglicherweise ist er auch hier.«

»Der junge Mann dort vorne links vielleicht? Mir scheint, er greift sich verdächtig oft ins Gesicht. Ich kann es von hier aus nicht genau sehen, aber ich glaube, er weint.« Milagros lehnte sich zurück. Die schmerzvollen Stimmen des Kirchenchors rührten sie selbst zum Weinen. Dabei hatte sie die junge Frau nicht gekannt. Sie zwang sich, an den Verlust eines Kindes zu denken. Was hätte solch ein Drama mit ihr gemacht? Wenn Kinder vor den Eltern starben, war das nicht normal. Niemals würde sie Maximilian überleben wollen. Unvorstellbar.

Anton Bruckner. Sie ließ den Text auf sich wirken und wunderte sich über den Aufwand, einen ganzen Chor engagiert zu haben.

Dir, Herr, dir will ich mich ergeben, dir, dessen Eigentum ich bin. Du nur allein, du bist mein Leben, und Sterben wird dann Gewinn. Ich lebe dir, ich sterbe dir, sei du nur mein, so genügt es mir.

Milagros' Kehle verengte sich. Fehlte noch, dass ihre Nerven versagten. Sie hustete den Kloß weg. Der Priester sprach ein paar Worte über die Tote, über ihre Bescheidenheit und ihre Arbeit im Dienst der kranken Menschen und dass es Gottes Wille gewesen sei, sie zu sich zu holen.

Gottes Wille, dachte Milagros, eine eher einfache Interpretation. Beim Tod ihres Mannes hatte sie es auch nicht verstanden, weshalb es Gottes Wille hätte sein sollen, ihn in einen Felsen fliegen zu lassen. Und war es auch die Absicht des Allmächtigen, wenn ein Mörder jemanden umbrachte?

Die Glocken der römisch-katholischen Kirche Guthirt läuteten. Ihr Klang hallte über den Platz, über den die Trauergemeinde wie in einer Prozession schritt. Vorn der Priester mit der Urne, neben sich zwei Ministranten, die Weihrauch schwenkten. Dann die Eltern, beide in Grau, und dicht hinter ihnen ein junger Mann. Derselbe, den Milagros hatte weinen sehen. Selbst hier, jenseits des Altars und der Blumen, war alles in eine sakrale Stimmung getaucht. Weder das Rauschen des nahen Verkehrs noch ein Flugzeug, das am wolkenlosen Himmel eine Schlaufe zeichnete, störte die Andacht.

Milagros zog sich auf die rechte Seite zurück, in den Schatten eines Mammutbaums.

Maximilian trat neben sie. »Könnte das wirklich Kilian Stähli sein, von dem mir die Schläppis erzählt haben? Mit Ausnahme der Eltern kenne ich niemanden.«

»Schau dir die Gestalten hinter dem jungen Mann an«, forderte Milagros ihn auf. »Siehst du die schrullige Alte? Sie erinnert mich an eine Echse oder an eine Schildkröte. Ihr Hals ist eine einzige Schicht aus Hornschuppen.«

»Mam, reiße dich zusammen.«

»Der Kerl neben ihr macht die bessere Falle. Ein Bild von einem Mann. Er muss auf die fünfzig zugehen, wenn ich mir seine Haare ansehe.«

»Das gehört nicht hierher.«

»Willst du ihn heute noch sprechen?«

»Wen? Diesen Typen?«

»Den, der Stähli sein könnte.«

»Selbstverständlich.« Maximilian schwächte hörbar ab. »Wenn es die Situation zulässt.«

Milagros sah hinüber zu den Trauernden. »Ich werde ihn bitten, zu uns zu kommen.«

»Keine gute Idee. Noch wissen wir nicht, ob er es tatsächlich ist.«

Milagros strich ihm über den Arm. Manchmal konnte sie Maximilians Zögern nicht nachvollziehen. »Ich frage ihn.«

Maximilian hielt sie zurück. »Wir warten und folgen den Leuten zu den Urnengräbern. Es wird sich gewiss eine Gelegenheit bieten, mit ihm zu reden.«

»Wie wäre es, wenn wir uns dem Leichenmahl anschließen?«

»Typisch Milagros von Wirth.« Maximilian grinste sie an. »Die kennt einfach keine Skrupel.«

»Manchmal bedarf es einer gewissen Hemmungslosigkeit, will man ans Ziel kommen. Lass mich das machen.« Milagros ließ ihren Sohn stehen. Sie beeilte sich, um den Trauermarsch aufzuholen, froh darüber, hatte sie Maximilians Rat wegen der Schuhe befolgt. Sie schloss auf und drängte sich zwischen dunkel gekleideten Frauen und Männern den Weg Richtung des jungen Mannes, während sie der Schildkröte einen schnellen Blick zuwarf. Wider Erwarten hatte diese Frau gütige Augen.

»Sind Sie Kilian Stähli?« Milagros schickte ein Stoßgebet zum Himmel, dass er sie nicht blamierte.

Sein trauriger Blick wechselte in Verwunderung. »Ja«, flüsterte er. »Wer will das wissen?«

Milagros nahm ihn am Arm. »Wenn Sie kein großes Aufsehen machen wollen, kommen Sie jetzt mit mir.«

Stähli sah sich um, trat ein paar Schritte weg und wartete, bis die Leute an ihm vorbeigegangen waren.

Milagros befand sich direkt neben ihm. »Kommen Sie.« Sie zog ihn unter den schattenspendenden Baum, wo Maximilian auf sie wartete. Sein Blick verriet ihr sein Unverständnis.

»Du kannst den Mund wieder schließen.« Milagros schenkte ihm ein Lächeln. »Nicht immer zögern, mein Junge. Zur Tat schreiten.« Sie drehte sich zu Stähli um. »Das ist Maximilian. Er ist Detektiv und hat ein paar Fragen an Sie.«

Stähli fuhr sich über die Augen. »Okay.« Maximilians Beruf schien ihn nicht zu beeindrucken.

»Wir gehen zum Hotel zurück«, schlug Milagros vor. Sie spürte, wie die Stimmung hier ins Melancholische kippte. Die Messe, der Chor, die Prozession. Mit den Erinnerungen an ihren Kaspar, als wäre sie erst gestern an dessen Begräbnis gewesen.

***

Fontana hatte zur täglichen Sitzung der Ärzteschaft und der Physiotherapeuten geladen. Auch Paulina war anwesend. Sie hatte den Kranz für Anjalis Begräbnis organisiert und war mit Fontana zur katholischen Kirche gefahren. Ein letztes Geleit für eine hervorragende Pflegerin – das Mindeste, was sie hatten tun können. Auf das Totenmahl im Restaurant Adler hatten sie verzichtet. Fontana verspürte kein Bedürfnis, einer neugierigen Meute Rede und Antwort zu stehen. Der Besuch der Polizei am frühen Morgen hatte gereicht. Er hatte sie zwar schnell abservieren können, ein schaler Nachgeschmack war geblieben. Es war schlecht fürs Geschäft, wenn sein Sanatorium unter den Beschuss polizeilicher Ermittlungen geriet. Für Anjali hätte er die Hand ins Feuer gelegt. Grund, um die Frau zu beseitigen? Hatte hier niemand gehabt. Alle hatten sie gemocht.

»Wir haben einen Neuzugang«, begann er. »Sie nennt sich Federica. An ihren Nachnamen kann sie sich nicht erinnern. Nach einer ersten Untersuchung gibt es bislang keine Auffälligkeiten, mit Ausnahme der Tattoos auf ihrem gesamten Körper. Diese dürften möglicherweise über ihren psychischen Zustand Aufschluss geben.«

»Die Tattoos?« Papadopoulos hüstelte hinter vorgehaltener Hand. »Verstehe ich nicht.«

Selbstverständlich hatte Fontana eine erste Diagnose gestellt. Dass ihn Papadopoulos vor seinen Mitarbeitern bloßstellte, ließ in ihm das Blut kochen. »So viele Tätowierungen haben meines Erachtens einen pathologischen Hintergrund. Die Lust am

Schmerz. Oder haben Sie etwas dagegen einzuwenden?« Dass Fontana mit diesem Kollegen noch immer per Sie war, hatte damit zu tun, dass er Mühe hatte, ihn zu mögen. Er wartete eine Antwort nicht ab. »Ich habe Johanna mit dieser Aufgabe betraut.« Fontana nahm seine Kollegin ins Visier. »Sollte sich Federica bis morgen Abend weder an ihren Nachnamen noch an ihre Herkunft erinnern, müssten wir die Polizei einschalten. Was ich aber vermeiden will.«

»Du wirst nicht darum herumkommen«, sagte Johanna. »Solange wir keine Angaben über ihre Person haben, können wir keine Rechnung stellen. Unser Buchhalter hat mich bereits darauf angesprochen. Oder weißt du, ob und bei welcher Krankenkasse sie versichert ist?«

Ein heikles Thema, das immer mal wieder zu reden gab. Das Sanatorium Santa Madre finanzierte sich hauptsächlich über die Stiftung. Es gab ein paar wenige Krankenkassen, welche den Aufenthalt und die Therapien bei ihm unterstützten. Oft bezahlten die Patienten selbst oder deren Angehörige. Bei Shanice war dies der Fall. Es gab einen anonymen Geldgeber, der sämtliche Aufwendungen für die Patientin bezahlte. Die Rechnungen gingen jeweils an Shanices Privatadresse. Fontana war bekannt, dass Shanice nach dem Tod ihrer Eltern ein großes Erbe angetreten hatte. Möglicherweise steckte auch der Onkel dahinter, der Shanice in ihrem Kindesalter missbraucht hatte. Die Familienverhältnisse waren weiter nicht bekannt. Fontana wusste lediglich, dass es einen Bruder gab. Aber dieser schien verschollen.

»Also weißt du«, Fontana sah Johanna erneut an, »was du zu tun hast. Federica ist in der dritten Etage stationiert. Einsperren ist nicht nötig. Sie soll sich erst einmal erholen, bevor wir mit den relevanten Untersuchungen und den Therapien beginnen.« Er wandte sich an Paulina. »Darf ich Ihnen die Aufgabe erteilen, sie sporadisch zu beobachten? Sollte sie sich auffällig verhalten, lassen Sie es mich wissen.«

»Für die dritte Etage bin ich nicht zuständig.« Paulina tauschte

Blicke mit Johanna, um wohl ihre Reaktion abzuschätzen. »Das ist Veras Job. Ich bin mit dem fünften Stock komplett ausgelastet. Ihr wisst alle, wie fordernd die Patienten auf dieser Abteilung sind.«

Fontana wischte seine schweißnassen Hände an der Hose ab. Es kam selten vor, dass sich jemand von den Stationspflegern getraute, seine Order auszuschlagen. Nach der Trauerfeier von Anjali hätte er etwas anderes von ihr erwartet als eine Absage.

»Wie fahren wir mit Shanices Therapie fort?« Papadopoulos brachte sich ein.

Der Schlichter, dachte Fontana. Er und Paulina tickten ähnlich. Offenbar wollte er sie in Schutz nehmen.

»Sie ist eh ein hoffnungsloser Fall«, meinte Johanna. »Sie verweigert alles. Man kann neben ihr stehen und warten, bis sie die Medikamente geschluckt hat. Doch sie schafft es immer wieder, diese kurze Zeit später herauszuwürgen. Einer der Pfleger hat in der Toilettenschüssel Pillen gefunden.«

»Dann muss sie fixiert werden. Es wäre sonst verantwortungslos.« Fontana verabscheute diese Maßnahmen. Für die Betroffene bedeutete es Bettlägerigkeit für mindestens drei Tage. Sie würde im Bett angeschnallt und über eine Infusion ernährt werden. Trotzdem sah er gerade zum jetzigen Zeitpunkt keine andere Möglichkeit, sie vor gefährlichen Handlungen zu schützen, die nicht nur gegen sich selbst, sondern auch gegen die Mitbewohner gerichtet waren. Shanice war und blieb unberechenbar. »Des Weiteren möchte ich eine komplette Durchsuchung ihres Zimmers.«

»Das ist nicht zulässig«, intervenierte Paulina.

»Und ob es das ist.« Fontana schluckte den Ärger hinunter. Er vermochte nicht, sich einen Reim darauf zu machen, weshalb Paulina sich so widerspenstig benahm. Nach der Totenmesse in der Kirche Guthirt war sie normal auf ihn zu sprechen gewesen. Vielleicht müsste er sie in nächster Zeit in den verdienten Ruhestand entlassen. »Okay.« Er hob die rechte Hand. Er hatte es sich anders überlegt. »Warten wir noch etwas mit der Fixierung.

Shanice kommt aber unter Beobachtung, wenn sie die Mahlzeiten einnimmt.«

※※※

»Wir wollten Sie nicht vom Leichenmahl abhalten.«

Max musterte sein Gegenüber. Kilian Stähli hatte sich widerstandslos von Milagros überreden lassen, mit ihnen ins Parkhotel zu gehen. Die Beerdigung war plötzlich nicht mehr wichtig gewesen. Nun saß der junge Mann da und wartete auf Max' Fragen. Sein Blick wirkte matt, unter den Augen lagen dunkle Schatten, und die Wangen waren eingefallen. Stählis Trauer war nicht aufgesetzt.

»Es ist besser so. Ich kenne Herrn und Frau Schläppi nicht näher. Anjali hat sie erwähnt, aber irgendwie nebenbei.«

»Pflegten Sie eine intensive Beziehung zu Anjali?«, fragte Milagros.

Max sah sie an. Er hoffte, sie würde sich während des Gesprächs zurückhalten. Ihre Diplomatie ließ manchmal zu wünschen übrig, obwohl sie von sich behauptete, es gäbe niemanden, der diplomatischer sei als sie. Sie zitierte gern Winston Churchills Worte, Diplomatie sei die Kunst, jemanden zur Hölle zu schicken, dass er sich auf die Reise freut.

»Sie war eine gute Freundin. Ich mochte sie gern. Aber eine intensive Beziehung, wie Sie es nennen, gab es nicht zwischen uns.«

»Aber Anjali hat Ihnen alles anvertraut.« Max winkte ab, als Milagros den Mund erneut aufmachen wollte.

»Alles?« Stähli riss die Augen auf. »Über ihre Eltern hat sie nie gesprochen. Wenn ich sie nach ihnen fragte, wich sie aus. Ich glaube, ihre Beziehung zu ihnen war mit Problemen behaftet.«

»Und über die Arbeit im Sanatorium?«

»Ja, schon.« Stähli schluckte leer. Er sah aus, als wollte er mit einer Antwort nicht herausrücken. Er ließ sich Zeit. »Nicht über die Patienten, aber über die Stimmung dort.«

»Über die Stimmung?« Max warf Milagros immer wieder einen Blick zu. Sie saß glücklich da und widmete sich ihrem Glas Champagner, welches sie unmittelbar nach dem Eintreffen im Hotel bestellt hatte.

»Sie war eine große Verehrerin von Dr. Fontana. Aber sie spürte auch, dass es im Sanatorium Unstimmigkeiten unter den Ärzten gab.«

Max erinnerte sich an Fedes SMS, in der sie ihm ein paar Namen der Ärzte mitgeteilt hatte. Dr. Fontana hatte sie auch erwähnt. »Hat Ihre Freundin dies konkretisiert?«

»Dass sie nicht am selben Strick zogen, was die Therapien betraf.«

»Hat sie Namen genannt?«

»Nein.«

»Auch nicht die der Patienten?«

»Nein. Anjali war sehr zurückhaltend.«

»Die der Ärzte?« Max war nicht zufrieden. Er hatte mehr erwartet. »Hatte sie von Evelyne Sommerhalder gesprochen?«

»Evelyne Sommerhalder? Doch, ich erinnere mich. Sie war Psychiaterin auf ihrer Abteilung. Ja, Anjali hat von ihr gesprochen. Es ging um den Suizid bei den Reichenbachfällen ...« Stähli fuhr mit der Hand in sein Gesicht. »Mensch ... auch sie hatte sich das Leben genommen. Könnte das Sanatorium ein Grund gewesen sein?«

Milagros räusperte sich, um augenscheinlich die Aufmerksamkeit auf sich zu ziehen. »Die Polizei geht mittlerweile von Mord aus.«

»Mord?« Stähli griff sich ans Herz.

»Es ist nichts bewiesen.« Max übernahm wieder die Gesprächsführung. Seine Mutter beherrschte ein Taktgefühl wie ein Elefant im Porzellanladen. »Aber es ist wichtig, dass Sie alles sagen, was Sie wissen.«

»Die Polizei hat mich nicht dazu befragt. Wäre dann Anjalis Leichnam nicht in der Rechtsmedizin gelandet?«

»Ich gehe davon aus, dass sie seziert wurde.«

»Und man hat nichts Verdächtiges gefunden?«
»Diese Frage kann ich Ihnen leider nicht beantworten. Ich habe bislang nicht mit der Polizei zusammengearbeitet.«
»Warum bin ich dann hier?«
»Weil ich im Auftrag eines Mandanten ermittle, dessen Bruder unter Verdacht steht, die ›Morde‹ begangen zu haben.«
»Ich verstehe.« Stähli lehnte sich zurück und verschränkte die Arme. »Ich bin Ihnen keine große Hilfe, tut mir leid.«
Max jagte durch sein gesamtes Empfindungsspektrum. Enttäuschung, Wut, das Gefühl von Unfähigkeit bis hin zum totalen Versagen. Es ärgerte ihn, Fede einer unbestimmten Gefahr ausgesetzt zu haben. Nach der einen SMS hatte er nichts mehr von ihr gehört.

Nachdem er Stähli verabschiedet und ihm das Versprechen abgenommen hatte, er würde sich melden, falls ihm etwas zum Tod von Anjali einfallen sollte, zog er sich in sein Hotelzimmer zurück.

Der Blick Richtung Reichenbachfälle hinderte ihn daran, seinen Job einfach hinzuschmeißen und nach Hause zu fahren. Er riss zwei Blätter aus seinem Schreibblock und legte diese auf das Pult. Er nahm einen Schreibstift und machte Notizen, die gleichen, die er unzählige Male im Geist aufgezeichnet hatte. Ausgehend von Sandro und Carlo Anderegg. Zwei Brüder, die am Sterbebett ihrer Mutter versprochen hatten, füreinander da zu sein. In guten wie in schweren Tagen. Sie hatten gemeinsam ein Unternehmen für Entsorgungen und Wiederverwertungen aller Art aufgebaut. In der Vergangenheit gab es keine Skandale, nichts. Die Brüder litten beide unter einer Macke und waren beziehungsunfähig, soweit es Max beurteilen konnte. Der eine begnügte sich mit einer Gummipuppe, der andere hatte sadistische Züge. Dennoch kein Schwerpunkt, auf den sich Max konzentrieren musste. Die Menschen waren verrückt, das war eine Tatsache.

Aus der Perspektive von Corinne Häberli sah Carlo Andereggs Situation grundlegend anders aus. Aufgrund ihrer und der

Aussage einiger Zeugen war Carlo ins Gefängnis gekommen. Sieben lange Jahre. Was machten sieben Jahre hinter schwedischen Gardinen aus einem Menschen, der sich selbst für unschuldig hielt? Nach Max' Dafürhalten war dies eine geeignete Basis für Vergeltung. Kaum aus dem Gefängnis, waren bei den Reichenbachfällen innerhalb von zwei Tagen eine Psychiaterin und eine Apothekerin ums Leben gekommen. Evelyne Sommerhalder, deren Mutter bei »Lupo« arbeitete, und Constance Glatthard, die Nachfolgerin von Belinda Kohler, welche nach Constances Tod die Apotheke wieder übernommen hatte. Man ging von Suizid aus, obwohl schon damals der Verdacht auf Bisswunden bei Evelyne Sommerhalder bestanden hatte. Es hatte keine Hinweise gegeben, man hätte Carlo verdächtigt. Erst mit dem Suizid von vergangener Woche führte die Spur zu Carlo. Dieser hatte die Tote, Anjali Schläppi, gekannt. Er hatte auch Evelyne Sommerhalder gekannt, jedoch weder eine sexuelle Beziehung zur einen noch zur anderen gepflegt. Blieb Pfarrer Marvin Steger, ein Exot, der am meisten Rätsel aufgab.

Bei den vier Todesopfern in diesem Jahr gab es eine einzige Verbindung: das Sanatorium Santa Madre. Evelyne Sommerhalder und Anjali Schläppi hatten bis zu ihrem Tod dort gearbeitet. Constance Glatthard hatte das Sanatorium mit Medikamenten beliefert und Pfarrer Marvin Steger Messen für die Patienten abgehalten oder mit ihnen persönliche Gespräche geführt.

Max starrte auf das Blatt, als er den Stift aus der Hand legte.

»Man braucht lediglich all das auszuschließen, was unmöglich ist, und was dann übrig bleibt, mag es auch noch so unwahrscheinlich sein, muss die Lösung sein.«

Bis anhin war nichts unmöglich gewesen. Selbst die Tatsache, dass Carlo Anderegg hinter den Morden stecken könnte. Es gab keine Zeugen, dass er sich an besagten Tagen *nicht* im Reichenbachtal aufgehalten hatte. Jedoch fehlten auch die Beweise. An drei von vier Leichen habe man Bissspuren gefunden. Eindeutig seien sie nicht, weil das Wasser nicht nur die Spuren von der DNA, sondern die Leichen so entstellt hatte, dass es schwierig gewesen sei, sie einem konkreten Lebewesen zuzuordnen. Ob hier etwas versäumt worden war? Heutzutage standen der Rechtsmedizin alle nur erdenklichen Methoden zur Verfügung, um zum Beispiel Bisswunden voneinander zu unterscheiden.

Einzig der Vorfall vor sieben Jahren wies auf Wiederholungstaten hin. Carlo Anderegg hatte Corinne Häberli in den Hals gebissen.

Handelte es sich bei den Bissspuren an Anjali Schläppi um einen Wolf, wie Marcel Rufibach, der Koch, vermutete? Es war nicht Max' Aufgabe, dies herauszufinden. Sein Job war es, Carlo Anderegg vom Verdacht zu entlasten. Trotzdem kam er von dem Gedanken nicht los, nach Vergleichen von verschiedenen Gebissen im Internet zu suchen. Max erinnerte sich an ein Bild im Boulevardblatt, welches das Gebiss eines Menschen mit demjenigen eines Wolfs verglich. Wo hatte er bloß die Zeitung hingelegt? Ob Fede sie weggeschmissen hatte? Sie hielt nichts von solchen Blättern.

Max setzte seinen Laptop in Betrieb, öffnete Google und tippte seine Frage ein. Zu seiner Enttäuschung fand er nichts, das ihm hätte weiterhelfen können. Er beschloss daher, sich an einen Profi zu wenden. Er öffnete das elektronische Telefonbuch und suchte nach Zahnärzten in Meiringen.

DREIZEHN

Die Zahnarztpraxis lag außerhalb des Dorfkerns von Meiringen, in einem Wohnblock, in dem man zuletzt einen Zahnarzt vermutete. Das Gebäude war alt und wenig einladend. Milagros hatte noch vor dem Frühstück einen Termin vereinbart, nachdem sie Maximilian Löcher in den Bauch gefragt hatte, weshalb er auf so abstruse Ideen kam. Manchmal war sie nicht imstande, seine Beweggründe nachzuvollziehen. Gestern während des Nachtessens hatte er sie über seinen Plan informiert. Er war mit einer Zeitung zum Dinner erschienen und hatte sie vor die vollendete Tatsache gestellt, sie müsse sich bei einigen Zahnärzten in Meiringen und Umgebung zeitnah einige Termine geben lassen. Er hatte ihr die Direktiven erteilt, ohne sie danach zu fragen, ob ihr dies genehm sei. Im Gegensatz zu Maximilian hatte Milagros kein Problem mit einem Zahnarztbesuch. Maximilian dagegen hatte schon als kleiner Junge Panik bekommen, wenn er »Zahnarzt« oder »Dentalhygieniker« bloß hörte.

Milagros betrat die Praxis und wunderte sich, wie einladend sie wirkte. Am Empfang saß eine junge Frau und lächelte sie mit ihrem gebleachten Hollywoodgebiss an. Eine Werbeträgerin für Zahnpasta. Milagros ging an zwei gewaltigen Philodendren vorbei, legte ihre Handtasche auf den Tresen und stöhnte theatralisch.

»Ach, ich höre es. Sie müssen Frau von Wirth sein.« Die Frau sah auf den Bildschirm, der die linke Hälfte des Tresens einnahm, ohne ihr Lächeln zu verlieren. Diese Zähne! Makellos und schneeweiß. »Sie sind um acht bei Dr. Blösch eingetragen.«

Milagros hielt instinktiv die Hände vor den Mund. »Gibt es neben ihm noch einen anderen Zahnarzt?«

»Dr. Kissling. Die beiden Ärzte betreiben eine Gemeinschaftspraxis.«

»Dann kann ich noch wählen?« Milagros griff sich an die rechte Wange. »Kennt er sich mit Gebissen aus?«

»Sie meinen Prothesen?«
»Nein, mit echten Zähnen.«
Die junge Frau lächelte weiter. Es war fast nicht auszuhalten. »Ich gehe mal davon aus.« Sie erhob sich. »Möchten Sie mir folgen?« Sie kam um den Tresen herum. »Bitte, es ist gleich das Zimmer links.«

Milagros ging hinter ihr her und setzte sich auf Geheiß auf den Behandlungsstuhl, wo ihr die Praxisassistentin eine Serviette umband. Sie musste mit einem scharf schmeckenden Wasser den Mund spülen. Sie zuckte zusammen. »Oh, das schießt gemein in meinen havarierten Zahn.«

»Dr. Blösch kommt gleich.« Die Frau ging nach draußen und zog die Tür hinter sich zu.

Der Blick durchs Fenster war ein Blick auf die türkisblaue Aare, die durch die Landschaft schlängelte. Das milde Licht des Morgens lag wie der Hauch von Kupferstaub über den Häusern und ließ die Dächer in der Sonne glänzen. Milagros sah auf die Uhr. In fünfundvierzig Minuten hatte sie bereits den nächsten Termin.

Als die Tür aufschwang, setzte sich Milagros auf. Sie riss die Serviette vom Hals und hätte beinahe den Wasserbecher auf der Ablage neben ihr umgestoßen.

»Keine Angst.« Der Zahnarzt reichte ihr die Hand. »Mein Name ist Dr. Blösch. Ich werde mir den Schwerenöter in Ihrem Mund ansehen.«

»Milagros von Wirth. Guten Tag, Herr Doktor Blösch. Danke, dass Sie sich Zeit für mich nehmen. Ich bin aus einem anderen Grund hier.«

»Ach, meine Praxisassistentin sagte mir, Sie hätten Zahnschmerzen.« Blösch hob verwundert seine Augenbrauen. In seinem glatt rasierten Gesicht wirkten sie wie aufgeklebt.

»Es geht um Folgendes.« Milagros streckte ihren Rücken durch. Der Zahnarzt war jünger, als sie es sich vorgestellt hatte. Vielleicht frisch von der Universität. In seinem steif gebügelten weißen Arztkittel sah er aus wie der jüngere Bruder von

Dr. Derek Shepherd aus »Grey's Anatomy«.« »Ich habe mit meinem Sohn und meiner Schwiegertochter ein Detektivbüro im Kanton Nidwalden.« Hergiswil konnte sie unmöglich sagen. Wer in einem Dorf eine Detektei betrieb, konnte nicht mit einem eindrücklichen Portfolio bluffen. Vielleicht hätte sie Blösch mit Zürich oder Genf mehr beeindrucken können. Aber er fragte nicht danach, sagte bloß »Aha«, verschränkte die Arme und strich mit der einen Hand über sein Kinn.

»Wir haben den Auftrag bekommen, im Fall der Suizidopfer bei den Reichenbachfällen zu ermitteln. Möglicherweise haben Sie davon gehört oder gelesen.«

»Ja. Die Reichenbachfälle und die ewige Sehnsucht nach dem Tod. Eine tragische Sache. Seit sechs Jahren wohne und arbeite ich in Meiringen.«

Vielleicht war er doch älter, als er aussah, ging Milagros durch den Kopf. Da zeigten sich bereits verdächtige Fältchen in den Augenwinkeln. Und seine Zähne hatten einen gelben Schimmer.

»Bereits im ersten Jahr bekam ich einen solchen Unglücksfall mit. Ein Schuljunge stürzte sich von der ersten Aussichtsplattform über den Wasserfall. Er hatte sich in einem Brief von seiner Familie verabschiedet. Gefunden hatte man ihn jedoch erst unten in der Aare, und dies Tage später. Es war das Jahr, als es im April so stark geregnet hatte wie sonst in einem halben Jahr. Zwei Jahre später wurde im Kraftwerk Schattenhalb wieder eine Wasserleiche entdeckt. Sie wurde, als man das Wasser umleitete, durch die Röhre gespült.«

»Das Wasser wird umgeleitet?«

»Ja, haben Sie noch nie davon gehört? Mit dem Wasser des Reichenbachs wird Strom erzeugt. Es gibt eine reizende Geschichte über eine arabische Familie, die von Interlaken nach Meiringen kam, um die Reichenbachfälle anzuschauen. Die arabischen Gäste sind verrückt nach jeder Art von Wasser. Sie lieben Seen und Bäche und insbesondere Wasserfälle, von denen es im Berner Oberland einige gibt. Denken Sie nur an die Rosenlaui- und die Aareschlucht oder an die Trümmelbachfälle im Lauterbrunnental. Es sind wahre Wunder der Natur. Das Wasser hat sich in Abermillionen von Jahren einen Weg durch die Felsen gebahnt.« Blösch sah aus wie weggetreten. »Um auf die Araber zurückzukommen: Sie beschwerten sich, weil sie glaubten, man habe das Wasser abgestellt.« Er räusperte sich. »Nun habe ich Sie von Ihrem Anliegen weggebracht. Sie haben keinen kaputten Zahn?«

Milagros schüttelte den Kopf. »Sie können mir die ›Behandlung‹ trotzdem in Rechnung stellen.« Sie wartete Blöschs Erwiderung nicht ab. »Man sagt, die Opfer seien gebissen worden. Man ist sich nicht einig, ob es Suizid oder Mord oder der Angriff einer Bestie war. Man spricht sogar von einem Wolfsbiss. Trotzdem beschuldigt man einen Mann, der vor sieben Jahren seine Frau im Liebesrausch am Hals gebissen haben soll.«

»Oh.« Ob er sich gerade ein Bild davon machte? »Und was ist Ihre Frage?«

»Ist es möglich, dass ein Mensch, sofern er ein kräftiges Gebiss hat, imstande ist, mit einem einzigen Biss die Halsschlagader eines andern zu durchtrennen?«

»Mit einem normalen Gebiss? Kann ich mir nicht vorstellen. Des Menschen Mahlwerk ist nicht dafür geschaffen, Tiere zu reißen, was ja in diese Richtung weist, falls ich Ihre Bemerkung nicht missverstehe.«

»Er müsste mehrmals zubeißen?« Milagros gab sich naiv.

»Selbst dann nicht. Seine Zähne sind zu kurz. Er könnte das Opfer höchstens verletzen, indem er ihm eine Fleischwunde zufügt. Menschenhaut ist zäh. Man kann sie nicht mit einem Stück semigebratenem Rindsfilet vergleichen.« Blösch zog den Bürostuhl in Milagros' Nähe und setzte sich. Es schien, als triebe ihn etwas um. Er sah nachdenklich aus, und seine Gesichtszüge wurden ernst.

»Sie wollten mir etwas erzählen?« Milagros schmeichelte ihm. »Es bleibt selbstverständlich unter uns oder im Bereich unserer Detektei.«

»Ich hatte mal eine junge Frau, die ließ sich bei mir eine Zahnkrone über die Eckzähne machen, für Halloween. So richtige Beißer. Das ist jetzt zwei Jahre her.«

»Echte Zähne?«

»Eine Überkronung stellt man aus Kunststoff und Keramik her.«

»Das muss ja ein Vermögen gekostet haben.«

»Geld spielte offenbar keine Rolle. Als ich die Frau wiedertraf, erzählte sie mir, wie gut sie an der Halloweenparty bei den andern angekommen sei, und zeigte mir voller Stolz Fotos. Darauf sah sie wirklich grimmig aus, Typ Dracula mit weißem Gesicht und Blutspuren um den Mund. Ein Jahr später musste ich ihr vier Eckzähne ansetzen.«

»Auf die Prothese?«

»Nein, ich habe ihre echten Zähne verlängert.«

Milagros hatte schon viel gesehen und gehört in ihrem Leben. Das, was Blösch ihr erzählte, konnte sie fast nicht glauben. »Sie hatten keine Skrupel?«

»Die Leute kommen manchmal mit den absonderlichsten Ideen zu mir. Auch meine Kollegen sprechen derweil von solchen Kuriositäten.«

»Das ist ja schräg.«

»Kann man wohl sagen.« Blösch hob die Schultern. »Aber unsere Praxis geht auf Kundenwünsche ein. Die Leute lassen sich während zweier Stunden die Zähne bleachen, andere ihr Gebiss korrigieren oder ein Zahnpiercing einsetzen. Die lukrativsten Geschäfte sind nicht kaputte Zähne flicken und mit Inlay auffüllen ... von Amalgam kommt man eher weg. Nein, es sind Gebissverschönerungen, Überkronen, Bleichen und Zahnspangen, von denen wir leben. Wobei Zahnspangen von vielen Patienten wie ein Schmuckstück getragen werden. Heute sind sie in vielen Farben erhältlich.«

»Könnten Sie mir den Namen dieser Lady verraten?« Milagros himmelte den Zahnarzt an, aber alle Bemühungen nützten nichts.

»Ach, das ... Das kann ich leider nicht. Ich habe eh schon

zu viel gesagt.« Er warf einen Blick an die digitale Uhr an der Wand. »Draußen warten meine Patienten. Sie sollten jetzt besser gehen. Die Rechnung können Sie, wenn Sie wollen, gleich bei der Praxisassistentin bezahlen, außer Sie sind versichert für unverbindliche Gespräche beim Zahnarzt.« Er betonte »unverbindliche«. »Dann bräuchten wir bloß Ihren Namen und die Adresse.«

***

Fede war unvorsichtig gewesen. Mit dem Tee, den ihr eine Pflegerin aufs Zimmer gebracht hatte, hatte sie das Schlafmittel gleich mit eingenommen. Zu spät war ihr in den Sinn gekommen, dass man sie in der ersten Nacht auf Tiefschlaf programmieren wollte. Sie fühlte sich neben der Spur. So musste es sich anfühlen, wenn einem die Entscheidung abgenommen wurde. Selbst schuld. Wie hatte sie sich auch dermaßen unreflektiert benehmen können? Ihr zweites Handy war auch weg. Ihre Schuhe, mit denen sie hierhergekommen war, waren verschwunden und mit ihnen die Möglichkeit für einen Kontakt nach draußen. Die Ausgangslage war prekär. Fede fühlte sich wie eingesperrt. Und sie hatte alles versäumt, was sie sich für die vergangene Nacht vorgenommen hatte. Keine Streiftour durch das Sanatorium, keine heimlichen Blicke in die Patientenzimmer. Auch die Therapieräume kannte sie noch nicht. Wie sollte sie alles an einem Tag unter einen Hut bringen? Fede hatte nicht vor, länger als nötig zu bleiben. Aber so, wie es im Moment aussah, würde sie nicht darum herumkommen.

Für die Körperpflege musste sie ihr Zimmer verlassen und ins Gemeinschaftsbad auf der gleichen Etage gehen. Daran erinnerte sie sich, als die Stationsschwester sie darauf hingewiesen hatte. In dieser Richtung lagen auch die Toiletten. Fede suchte nach ihren Hausschuhen, fand sie im Schrank und zog sie an. Sie hätte sich gern in einem Spiegel angesehen, aber ein solcher existierte hier nicht. Man soll sich kein falsches Bild von sich machen. Wie passend. Hier fehlte alles, was ein wenig Wärme und Geborgenheit ausstrahlte. Die Zimmerwände waren in einem sterilen Weiß gehalten, die Möbel gelblich. Vorhänge hingen keine. Womöglich hätte man sich mit diesen strangulieren können. Ein Eisenbett, welches sicher aus der Belle Époque stammte, ein Nachttisch mit Verzierungen, eine Kommode mit vier Schubladen, die sich schwer öffnen ließen. Fede hätte vielleicht eigene Unterwäsche zum Wechseln mitnehmen sollen. Vor ihr lagen Unterhosen so groß wie Zelte, wahre Sextöter, dazu gerippte Leibchen und Leinenkutten von der Art, wie sie gestern eine getragen hatte. Ein Überbleibsel aus einer vergangenen Zeit? Sie schritt zum Fenster, das gegen den Wald lag. Es erinnerte an eine Luke, die etwas Tageslicht hereinließ. Genug, um nicht noch depressiver zu werden, zu wenig, um zu gesunden, sollte man psychisch angeschlagen sein. Nichts hier deutete auf Positives hin. Aber vielleicht nahm ein Kranker die Dinge um ihn herum anders wahr. Trotzdem, Fede verstand es nicht. Vieles spielte sich im Unbewussten ab. Es war sogar bewiesen, wie freundliche Farben und Licht die Psyche vielversprechend beeinflussten.

Am Morgen hatte ein lang anhaltendes Wimmern Fede aus dem Schlaf geweckt. Möglicherweise war sie da schon wach gewesen. Sie mochte sich an keine Träume erinnern. Sie hatte wie in Narkose geschlafen. Sie hätte sterben können, es wäre ein schöner Tod gewesen. Jemand hatte geschrien, und es war von oben gekommen. In den Zimmern über ihr mussten die schlimmen Fälle stationiert sein. Das Haus war voller unheimlicher Geräusche und Stimmen.

Fede zog ihren Trainingsanzug an. Die Leinenkutte behagte ihr nicht. Sie schüttelte ihre Mähne und ging davon aus, einen einigermaßen ansehnlichen Eindruck zu machen. Sie war jetzt in einem Alter, in dem der Blick in den Spiegel unabdingbar war. Sie öffnete die Tür. Der Korridor gähnte ihr düster entgegen. Hier gab es kaum Licht. Wo waren bloß die Patienten geblieben? Fede begab sich zum Waschsaal. Sie ließ Wasser in einen Trog laufen und tauchte ihr Gesicht kurz unter, als sich jemand hinter ihr mit einem Räuspern bemerkbar machte.

Fede drehte sich um. Das Wasser tropfte aus den Haarsträhnen. Vor ihr stand ein Hüne eines Mannes. Mindestens eins neunzig groß, kräftig und fast ein wenig furchteinflößend, wären da nicht seine sanften braunen Augen gewesen.

»Ich bin Baldur, der Pfleger. Kann ich Ihnen helfen?«

»Wobei?«

»Waschen und anziehen?«

Das würde dem so passen. Dieser Lustmolch. »Ich *bin* angezogen.« Fede lag eine despektierliche Bemerkung auf der Zunge. Sie konnte sich jedoch im letzten Moment zurückhalten, sie nicht zu verlautbaren. Sie befand sich in einem Sanatorium für psychisch Kranke und war gestern hierhergekommen, mit nichts anderem, als was sie trug. Sie erinnere sich nur gerade an ihren Vornamen, alles andere sei wie ausradiert. Man hatte ihr geglaubt und war davon ausgegangen, sie leide unter einer Amnesie. Gedächtnisverlust aufgrund eines traumatischen Erlebnisses. Dazu wollte man Spuren von Wahn erkannt haben. Fede wollte, dass diese Vermutung bestehen blieb. Sie würde sich eher unauffällig im Haus bewegen können, wenn sie sich unterbelichtet gab.

»Warum sind Sie nicht beim Frühstück?« Baldur sah auf die Uhr oberhalb eines der Waschbecken. »Es ist schon neun Uhr.« Seine Stimme hatte einen sanften Ton.

»Ich muss verschlafen haben nach diesem Hammer von Schlafmittel.«

»Rohypnol.« Baldur lächelte vor sich hin. »Wirkt Wunder und beruhigt.«

Kann tödlich sein in einer Überdosis. Fede schwieg. Baldur sollte nicht glauben, wie wach und parat sie war. »Muss ich essen? Mir reicht ein Kaffee.«

»Darauf müssen Sie verzichten. Ich werde Sie nun zum Gemeinschaftsturnen bringen. Um zehn gibt's dann ein Znüni. Da können Sie zwei Tassen Kaffee trinken.«

Wie großzügig. Fede schluckte den Kommentar hinunter.

Bloß nicht anecken. Gemeinschaftsturnen klang gut. Sie würde von dort unbemerkt verschwinden können, sofern es keine Aufsicht gab.

Sie trottete hinter Baldur zum Treppenhaus, das sie an die breiten Auf- und Abgänge in einem neobarocken Gericht erinnerte. Dominant inmitten des Gebäudes. Ein verziertes Eisengeländer mit Holzhandlauf. An den Wänden hingen Porträts verflossener Generationen, die im schwächelnden Licht einer Hängeleuchte gespenstisch aussahen. Einer der Männer lachte sie grimmig an. Fede las den Namen »Signor Dottore Massimo Caprici«. Er hatte Augen wie der Teufel.

Der Gymnastikraum lag rechts des Speisesaals und war nur durch diesen zu erreichen. Das Servicepersonal räumte die Tische ab. Fede zählte drei Frauen. Aus der Küche dahinter drang das Geräusch klappernden Geschirrs. Frühstück zwischen acht und neun. Fede hatte es um fünf Minuten verpasst. Hier lief alles nach Plan. Wer ihn nicht einhielt, hatte das Nachsehen.

Blaue Gymnastikbälle und ein Auf-und-ab-Hopsen. Die Turnrunde wärmte sich offensichtlich auf, was in Anbetracht der hohen Temperaturen sonderbar wirkte. Der Bewegungstherapeut war ein muskulöser Mittvierziger mit Kahlkopf, über den sich ein Schweißfilm zog. Er glänzte wie eine lackierte Bowlingkugel. Er winkte Fede zu und bat sie, sich beim unbesetzten Gymnastikball niederzulassen. Als hätte alle Welt auf sie gewartet. Der Kerl trug schwarze Shorts und ein schwarzes Top, welches sein Muskelspiel genauso zur Geltung brachte wie seine dunkel gebräunte Haut. Am Strand in Jesolo hätte er die bessere Falle gemacht.

Blasierter Gockel. Ein Faustschlag für alle hier, denen es beschissen ging.

Auf seiner Höhe angekommen, stellte er sich vor und nannte einen Vornamen, den Fede gleich wieder vergaß. »Und Sie sind sicher Federica. Sie sollten Ihre Haare zusammenbinden.«

Nein, dachte sie und sagte: »Ja. Darf ich mich neben die Tür stellen? Ich kriege sonst Panik.«

Der Therapeut nickte wissend und wies sie nach hinten. »Zu Beginn machen wir ein paar Atemübungen, bevor wir in den aktiven Teil übergehen.«

Einige der Patienten waren bereits aus der Puste aufgrund des sitzenden Hüpfens.

Fede packte den Ball und rollte ihn bis zur Tür. Von diesem Platz aus hatte sie keinen Augenkontakt zum Therapeuten. Und die Patienten waren so sehr in ihre Handlung vertieft, dass Fede ihr Vorhaben in die Tat würde umsetzen können.

***

Am Mittag war die Stimmung im Parkhotel Escada ausgelassen und fröhlich. Ein Reisebus aus Deutschland war angekommen. Die Gäste verteilten sich im Restaurant, wo Max vor einer Sommerbowle saß, und bestellten lauthals alkoholische Getränke. Der Pianist, der sonst klassische Stücke im Repertoire hatte, spielte im Foyer nebenan Ländler und ließ über ein Mischpult und den Laptop die Begleitung aus Handorgel und Klarinette laufen.

Milagros erschien wenig später, als die Reisegesellschaft ihre Plätze eingenommen hatte. Leicht beschwingt mit Sommerkleid und Hut. Wie es aussah, hatte sie sich bestens akklimatisiert.

»Ich bin durch.« Sie schwang sich auf einen der Stühle und stöhnte so laut, dass sie nicht nur die volle Aufmerksamkeit des Kellners bekam. »Hier, das ist meine heutige Ausbeute.« Sie legte Notizzettel auf den Tisch und erhaschte einen Blick auf Max' Teller. »Was ist das?«

»Quinoa mit Kichererbsen, grünem Salat, Lachs und Avocado. Musst du unbedingt probieren. Schmeckt ausgezeichnet.« Max nahm einen der Zettel auf. »Ich sehe, du hast jeden Zahnarztbesuch dokumentiert.«

»Echt abgedreht, welchen Wünschen die Zahnärzte in Meiringen nachkommen. Jetzt müssen wir bloß die Verrückten finden, welche sich die Eckzähne verlängern ließen. Dieses Angebot hingegen machte bloß einer. Nach dem vierten Besuch gab ich es auf.«

»Verlängerte Eckzähne?« Max schüttelte den Kopf. Seine Mutter übertrieb wieder einmal maßlos. »Du meinst aufgesetzte Eckzähne oder so Hartplastikdinger, die man sich auf die bestehenden überstülpt?«

»Das war auch meine erste Reaktion.« Milagros griff nach Max' Bier und trank einen Schluck.

»Seit wann trinkst du Bier?« Milagros überraschte immer wieder.

»Ich bin durstig. Und wenn ich mich hier so umsehe, kann es länger dauern, bis man mich bedient. Der Kellner hat mich wohl vergessen. Egal, ich weiß jetzt, wonach oder nach wem wir suchen müssen. Um auf deine Frage zurückzukommen: Dr. Blösch verlängert den Kunden die Eckzähne. Er raut die bestehenden Eckzähne auf und baut mit Kunststoff die langen Zähne darauf auf.« Milagros fuhr sich über den Mund. »Scheußlich, dieses Bier. Ein anderer Zahnarzt demonstrierte seine Zahntechnik mit einem 3D-Drucker.«

Max hätte gern erfahren, wie Milagros es angestellt hatte, Einsicht in die Zahnarztpraxen zu nehmen.

»Wir müssen nach jemandem suchen, der ein Gebiss wie Graf Dracula hat.«

»Mam, bleib auf dem Boden.«

»Du wolltest doch, dass ich mich bei Zahnärzten umsehe.« Sie stieß ein nervöses Lachen aus und sah sich um. »Und bitte, das nächste Mal wieder Milagros.«

Max konnte sich ein Grinsen nicht verkneifen. »Jedermann hier kann sehen, dass du nicht meine Freundin bist.« Er griff über den Tisch nach ihrer Hand. »Du kannst doch stolz sein, meine Mutter zu sein, nicht?«

Sie fing seinen Blick ein. »Natürlich. Aber ich komme mir manchmal so alt vor.«

Max widersprach ihr nicht und lehnte sich auf dem Stuhl zurück. Das Gespräch drohte in eine gänzlich andere Richtung zu gehen. Er musste dies unterbinden, bevor sich Milagros vor Selbstmitleid auflöste. »Meine Frage lautete, ob man fähig ist, mit einem normalen Gebiss jemanden zu töten.«

»Ich habe die Frage ergänzt. Und siehe da, es gibt plötzlich Indizien. Die Polizei ist auf jeden Fall noch nicht darauf gekommen. Wir sind ihr einen Schritt voraus.«

»Wir wissen gar nichts über die Ermittlungen der Polizei. Und alles, was wir in Erfahrung gebracht haben, ist aus zweiter Hand.« Max sah vor seinem geistigen Auge die Polizeiwache und nahm sich gegen Sandro und Carlo Andereggs Wille vor, dort vorbeizugehen.

Endlich bemühte sich ein Kellner an den Tisch. »Entschuldigen Sie bitte, dass ich Sie habe warten lassen. Sie sehen, heute ist einiges los bei uns.«

Milagros bestellte ihren obligaten Champagner im Burgunderkelch.

»Magst du nichts essen?« Max machte sich bereits Sorgen.

»Später vielleicht.« Als der Kellner weg war, beugte sie sich zu ihm herüber. »Hast du etwas von Federica gehört?«

»Nichts. Das Handy ist aus.«

»Sollten wir nicht reagieren?«

»Wie?« Max hatte sich bereits Gedanken gemacht. Er musste davon ausgehen, dass man Fedes Smartphones beschlagnahmt hatte. Wollte er mit Fede sprechen, müsste er über die Hauptnummer des Sanatoriums anrufen.

»Wir besuchen sie.« Milagros' Stimme holte ihn aus seinen Gedanken.

»Wir warten. Vielleicht meldet sie sich von selbst. Wenn wir bis heute Abend nichts von ihr hören, rufen wir an.«

VIERZEHN

»Work-out!« Der Therapeut stellte sich breitbeinig hin und stemmte die Hände in seine Taillen. »Bewegung heißt Flexibilität im Kopf. Je mehr wir uns bewegen, desto freier werden wir im Denken.«

»*Motus est omnia* – Bewegung ist alles«, unterbrach ihn jemand.

Fede versuchte von ihrem Platz aus, die Person auszumachen.

»Ja, Shanice, man kann es auch übertreiben.«

Die Frau links vor Fede war spindeldürr. Sie hatte sich einen extraengen Jumpsuit angezogen, sah aus wie ein Insekt. Fede musste an einen Avatar denken, und es schauderte sie. Als der Therapeut sie aufforderte, zu ihm nach vorn zu kommen, sah Fede die Gelegenheit, aus dem Raum zu gehen. Shanice hatte die volle Aufmerksamkeit, derweil sie noch einige lateinische Ausdrücke zum Besten gab. Ganz zum Ärger des Therapeuten. Eine Angeberin? Eine Frau, die ihre Unsicherheit und Labilität durch Überheblichkeit wettmachte?

Fede ging zur Tür, öffnete sie einen Spaltbreit und vergewisserte sich, ob sich im Speisesaal jemand aufhielt. Bereits war für das Mittagessen aufgedeckt und die Zeit fortgeschritten. Der Therapeut hatte die Turnübungen ausgedehnt. Nach einer kleinen Pause hatte er weitergemacht, weil er fand, alle seien in Topform. So sah Motivation aus.

Im Korridor war es ruhig. Fede stieg über die Treppe ein Stockwerk höher, dorthin, wo weitere Therapieräume lagen. Von irgendwoher erklang Musik, eine einschläfernde Melodie, etwas Meditatives. Fede folgte dem Ton und gelangte zu einer Tür, die nur angelehnt war. Vorsichtig stieß Fede sie auf. Patient und Therapeutin kehrten ihr den Rücken zu. Sie standen vor einer Leinwand, die sich über die ganze hintere Mauer zog. Der

Patient schmierte mit seinen Händen großzügig Farbkleckse darauf, während die Therapeutin ihn ermutigte, sich auszuleben und dem inneren Schmerz Gestalt zu geben. Sie fragte, ob er das Gefühl in den Händen spüre. Die Farben wirkten bedrückend, die Phantasiefiguren schrecklich. Sollten sie die Zerwürfnisse des Patienten wiedergeben, sah dessen Seele schwarz aus. Warum, um alles auf der Welt, fand diese Therapie nicht draußen im warmen Sonnenlicht statt?

Fede zog sich diskret zurück. Sie sah sich die Schilder vor weiteren Türen an. Ein paar Namen waren ihr bereits bekannt. Dr. Alfons Fontana. Er war hier der Boss und direkt dem Stiftungsrat unterstellt. Fede drückte den Türgriff hinunter. Die Tür war verschlossen. So viel Glück durfte nicht sein. Fede ging weiter. Dr. Papadopoulos, Dr. Borsody und so weiter. Der Korridor war ein einziger Ort verriegelter Türen. Wahrscheinlich hatte jeder Psychiater oder Therapeut sein eigenes geheimes Territorium. Auch seine eigene Art zu therapieren?

Von weiter oben drangen Stimmen zu ihr herunter. Fede hörte Wörter wie »kompensatorische Maßnahmen«, »devitalisieren«, »Distress«. Weder verstand sie die Worte, noch konnte sie sich einen Reim darauf machen, worum es bei diesem Gespräch ging. Fede kehrte zurück zum Treppenhaus und sah den Handlauf entlang hinauf. Auf dem Zwischenpodest standen Fontana und eine Frau, die Fede im Sanatorium bislang nicht gesehen hatte. Ihre Blicke trafen sich. Diese Iriden. Wie heller Bernstein, auf eine Art gruselig.

Noch im Davongehen rief Fontana Fede zurück. »Haben Sie sich verlaufen?« Er musste Augen wie ein Sperber haben.

»Ich suche den Garten.« Fede versuchte, verunsichert zu klingen. Auf keinen Fall wollte sie Aufsehen erregen. Aber was erregte hier überhaupt Aufsehen? Sollte sie in geistiger Umnachtung durch die Gänge streifen oder doch eher Radau machen? Splitterfasernackt einen Sprint hinlegen oder wie betrunken von einer Wand zu nächsten torkeln? Wann merkte ein Psychiater, dass ein Mensch ein psychisches Problem hatte? Fede erinnerte sich an ihre Mutter, die unter Depressionen gelitten hatte, bevor sie ihren Malkasten gepackt und in die Algarve gezogen war. Manchmal war sie still und in sich gekehrt ihrer Hausarbeit nachgegangen, handkehrum hatte sie sich den Frust von der Seele geschrien. »Nervenzusammenbruch«, hatte ihre Ärztin Letzteres genannt, wobei Fede in der Zurückgezogenheit viel mehr negatives Potenzial sah. Nicht der Schreihals war gefährdet, sondern der Introvertierte, der den Kummer und die Angst in sich hineinfraß.

»Den Garten erreichen Sie über das Erdgeschoss. Wenn es Ihnen Schwierigkeiten bereitet, fragen Sie den Hausmeister. Der dürfte dort unten sein.« Fontana sprach zu ihr wie mit einem Schulkind, dem er den Dreisatz erklären musste.

Also keine Inspektion in den oberen Etagen. Dies hätte bedingt, an Fontana und der fremden Frau vorbeizugehen. Fede tat so, als ginge sie enttäuscht nach unten. Außer Sichtweite blieb sie stehen und lauschte. Doch die Distanz war zu groß, um einen Sinn in dem Gespräch zu erkennen.

Der Garten war ein einziges Meer von Pflanzen aller Art und auch von Unkraut. Der Gärtner, sofern es einen gab, ließ alles wuchern. Die Natur eroberte sich den Raum zurück. Sympathisch, fand Fede. Sie verabscheute die auf Perfektion getrimmten Gärten, die man zunehmend auch auf dem Land sah. Schmale Wege führten zum Waldrand, der unweit des Hauses lag. Eine Bank lud zum Sitzen ein. Fede ließ sich nieder. Der Blick auf die Rückseite des Sanatoriums, wo auch ihr Zimmer lag, war die Sicht auf ein Geisterhaus. Auch am hellen Tag wirkte es unheimlich mit seinen kleinen Fenstern und der grauen, von der Witterung verfärbten Fassade. Keine Balkone, keine Blumen. Alles schwer und erdrückend. Es schien, als breitete sich eine dunkle Energie aus, die sich in der Vergangenheit gebildet hatte. Das Haus war gezeichnet von den Leiden der Menschen, die es bewohnten.

Fede erhob sich. Dort, wo der Wald begann, wurde der Weg enger und unübersichtlicher, und er stieg an. Fede erwehrte sich einiger Äste, die sich mit dem Gewirk aus Brombeerstauden ineinanderflochten. Bislang hatte sie keinen Zaun gesehen, weder Mauern noch sonst eine Vorrichtung, die das Anwesen eingrenzten. Die Patienten durften sich frei bewegen. Ob sie wollten, stand in einer anderen Agenda. Der dunkle Wald musste die Angst zusätzlich schüren, wenn er tagsüber schon so unheimlich wirkte. Etwas in Fedes Nähe raschelte, dann vernahm sie ein leises Knurren. Sie glaubte, einen heißen Atem auf ihrer Haut zu spüren. Es fuhr ihr eiskalt über den Rücken.

Mach dich nicht verrückt, schalt sie sich. Es ist Tag, die Sonne scheint, und du bist geistig wach und fit.

Sie drehte sich um die eigene Achse. Der Pfad, auf dem sie bis hierhergekommen war, war verschwunden, auch die Sicht auf das Sanatorium. Die einzige Orientierung blieb der Himmel über ihr. Wie zerfranst zwischen den Baumwipfeln schimmerte er in gleißendem Azur.

Gespenster gab es nur nachts.

Fede hielt sich an die Steigung. Wenn sie weiterging, musste sie bald zu den Felsen unterhalb der Miliflue gelangen. Von dort aus gab es, wollte sie der Karte glauben, einen Weg Richtung Aareschlucht. Sie gelangte zu einem Sträßchen, das die Breite eines Autos hatte. Sie folgte ihm und kam zu einem Tor aus Maschendraht.

Da war er wieder. Ein Laut, der nicht hierhergehörte. Es war kein Knurren. Fede hatte sich getäuscht. Es klang anders, unheimlicher, wie aus einer anderen Welt.

Fede rannte, so gut es ging, zurück. Äste und stachelige Stauden bohrten sich in ihre Haut, kratzten sie auf, ließen sie bluten. So etwas Dummes. Warum hatte sie sich auch von dem Haus entfernen müssen? Wenn die Patienten drinnen oder in dessen Nähe blieben, hatten sie einen Grund. Vielleicht hielt ihr Instinkt sie davon ab, weiterzugehen als bis zum Waldrand.

Keine Uhr, kein Handy, keinen Kompass. Der Wald in Meiringen entpuppte sich als finsterer Urwald, aus dem es kein Entrinnen gab.

Ein anderes Geräusch, direkt neben ihrem Ohr. Fede wandte sich um. Etwas fuhr auf sie nieder und traf sie am Kopf.

***

Max hatte Fede schon oft über die Schulter geschaut, wenn sie am Computer unerlaubte Seiten öffnete. Doch sie war so schnell in dem, was sie tat, dass er ihr unmöglich zu folgen vermochte. Um herauszufinden, wem das Chalet oberhalb Rosenlaui gehörte, brauchte Max Fede. Aber Fede war nicht erreichbar, ihr Handy tot.

Je fortgeschrittener der Tag, umso mehr sorgte sich Max um sie. Es lag nicht in ihrem Naturell, nichts von sich hören zu lassen, und die Geschichte wegen seiner Affäre in Gstaad passte hier so gar nicht ins Bild. Unmöglich, dass Fede auf Rache sann. Nicht auf diese Art. Und nicht nach mehr als einem Jahr.

Als sechs Uhr vorbei war, suchte Max im digitalen Telefonbuch nach der Nummer des Sanatoriums. Es war unter »Kliniken Meiringen« aufgeführt, sogar der Name des Chefarztes war erwähnt. Max griff nach seinem Handy. Er brauchte mehrere Anläufe. Er wählte und legte immer wieder auf, nicht sicher, ob er damit Fede mehr schaden als nützen würde. Es musste einen Grund geben, weshalb sie ihn nicht anrief.

Um halb sieben traf er sich mit Milagros zum Nachtessen. Sie war genauso ratlos wie er, und ihre ansonsten zahlreichen Ideen beschränkten sich darauf, bis am nächsten Tag zu warten. Sie bestellten zwei Club-Sandwiches und eine Flasche Champagner und setzten sich damit ins Foyer.

Max' Nervosität nahm noch zu. Er hatte sein Smartphone neben sich liegen und schaute in regelmäßigen Abständen darauf.

»Es wird nicht besser, wenn du auf ihren Anruf wartest.« Milagros jonglierte das Glas auf ihrer linken Hand, eine Geste, die ihre Hilflosigkeit signalisierte. »Aber es war ein Fehler, zugegeben, dass wir Federica ohne unsere Unterstützung losgeschickt haben.«

»Sie ist eine erwachsene Frau.« Max ahnte, wie ohnmächtig das klang. Sie hatten sich darauf geeinigt, keine unnötigen Risiken einzugehen, wobei Fede ihre Schmerzensgrenze hoch ansetzte. Sie war oft mutiger als Max, aber auch berechnender.

Der schrille Ton seines Handys weckte ihn aus einer sich anbahnenden Lethargie. Er sah auf das Display. »Die Nummer des Sanatoriums.« Er sah Milagros an. »Soll ich den Anruf entgegennehmen?«

»Wie kommen sie auf deine Nummer? Hast *du* sie angerufen?«

Max überlegte, während das Handy ununterbrochen läutete. Er deaktivierte den lauten Klingelton. »Nein, habe ich nicht.« Er meldete sich.

»Sanatorium Santa Madre. Sie sprechen mit Dr. Johanna Borsody. Wer ist am Apparat?«

»*Sie* haben mich angerufen.«

»Wir haben Ihre Nummer auf dem Handy einer unserer Patientinnen gefunden.«

Es konnte nur Fede sein. »Warum ruft sie mich nicht selbst an?«

»Ihr gesundheitlicher Zustand lässt es im Moment nicht zu.« Dr. Borsody ließ ihn nicht zu Wort kommen. »Mit wem spreche ich?«

Fangfrage! Waren sie aufgeflogen? In Max' Gehirn kreisten wirre Gedanken. Er durfte sich jetzt nicht verrückt machen lassen. Vielleicht war alles ein dummer Zufall. Er musste davon ausgehen, dass Fedes Smartphones beschlagnahmt worden waren, nachdem man ihre Kleider und Schuhe durchsucht hatte. Max wusste wenig über das Sanatorium, mit Ausnahme, dass es in der Vergangenheit zu reden gegeben hatte. Wahrscheinlich unterschied es sich von anderen psychiatrischen Kliniken darin, dass man dort rigoroser durchgriff, was Vorsichtsmaßnahmen und interne Regeln betraf, und dabei die Rechte der Patienten mit Füßen trat. Und man hatte anscheinend Fedes Handycode geknackt.

»Mein Name ist Maximilian von Wirth.« Sein Spitzname war auf Fedes Adresseinträgen ersichtlich. »Mäxli« klang nicht gerade danach, als würde sie ihn nicht kennen. Es war nur eine Frage der Zeit, bis auch sein Nachname bekannt wurde. »Darf ich Sie fragen, in welcher Angelegenheit Sie mich anrufen?«
»Kennen Sie eine Federica?«
Sie nannte sich also Federica. Vermaledeit! Max geriet in eine ungemütliche Lage. Er war sich sicher, er würde auch Fede in Gefahr bringen, sollte er falsch reagieren. Er konnte sich nicht vorstellen, dass Fede ihre Identität verraten hatte. Möglicherweise war alles nur halb so wild, aber er durfte sich keinesfalls auf der sicheren Seite wähnen. Dr. Borsody wollte Fedes Herkunft herausfinden. Damit waren ihr alle Mittel recht. »Ich kannte mal eine Federica«, wich Max aus und hätte sich am liebsten gleich die Zunge abgebissen.
»Sie hat Sie in den letzten Tagen oft angerufen.«
Max saß in der Falle. »Kann sein, aber ich habe den Anruf nicht entgegengenommen.« Er log, dass sich die Balken bogen. Dr. Borsody musste ja die Dauer der Anrufe gesehen haben. Im Augenwinkel bemerkte er Milagros' entsetzten Blick. »Hören Sie, es ist mir äußerst unangenehm. Aber ich habe demnächst einen Termin. Sagen Sie mir, worum es geht, dann kann ich Ihnen vielleicht helfen.«
Dr. Borsody räusperte sich. »Nein, ist schon gut. Aber trotzdem danke.« Sie verabschiedete sich und drückte ihn weg.
»Ich hab's verbockt.« Max legte das Handy auf den Tisch zurück. »Wir müssen etwas unternehmen.«

**

Als Fede zu sich kam, lag sie in ihrem Bett. Sie machte sich weniger Gedanken darüber, wie sie dorthin gekommen war, als wer ihr eines über den Schädel gezogen hatte. Der dumpfe Schmerz am Hinterkopf fühlte sich nicht gut an, und als sie die Augen aufschlug, entdeckte sie Baldur neben der Tür.

»Wie geht es Ihnen?« Er kam näher. Auf seinem Gesicht lag Besorgnis.

»Was ist passiert?« Sie hatte ein Blackout. Das, was zwischen dem Waldspaziergang und ihrem Zimmer lag, war wie ausradiert.

»Ich habe Sie in der Nähe der Felsen gefunden.«

Was für ein Zufall. Baldur schien einen sechsten Sinn zu haben, oder er war ihr bis in den Wald hinein gefolgt. Fede vermutete Letzteres und schloss Ersteres aus. Er war eher ein Mann fürs Gröbere. »Haben Sie mich auf mein Zimmer gebracht?«

Baldur zog seine Ärmel über die Ellenbogen und demonstrierte seine Muskeln. »Ich bin kräftig gebaut, für mich sind Sie ein Fliegengewicht.«

Fede sah ihn skeptisch an. Sollte sie ihm glauben? »Haben Sie jemanden gesehen, der mich niedergeschlagen hat?«

»Ich habe keine Ahnung, wie lange Sie dort lagen.«

Fede griff sich an den Kopf. Kein Blut, aber eine Beule, die ihr höllisch wehtat. Wahrscheinlich hatte sie Glück gehabt. Aber wer trachtete ihr nach dem Leben? Hatte jemand ihre Identität herausgefunden? War es eine Warnung? »Haben Sie etwas gegen die Schmerzen?« Fede setzte sich auf. Ihr ganzer Körper fühlte sich wund an. »Ich war bewusstlos, nicht wahr?« Hatte das jemand ausgenutzt und sie misshandelt? Reiße dich zusammen und lass dich nicht von dieser Negativspirale hinunterziehen.

Baldur reichte ihr eine Tablette und ein Glas frisches Wasser, das er auf dem Korridor geholt hatte. »Nehmen Sie Ibuprofen, eine Kapsel sollte reichen. Es ist ein Schmerzmittel und wirkt schnell. Dann erzählen Sie mir, was Sie im Wald zu suchen hatten.« Sein Gesicht blieb freundlich.

»War ich im Wald? Ich erinnere mich nicht.«

»Sie haben sich ziemlich weit hinausgewagt.«

»Ich habe doch mit den anderen geturnt.«

»Ja, das bestätigte auch der Bewegungstherapeut. Aber nach der Pause seien Sie verschwunden. Was fiel Ihnen ein? Man verlässt eine Therapiegruppe nicht einfach. Man meldet sich ab.«

Fede warf sich die Tablette ein und trank das Glas aus. »Wie spät ist es?« Sie hatte jedwedes Zeitgefühl verloren.

»Kurz nach neun. Sie haben das Nachtessen verpasst.«

»Ich habe keinen Hunger. Ich möchte schlafen. Ist es möglich, dass Sie die Tür offen stehen lassen? Ich habe panische Angst in geschlossenen Räumen.«

»Wenn Sie mir versprechen, keine Dummheiten mehr zu machen und sich im Zimmer oder zumindest im näheren Bereich des Hauses aufzuhalten.«

Der war ja richtig nett.

»Verpfeifen Sie mich auch nicht?«

»Sie sind nicht nur bei mir in guten Händen, auch bei den anderen Pflegern.«

»Kann ich telefonieren?«

War es bloß Einbildung, oder zuckte Baldur zusammen? »Das geht leider nicht.« Baldur tätschelte ihr die Schulter. »Falls es Probleme gibt, können Sie der Nachtschwester läuten. Ich habe jetzt Feierabend und werde erst morgen wieder vorbeischauen.« Er ging unter dem Türrahmen durch, ohne sich noch einmal umzusehen.

Fede wartete, bis sich das Geräusch seiner Schritte entfernt hatte. Sie musste telefonieren. Bislang hatte sie kein einziges Telefon gesehen, weder im Erdgeschoss noch in den Gängen.

Es war seltsam, sich auf die innere Uhr zu verlassen. Fede übte sich in Geduld. Erst als sie sicher war, dass niemand mehr bei ihr vorbeikam, tappte sie zur Tür. Wieder war es Abend, und sie hatte nichts anderes getan, als sich überfallen zu lassen und sich wie eine Anfängerin zu benehmen.

Auf der Treppe ins Erdgeschoss begegnete sie Flo und Roger. Sie hatten die Köpfe zusammengesteckt und diskutierten. Sie nahmen Fede nicht wahr, als sie an ihnen vorbeihuschte.

Im Speisesaal war es ruhig. Das Frühstücksgeschirr stand bereit im dämmrigen Schein des vergehenden Tages. In der Küche brannte Licht. Fede schlich zur Theke, wo die Speisen herausgegeben wurden. Der Kochherd dahinter wirkte verwaist.

Er war penibel aufgeräumt und auf Hochglanz gereinigt. Die Waschstraße gab die letzten Seufzer von sich. Der Casserolier würde das Geschirr und die Gläser erst am Morgen daraus holen. Neben dem Zugang zum Kühlraum befand sich das Büro des Küchenchefs. Fede vernahm Stimmen einer Frau und eines Mannes. Sie duckte sich hinter dem Tisch, wo die Salate und kalte Vorspeisen angerichtet wurden, und lauschte.

»Ich werde morgen für drei Tage in die Berge fahren.« Es war Fontana. »Glaubst du, du kommst zurecht ohne mich?« Er lachte, während er vernehmlich etwas aus einem Behälter nahm. »Hunger?«

»Costa ist auch noch da«, sagte Johanna Borsody. »Wenn's brennt, rufe ich dich an. Ich habe immer Hunger.« Stille, dann ein Kichern. »Weißt du, wann genau du fährst?«

»Nach dem Frühstück.«

»Allein?«

Fontana lachte erneut. »Ich muss mich von dir erholen.«

»Ist das so?« Schweigen. Ein schmatzendes Geräusch.

»Du glaubst tatsächlich, dass ich etwas mit Belinda habe?«

»Vor dir ist kein Rockzipfel sicher.« Etwas fiel zu Boden.

»Das sagt die Richtige … Es ist längst vorbei.« Ein Rascheln. »Nicht hier, meine Liebe. Der Küchenchef könnte jederzeit eintreffen.«

»Komm schon.« Sie lachte hell. »Man sah ihn oft bei Hannchen steh'n. Doch jeder Jüngling hat wohl mal 'n Hang zum Küchenpersonal.«

»Bitte, Johanna, mach keinen Blödsinn.«

»Spielverderber.« Wieder krachte es.

Eine Weile blieb es ruhig. Fedes Beine schmerzten vom Kauern.

»Was ist eigentlich mit Federica?«

»Baldur hat sie heute bewusstlos in der Nähe der Felsen gefunden. Muss gestolpert und gestürzt sein. Bei ihr ist mir vieles nicht klar.«

»Ich habe ihren Handycode geknackt. Es gibt da eine Nummer, die sie zuletzt mehrmals angerufen hatte. Maximilian von Wirth. Ich habe jetzt unseren Buchhalter damit beauftragt, herauszufinden, wer er ist. Ob es ein Verwandter von Federica ist, Freund oder Mann. Übrigens, dass ich es nicht vergesse. Das zweite Handy von Federica ist nicht wieder zum Vorschein gekommen. Barbara hat es ihr weggenommen und versteckt. Auf Instagram ist mir aufgefallen, dass sie ihre Posts wieder einstellt. Ich habe sie zur Rede gestellt, aber die Kleine ist geschickt. Sie macht jetzt Werbung für das Santa Madre. Ich werde kompromisslos durchgreifen müssen.«

»Wir sehen uns zum Frühstück. Ich muss noch Vorbereitungen für morgen treffen. Ciao.«

Ein Schatten huschte an Fede vorbei. Sie sah Fontana nur von hinten und hoffte, er würde sich nicht zu ihr umdrehen. Bald darauf trat auch Johanna Borsody aus dem Büro. Sie verließ die Küche.

Fede ließ ein paar Sekunden verstreichen, ehe sie sich aufrichtete. Sie ging Richtung Büro.

Fede drückte den Türgriff hinunter. Die Glastür war unverschlossen. Johanna Borsody hatte vergessen, den Schlüssel zu drehen. Dieser steckte noch im Schloss. Sollte es ihr einfallen, würde sie zurückkommen. Einen Blick nach links, einen nach rechts. Die Luft war rein. Fede betrat das Büro. Auf dem Pult leuchtete eine kleine Lampe und warf einen gelben Kegel auf das Arbeitsfeld.

Neben dem Rechner ein Telefon, wenn auch ein älteres Modell. Vielleicht ihr Glück. Niemand würde den Anruf zurückverfolgen können. Angespannt und den Atem anhaltend nahm Fede den Hörer von der Gabel. Sie lauschte in die Küche. Alles ruhig. Sie wählte Max' Nummer und zählte die Klingeltöne, bis er sich meldete.

»Maximilian von Wirth.« Seine Stimme klang abweisend. Und mit vollem Namen nannte er sich nur, wenn er die Nummer nicht kannte.

»Ich bin's, Fede.«

»Fede! Gott sei Dank.« Erleichterung, Freude. »Wo steckst du?«

»Noch immer im Sanatorium. Aber ich kann nicht lange sprechen. Ich befinde mich im Büro des Küchenchefs. Es könnte jederzeit jemand kommen.«

»Geht es dir gut?«

Fede unterließ es, Max über den Überfall auf sie zu berichten. Er würde sich unnötig Sorgen machen. Dass sie gestolpert war, war ein Witz. »Bis jetzt hat man mir die Kranke abgenommen. Lange werde ich aber die Lüge nicht aufrechterhalten können. Sie suchen nach dir. Wenn unsere Detektei auffliegt, muss ich verschwinden. Hör mir gut zu. Ich werde mich hier genauer umsehen. Dazu brauche ich noch den morgigen Tag. Es ist nicht ganz einfach. Die Wände haben Ohren und Augen. Viele der Therapieräume sind geschlossen. Morgen um neun fährt der Boss, also Fontana, für drei Tage in die Berge. Ich traue ihm nicht über den Weg.«

»Weißt du, welchen Wagen er fährt?«

»Keine Ahnung. Ich rate dir, vor dem Hintereingang des Sanatoriums zu warten. Ich habe gesehen, dass dort die Lieferwagen zufahren. Wo genau sich die Ausfahrt befindet, kann ich dir nicht sagen.«

»Ich soll deinen Doktor also observieren?«

»Ja, unbedingt. Da läuft etwas zwischen ihm und der Ärztin Johanna Borsody.«

»Was hat dies mit unserem Fall zu tun?«

»Alles hier ist undurchsichtig. Morgen weiß ich bestimmt mehr. Wenn ich es schaffe, werde ich dich wieder anrufen.« Fede legte den Hörer auf die Gabel zurück, weil ein Geräusch aus dem Speisesaal sie aufgeschreckt hatte. Sie ging geduckt bis zur Tür, schob sich in die Küche und gelangte von dort in den Essbereich. Kein Mensch war zu sehen.

***

Johanna Borsody schloss die obersten beiden Knöpfe ihres Arztkittels. Ein letzter Blick in den Spiegel, dann verließ sie den sanitären Bereich. Sie schritt zügig über den Korridor bis zu Zimmer zwei. Sie klopfte, wartete nicht und betrat den Raum.

Sabrina saß apathisch auf einem Polsterstuhl am schmalen Fenster und sah ihr entgegen. Ihr Blick war getrübt von den Medikamenten und dem übermäßigen Alkoholkonsum. Ihre Hände zitterten. Lebensfreude sah anders aus. Johanna entnahm ihrer Mappe die Dokumente über den Krankheitsverlauf, den Fontana nach seiner Sitzung mit der Patientin ergänzt hatte, und setzte sich damit auf den Arztstuhl. »Ich muss Ihr Problem beim Namen nennen, Sabrina. Sie sind nicht zum ersten Mal hier. Im Gegensatz zu Dr. Udrisolds Analyse geht Dr. Fontana bereits von einer kritischen Phase aus. Sie verlieren die Kontrolle über sich. Ihre Mutter sagte mir, Sie begännen oft schon am Morgen, heimlich zu trinken. Sie hat zudem eine Sammlung leerer Weinflaschen unter Ihrem Bett gefunden. Auch Kirschflaschen seien dabei gewesen. Sie trinken heimlich, und dies in Ihrem Alter. Wir sollten mit der Spezialtherapie beginnen. Ich bin heute hier, um Sie darauf vorzubereiten.«

»Ich will das nicht.« In Sabrinas Gesicht schoss ein wenig Farbe. »Roger hat mir erzählt, was Sie und Dr. Fontana mit ihm gemacht haben.«

Johanna musste das zuerst verdauen. Sie hatte damit rechnen müssen, dass die Patienten sich austauschten. Hier waren sie Leidensgenossen, brauchten nichts zu verheimlichen, konnten so sein, wie sie waren. Sie unterstützten einander, weil ihre Probleme Akzeptanz fanden. Leid verband. »Was hat er denn erzählt?« Sie schätzte Sabrina so ein, dass sie darüber sprechen würde. Sie war ein einfaches Gemüt. Ihre Oberflächlichkeit wurzelte zwar in einem gestörten Selbstwertgefühl, dennoch kam sie sich wichtig vor. Eine Einbildung, die sie mit dem Alkohol noch antrieb.

»Roger sagte, dass Sie versuchen, ihm Dinge einzusuggerieren, die mit dem Bösen zu tun haben, dass er aus der Sicht der Psychiater besessen sei und sich deswegen quälen lässt.«

»Da müssen Sie ihn falsch verstanden haben. Wir beeinflussen niemanden mit solch obskuren Dingen, wie Sie behaupten.« Johanna spürte, wie sie innerlich zitterte. So dumm, wie sie dachte, war Sabrina nicht.

Fontana hatte Johanna in seine spezielle Therapie eingeführt. Er schwor auf die Behandlung von Dottore Caprici, der, während er im Santa Madre praktizierte, mit ebendiesem Verfahren psychisch kranke Menschen geheilt hatte. Das Unbewusste nahm prozentual mehr als das Bewusste der Psyche ein. Das Bewusste befand sich darüber, über dem Meeresspiegel, bildhaft gesehen, ein Eisberg. Doch die seelischen Tücken lagen tief. Sie zu ergründen, war die Aufgabe der Psychiatrie.

»Ich bin nicht alkoholsüchtig, wie Sie behaupten.« Sabrina wischte sich mit den Händen über die Augen, als müsste sie etwas Störendes daraus entfernen. »Zugegeben, ich trinke mir manchmal Mut an, um in dieser kalten Welt zu überleben. Was ist schon dabei? Viele meiner Freundinnen und Freunde trinken, auch zum Spaß.«

Für Johanna kam Sabrinas Bemerkung nicht überraschend. Sie bagatellisierte und negierte ihre Sucht. Johannas Aufgabe war es, Sabrina ohne moralisierenden Beiklang für die Therapie zu gewinnen. Sie blätterte die Dokumente durch, fand, was sie gesucht hatte, und zitierte Fontanas Eintrag. »Der erste ambulante Entzugsversuch bei Dr. Udrisold ist fehlgeschlagen.« Johanna rutschte mit dem Stuhl näher an Sabrina heran. »Wenn Sie so weitermachen wie bisher, prophezeie ich Ihnen eine organische Hirn- sowie eine körperliche Schädigung. Nach der Ausnüchterung treten Sie nun in die Phase des stationären Alkoholentzugs ein. Sie dauert ungefähr zehn Tage.«

»Darf ich in dieser Zeit Alkohol konsumieren? Täglich etwas weniger?« Sabrinas Stimme war klein geworden. »Langsames Reduzieren …«

»Von dieser Illusion müssen Sie wegkommen.« Johanna seufzte. »Wir helfen Ihnen und haben gute Medikamente, die Sie beim Entzug unterstützen.« Fontana hatte Clomethiazol oder

Benzodiazepin-Präparate notiert. »Ich werde Ihnen Temesta verschreiben.«

»Kann ich nach zehn Tagen nach Hause gehen?« Sabrinas Augen leuchteten zuversichtlich.

»Kaum, denn in zehn Tagen ungefähr beginnen wir mit der eigentlichen Behandlung, mit einer psycho- und soziotherapeutischen Unterstützung. Sie wollen doch in Zukunft die Hände vom Alkohol lassen.«

Sabrina ließ den Kopf hängen. »Sie werden mich quälen, genauso wie Roger.«

»Wir werden das Fehlgesteuerte in Ihrem Körper und vor allem in Ihrem Geist vernichten.«

FÜNFZEHN

Die Aareschlucht zog vor allem im Sommer viele Touristen an. In der Schlucht herrschten angenehme Temperaturen, und es war schattig. Dies ging Max durch den Kopf, als er seinen Mustang über die Verbindungsstraße zwischen dem Schwimmbad und der Zufahrt zum Sanatorium lenkte. Um halb neun bog er in den Wald ein. Max hatte vorab einen Landschaftsplan studiert und hoffte, sich darauf verlassen zu können. Das Navigationsgerät in seinem Wagen kannte die Gegend nicht. Max passierte langsam einen einsamen Hof, der unbewohnt und dem Untergang geweiht schien. Die Holzfassaden waren schwarz verfärbt von der Witterung, die Fensterläden aus den Scharnieren gekippt. Ein Kennel stand vom Dach ab und verfehlte seine Funktion. Meterhohe Brombeerstauden verschlangen den Eingang.

Max fuhr weiter. Die Straße verengte sich, war am Ende bloß noch Pfad. Zwei Rinnen, auf denen sich in der Vergangenheit die Räder mittelalterlicher Karren eingegraben hatten, ein Forstweg, den nur die Waldarbeiter kannten oder Wanderer, die das Abenteuer suchten. Die Bäume ließen kaum Licht durch. Ab und zu blinzelte ein Stück blauen Himmels durch die Kronen. Max fragte sich, wie man die Lieferungen ins Sanatorium bewerkstelligte. Hatte er sich verfahren?

Er mochte bereits mehrere hundert Meter gefahren sein, als er die senkrecht stehenden Felswände der Miliflue erreichte. Wenn er richtiglag, dehnten sich diese bis zum nördlichsten Teil des Sanatoriums aus. Hier musste die Einfahrt sein, von der Fede gesprochen hatte.

Im Dickicht schlecht auszumachen, entdeckte Max ein verrostetes Eisentor. Er hielt direkt davor an und stieg aus. Ein rechtsseitig angebrachter Kasten zeugte von einer neueren Installation. Drähte verbanden die Vorrichtung eines elektronischen Öffners mit dem Schloss des Tors. Unmöglich, dass dies einwandfrei funktionierte. Max besah sich den Maschendraht genauer, der sich zwischen Felsen und Tor befand und an einigen Stellen Löcher aufwies. Keine Kunst, um hier durchzuschlüpfen, sollte jemand aus dem Sanatorium verschwinden wollen. Man brauchte bloß die Drähte auseinanderzuziehen. Neue und hellere Drähte zeigten, dass man einige Lücken im Zaun geflickt hatte.

Wenn man auf diese simple Art hinausgelangte, kam man ebenso gut hinein. Max war versucht, auf das Gelände zu klettern, entsann sich jedoch seiner Aufgabe, auf Dr. Fontana zu warten. Zudem waren ihm die freigelegten Drähte zu gefährlich. Er kehrte zurück zu seinem Wagen, stieg ein und fuhr rückwärts zu einer Ausweichstelle, die man vom Pfad aus kaum sah.

Zwei Minuten nach neun Uhr passierte ein silbergrauer Volvo älteren Jahrgangs im Schritttempo den Weg Richtung Aare. Max machte den Kopf eines Mannes auf der Fahrerseite aus. Es musste der Psychiater sein. Sein Blick war starr voraus gerichtet. Max' Glück. Womöglich hätte Fontana ihn sehen können, hätte er nur ein wenig seinen Kopf zur Seite gedreht.

Max startete den Motor und fuhr aus dem Versteck. In sicherem Abstand folgte er dem Volvo.

Auf der Geraden bis zum Schwimmbad blieb Max zurück. Er beobachtete, wohin Fontana abzweigte. Dieser überquerte den Alpbach und später die Aare. Max drückte das Gaspedal durch. Bis zum Kreisel hatte er den Volvo eingeholt. Dieser fuhr jetzt Richtung Innertkirchen. Es war wie ein Déjà-vu. Noch vor zwei Tagen war Max hinter Carlo Anderegg her über diese Straße gefahren.

Diesmal verfehlte er die Einfahrt zum Rosenlauital nicht, blieb aber ein paar Meter zurück. Ein ungutes Gefühl kroch in ihm hoch. War es Zufall, dass Fontana den gleichen Weg fuhr, wie Carlo Anderegg ihn gefahren war?

Die Region bot verschiedene Möglichkeiten, um zu übernachten: das Gasthaus Zwirgi, das Hotel Rosenlaui oder weiter oben das Chalet-Hotel Schwarzwaldalp. Max rätselte, wofür sich

Fontana entschied. Plötzlich empfand er seine Fahrt als unnötige Zeitverschwendung, seine Gedanken absurd. Wie sollte er sich, falls er Fontana persönlich traf, für seine Schnüffelei rechtfertigen? Weshalb hatte Fede die Beziehung zwischen Fontana und Borsody erwähnt? Max griff sich an den Kopf. Was hatten interne Liebeleien mit den Todesfällen im Reichenbachtal zu tun? Er drosselte das Tempo. Am liebsten wäre er umgekehrt, zum Hintereingang des Sanatoriums zurückgefahren und hätte Fede aus den Händen der Psychotherapeuten befreit.

Aus einer inneren Eingebung fuhr Max weiter, jetzt wieder schneller. Das Tal kam ihm vertraut vor. Die leichte Steigung bis zur Hochebene, der sprudelnde Reichenbach auf der linken Seite, die Chalets auf der rechten. Grasende Kühe und Wandervögel mit Rucksack und Stock – eine Idylle, die durch nichts getrübt war.

Fontana fuhr am Hotel Rosenlaui vorbei. Auch beim Eingang zur Schlucht scherte er nicht aus. Er folgte der Straße nach Schwarzwaldalp, in deren Fortsetzung man die Große Scheidegg erreichte. Auf der anderen Seite des Passes lag Grindelwald.

Max' Vermutung bestätigte sich: Kurz vor der Schwarzwaldalp bremste Fontana ab. Er fuhr langsam in einen Seitenweg und stoppte beim Chalet, das Max allzu gut kannte. Hier hatte er Carlo Anderegg aus den Augen verloren.

»B. A.«, erinnerte er sich. Zwei Buchstaben auf dem Schild der Sonnerie, die ihm nichts sagten. War es Zufall, dass Fontana ausgerechnet vor dem Haus, in das Max letzthin Carlo Anderegg hatte verschwinden sehen, aus seinem Wagen stieg? Max parkte seinen Mustang am Straßenrand, wo Fontana ihn nicht sehen konnte. Später versteckte er sich hinter dem ausladenden Stamm einer alten Tanne und äugte Richtung Hauseingang. Fontana entnahm seiner Hosentasche einen Schlüssel und steckte diesen ins Schloss. Augenscheinlich gehörte das Chalet ihm, oder er besaß aus einem anderen Grund Zugang. Er öffnete die Tür und trat hinein. Ob Anderegg auch anwesend war? »B. A.« A für Anderegg? Aber wofür stand B? Und wenn Carlo Anderegg sich hier versteckte, warum besuchte Fontana ihn? Existierte wider alle Vermutungen doch eine Verbindung zwischen Carlo Anderegg und dem Sanatorium?

In Max' Gehirn überschlugen sich die Gedanken. Er ging zurück zu seinem Wagen, öffnete die Fahrertür und schwang sich auf den Schalensitz. Er nahm sein Smartphone von der Mittelkonsole, suchte Sandro Andereggs Nummer und rief ihn an.

Als Max seine Stimme vernahm, erinnerte er sich daran, dass er seinen Auftraggeber längst hätte anrufen müssen.

»Wird auch langsam Zeit.« Sandro tönte leicht wütend.

Max konnte es ihm nicht verargen. »Sorry. Wenn wir ermitteln, ist das keine halbe Sache. Und um Mitternacht zieht es unsereins vor, nicht zu telefonieren.«

»Was hast du herausgefunden?«

»Ich befinde mich im Rosenlauital in der Nähe des Chalets, wo dein Bruder untergetaucht ist.«

»Hast du ihn gesprochen?«

»Dr. Fontana vom Sanatorium Santa Madre ist bei ihm. Verflixte Hühnerkacke. Hast du gewusst, dass Carlo Unterschlupf bei ihm findet?« Natürlich spekulierte Max. Aber im Moment gingen bei ihm die Nerven durch. »Werde ich von euch veräppelt?«

»Bist du sicher, dass Fontana bei ihm ist?« Sandro schien selbst verwundert zu sein.

»Du kennst ihn also?«

»Wir haben uns ein paarmal getroffen, als es um die Entsorgung nicht mehr gebrauchter Medikamente ging. Sondermüll, verstehst du?«

»Den kann man auch in der Apotheke abgeben.«

»Aber nicht in dieser Menge. Einmal im Monat wird ein Camion mit nicht mehr gebrauchten und abgelaufenen Medikamenten aus dem Sanatorium gefahren, gleichzeitig wird Abfall entsorgt.«

»Und was geschieht mit den Medikamenten?«

Sandro zögerte. »Es ist alles legal.«

»Sicher?«

»Was willst du mir unterstellen?« Sandro hüstelte.

»Ich kann mir vorstellen, wo die abgelaufenen Medikamente landen. Sie bekommen ein neues Ablaufdatum, und ihr schickt sie in Entwicklungsländer. So wird das heute doch gehandhabt.« Sandro schwieg.

***

Auf der Fensterbank neben dem Eingang lag ein Zwerg auf dem Bauch, und im Rücken steckte ein Messer. Aus seinem Mund sickerte Blut. Nebst den romantischen Gartendekorationen rund ums Haus ein echter Schock. Milagros überlegte, welche Botschaft diese Kunststofffigur übermitteln sollte, als die Tür aufging.

»Kann ich Ihnen helfen?« Die Frau unter dem Türrahmen passte nicht zum Zwerg, aber zu allem anderen. Sie hatte eine karierte Schürze umgebunden, in der Hand hielt sie eine Vase mit Wiesenblumen. Sie sah aus, als wäre sie einem klassischen Heimatfilm entsprungen.

»Frau Glatthard?« Milagros ging auf Distanz. Sie hatte ihren Besuch nicht angemeldet. Maximilian hatte ihr einen Bund Dokumente für das Aktenstudium überlassen, wahrscheinlich eine künstliche Arbeitsbeschaffung, weil er dachte, ihr sei sonst langweilig. Sie hatte die Unterlagen zu Constance Glatthard herausgepickt und sich Max' Notizen näher angesehen. Auf die relevanten Dinge war er nicht eingegangen. Milagros wollte dies nachholen. »Mein Name ist Milagros von Wirth. Sie kennen meinen Sohn. Er war neulich bei Ihnen.«

»Ich erinnere mich, der Detektiv. Er und seine Partnerin mit den schrecklichen Tattoos. Und welche Rolle spielen Sie?«

»Ich bin das dritte Glied unserer Detektei« und recherchiere, was versäumt wurde, aber das sagte Milagros nicht laut, und die Bemerkung wegen Federica blendete sie aus. »Können wir miteinander sprechen?« Milagros deutete auf die Tür. »Vielleicht in Ihrem Haus?«

»Mein Mann ist nicht da.«

»Von Frau zu Frau.« Wenn sich Milagros nicht irrte, war Frau Glatthard unwesentlich jünger als sie.

Frau Glatthard zögerte.

»Dort draußen«, Milagros drehte den Kopf kurz zu der Straßenseite um, »läuft ein Mörder frei rum. Die beiden ›Unfälle‹ neulich bei den Reichenbachfällen werfen ein anderes Licht auf die Ereignisse im April.«

»Und warum kommt dann nicht die Polizei vorbei?« Frau Glatthard stellte die Blumenvase neben den ermordeten Zwerg auf die Fensterbank.

Milagros blieb ruhig und besonnen. »Sehen Sie, darum sind wir Detektive da, um die Polizei zu entlasten. Manchmal sind wir ihr sogar einen Schritt voraus.«

Frau Glatthard strich mit den Händen nervös über die Schürze und trat einen Schritt zurück. »Bitte, treten Sie ein.«

Milagros folgte ihr ins Wohnzimmer, dessen kitschige Einrichtung sie fast erschlug.

»Nehmen Sie Platz.«

Milagros ließ sich am runden Tisch nieder und bewunderte eine Häkeldecke. »Selbst gemacht?«

»Ein Geschenk von Constance.« Frau Glatthard setzte sich, während sie sich eine Träne aus den Augen wischte. »Etwas zu trinken?«

»Nein danke.« Milagros zog die Hände von den Häkelspitzen zurück. »Ihre Tochter war eine erfolgreiche Apothekerin.«

»Sie war begnadet.«

»Eine begnadete Apothekerin.« Ja klar. Milagros hatte ihren Werdegang schwarz auf weiß gelesen. Umso tragischer war ihr Tod. Aber hätte sie sich dann das Leben genommen, wenn ihr die Welt zu Füßen und eine glorreiche Zukunft vor ihr lag? »Sie hat mit dem Sanatorium Santa Madre zusammengearbeitet, nicht?«

»Ja. Das Sanatorium hat alle Medikamente sowie medizinische Kleingeräte über die Apotheke bestellt. Wie es mit der neuen Apothekerin läuft, kann ich Ihnen nicht sagen. Aber«,

Frau Glatthard schniefte, »Sie fragen mich da etwas, von dem ich wenig weiß.«

»Hat Ihre Tochter vor ihrem Tod etwas erwähnt, das Sie stutzig machte?«

»Seit Ihr Sohn bei mir war, zermartere ich mir den Kopf, ob da etwas war. Ich …« Frau Glatthard stützte sich am Tisch ab und erhob sich. »Mein Mann will, dass ich Constances Zimmer räume. Ich habe gestern begonnen, aber wieder aufgehört.«

»Haben Sie etwas gefunden, das für unsere Ermittlungen hilfreich ist?«

»Ich habe mich gewundert, ja … Constance hatte eine eigene Wohnung. Uns besuchte sie, wenn ihr alles zu viel wurde. Sie sagte oft, bei uns könne sie sich erholen. In dieser Zeit haben wir sie ein wenig verwöhnt. Sie selbst kochte nicht gern, aß immer auswärts oder in ihrem Kabuff in der Apotheke.«

»Und was wollen Sie mir mitteilen?«

»Ich weiß nicht, weshalb Constance Geschäftsunterlagen bei uns deponiert hat.«

»Sie hat was?« Milagros musste sich zusammenreißen, um nicht euphorisch zu werden. Wenn das stimmte, würde sie möglicherweise Einblick in etwas bekommen, das geheim war. »Eine andere Frage: Hatte Ihre Tochter eine Beziehung?«

»Sie meinen, ob sie einen Freund hatte?« Frau Glatthard verschränkte die Arme. »Nichts Verbindliches. Sie erzählte einmal etwas von einem Alfons. Aber ob sie zusammen waren … keinen blassen Schimmer.«

»Alfons? Und wie weiter?«

»Keine Ahnung.«

»Kann es sein, dass dieser Name in den Unterlagen vorkommt?«

»Ich weiß es nicht. Aber ich werde sie herunterholen.« Frau Glatthard machte sich auf den Weg in den ersten Stock.

Die Treppe knarzte bei jedem Tritt. Milagros schaute der Frau nach. Maximilian hatte sie als Nervenbündel beschrieben, als eine Frau, die noch lange nicht über den Tod ihrer Tochter hinweggekommen war. Kein Wunder, der lag keine zwei Monate zurück. Milagros sah sich um und entdeckte auf einer Kommode ein eingerahmtes Bild. Das musste Constance sein. Eine hübsche Frau mit einem schwarzen Pagenschnitt und grünen Augen. Sie sich als Apothekerin vorzustellen, fiel Milagros schwer.

Frau Glatthard kam zurück. Sie trug einen blauen Ordner mit sich. »Den fand ich beim Aufräumen hinten in einer Schublade. Sie hatte manchmal Dinge bei uns liegen lassen, in die wir Einsicht nehmen konnten. Aber das hier«, sie legte den Ordner auf den Tisch, »scheint etwas Geheimes zu sein oder zumindest etwas, das sie nicht in ihrer Wohnung haben wollte.« Frau Glatthard setzte sich wieder. »Sie glauben, dass diese Dinge auch vor einem Mann wie Alfons haben unter Verschluss bleiben müssen?«

»Wenn wir wüssten, wer Alfons ist.« Milagros erinnerte sich an Federicas Notiz, als es um den Chefarzt des Sanatoriums ging. Dr. Alfons Fontana. Hatte Constance eine Beziehung zu ihm gepflegt?

Mit klopfendem Herzen schlug Milagros den Ordner auf. Sie wandte sich gleichzeitig an Frau Glatthard. »Danke für Ihr Vertrauen.«

»Ganz ehrlich, machen Sie mich neugierig. Glauben Sie, man hat meine Constance getötet?« Frau Glatthard schluchzte auf.

»Wir werden es herausfinden.« Milagros blätterte in den Dokumenten. Es gab diverse Excel-Tabellen, mit denen sie wenig anfangen konnte. Begriffe wie Naltrexon, Nalmefen, Disulfiram, Baclofen, Acamprosat und Distraneurin waren ihr fremd. Sie musste davon ausgehen, dass es sich um Medikamente handelte, denn Temesta kannte sie. Weiter hinten wurden sie näher beschrieben. Naltrexon war ein Anti-Opiat, welches im menschlichen Körper die Empfangsstellen für Heroin und opiathaltige Medikamente blockierte. Baclofen hatte gemäß einer experimentellen Studie Auswirkungen auf die Alkoholabhängigkeit und das Verlangen nach Alkohol. Weitere Medikamente wurden mit ihren Wirkungen beschrieben. Was war daran so geheim? Milagros war enttäuscht. Sie schlug die nächste Seite auf.

Eine Namensliste erschien. Es mussten die Patienten sein, die das Sanatorium in der Vergangenheit beherbergt hatte. Hinter jedem Namen war der Grund zur Anwendung einer therapeutischen oder diagnostischen Maßnahme angezeigt, die der Behandlung des jeweiligen Krankheitsbildes diente. Auch das war für Milagros zu kompliziert. Ihr fielen zwei Sterne auf, die hinter dem Namen von Robert Plüss und Shanice Pellegrini standen. Je ein Stern. Kein Kreuz. Kein Todesfall. Aber warum ein Stern? War bei der Behandlung etwas schiefgelaufen, dass Constance die Namen mit einem Stern versehen hatte? Sie wandte sich an Frau Glatthard. »Sagen Ihnen die Namen Robert Plüss und Shanice Pellegrini etwas?«

Frau Glatthard senkte den Kopf und legte ihre Fingerspitzen an die Schläfen. »Nein, die Namen sind mir fremd.«

»Hat Constance sie erwähnt? Denken Sie nach.«

»Nein. Es musste ja geheim bleiben, sonst hätte sie den Ordner nicht versteckt.«

Milagros war einsichtig, wenn auch mit ungutem Gefühlen. Sie blätterte weiter. Auf der nächsten Seite erschien ein einziger Name. Robert Plüss. Er war im Herbst 2019 im Alter von siebenunddreißig Jahren wegen Alkoholsucht ins Sanatorium eingewiesen worden. Die Medikation war beschrieben, die therapeutischen Maßnahmen. Es sah aus, als hätte Constance darüber Buch geführt. Die letzten Sätze musste Milagros zweimal lesen. Darin ging es um eine erweiterte Therapie, die von Dr. Alfons Fontana durchgeführt worden war. Der Patient hatte sich seiner Sucht stellen müssen, indem er sich wiederholt bis zum Koma betrinken musste. Fontana nannte es die Überwindung des inneren Schweinehundes, was er mit den von Caprici herausgetüftelten Medikamenten unterstützte. Ein Satz war rot angestrichen: *Gleiches muss man mit Gleichem vergelten, und Selbstbestrafung ist der Weg zur Selbstbesinnung.* Aufgrund dieser Therapie hatte Robert Plüss unter schwerwiegenden Halluzinationen gelitten. Er war nachts unbeaufsichtigt nach draußen gegangen und über die Treppe gefallen, wo er sich schwere Verletzungen zwischen dem ersten und achten Rückenwirbel zuzog. Wie Milagros es verstand, befand sich der Patient heute in der paraplegischen Pflege. Hatte Constance zu viel gewusst? War sie Fontana auf die Schliche gekommen? Hatte sie ihm die Schuld an der missglückten Behandlung gegeben, an diesem schrecklichen Unfall?

Shanice Pellegrini war die zweite Patientin, über die die Apothekerin eingehend geschrieben hatte. Der nachfolgende Text hob den vorhergehenden auf. Hatte sie sich über die Behandlung bei Plüss kaum geäußert, so sah sie die Therapie bei Shanice Pellegrini als einen Fortschritt im Kampf gegen das Böse. Milagros fiel eine Randnotiz ins Auge. *Ich bin nicht immer einverstanden mit dem, was da abläuft. Und die Rezepturen für die Medikamente bringen mich zum Verzweifeln. Ich versuche, sie nach bestem Wissen und Gewissen umzusetzen.*

Was hatte Constance damit gemeint? Milagros spürte, wie der Schweiß aus ihren Poren schoss. Hatte sie gerade ein Indiz für Constance Glatthards Tod gefunden?

***

Fede hatte mittlerweile alle Videokameras entdeckt, die in den Zimmern im fünften Stock und teilweise auch in den Gängen angebracht waren. Obwohl es ein riskantes Unterfangen war, hatte sie die Patienten in der Akutabteilung besucht und so getan, als hätte sie sich verlaufen. Selbst an den Pflegern war sie vorbeigekommen. Eine junge Pflegerin hatte sie sogar in eines der Zimmer begleitet. »So kann es enden«, hatte sie gesagt und den Blick auf den Patienten als Warnung verlautbart.

Um neun Uhr war Fontana weggefahren. Fede hatte ihn zum Wagen gehen sehen, der im Carport neben dem Sanatorium stand. Um nicht aufzufallen, war sie beim Frühstück gewesen, hatte die Bewegungstherapie mitgemacht und später sich zu Fontanas Behandlungszimmer im ersten Stock begeben. Aber auch heute war die Tür geschlossen. Fede vergewisserte sich, ob das schwarze Auge der Videokamera auf die Tür gerichtet war.

War es nicht. Der Zugang befand sich in einer nicht kontrollierten Zone. Auch der Eingang zu Fontanas Wohnung stand nicht im Fokus der Kamera. Der Pfleger, der die fünfte Etage überwachte, war in Shanices Zimmer verschwunden. Für Fede die Gelegenheit, sich an Fontanas Tür zu schaffen zu machen. Sie hatte sich beim Frühstück unbemerkt eine Gabel in den Trainingsanzug geschoben und gehofft, dass es niemandem aufgefallen war. Vielleicht stand sie nicht unter Dauerbeobachtung, wie das bei Roger und Sabrina der Fall war. Bislang war sie mit ihrer gespielten Paranoia gut durch den Vormittag gekommen, und im Speisesaal hatte man sie nicht im Visier gehabt.

Jemand schrie. Das war bestimmt Etienne, der unbedingt nach Hause gehen wollte. Fede drückte sich an die Wand und wartete gespannt, ob jemand vorbeikam. Etienne war in der Zwischenzeit verstummt. Fede drückte den Türgriff. Geschlossen. Etwas anderes hatte sie nicht erwartet.

Das Schloss war alt. Man konnte es mit einem Schlüssel mit Bart öffnen. Das Schlüsselloch war angemessen groß. Fede steckte den Griff der Gabel hinein und stieß auf Widerstand. Wer immer das Besteck ausgesucht und gekauft hatte, war sich nicht bewusst gewesen, was sich damit anstellen ließ. Fede rüttelte an der Gabel, der Widerstand gab nach, Fede drehte sie um. Es klickte.

Jemand rief ihren Namen.

Fede wandte sich zu der Stimme um, zog die Gabel heraus, tat so, als wäre ihr schwindlig. Sie ließ die Gabel unbemerkt wieder in ihrem Anzug verschwinden und tastete sich die Wände entlang auf die Tür zu, die in Etiennes Zimmer führte.

»Was ist los, Federica?« Baldur stand vor ihr und überragte sie um Kopflänge.

»Etienne hat geschrien.«

»Habe ich gehört. Gehen Sie zurück. Sie haben hier nichts verloren.«

»Aber Etienne … er tut mir leid.«

»Er braucht Ihnen nicht leidzutun. Das ist Sache des Personals.« Baldur nahm sie beim Arm und stieß sie sanft Richtung Treppenhaus. »Gehen Sie in den Garten. Es ist wunderschönes Wetter draußen.«

Hatte er nichts von ihrem Vorhaben bemerkt? Fede ging zur Treppe, über zwei Tritte nach unten und wartete. Nach gefühlt fünf Minuten wagte sie unter Beobachtung der Ahnengalerie einen Blick in den Korridor. Baldur war verschwunden.

Ihr Herz pochte wild. Sie vergewisserte sich, wo die Kameras sie erfassen konnten, und bückte sich. Sie legte sich flach auf den Boden und rollte zu Fontanas Wohnungstür. Sie drückte den Türgriff und öffnete.

Im Entree war es düster. Durch die schmalen Fenster auf der einen Seite drang nur wenig Licht. Es roch nach einem herben Rasierwasser. Fede öffnete die erste Tür. Dahinter lag ein Zimmer mit Bett und Schrank, spartanisch eingerichtet, mit wenig Geschmack, ein paar Hanteln, ein Crosstrainer. Fede musste lächeln. Der Psychiater trainierte, um sich fit zu halten. Im zweiten Zimmer befand sich Fontanas privates Büro. Durch das Fenster sah sie in den Garten und den Wald dahinter.

Auf einem großflächigen Pult standen drei Bildschirme. Eine Zentrale, ging Fede durch den Kopf, als sie die Maus in Bewegung setzte. Einer der Bildschirme leuchtete auf, und Fede gelangte auf die ungesicherte Startseite. Hingegen war der Fernzugriff auf den Computer, auf dem Fontana offenbar arbeitete, durch ein Passwort geschützt. Fede schätzte Fontana nicht so ein, einen simplen Code zu verwenden. Sie müsste ihn hacken. Sie vergewisserte sich, welche Internetbesuche und Zugänge Fontana zuletzt getätigt hatte. Zuoberst befand sich die Suchmaschine search.ch, auf der Fontana augenscheinlich etwas gesucht hatte. Die darauffolgenden Links wiesen auf nichts Verbotenes hin. Fontana hatte diverse Seiten angeklickt, die etwas mit Medizin und Psychiatrie zu tun hatten. Fede lud den Passwortfinder herunter, installierte und öffnete diesen, worauf automatisch ein Scan gestartet wurde. Fede hoffte, auf diesem Weg das Passwort zu knacken. Tatsächlich waren hier die verfügbaren Passwörter aufgezeigt. Es hätte sie sonst verwundert. Und so weit, vermutete Fede, dachte Fontana nicht, um sich auch da abzusichern. Vielleicht würde sie ihm später einmal eine Software verkaufen, welche solche Sicherheitslücken stopfte. »AlBeJo1917«. Auf dieses Passwort wäre Fede nie gekommen. Es musste jedoch etwas mit Fontanas Erinnerungen zu tun haben oder einem Ereignis, das 1917 passiert war.

Fede gab das Passwort ein und gelangte auf einen externen Server. Hier waren die Krankenakten abgelegt. Jeder Patient hatte einen eigenen Ordner. Fede setzte sich auf den Bürostuhl. Sie hatte keine Ahnung, wie entspannt sie sich an die Arbeit machen konnte. Blieb zu hoffen, Fontana würde die angedeuteten drei Tage abwesend sein und niemand kam in seine Wohnung. Falls er mit Johanna liiert war, würde sie auch hier wohnen. Sie hatte zwar, soweit Fede herausgefunden hatte, im Untergeschoss ein eigenes Zimmer und möglicherweise eine Wohnung in Meiringen.

Sie fuhr mit dem Cursor auf den Ordner, der mit »Federica« beschriftet war. Sie war bereits erfasst. Glücklicherweise kannte man ihren Nachnamen noch nicht. Aber Max war erwähnt, von Wirth ebenso, jedoch keine Berufsbezeichnung. Unter Anamnese waren ein paar Falschinformationen eingetragen, welche Fede Dr. Borsody preisgegeben hatte. Von wegen Ärztin. Fede hatte eine renommierte Ärztin an der Nase herumführen können. Dr. Borsody hatte in der Folge eine Diagnose gestellt, welche Fede zum Schmunzeln brachte. Labilität, Gedächtnisverlust infolge Traumas undefinierbaren Ursprungs. Einmalige Einnahme von Rohypnol zur Ruhigstellung in der ersten Nacht. Verabreichung von Ibuprofen zur Linderung der Kopfschmerzen. Der Grund für die Kopfschmerzen hingegen war nicht notiert, der Überfall im Wald kein Thema. Weitere zwingende Maßnahmen ... Fede beugte sich über das Pult. Abklärung wegen Besessenheit und praktizierenden Satanismus. Ihre Tattoos schienen ein wichtiges Indiz zu sein.

Fede lehnte sich zurück und verschränkte die Arme hinter ihrem Kopf. *What the hell!* Was ging hier vor sich? Fedes Wut erfuhr eine nie gekannte Dimension. Sie schloss den Ordner und öffnete den von Shanice Pellegrini-Arkasson. Vor fünf Jahren war sie zum ersten Mal ins Sanatorium eingewiesen worden, nachdem ihr Hausarzt sie als stark gefährdet eingestuft hatte. Missbrauch in der eigenen Familie, Tod der Eltern, Heirat und unerfüllter Kinderwunsch, dann Trennung von ihrem Mann. Das Psychosüppchen war am Brodeln gewesen.

Fede las weiter. Verweigerung der Medikamente, Brechsucht und wiederholte Flucht aus dem Sanatorium. Eindeutige Ursache für Besessenheit. Erste Spezialtherapien hatten wenig gefruchtet, eine weitere Behandlung war in diesen Tagen geplant.

Shanice war Opfer ihres eigenen Therapeuten. Allmählich wurde Fede mulmig zumute. Die Psychiater hier, insbesondere Dr. Borsody und Dr. Fontana, projizierten ihre Wahnvorstellungen auf die Patienten, welche vom Bösen besessen seien und entsprechend therapiert werden müssten. Sie instrumentalisierten sie. Woraus diese Therapie bestand, fand Fede nirgends. Sie klickte weitere Ordner an und las über Sabrina, Roger und Etienne. Sie alle teilten das Schicksal, in einem Sanatorium zu sein, dessen Heilmethoden jedweder Ethik widersprachen. Evelyne Sommerhalder, Constance Glatthard, Anjali Schläppi und Pfarrer Marvin Steger hatten womöglich herausgefunden, womit Dr. Fontana und sein Team die Patienten behandelten, und mussten deshalb sterben.

Fede war gewarnt. War es möglich, dass alle, die hier praktizierten, unter der gleichen Decke steckten? Fede stieß Luft aus. Es wurde ihr gerade bewusst, in welch potenzieller Gefahr sie sich befand. Sollte auskommen, dass sie eine Schnüfflerin war, stand sie auf der Abschussliste.

Sie zog die oberste Schublade am Korpus neben dem Pult auf. Patientenakten kamen zum Vorschein, nach Alphabet eingeordnet, eine Liste mit den Mitarbeitern. Fede überflog sie. In der zweiten Schublade befanden sich Schreibstifte, Zettel, Quittungen, Büroklammern, verschiedene Packungen Bostitch-Klammern, Streichholzschachteln und Radiergummis. In der untersten Schublade lagen Mobiltelefone über- und untereinander, die konfiszierten Geräte. Fede fand ihr Smartphone. Das, welches Barbara ihr abgenommen hatte, suchte sie vergebens. Die Versuchung war groß, ihres einzustecken. Die teilüberwachten Telefone in der Küche und in den Büros stellten nach wie vor ein Risiko dar.

Fede steckte ihr Smartphone ein. Sie schloss den Korpus, fuhr den Computer herunter und erhob sich. Der Akku an ihrem Handy war leer, und das Ladegerät lag in ihrem Zimmer. Sie erreichte das Wohnzimmer im Mittelgeschoss mit der nebenan liegenden Küche. Oben musste das Schlafzimmer sein. Fede lauschte. Nichts rührte sich. Sie stieg in den obersten Stock des Nordturms. Fontanas Schlafgemach lag direkt unter dem Turmdach, mit Sichtbalken und Verstrebungen. Im Gegensatz zum Rest des Gebäudes sah es renoviert aus. Doch auch hier gelangte kaum Tageslicht herein. Fede kam es wie in einer Klause vor. Dachte sich Fontana in diesen Räumen seine Therapien aus? Seine krankhaften Heilmethoden?

Neben dem Nachttisch sah Fede ein Ladekabel auf dem Boden. Sie betete, dass der Zugang passte. Sie hatte Glück und steckte es an ihrem Handy ein. Der grüne Balken zeigte das Aufladen an. Sie ging zurück zur Treppe und begutachtete die Kommode daneben. Sie war wider Erwarten aufgeräumt. Sie zog die Schubladen auf und vergewisserte sich, ob nicht etwas Bedeutendes zu finden war: Briefe, Quittungen oder Zeitungsartikel, welche die angeblichen Suizide bei den Reichenbachfällen dokumentierten. Sie stieß auf ein paar Fotos und sah sie durch. Fontana mit einer Frau und zwei Mädchen, offenbar seine Töchter. Da musste er wesentlich jünger gewesen sein. Fede suchte nach einem Datum auf der Rückseite, fand jedoch nichts. Auf weiteren Bildern posierte Fontana mit unterschiedlichen Frauen. Dr. Borsody fiel ihr ins Auge, ein Schnappschuss auf dem Jungfraujoch neueren Datums. Es bestätigte, dass sie etwas miteinander hatten. Der gestrige Aufenthalt in der Küche hatte die Erotik zwischen den beiden geradezu prickeln lassen.

Auf dem Sessel neben dem Bett lag eine Jacke. Fede hob sie auf. Darunter kam ein Buch zum Vorschein. »Die Tagebücher des Dottore Caprici«. Der Titel war wie von Hand geschrieben. Dem Geruch nach zu urteilen, musste es sich um ein älteres Exemplar handeln. Fede schlug die erste Seite auf, blätterte weiter, bis sie auf das Impressum stieß. Die Erstausgabe stammte aus dem Jahr 1917 und war von der italienischen in die deutsche Sprache übersetzt worden. 1917. Diese Zahl kam auch im Passwort vor. Hatte dies etwas zu bedeuten? Fede legte das Buch auf den Boden neben den Nachttisch. Sie aktivierte ihr Handy und fotografierte den Buchdeckel. Erst danach sah sie sich das Inhaltsverzeichnis an.

Ein knackendes Geräusch schreckte sie auf. Es kam von unten. Fede schloss das Buch, legte es zurück auf den Sessel und deckte es mit der Jacke zu. Sie nahm das Smartphone samt Kabel und verbarg es in ihrem Trainingsanzug, wo auch die Gabel steckte. Im schlimmsten Fall würde sie sich mit dieser verteidigen. Leise tappte sie zur Treppe und sah hinunter in den Wohnbereich. Nichts rührte sich. Fede musste sich getäuscht haben. Langsam ging sie nach unten. Es war Zeit, in einen der Therapieräume zu gehen, wo um elf Uhr eine Maltherapie stattfand. Möglicherweise würde sie den Picasso in sich entdecken, wenn sie sich genug Mühe gab. Auf halbem Weg blieb sie stehen. Den Blick ins Badezimmer hatte sie versäumt. Sollte sie zurückgehen?

Das Geräusch kam näher. Im Entree musste sich jemand aufhalten.

Schon war sie da, die Stimme, die Fede Dr. Borsody zuordnen konnte. »Hallo, ist jemand da?«

Fede blieb wie angewurzelt stehen. Mit der Geschwindigkeit einer Leuchtrakete versuchte sie, den Gedanken an einen Fluchtplan zurechtzulegen. Die einzige Möglichkeit, sich zu verstecken, lag hinter dem breiten Sofa. Und fliehen? Keine Chance, auch wenn sie den Weg über eines der Fenster in Erwägung gezogen hätte. Es lag höher als der fünfte Stock. Und ob es eine Feuerleiter gab, war ihr nicht bekannt.

»Hallo, bist du das, Alfons?«

Fede huschte hinter das Sofa und wartete in kauernder Stellung. Dr. Borsody kam wie selbstverständlich ins Wohnzimmer. Sie schaltete das Licht ein. Über dem Salontisch flammte eine Lampe auf.

»Er hat nicht abgeschlossen, passt doch nicht zu ihm.« Dr. Borsody führte jetzt ein Selbstgespräch. »Alfons, mein Knuddelbär, wo waren deine Gedanken? Etwa bei Belinda? Hm ... Ich dachte, du bist weg.« Sie ging über die Treppe nach oben, betrat das Schlafzimmer, welches sie vermutlich mit Fontana teilte.

Fede wartete. Falls Dr. Borsody auf der Treppe nach oben einen Blick nach unten warf, würde sie sie direkt hinter dem Sofa entdecken. Fede duckte sich, zog den Kopf ein und wünschte, sich unsichtbar zu machen.

Dr. Borsody ging ins Dachgeschoss. Die schnellen Schritte verrieten ihre Ungeduld. Was erwartete sie oben? Fede konnte nur hoffen, dass sie eine geraume Zeit im Schlafzimmer blieb. Sie wartete, vergewisserte sich, dass Dr. Borsody auf dem letzten Treppenabsatz nicht kehrtmachte, nachdem sie oben niemanden finden würde. Sie blieb.

Für Fede die Gelegenheit, aus dem Nordturm zu verschwinden.

SECHZEHN

Max hatte sich entschieden, die Observierung zu beenden. Es brachte nichts, wenn er Carlo Anderegg und Fontana überraschte. Er war nach Rosenlaui gefahren und hatte oberhalb des Hotels geparkt.

Er ging hinunter, über eine Brücke, unter welcher der Reichenbach talwärts sprudelte und weiter unten auf den Weißenbach traf. Max setzte sich ins Gartenrestaurant an einen der Tische in Straßennähe. Sollten Fontana, Carlo Anderegg oder beide zurückkommen, könnte er die Verfolgung aufnehmen. Er bestellte eine Platte mit Alpkäse und Trockenfleisch sowie ein Glas Rotwein und bestand darauf, gleich zu bezahlen.

Kaum hatte er die Bestellung aufgegeben, klingelte sein Telefon. Max holte es aus seiner Hosentasche und sah auf das Display. Fede. Das konnte nicht sein. Man hatte ihr das Handy abgenommen. Mit einem der Therapeuten zu sprechen, behagte ihm nicht. Er drückte den Anrufer weg und schaltete das Telefon auf stumm. Keine zwei Minuten später blinkte es und zeigte eine Nachricht auf Whatsapp an.

Warum gehst du nicht ran? Ich habe mein Handy wieder. Fontana ist nicht der, für den er sich gibt.

Max rief zurück.

»Hallo, Sie«, sagte die Frau am Nachbartisch. »Hier ist Telefonieren nicht gestattet. Das Hotel Rosenlaui ist ein Ort der Stille und soll frei von schädlichen Strahlen sein.«

Max sah die Frau konsterniert an. Ihr Gesicht glühte. Ihre Physiognomie drückte Hochmut aus. Max beherrschte sich, keine freche Bemerkung fallen zu lassen, und wandte sich ab. Fede meldete sich nicht. Er sprach auf den Anrufbeantworter. »Ruf mich bitte zurück. Fontana ist bei Carlo Anderegg in der Nähe der Schwarzwaldalp. So lange befindest du dich außer Gefahr vor ihm.« Er erhob sich, als die Kellnerin mit dem Wein kam. Er brach die Verbindung ab und wandte sich an sie. »Tut mir leid, aber ich muss weg.«

»Aber Sie haben doch … Ich kann Ihre Bestellung nicht einfach stornieren.«

Max legte eine Fünfzigernote auf den Tisch. »Der Rest ist für Sie.«

»Ist das Ihr Ernst?« Der Kellnerin war es anscheinend nicht recht.

»Genau. Deswegen. Sorry für die Unannehmlichkeiten, schenken Sie es der Dame nebenan.« Max ging zügig zum Parkplatz, ohne zurückzuschauen. Aber er spürte die verwirrten Blicke auf seinem Rücken und lachte sich ins Fäustchen. Wie er diese selbst ernannten Ordnungshüterinnen doch verabscheute. Nie Gleiches mit Gleichem vergelten, hatte schon sein Vater gesagt. »Wenn dir jemand eine Ohrfeige gibt, halte ihm die andere Wange hin oder lade ihn zum Kaffee ein.«

Beim Parkplatz angelangt, setzte Max sich in seinen Wagen. Kaum hatte er den Motor gestartet, meldete sich Fede. Er drehte den Zündschlüssel zurück.

»Ich musste zuerst eine Steckdose finden, um das Handy aufzuladen«, sagte sie außer Atem. »Ich bin jetzt in einem der Waschräume. Ist Fontana noch oben?« Fede klang aufgeregt.

»Er ist auf jeden Fall noch nicht hier vorbeigefahren.« Max informierte sie, wo er sich befand. »Ich komme dich jetzt abholen. Mir wird das zu heiß … die ganze Angelegenheit, die latente Gefahr, der du dich aussetzt.«

»Nein, ich bin nicht fertig mit meinen Recherchen. Lass mir noch etwas Zeit.«

»Und wenn Fontana zurückkommt? Vielleicht weiß er längst über unser Vorhaben Bescheid.« Max versuchte, seine flatternden Nerven zu beruhigen. »Was hast du bislang herausgefunden?« Sein Magen knurrte, er hätte etwas essen sollen, anstatt das Plättchen einer überheblichen Person zu schenken.

»Ich habe ein Buch gefunden, das über die Hintergründe des Sanatoriums Aufschluss geben könnte.«

»Ein Buch?«

»Verfasst wurde es von Dottore Caprici. Sein Name steht über dem Eingang von Santa Madre. Er muss der Gründer des Sanatoriums gewesen sein. 1917 hatte er seine therapeutischen Methoden zu Papier gebracht. Ich fresse einen Besen, wenn Fontana diese nicht befolgt. Ich habe auch Patientenakten gefunden und erste Einträge über mich. Man will prüfen, ob ich vom Bösen besessen bin ...«

»Bitte was?« Max spürte einen heftigen Stich in der Brust.

»Nun ja, ich gab ihnen am Anfang allen Grund, um mich als Wahnsinnige zu sehen. Kommt dazu, dass eine gewisse Shanice Pellegrini bereits mehrere entsprechende Therapien bekommen hat. Ich habe Shanice kennengelernt und mit ein paar Patienten hier über sie gesprochen. Sie soll schon mehrmals im Sanatorium gewesen sein. Aber Fontanas Therapie scheint bei ihr nicht anzuschlagen. Im Gegenteil: Shanice soll es schlechter gehen als je zuvor.«

»Glaubst du, da sind auch Medikamente im Spiel, die ...«

Max erinnerte sich an das Mandat, das er im Sommer vor einem Jahr von einem Arzt bekommen hatte. Dieser hatte einen Berufskollegen in Verdacht gehabt, ein von der Swissmedic nicht zugelassenes Medikament gegen Rheuma in Umlauf gebracht zu haben. »... Constance Glatthard in ihrer Apotheke hergestellt hatte?«

»Aber das würde unsern Verdacht komplett auf den Kopf stellen.«

»Irre ich mich, oder haben wir noch keine konkreten Verdachtsmomente?« Max wischte sich Schweiß von den Schläfen. Die Sonne schien durch die Scheiben und überhitzte das Wageninnere. Um nicht aufzufallen, hatte er das Cabriodach geschlossen gelassen.

»Ich lege jetzt auf und werde mich wieder melden, falls es die Situation zulässt. Ich muss aufpassen.«

Max vernahm nur noch das Freizeichen.

Er ließ den Motor an und fuhr von der Rosenlaui auf die

Scheideggstraße. Er fuhr mit überhöhter Geschwindigkeit über die schmale Straße und konnte im letzten Moment einem Postauto ausweichen, welches ihm entgegenkam.

Im Hotel traf er Milagros an. Zufällig oder nicht? Sie war, wie sie sagte, gerade eben von einem Ausflug zurückgekommen. Es kam ihm vor, als verfolgte sie ihn wie ein Schatten.

Max setzte sich auf einen Sessel, versuchte, seine Nerven zu beruhigen. Es gelang ihm nicht ganz. »Wo bist du gewesen?«

»Ach, ich spazierte der Aare entlang, wollte in die Schlucht gehen, als ich Frau Glatthard antraf.«

»Du kennst Constances Mutter?« Was hatte sich Milagros wohl ausgedacht? Max fuhr mit der flachen Hand an seine Stirn. »Du hast meine Rapporte gelesen.«

»Rapporte nennst du die?« Milagros winkte den Kellner an ihren Tisch. »Sie sind unvollständig. Hast du gewusst, dass Constance Glatthard eine Art Tagebuch geführt hat?«

»Wie kommst du darauf?«

»Frau Glatthard hat es mir ausgehändigt.« Milagros griff in ihre X-Large-Tasche und holte einen Bund Dokumente heraus.

»Sie wünschen?« Der Kellner baute sich vor ihnen auf.

»Champagner im Burgunderglas und für meinen Sohn eine Stange.« Milagros wandte sich an Max. »Du trinkst doch Bier, oder willst du etwas Neues anfangen?«

Max missfiel diese Bemerkung, obwohl er Milagros' Zynismus zur Genüge kannte. »Gern eine Stange.«

Der Kellner entfernte sich vom Tisch, nachdem er die Bestellung auf seinem Tablet notiert hatte.

Max wandte sich wieder an Milagros. »Du warst nicht zufällig dort, oder?«

»Nein, bewusst. Ich ermittle auf meine Art und stopfe die Löcher, die du und Federica hinterlasst. Ich vertiefe mich in die Details.« Sie lachte amüsiert. »Schau mich nicht so an.«

Max nahm die Dokumente an sich. Er blätterte sie von hinten nach vorn durch, ohne sich auf etwas zu konzentrieren. Die

Sorge um Fede beeinträchtigte seine Konzentration, ließ die Buchstaben vor seinen Augen tanzen, lenkte ihn ab.

»Ich habe Corinne Häberli gefunden.«

»Corinne Häberli?« Max hatte Mühe, den Namen zuzuordnen.

»Du weißt schon, Carlo Andereggs Ex-Freundin, die Köchin, die hier gearbeitet hatte.«

Max ließ sich seine Überraschung nicht anmerken. Er schämte sich, dass er den Namen vergessen hatte. »Wo hält sie sich auf?«

»Ich habe mich mit ihr verabredet«, wich Milagros aus.

Max sah ihr an, dass sie log. »Wie kommst du dazu?«

Milagros nahm den Burgunderkelch entgegen, den der Kellner brachte.

Max bedankte sich für die Stange, nickte dem Kellner zu, setzte das Glas an die Lippen und trank. Das kühle Bier rann über seine Kehle. Unter normalen Umständen hätte es ihn entspannt. Er stellte das Glas auf den Tisch zurück. »Das wäre *mein* Job. Wie hast du sie gefunden?«

»War ganz einfach. Frau Glatthard hat mir von ihr erzählt. Als Corinne Häberli als Küchenchefin in diesem Hotel gearbeitet hatte, waren die Glatthards oft Gast hier.«

»Die Glatthards kannten sie?«

»Ja.« Milagros schlürfte den Champagner und naschte von den Chips, die der Kellner gebracht hatte. Es klang, als würde sie die Schale einer Weinbergschnecke zerbeißen. »Weißt du«, sie lehnte sich nach vorn. »Ich mag zwar James Bond, aber das heißt lange nicht, dass ich seine Action nachahmen muss ... wie du das tust.«

»Was willst du damit sagen?« Max spürte den subtilen Seitenhieb seiner Mutter, hatte jedoch keine Ahnung, worauf sie damit hinauswollte.

»Du rennst und fährst durch die Gegend ... ich ziehe sachliche Abwägungen vor. Zuerst überlegen, dann handeln.« Sie lächelte maliziös.

Max schauderte es.

»Als Küchenchefin, habe ich mir gedacht, ist man bekannt. Also fragte ich mich mal durch. Und siehe da, auch bei den Glatthards ist Corinne Häberli keine Unbekannte.«
»Was hat Frau Glatthard wegen der Bisswunden gesagt?«
»Nichts. Das war kein Thema. Und soviel ich weiß, fehlten die bei Constance.«

Max trank das Bier aus. Er vermochte nicht, hier sitzen zu bleiben. Er hielt seine Mutter nicht aus. Einerseits hätte er sich bei ihr für den Einsatz bedanken können, andererseits regte ihn ihre Vorwitzigkeit auf. Nachdem sie ihre letzten Fälle souverän gelöst hatten, blieb ein übler Nachgeschmack hängen. Nie war etwas nach Plan gelaufen. Während Fede mit Verstand arbeitete, überwogen bei Milagros die Gefühle. Max bewegte sich mit seiner Methode dazwischen. Aber letztendlich machte jeder, was er wollte. Es kam durchwegs vor, dass Milagros Befragungen wiederholte, die Fede oder er durchgeführt hatten, weil sie behauptete, sie seien es falsch angegangen. Max vermisste eine klare Vorgehensweise. Doch er musste sich an die eigene Nase fassen. Er hatte den Fall »Anderegg« ohne Rücksprache mit Fede angenommen. Noch schlimmer: Er hatte sie völlig vor den Kopf gestoßen, ihre Ferienpläne ignoriert und sich über ihre Wünsche gestellt.

»Maximilian?« Milagros erinnerte ihn an ihre Anwesenheit.
»Tut mir leid.« Er erhob sich. »Danke für das Bier.«
»Wohin gehst du?«
»Arbeiten.«

**

»Stopp!«

Fede blieb stehen. Kaum hatte sie die Tür zum Nordturm hinter sich zugezogen, stellte sich Baldur ihr in den Weg. Sie hätte gern noch das Buch von diesem Caprici geholt, aber Dr. Borsody war immer noch in Fontanas Gemächern.

»Haben Sie sich wieder verlaufen?« Er packte sie sanft am Arm. Mit seinen Pranken hätte er sie zerdrücken können.

Fede wand sich aus dem Griff, während sie fieberhaft nach einer Ausrede suchte. »Ich hatte mit Frau Dr. Borsody ein Gespräch«, flunkerte sie.

»In Dr. Fontanas Wohnung?«

»Ja, fragen Sie sie selbst. Sie ist noch oben.« Fede war sich ihrer Verwegenheit bewusst. Vielleicht war es aber Dummheit, und sie konnte von Glück reden, wenn Baldur ihr die Lüge abnahm. »Kann ich Shanice besuchen?« Sie lenkte von der verhängnisvollen Situation ab.

»Man hat sie auf diese Etage verlegt.« Baldur bewegte sich Richtung Ende des Korridors.

Fede ging neben ihm. Baldur hatte angebissen und stellte keine kritischen Fragen mehr. Als die Tür zu Fontanas Wohnung geöffnet wurde und Dr. Borsody den Turm verließ, schaute er kurz zurück. Ein wissendes Lächeln blitzte auf seinem Vollmondgesicht auf.

»In der Regel dürfen die Patienten sich nicht gegenseitig auf den Zimmern besuchen. Für Gespräche untereinander sowie Unterhaltung wie Lesen oder Spielen stehen die Gemeinschaftsräume zur Verfügung.«

»Wenn ich schon mal hier bin.« Fede versuchte es auf die naive Art. »Ich war auch mal magersüchtig«, log sie.

Baldur klopfte. Er wartete das »Herein« von Shanice ab, drückte die Klinke hinunter und stieß die Tür auf. »Shanice, ich bin es, Baldur.« Seine Stimme hatte einen zärtlichen Ton angenommen. Er musste in all den Jahren, die er als Pfleger arbeitete, gelernt haben, dass laute Worte das Gegenteil von dem bewirkten, was in einem Sanatorium angestrebt wurde. Heilung durch Achtsamkeit. Diese begann mit einer einfühlsamen Kommunikation.

Shanice saß auf dem Bettrand mit unter das Gesäß geschobenen Händen. Ihre Beine schlenkerten wie zwei Pendel von vorn nach hinten.

Baldur ging zum Fenster und öffnete es.

»Wie geht es Ihnen heute?«

»Beschissen.« Shanice zappelte weiter. Es schien, als stünde sie unter Starkstrom. Dagegen sprachen ihre glanzlosen Augen. Die Haare hingen in Fäden in ihr knochiges Gesicht.
»Ich habe Besuch mitgebracht.« Baldur schenkte ihr ein Lächeln. »Sie kennen sicher Federica.«
Shanice sah auf, musterte zuerst Baldur kritisch, dann Fede. »Möglich.« Mehr sagte sie nicht.
So, wie es den Anschein machte, hatte man Shanice sediert. Die einfachste Art, einen Patienten ruhigzustellen. Hatte man sie für die Spezialtherapie bereits vorbereitet? Ihre Nervosität widerlegte die Vermutung. Fede brannte die Frage auf der Zunge: »Hat sie beruhigende Medikamente erhalten?«
Baldur musterte sie mit dem Blick eines Bernhardiners. »Wollten Sie etwas sagen?«
Fede wandte sich ab. Verflixt! Sie musste sich beherrschen. Es fiel ihr schwer, sich als Dummchen zu präsentieren. »So … so … so …« Sie versuchte mit Stottern von ihrem klaren Geist abzulenken. »Darf ich bleiben?«
»Nur unter meiner Beobachtung.« Baldur setzte sich auf einen Stuhl in der Nähe der Tür.
Ein Gefängnis. Anders konnte man das Patientenzimmer nicht beschreiben. Ein steril wirkendes Eisenbett, ein schmaler Schrank, die Kommode, ein kleiner Tisch, zwei Stühle. Alles in einem schmutzigen Weiß. Nichts zierte die Wände, außer Kratzspuren, verzweifelter Patienten vielleicht? Fede schaute genauer hin. Ein paar Verfärbungen, was an verblasstes Blut erinnerte. Fede schauderte, während sie sich vorstellte, wie die Patienten ihre Köpfe an die Wände schlugen. Wer hier lebte, war auf sich selbst gestellt, mehr noch, er war gezwungen, sich mit dem Ich auseinanderzusetzen. Keine Ablenkung durch Farben oder Überflüssiges. Einzig das schmale vergitterte Fenster war das Tor in die Welt draußen.
Als hätte Baldur ihre Gedanken gelesen, fügte er an: »Die Reduktion auf das Wesentliche hilft, die verwundete Seele kennenzulernen und sich mit ihr zu befassen.« Er sprach schon

wie Fontana. Ob er auch dessen fragwürdige Therapien unterstützte?

Fede hätte gern mehr darüber erfahren. Aber wie sollte sie fragen, ohne ihre Absichten zu verraten? War Baldur klug genug, um sie zu durchschauen? Sie durfte kein Risiko eingehen. Sie zog den zweiten Stuhl in Shanices Nähe und ließ sich nieder. Sie griff nach ihren Händen, die sich mager und eiskalt anfühlten. Fast hätte sie ihre Hände vor Schreck zurückgezogen. Es fühlte sich an, als berührte sie eine Tote.

Baldurs Handy piepte. Er holte es umständlich aus seiner Hosentasche. »Man sucht mich«, sagte er zu sich selbst. Er meldete sich und hörte. »Ja, ich komme.« Baldur erhob sich und wandte sich an Fede. »Wenn Sie artig sind, lasse ich Sie mit Shanice allein. Aber keine Mätzchen.« Er verwies auf die Kamera in der einen Ecke des Zimmers. »Sie stehen unter Beobachtung.« Er schlurfte zur Tür. »Ich bin gleich zurück.«

Fede wartete, bis die Tür ins Schloss gefallen war. Sie vernahm das Geräusch eines sich drehenden Schlüssels. Sie war eingesperrt. Auf dem fünften Stock mit Gitterstäben vor dem Fenster. Eine Fluchtmöglichkeit gab es nicht.

Fede beugte sich zu Shanice hinüber. »Ich will Ihnen helfen.«

Shanice sah sie müde an. »Helfen? Warum?«

»Ich sehe doch, was mit Ihnen los ist. Sie sind intelligent. Aber man hält Sie hier fest, pumpt Sie mit weiß ich was voll und nimmt Ihnen den Willen.«

»Sie wissen gar nichts.«

Fede wusste nicht, ob ihre Worte bei ihr angekommen waren. Vor ihr saß das Gegenteil von der Frau, die sie in der Bewegungstherapie kennengelernt hatte. Fede stand auf und sah sich um. Unter dem bedrohlichen Blinken der Kamera ging sie zum Schrank und öffnete ihn. Ein paar Kleider hingen an uralten Bügeln. Auf mehreren Tablaren lagen Unterwäsche, Hosen und Pullover. Genug für einen längeren Aufenthalt im Sanatorium. Fede griff hinter einen Stapel Socken, unschlüssig, wonach sie suchte. Tabletten, welche die Patientin nicht eingenommen und versteckt hatte, einem Hinweis auf Drogen. Hinter einem Paket Papiertaschentücher ergriff sie eine Plastiktüte. Sie zog sie vorsichtig hervor. Fede wandte sich zu Shanice um. »Darf ich?«

Shanice sprang auf. »Nein!«

Doch Fede hatte die Tüte bereits geöffnet und sah hinein. Sie hielt eine Zahnüberkronung mit vier langen Eckzähnen in der Hand. »Was ist das?«

»Leg das sofort wieder zurück! Das geht dich nichts an.«

Fede drehte der Kamera den Rücken zu und hoffte, es gab keine Tonaufnahmen. Sie begutachtete die sonderbare Prothese. An deren spitzen Zähnen klebte Blut. Sie ahnte plötzlich, wen sie vor sich hatte. »Wo warst du am 15. und am 19. Juni?«

Shanice sah sie verständnislos an. »Hier.«

»Du lügst. Du warst bei den Reichenbachfällen.«

»Nein, war ich nicht. Ich weiß ja nicht einmal, was ich gestern getan habe. Was soll das?«

»Das frage ich dich.« Fede wies auf das Gebiss. »Hast du damit jemanden gebissen?«

»Klar doch ... ich bin Graf Dracula. Immer um Mitternacht schleiche ich mich aus dem Haus und gehe auf Blutsuche.«

»Das ist nicht lustig.« Fede steckte die Zahnprothese in den Beutel zurück und legte diesen in den Schrank. Sie nahm ihr Smartphone zur Hand und schrieb Max eine SMS, plötzlich nicht mehr sicher, ob sie Shanice mit ihrer Heftigkeit nicht doch zu viel zugemutet hatte. Die Kamera hatte sie vergessen.

***

»Lupo« stand in unübersehbaren schwarzen Lettern über dem Torbogen, den man über eine Rampe erreichte. Milagros ging über eine seitliche Treppe hoch und gelangte zu einer Tür, die sie von unten nicht beachtet hatte. Hier also arbeitete Corinne Häberli, nachdem sie sich nach dem Klinikaufenthalt ins Berufsleben wieder eingegliedert hatte. Bei »Lupo«, dem Großhändler, der kleine und mittlere Lebensmittelläden belieferte. Hier arbeitete auch Frau Sommerhalder, die Mutter der verstorbenen Evelyne, im Büro, wie Max erzählt hatte.

Die Tür war geschlossen. Milagros rüttelte, in der Meinung, sie würde sie aus dem Schloss drücken können oder jemand hörte sie. Keine Chance, in die Räume dahinter zu gelangen. Was nun? Umkehren und unverrichteter Dinge ins Hotel gehen? Milagros sah über die Rampe auf den Vorplatz. Sie zählte acht identisch beschriftete Lastwagen, die nebeneinander parkten. Freitag war es und der Nachmittag fortgeschritten. Milagros ging zur Tür zurück. Sie polterte auf das stählerne Türblatt.

»Kann ich Ihnen helfen?« Die Stimme kam von unten.

Milagros wandte sich ertappt um. Auf der Treppe kam ihr ein junger Typ entgegen, der die Macke hatte, seine zu lang geratenen Stirnfransen immer wieder über den Kopf zu streichen. Auf ihrer Höhe angekommen, streckte er die rechte Hand aus. »Sven Heller ist mein Name. Ich bin hier der Chef.«

Potz Donner!

»Milagros von Wirth.« Sie erwiderte seinen Händedruck. Ihr entging nicht, wie er einen Moment zögerte. »Ich wollte eigentlich zu Corinne Häberli. Sie arbeitet doch hier?«

»Corinne, natürlich. In der Qualitätssicherung. Sie ist gelernte Köchin und kümmert sich vorwiegend um die Esswaren. Aber sie ist längst nach Hause gegangen. Sie haben Glück, dass *ich* da bin.«

Als »Glück« empfand es Milagros nicht. Sie hätte lieber gleich mit Corinne Häberli gesprochen. »Schließen Sie immer so früh an einem Freitag?«

»Nur heute, ausnahmsweise.«

»Wo kann ich Frau Häberli erreichen?«

»Ich nehme an, sie ist bei ihrem Freund.«

»Aha, und hat dieser Freund einen Namen?« Milagros verabscheute es, den Leuten die Würmer aus der Nase ziehen zu müssen.

»Marcel Rufibach. Soll ich Ihnen die Adresse notieren?«

»Sehe ich so aus, als könnte ich mir eine Adresse nicht merken?« Zu spät. Milagros entschuldigte sich für ihr arrogantes Verhalten. »Marcel Rufibach, sagten Sie?« Milagros erinnerte sich an Max' Rapport. Dort tauchte der Name bereits im Zusammenhang mit Corinne Häberli auf. Aber dass die beiden liiert waren, stand nirgends.

Heller setzte ein gefrorenes Lächeln auf und nannte die Adresse.

»Danke.« Milagros blieb stehen. »Vielen herzlichen Dank für Ihre Auskunft.« Auch wenn sie davon ausging, Heller nie mehr zu begegnen, wollte sie keinen negativen Eindruck hinterlassen.

Als sie über die Treppe nach unten ging, hatte sie das beklemmende Gefühl, Heller könnte Corinne Häberli über ihr Kommen informieren.

In den Gärten hantierten Männer und bereiteten sich für den Grillabend vor. Sie trugen Körbe voller Holz herbei und stapelten es unter dem Grillrost. Milagros läutete bei Rufibach. Ein Türsummer ertönte, und sie betrat ein Treppenhaus, in dem es nach Verbranntem roch. Er ließ sie nicht lange warten. Rufibach hatte ein Frotteetuch um seinen Hals geschlungen, sein Gesicht war eingeschäumt. Offenbar war er daran, sich zu rasieren.

»Entschuldigen Sie die Störung.« Milagros sah ihn unverblümt an. Sie genoss es, den jungen Mann zu verunsichern.

»Zeugen Jehovas?«, fragte er nur.

Ein Witzbold. »Ich möchte gern Corinne Häberli sprechen. Man hat mir gesagt, ich würde sie hier finden.« Milagros versuchte, an Rufibach vorbei in die Wohnung zu blicken.

Er ließ sie nicht eintreten, versperrte ihr im Gegenteil den Zugang und füllte den ganzen Türrahmen aus. Er drehte den Kopf zur Seite. »Corinne, dein Typ ist gefragt.«

Sekunden verstrichen, in denen Milagros und Rufibach sich visuell beschnupperten, bis er das Schweigen brach. »Ich muss leider zur Arbeit.«

»Sie sind doch der Küchenchef des Parkhotels Escada. Ich erinnere mich. Ich habe Ihr Bild im Hotelprospekt gesehen.«

Rufibach schenkte ihr endlich ein Lächeln, und Milagros rühmte sich ihres Auftretens wegen. Die Leute vertrauten ihr. »Kommen Sie rein. Aber regen Sie sich nicht über meine Unordnung auf. Meine Wohnung ist zu klein für zwei Personen. Wir werden bald umziehen.«

Corinne Häberli war wesentlich älter als ihr Freund und präsentierte ihre ganze Üppigkeit wie die Primadonna eines Modekatalogs für Übergrößen. Sie stand da mit geröteten Wangen, wusste anscheinend nicht, wohin mit ihren Händen.

Milagros reichte ihr die Hand zur Begrüßung. »Gut, habe ich Sie getroffen.«

»Kennen wir uns?«

»Ich mag mich nicht erinnern. Aber ich habe erfahren, dass Sie einst Küchenchefin im Escada waren, bevor Ihr Freund zu Ihrem Nachfolger wurde.« Milagros sah zu Rufibach hinüber, der sich den Rest des Rasierschaums aus dem Gesicht gewaschen hatte und sich nun ein Hemd anzog. »Was wollen Sie von Corinne? Ihr Sohn war doch schon da. Max von Wirth, ist doch Ihr Sohn, oder? Warum lassen Sie Corinne nicht einfach in Ruhe?«

»Lass gut sein, Marcel.« Corinne Häberli versuchte, ihr linkes dickes Bein über das rechte zu schwingen, was ihr fast nicht gelang. »Wir sind noch nicht so lange zusammen. Wie sind Sie an meine aktuelle Adresse gekommen?«

»Herr Heller von ›Lupo‹ war so freundlich.«

Corinne Häberli plusterte ihre Wangen auf. Die rosa geschminkten Lippen verschwanden in den Hamsterwangen. »Das sieht ihm ähnlich.« Sie ließ die Luft ab. Es gab ein zischendes Geräusch. »Komisch, er hat mich nicht angerufen. Aber was soll's. Verraten Sie mir, weshalb Sie mich sprechen wollen? Ich bin es nicht gewohnt, mit Wildfremden zu plaudern.« Sie sah zu ihrem Freund hinüber. »Weshalb hast du nicht gesagt, dass man mich sucht?«

»Ich wollte dir den Ärger ersparen.« Rufibach knöpfte das Hemd zu.

»Ich will Sie nicht lange behelligen«, fuhr Milagros dazwischen. »Sie haben sicher von den Suiziden bei den Reichenbachfällen gehört.«

»Suizide?«, fuhr Corinne Häberli ihr ins Wort. »Ich dachte, es sei Mord. Und ich weiß auch, wer verdächtigt wird. Nach sieben Jahren hat er wieder zugeschlagen, nachdem er Ende März auf freien Fuß kam.«

»Deswegen bin ich hier. Ich gehe davon aus, dass der eigentliche Mörder noch frei rumläuft, und es ist nicht Ihr Ex-Freund.«

»Wie kommen Sie darauf, dass er es nicht ist?«

»Darf ich dich unterbrechen?« Rufibach nahm seine Freundin am Arm und drückte ihr einen Kuss auf die Wange. »Wir sehen uns nach Mitternacht.« Er verabschiedete sich, augenscheinlich froh, musste er sich mit dem Thema Carlo Anderegg nicht auseinandersetzen.

»Wer sind Sie überhaupt?« Corinne Häberli machte Stielaugen.

»Ich bin Detektivin.«

»Finden Sie sich nicht zu alt für diesen Job? Ich meine, Sie sind ja keine vierzig mehr. Ich tippe auf Rentnerin.«

Milagros schluckte die Demütigung hinunter. »Ich betreibe zusammen mit meinem Sohn und ...« Sie überlegte, ob die Bemerkung angebracht war. »Und meiner Schwiegertochter eine Detektei, und wir wurden mit dem Fall betraut. Ich selbst setze auf Erfahrung.«

»Ich kann mir etwa vorstellen, wer Sie beauftragt hat. Es war gewiss Sandro Anderegg. Keine Ahnung, warum er seinen Bruder in Schutz nimmt. Carlo wollte mich ermorden. Basta.«

»Lassen wir die beiden Brüder aus dem Spiel und versuchen, die jüngsten Fälle neutral zu betrachten.«

»Gut, wie Sie wollen.« Corinne Häberli grunzte etwas vor sich hin. »Aber ich glaube nicht, dass ich Ihnen helfen kann. Die Polizei war schon hier. Ich kann Ihnen nicht mehr sagen als das, was ich den Bullen schon erzählt habe. Carlo, um noch einmal auf ihn zurückzukommen, hatte mich gebissen, bevor er mich über die Brüstung stieß.«

»Er behauptet, Sie hätten es gemocht.«
»Aber nicht öffentlich, wo jeder es sehen konnte.«
Milagros ließ ein paar Sekunden verstreichen. »Sie hatten ihn einmal sehr geliebt, nicht wahr?«
Corinne Häberlis Hals bewegte sich heftig. »Ja, ich hatte ihn geliebt, das stimmt.«
»Was war der Grund, um ihn mit Ihrer Aussage hinter Gitter zu bringen?« Milagros war sich bewusst, damit den Rausschmiss zu provozieren.
Corinne Häberli verbarg ihr Gesicht in den Händen. Als sie die Hände senkte, hatte sie Tränen in den Augen. »Er hatte eine andere Geliebte. Ich wollte es ihm heimzahlen ... und trotzdem war es versuchter Mord.«

***

»Du musst dort sofort weg.« Max riss sich zusammen, um nicht ins Smartphone zu schreien. Er hatte sie angerufen, nachdem sie ihn über ihren verstörenden Fund informiert hatte. »Wo bist du jetzt?«

»Zurück in meinem Zimmer. Diese Zähne, von denen ich dir geschrieben habe, machen den Anschein, als wären sie von einem Profi hergestellt worden. Das waren keine Plastikzähne. Die Beißer waren scharf und voll von getrocknetem Blut.«

»Ich werde einen Zahnarzt kontaktieren. Ach, das weißt du noch gar nicht. Milagros hat in diese Richtung bereits recherchiert. Sie war bei mehreren Zahnärzten und hat sich nach der Herstellung spezieller Zahnprothesen erkundigt. Dass du aus der Klinik verschwindest, hat jetzt aber Priorität.« Max würde später näher auf die Gebisse eingehen. Er erwähnte die Lücken im Maschendrahtzaun bei der hinteren Zufahrt zum Sanatorium. »Hast du eine Möglichkeit, das Haus unbemerkt zu verlassen und zum Tor im Wald zu gelangen? Ich werde dich dort abholen.«

»Schwierig. In einer Stunde gibt's Nachtessen. Sollte ich nicht im Speisesaal sein, wird man mich suchen. Zudem sind hier überall Kameras. Ob die Überwachungszentrale besetzt ist, weiß ich nicht. Wo sie sich befindet, lässt sich nicht mit Sicherheit sagen. Ich tippe auf das Büro in Fontanas Wohnung, aber sie könnte auch im Keller sein. Dort war ich noch nicht. Vielleicht wird nur sporadisch kontrolliert.« Fede ließ ein Seufzen vernehmen. »Ich werde die Nacht hier verbringen. Ich habe das Gefühl, da wird noch einiges zum Vorschein kommen, wenn ich mich genug lange gedulde.«

»Nein, wirst du nicht.« Max stellte Fedes Können nicht in Frage, aber er fürchtete sich vor den Patienten, ihren Psychosen, ihren unberechenbaren Anfällen. Und vor allem vor Shanice. Hatte Fede das Corpus Delicti gefunden? Und die Mörderin?

Max kannte Shanice nicht. Er wusste nur das, was Fede über sie erzählt hatte. Sie sei eine dünne Frau, mit wenig Kraft, habe aber eine Energie in sich, die sich mit nichts Irdischem vergleichen ließ.

»Komm schon, Max, lass mich einfach machen. Ich werde auf der Hut sein. Vertraue mir.«

»Ich lasse dich ungern dort.« Wohl war Max nicht. Ein Sanatorium, in dem auch Geisteskranke untergebracht waren, hatte etwa die gleiche Wirkung wie eine geladene Pistole an der eigenen Stirn. Das Risiko im Sanatorium war nicht abzuschätzen. Fede stand exakt in der Schusslinie.

»Vertraue mir.« Der Satz hörte sich wie ein Betteln an.

»Okay.« Es brachte nichts, wenn er Fede maßregelte. Es würde nur noch schlimmer werden. »Du weißt, wie du mich erreichen kannst.«

Fede ließ ein Lachen vernehmen. »So gefällst du mir.«

SIEBZEHN

Fede hatte sich nach dem Nachtessen schlafen gelegt. Ein bis zwei Stunden genügten, um sich ausgeruht zu fühlen. Als sie erwachte, musste es jedoch weit nach Mitternacht sein. Sie ließ die Augen geschlossen und innere Bilder an sich vorüberziehen. Falls Shanice mit den Morden zu tun hatte, hätte sie das Sanatorium verlassen müssen. Mutmaßlich war sie am 26. und 28. April nicht im Santa Madre gewesen. Sie habe sich oft selbst entlassen oder sei einfach verschwunden, hieß es. Nach Max' Beobachtungen nicht unmöglich, da man den Maschendrahtzaun beim waldseitigen Zugang ohne Weiteres auseinanderziehen konnte.

Fede musste herausfinden, ob Shanice am 15. und 19. Juni außer Haus gewesen war. Sicher würde es einen unter den Patienten geben, der sie beobachtet hatte. Flo vielleicht? Der mit dem Burn-out? Er war der stille Beobachter, einer, der über die anderen Patienten Bescheid wusste. Er war auch über Barbaras Zustand im Bild, kannte ihre Sucht, hatte ihren Leidensweg sogar mitverfolgt. Flo war ein Mann, dem man die eigene Not anvertraute, weil er selbst offen über seine Krankheit sprach.

Fede setzte sich auf den Bettrand und strich die Haare aus ihrem Gesicht, bevor sie die kleine Nachttischlampe anknipste. Die Schlaftabletten, die man ihr am Vorabend verabreicht hatte, waren unter ihrer Zunge gelandet, bis die Nachtschwester das Zimmer verlassen hatte, später in der Innentasche ihres Trainingsanzugs verschwunden. Trotzdem fühlte sie sich müde.

Sie streifte sich das Leinenhemd über. Sie fing an, sich darin zu gefallen. Vernachlässigte Körperpflege, verwuscheltes Haar – man nahm ihr die psychisch Kranke weiterhin ab. Na ja, sie übertrieb, aber es begann ihr Spaß zu machen. Sie ging zur Tür und öffnete sie einen Spaltbreit. Der Korridor dämmerte im üblichen Nachtlicht, die roten Lämpchen der Kameras blinkten. Fede war sich nun sicher, dass diese nur zur Abschreckung dienten und nicht bedient waren. Unter dem gestrengen Blick der Ahnen schritt sie zum Treppenhaus und einen Stock höher. Flos Zimmer lag ganz hinten. Im selben Moment, als Fede sich an den Wänden entlang in die westliche Richtung begab, nahm sie Geräusche aus dem fünften Stock wahr. Sie blieb stehen, drückte sich näher an die Wand und sah zu der Treppe, von der sie gekommen war.

Jemand huschte an ihr vorbei. Im schwachen Schein der Nachtbeleuchtung erschien die Gestalt wie ein Schemen, ein weißes Gespenst, das über die Treppe zu schweben schien.

Fede folgte ihm. Mit einem angemessenen Abstand ging sie hinter ihm her bis zum Erdgeschoss. Der Speisesaal lag da wie eine Katakombe. Stille auch hier. Eine trübe Funzel war beim Durchgang zur Küche an einer Säule angebracht und warf geheimnisvolle Schatten. Durch die Fensterscheiben flimmerte matt die einzige Laterne am Anfang des Pfads, der im Wald endete.

Das Wesen vor ihr öffnete die Tür nach draußen. Sie war unverschlossen, was Fede erstaunte. Bevor die Tür ins Schloss fiel, vermochte sie, sie festzuhalten. Der Blick nach draußen war ein Blick ins Dunkel, dorthin, wo der Schein der Laterne nicht hinreichte.

Die weiße Gestalt löste sich im Nichts auf. Wenn Fede ihr folgte, musste sie sich auf die Geräusche konzentrieren. Die Grillen waren längst verstummt. Der weit entfernte Ruf eines Kauzes drang wie durch Watte hierher und tönte schauerlich. Fede zog ihre Hausschuhe aus und ging barfuß weiter. Ab und zu ließ sie ihr Handy aufleuchten. Der Überfall neulich machte sie vorsichtig. Sie drehte sich um, erkannte die Umrisse des Sanatoriums wie einen Scherenschnitt. Bei zwei nebeneinanderliegenden Fenstern brannte Licht wie unheimliche Augen in der Dunkelheit.

Fede versuchte, die Richtung zum Tor nicht zu verlieren. Der Wald kam ihr wie ein Labyrinth vor. War es am hellen Tag schon schwierig, sich zwischen den Bäumen zurechtzufinden, die Nacht erschwerte die Orientierung fast gänzlich.

Ein Rascheln näherte sich ihr. Fede duckte sich. Es war ihr, als sähe sie sich plötzlich mit zwei Gestalten konfrontiert. Sie konnte sich auch täuschen. Über ihr wogten die Kronen der Bäume, ein feiner Luftzug streifte ihr Gesicht. Oder war es die Berührung einer Hand?

Mach dich nicht verrückt. Je weiter sich Fede vom Sanatorium entfernte, desto weniger war sie davon überzeugt, das Richtige zu tun. Was, wenn sie ein weiteres Mal überfallen wurde? Sie würde liegen bleiben und vielleicht erst am Morgen entdeckt werden. Sie streckte ihre Hände nach vorn aus. Sie stieß auf Holz, auf eine Bank. Sie war im Kreis herumgeirrt. Sie setzte sich und vergewisserte sich, dass nichts Abnormales mehr in der näheren Umgebung war. Sie tippte Max' Nummer aufs Handy.

Er meldete sich nicht.

***

Fontana betrat den Balkon und streckte sich. Der Blick auf das Wellhorn war überwältigend. Die ersten Sonnenstrahlen berührten seine Spitze, ließen sie wie Magma aufflammen. Fontana mochte den Morgen, das Unberührte der ersten Stunde. Er fühlte sich frei, vergaß, dass er ein Sanatorium führte. Die Patienten existierten in einem anderen Leben. Manchmal brauchte er die Möglichkeit, sich aus dem Alltag zu klicken. Er kam gern hierher, auf die Schwarzwaldalp, die übers ganze Jahr Ruhe und Erholung bot. Manchmal saß er stundenlang am Reichenbach und lauschte dem Gesang des Wassers, sah der sprudelnden Gischt zu und kehrte ganz in sich selbst zurück. Er machte Spaziergänge bis zum Hotel Rosenlaui oder weiter bis zum Bauernhof, wo selbst gemachte Konfitüre und Brot angeboten wurden, manchmal auch Käse von der Alp. Er lag im Gras und schaute den Schmetterlingen beim Sonnentanz zu.

Es war nicht immer einfach mit seinen Patienten. Zu viele Geschichten, die im Sanatorium zusammentrafen, ungewöhnliche Schicksale, über die er stehen musste. Dann wurden die finsteren Seelen zu seinem Feind. Sie bewiesen die Existenz des Bösen. Und diesen Mächten musste er die Stirn bieten.

Am Abend hatte er sich mit Belinda verabredet. Es war lange her, dass sie gemeinsam ihren Lebensweg beschritten hatten. Das Haus hier war ihrer beider Rückzugsort gewesen. »B. A.« auf dem Schild über der Klingel beim Eingang, ihre Initialen. Belinda und Alfons. Die Apothekerin und der Psychiater. Er hatte das Kleinod für sie gekauft. Glückliche Jahre hatten sie darin verbracht, bis Belinda sich mit seinen therapeutischen Maßnahmen nicht mehr identifizieren konnte. Er habe sich verändert, hatte sie ihm an den Kopf geworfen, er sähe bloß den Profit. Aber hatte er je profitieren können, wenn nicht einmal die Krankenkassen die Therapien bezahlten? Ein Kurpfuscher sei er, war das Mildeste gewesen, das Belinda ihm entgegengeschrien hatte, einer, der seinen Berufsstand für unlautere Behandlungen ausnützen würde.

Er hatte Medizin studiert und eine beispiellose Karriere hingelegt. Er war nicht auf dem Wissen in den Lehrbüchern sitzen geblieben, hatte geforscht und dazugelernt. Und experimentiert. Als ihm Capricis Tagebücher in die Hände gefallen waren, fühlte er sich in seinen Vermutungen bestätigt. Diabolische Mächte machten die Menschen krank. Beweise existierten genug. Selbstverstümmelung der Patienten, fremde Stimmen, die aus ihnen sprachen. Herkömmliche Medikamente, die nicht wirkten. Er hatte seine eigenen Rezepte ausgetüftelt und später diejenigen von Dottore Caprici übernommen.

Shanice war ein Paradebeispiel. Die bis auf die Knochen abgemagerte Vierzigjährige, die einen ungebändigten Willen hatte, war der Beweis dafür, dass sie fremdgesteuert wurde. Sie war auf Zerstörung aus, rebellierte mit fremder Zunge, spuckte Galle und hetzte die anderen Patienten gegeneinander auf.

»Guten Morgen.« Die Stimme hinter ihm klang wie ein Reibeisen.

Fontana wandte sich um. »Schon auf?« Am Abend hatten sie ein Angus-Beef auf den Grill geworfen, dazu hatte Carlo einen sämigen Risotto gekocht. In der Küche standen drei Flaschen Rotwein, die sie bis Mitternacht geleert hatten.

Carlo Anderegg, ein guter Freund. Einer, der ihn verstand. Er hatte nie nach dem Sondermüll gefragt, den er monatlich aus dem Sanatorium abholte. Er hatte, im Gegensatz zu seinem Bruder, seine Arbeit still verrichtet und dafür eine angemessene Entschädigung bekommen. Dass er vor sieben Jahren seine Freundin absichtlich über das Geländer bei den Reichenbachfällen gestoßen hatte, glaubte Fontana nicht. Aber was hätte er für seinen Freund tun können? Corinne Häberli war in der psychiatrischen Klinik in Meiringen gewesen, aber nicht im Santa Madre. Fontana hatte keinen Einfluss nehmen können. Er hatte Carlo so oft besucht, wie es ihm nur möglich war, hatte ihm zugeredet und erklärt, dass alles einen Sinn hatte, wenn auch nicht auf den ersten Blick ersichtlich.

Die sieben Jahre hatten Carlo verändert. Fontana hoffte, ihn im Ferienhaus gesunden zu lassen. Er hörte nicht zu, was andere über ihn sagten, und dass er von der Polizei gesucht wurde, war ihm egal. Aber er war sich sicher, Carlo hatte nichts mit den Todesfällen im Reichenbachtal zu tun.

Das Licht am Wellhorn veränderte sich. Die Schatten rutschten ins Tal.

Fontana hatte es sich gründlich überlegt, Belinda zu sich einzuladen. Er hatte das Gästebett frisch bezogen für den Fall, sollte sie seiner Einladung folgen. Ob zwischen ihnen je wieder einmal etwas Intimes entstehen würde, darüber machte sich Fontana keine Gedanken. Aber er wollte wieder mit ihr ins Geschäft kommen.

***

»Hast du etwas von Federica gehört?« Ausgerechnet Milagros musste ihn mit dieser Frage torpedieren.

»Nein, bislang nicht.« Max verschwieg ihr, dass Fede ihn in der vergangenen Nacht mehrmals angerufen hatte, allerdings ohne eine Nachricht zu hinterlassen. Und jetzt meldete sie sich nicht. Er hatte wie in Narkose geschlafen. Nicht der heftigste Sturm hätte ihn aus dem Tiefschlaf wecken können. Nun machte er sich ein Gewissen. Die Angst um Fede blieb bestehen. »Ich muss noch einmal mit dem Zahnarzt sprechen, der von den seltsamen Kundenwünschen berichtet hat.«

»Heiß heute.« Milagros schenkte sich Tee in die Tasse und hörte offenbar nicht hin. Sie schwärmte von dem frisch zubereiteten Aufguss aus Melisse, Minze und Brennnessel und behauptete, dieser rege den Stoffwechsel an und wirke entschlackend.

Sie saßen im Speisesaal und ließen sich das Frühstück schmecken, nachdem sie sich am Buffet ordentlich mit Brot, Butter, Konfitüre und Eierspeisen eingedeckt hatten. Eine Reisegruppe hatte die ganze Front bei den Fenstern eingenommen, was Milagros offensichtlich sauer aufstieß. Max musste sie zur Vernunft bringen, sie hätte sonst einen Aufstand gemacht.

»Ich war gestern bei Corinne Häberli.« Milagros strich sich seelenruhig Butter aufs Brot. »Was immer sie behauptet oder aus Rache tut, ihr traue ich nicht zu, sich groß zu bewegen. Die Frau wiegt gegen die hundert Kilo. Falls Carlo Anderegg sie über das Geländer gestoßen hatte, war sie weniger schwergewichtig gewesen, oder er hatte eine unermessliche Kraft.« Sie nahm die Tasse zur Hand und schlürfte von dem Tee.

Max beobachtete Milagros, wie sie die Tasse wieder auf den Teller stellte und sich den Mund abwischte. Was immer sich Milagros gerade zurechtlegte, er konnte ihr nicht folgen. Ihre Überlegungen waren manchmal gewöhnungsbedürftig. Mit ihren Gedanken war sie heute weit weg.

»Sollte Carlo Anderegg sie trotz meiner Bedenken über das Geländer gestoßen haben, glaube ich dennoch nicht, dass er ein Wiederholungstäter ist.« Sie widmete sich wieder ihrem Brot und bestrich es mit Konfitüre.

»So weit waren Fede und ich auch schon.« Max unterdrückte ein Schmunzeln.

»Ist es Zufall, dass die Mutter der verstorbenen Evelyne Sommerhalder und Corinne Häberli beide bei ›Lupo‹ arbeiten?« Sie nahm einen Bissen und sah Max erwartungsvoll an.

Er griff nach einem Brötchen im Korb. »Meiringen ist ein

Dorf, hat gerade mal fünftausend Einwohner. Die Arbeitsstellen verteilen sich in den Dienstleistungsbetrieben.«
»Oder im Gesundheitswesen.«
»Oder im Gesundheitswesen.« Max hangelte nach seinem Handy und versuchte wiederholt, Fede anzurufen. »Es kann nicht sein, dass sie sich nicht meldet, außer ihr ist etwas zugestoßen.«
Max biss ein Stück Brot ab, legte es in den Teller zurück und erhob sich. »Ich fahre zum Sanatorium.«
»Ich komme mit.«
»Das ist definitiv keine gute Idee.« Max schob den Stuhl an den Tisch. Er würde zuerst den Zahnarzt besuchen. Dr. Blösch, bei dem Milagros vorbeigegangen war.
»Im Gegensatz zu dir bin ich diplomatisch.« Milagros winkte den Kellner zu sich. »Bitte halten Sie meinen Tisch am Fenster frei, wenn wir zurückkommen.«
»Ist etwas nicht in Ordnung, Madame?«
»Ich möchte wieder meinen Fensterplatz. Sie haben doch diese Reservationskärtchen, nicht wahr?«
»Aber sicher, Madame.«
»Dann benutzen Sie sie.«
Max schämte sich. Milagros konnte es einfach nicht lassen.

※※※

»Costa, kann ich dich sprechen?« Für Paulina war es jedes Mal ein Marathon, wenn sie dem Psychiater hinterhereilen musste.
Papadopoulos blieb auf halber Strecke zwischen dem obersten Tritt der Treppe und Etiennes Zimmer stehen. Er drehte sich nach Paulina um. »Mir bleibt nicht viel Zeit.« Er sah auf seine Armbanduhr. »Um elf ist Besprechung mit meinem Team. Ich gehe davon aus, du willst auch teilnehmen. Vorher habe ich Visite.«
»Es geht um die Patienten.« Paulina hatte ihn endlich eingeholt. »Shanice ist verschwunden, und Federica fand ich heute Morgen früh völlig unterkühlt auf der Bank im Garten. Mir

scheint, hier artet im Moment alles aus. Ausgerechnet jetzt nimmt sich der Chef eine Auszeit.«

»Ist wenigstens Johanna da?« Papadopoulos verdrehte kaum merklich die Augen.

Paulina glaubte zu wissen, weshalb. Dass Dr. Fontana und Dr. Borsody sich näherstanden, hatte hier schon längst die Runde gemacht, und dass es die Ärztin nicht allzu ernst mit der Treue nahm, auch. Paulina hatte sogar Papadopoulos in Verdacht, sich mit Dr. Borsody ab und zu ein unverbindliches Schäferstündchen zu gönnen. Die Frau hatte etwas an sich, das die Männer anzog. Aber das ging Paulina nichts an, und aus dem Alter, deswegen eifersüchtig zu sein, war sie längst raus. Sie war schon froh, wenn man ihr ein Lächeln schenkte. »Ich weiß, was du meinst. Ja, sie ist da, müsste eigentlich die Stellung halten. Aber ich habe sie heute Morgen noch nicht gesehen.«

»Gehen wir in Shanices Zimmer.« Papadopoulos hielt bereits den Türgriff in der Hand. »Hat sie sich wieder einmal selbst entlassen?«

»Ich würde mich nicht wundern. Fontana hat ihr erneut eine Spezialtherapie in Aussicht gestellt. Costa«, Paulina hielt ihn am Arm zurück, »es ist an der Zeit, endlich etwas dagegen zu unternehmen. Dr. Fontanas Behandlungen schaden dem Ruf des Sanatoriums.«

Papadopoulos öffnete die Tür und sah ins Zimmer, bevor er eintrat. »Hatte Santa Madre jemals einen guten Ruf?« Er lachte verhalten.

»Du wärst prädestiniert, aus dem Haus eine Goldgrube zu machen.«

»Mir ist es recht, wie es ist. Mir liegen unsere Patienten mehr am Herzen als Zahlen. Und um die geht es doch, sollte ich je einmal den Chefposten bekommen. Beides, meine Liebe, lässt sich nicht vereinbaren. Entweder ist man ein guter Arzt, oder man ist geschäftstüchtig. Ich glaube eher, dass Alfons zu viel auf einmal wollte. Er hätte einen Direktor anstellen sollen. Der Buchhalter allein genügt nicht. Gut«, er fuhr sich mit der rechten Hand über sein Kinn. »Der Stiftungsrat wird auch ein Wörtchen mitreden dürfen. Soviel ich weiß, spart er an allen Ecken und Enden. In den letzten Jahren sind zahlungskräftige Gönner abgesprungen. Es bräuchte mehr Transparenz. Aber solange Alfons auf seinen eigenwilligen, bei einigen Krankenkassen nicht zugelassenen Behandlungen und Medikamenten besteht, sehe ich schwarz für die Zukunft von Santa Madre.«

Paulina konnte es gut nachvollziehen. Für sie spielte es jedoch keine Rolle mehr, ob das Sanatorium weiterbestehen würde. Dr. Fontana hatte Andeutungen gemacht, dass ihre Tage hier gezählt waren. Sie würde mit einem lachenden und einem weinenden Auge gehen. Aber so war nun mal das Leben. Einmal hatte man ausgedient, wie eine alte Lok, die bestenfalls zu Ausstellungszwecken verwendet würde oder ins Eisenbahndepot kam. Paulina mochte ihre Patienten. Egal, wie krank sie waren. Ihretwegen würde sie Tränen vergießen, das wusste sie.

Papadopoulos schritt zum Fenster. »Was nützen Eisengitter, wenn die Tür nicht abgeschlossen ist?«

Paulina kannte Baldurs Fahrlässigkeit, wollte ihn aber nicht verraten. »Federica war gestern hier. Sie hat Shanice besucht.«

»Ich dachte, hier würde man sich an die Regeln halten. Keine Besuche in den Patientenzimmern. Wer hat sie reingelassen?«

Das hatte Paulina auf der Videoüberwachung nicht gesehen. Es war Zufall gewesen, dass sie die Bänder kontrolliert hatte. Sie hatte Baldur ausgemacht und später Federica, wie sie sich an Shanices Schrank zu schaffen machte. »Ich glaube, Federica ist von allein auf die Idee gekommen. Sie hat etwas im Schrank gesucht.«

»Was könnte es gewesen sein?«

»Das konnte ich auf dem Video nicht sehen.«

»Hat sie es eingesteckt?«

»Möglich.«

Papadopoulos ging zum Schrank und öffnete diesen. Er griff wie selbstverständlich auf die Regale und dort hinter die Kleider. Er wiederholte es bei jedem Tablar. »Da ist nichts. Meinst du, Federica hat nach Medikamenten gesucht?« Er machte ein verdrießliches Gesicht. »Hm ... bei ihr gibt es absolut keine Anzeichen von Tablettenmissbrauch. Was wollte sie hier? Ist dir in letzter Zeit etwas an Shanice aufgefallen, was nicht zum Herkömmlichen passt?«

»Schwierig, bei ihr ist nie etwas wie üblich. Du kennst sie doch.«

Papadopoulos warf einen Blick zu den Kleiderbügeln. »Sie hat nichts mitgenommen, auch die Reisetasche ist noch da.«

»Diese hat sie beim letzten Ausbruch auch nicht mitgenommen.«

Nun drehte sich der Arzt frontal zu ihr um. »Wie kommt es, dass sie schon wieder verschwindet? Hat man den Maschendrahtzaun beim hinteren Einfahrtstor nicht repariert?«

»Das ist nicht meine Aufgabe. Und unser Hausmeister ist überfordert. Ihm ist schon das Instandhalten des Gartens zu viel. Und ihm fehlt es eindeutig an der Gabe, die Patienten, die ihm anvertraut wurden, in seine Arbeit einzubinden. Na ja, langsam kommt er in die Jahre ... wie ich.«

Papadopoulos hatte diesmal keine tröstenden Worte für sie. »Wo befindet sich Federica jetzt?«

»In ihrem Zimmer. Ich war vor einer Stunde das letzte Mal bei ihr. Sie hat geschlafen.«

»Was hast du ihr verabreicht?«

»Rohypnol.«

***

Max und Milagros waren zu Fuß unterwegs zu der Resti-Ruine. Es war Milagros' Idee gewesen, den Wagen vorn beim Sherlock-Holmes-Hotel zu parken. »Wir schauen uns die Burg an, dann gehen wir weiter bis zum Sanatorium. Schlimmstenfalls behaupten wir, wir hätten uns verlaufen ... wie Hänsel und Gretel. Am Ende ihres Irrwegs sind sie auf das Hexenhaus gestoßen.« Sie ließ ein helles Lachen vernehmen. »Wer weiß, vielleicht treffen wir auch auf ein solches.«

Nach Spaß war Max nicht zumute. »Wir hätten die Aktion schon früher abblasen sollen. Vielleicht spinnen nicht bloß die Klienten des Sanatoriums, sondern auch die Ärzte.«

»Jetzt male nicht gleich schwarz.« Milagros wies auf den Turm, der sich vor ihnen aus dem Grün erhob, mit der Kulisse der imposanten Miliflue im Nordosten. »Einst war sie die Burganlage des Haslitals. Mehr als vierzig Jahre vor der Gründung der Eidgenossenschaft soll sie entstanden sein und diente dem Schutz der Handelswege. 2004 wurde sie komplett restauriert. Im Wohnturm gibt es eine Stahltreppe, die bis hinauf zum Wehrgeschoss führt. Man kann bis nach oben zu den Zinnen gehen und eine phänomenale Aussicht über Meiringen genießen.«

»Warst du schon mal hier?«

»Vor etwa fünfzehn Jahren, zusammen mit deinem Vater.« Sie seufzte, während sie ein verdrießliches Gesicht machte.

Max ging weiter und folgte dem Pfad, der rechtsseitig in den Wald führte. Um die moosbewachsenen Felsen, auf die man den Turm einst gebaut hatte, breiteten sich üppig verschiedene Pflanzen aus. Ein Dickicht, in welchem man ungern verschwand. Weiter nördlich tauchten die dunkelgrauen Fassaden des Sanatoriums auf, durch die Baumstämme kaum zu erkennen. Je weiter der Weg in den Dschungel hineinführte, umso schmaler wurde er. Ein Fußweg, den Fede gegangen war, bevor sie an der Tür angeklopft hatte.

Dann standen sie davor. Ein unheimliches Anwesen mit fünf Geschossen und zwei Türmen. Unterhalb eines eindrücklichen Bogentors ging beidseitig eine Treppe hoch, mit einem Handlauf, der als Einziger keine Altersspuren aufwies. Die Vorderansicht erinnerte an das düstere Kapitel, als die Nervenheilanstalt während des Zweiten Weltkriegs von einem Soziopathen geführt worden war. Max hatte sich darüber informiert, wie die Mauern einst schwer heilbare Patienten eingeschlossen hatten, wie man an ihnen experimentiert und sie in den Tod getrieben hatte.

Endstation im Santa Madre.

Max hoffte, die Behandlungen würden der heutigen Zeit angepasst sein. So sicher war er sich allerdings nicht. Das Haus spuckte die teuflischen Geschichten geradezu aus. Nichts hier war mit positiven Energien erfüllt. Max raufte sich die Haare. Warum nur hatte er Fedes Vorschlag, sich ins Sanatorium einzuschleusen, nachgegeben? Eigentlich hatte sie sich zuerst dagegen gesträubt. Er war sich auf einmal nicht mehr sicher, was der Auslöser für ihre Selbsteinweisung gewesen war. Das hier war kein Spiel. Und sollte sich, was Max längst vermutete, der Reichenbach-Mörder hier verstecken, war Fede in großer Gefahr.

War es Dr. Alfons Fontana? Der Psychiater mit den absurden Heilmethoden?

Die Opfer hatten ihn vielleicht anzeigen wollen und mussten mit dem Leben bezahlen.

Shanice? Die durchgeknallte Magersüchtige? Die sonderbare Zahnprothese war ein Indiz. Aber warum hätte sie einen Grund gehabt haben sollen, vier Menschen zu töten?

Max hatte den Besuch bei Dr. Blösch verschoben, da die Praxis geschlossen war. Diesmal würde er Milagros nicht vorausschicken. Er wollte selbst mit dem Zahnarzt sprechen.

Max ging über die Treppe nach oben und drückte die Klingel. Sie schrillte wie eine Sirene. Er sah zurück auf den unteren Treppenabsatz, wo Milagros sich am Geländer festhielt. »Alles okay mit dir?«

»Heute macht mir die Hitze zu schaffen. Ungewöhnlich für die Jahreszeit.«

»Es ist Sommer.«

»Ja, schon, aber die Sonne war auch schon kühler.«

»Vielleicht steht sie näher zur Erde als früher«, erwiderte Max zynisch.

Die schwere Tür ging auf und machte ein Geräusch, als würde eine rostige Karre vorbeifahren. Unter dem Bogen erschien eine runzelige Alte, die Max bereits an Anjali Schläppis Beerdigung gesehen hatte.

»Sie wünschen?«

Max hatte sich auf dem Weg hierher überlegt, was er sagen

würde. Nun waren seine Worte wie wegradiert. Er durfte nichts verlautbaren, was Fede schaden könnte.

Schon stand Milagros neben ihm und musterte die Frau mit einem gönnerhaften Blick. Max glaubte, ihre wüsten Gedanken lesen zu können. »Wir würden gern den Arzt sprechen, der meine Tochter Federica betreut. Mein Name ist Milagros von Wirth.«

Milagros!

Max spürte sein Blut kochen. Unter Diplomatie verstand sie einfach nicht dasselbe wie er.

»Federica ... von Wirth heißt sie also.« Die Frau nickte. »Gut, sind Sie da. Federicas Erinnerungsvermögen gleicht dem einer ...« Sie schluckte augenscheinlich das Wort hinunter. »Bitte, treten Sie ein. Ich bin Schwester Paulina. Und ehrlich gesagt, bin ich froh, bekommt Federica endlich eine Identität. Es geht schließlich auch um die Kosten ... bislang wussten wir nicht, wem wir den Aufenthalt und die Behandlungen in Rechnung stellen können.«

Milagros boxte Max sanft in die Seite. »Siehst du?«, flüsterte sie. »Mit Mut geht alles besser.«

»Hast du soeben Fede als deine Tochter bezeichnet?«

»Meine Schwiegertochter.« Milagros lächelte selig vor sich hin. »Gewöhn dich an den Namen.«

Hinter dem Eingang öffnete sich ein düsterer Raum. Ein Lüster mit matten Lämpchen vermochte nicht, jeden Winkel auszuleuchten. Trotz der Historie des Gebäudes sah alles sauber aus. Eine Reinigungsfrau staubte Bilderrahmen ab, in denen sich seltsame Porträts befanden. Max näherte sich einem und las den Namen auf dem Rahmen: »Professor Hieronimus Wullschleger, 1902 bis 1973«. Der Seelendoktor, der während des Krieges mit seinen Patienten experimentiert hatte. Dass diese Ausgeburt der Hölle einen Ehrenplatz innehatte, war doch sehr fragwürdig.

»Erinnern Sie sich an Wullschleger?«

Paulina fuhr erschrocken herum. »Ich erinnere mich an seinen Tod. Dieser gab viel zu reden. Ich war gut zwanzig, als er starb. Wer hier hängt, liegt nicht in meiner Verantwortung. Auch Professor Wullschleger hat, wie man sagt, viel Gutes für seine

Patienten getan. Aber Sie wissen sicher, wie das ist, manchmal steigt ihnen der Erfolg in den Kopf. Dann fühlen sie sich wie Götter.«

»Man munkelt, er habe abscheuliche Sachen gemacht.« Max ließ Paulina nicht aus den Augen.

»Ich habe ihn nie persönlich kennengelernt. Aber früher war alles anders. Das hat sich Gott sei Dank geändert. Soll ich Sie zu Federica führen?« Ihr war es offenbar nicht wohl. Sie ging voraus Richtung Treppe, die dominant in der Mitte des Gebäudes lag. »Wir haben leider keinen Lift«, sagte Paulina.

»Wo ist Federica?« Max schaffte es nicht, sich in Geduld zu üben.

»Sie ist in ihrem Zimmer und schläft. Wir haben ihr ein Beruhigungsmittel gegeben, nachdem sie heute Nacht das Haus verlassen hatte.«

»Was ist passiert?« Milagros hielt Schritt mit Paulina.

»Haben Sie denn keine Kenntnis vom Problem Ihrer Tochter?«

Max zog Milagros am Arm zurück. »Jetzt bloß keine blöde Bemerkung«, flüsterte er. Und an Paulina gewandt: »Federica ist sehr speziell.«

»Sie leidet unter Gedächtnisverlust und Wahnvorstellungen. Wussten Sie das? Sie ist von selbst hierhergekommen, was an und für sich seltsam ist.«

»Bei Ihnen ist sie sicher in guten Händen«, sagte Max. »Aber wir nehmen sie mit nach Hause. Selbstverständlich bezahlen wir den Aufenthalt an Ort und Stelle.«

»Ob sie entlassen wird, entscheide nicht ich.« Paulina stieg die Treppe hoch. Auf der dritten Etage ging sie den Korridor entlang bis zur Tür mit der Nummer vier. Sie klopfte. »Federica, Sie haben Besuch.« Langsam drückte sie die Türklinke.

Max erhaschte einen Blick in ein altmodisches Zimmer. Er sah auf das Bett, wo Federica nach Paulinas Informationen hätte liegen sollen. Das Bett war leer.

ACHTZEHN

Vor dem Chalet fuhr ein Wagen vor. Es war Zufall, dass Fontana zu genau der Zeit am Fenster stand. Belinda hatte ihr Versprechen wahr gemacht.
»Alfons, da kommt wer zu uns.« Carlo Anderegg stand plötzlich neben ihm.
»Keine Bange. Sie ist eine Bekannte von mir.«
»Warum hast du nichts von ihr erzählt?«
Fontana sah sie aus dem Wagen steigen. Geschmeidig wie eine Katze kam sie den Weg hoch zum Eingang. Sie trug eine Reisetasche bei sich. Belinda hatte ihn noch nicht gesehen. »Wir wollen heute zur Rosenlauischlucht gehen. Spätabends bis in die Nacht hinein werden die Wasserfälle beleuchtet. Es soll ein besonderes Erlebnis sein.«
»Mir gefällt das nicht.« Carlo Anderegg ging nicht darauf ein und zog sich stattdessen in die Küche zurück, als es an der Haustür läutete. »Wer ist sie?«
»Belinda Kohler. Sie ist Apothekerin und war früher meine Geliebte.«
»Und warum könnt ihr euch nicht bei ihr treffen?«
Fontana wandte sich vom Fenster ab und ging Richtung Flur. »Noch einmal, sie kann dir nicht gefährlich werden.«
»Sie wird mich erkennen. Jeder in ganz Meiringen kennt mich.«
Fontana drehte den Schlüssel. Er verstand Carlos Bedenken nicht. Ein bisschen mehr Dankbarkeit hätte er aber von ihm erwartet anstelle von Vorwürfen. Fontana öffnete die Tür.
Diese Augen, honigbraun, im Ton etwas heller. Manche behaupteten, wie Bernstein, je nachdem, wie das Licht einfiel. »Belinda, meine Liebe. Schön, bist du da.« Fontana nahm ihr die Tasche ab. »Bist du gut angereist?«
Sie küsste ihn auf die Wangen. Ein Freundschaftskuss. Mehr hatte er nicht erwartet.

»Das Übliche an einem Samstagnachmittag. Alle wollen ins Rosenlauital.« Wenn sie lachte, und das tat sie selten, klang es, als würde ein Tenor mitschwingen. »Bist du nicht allein?«

»Warum meinst du?« Fontana warf einen Blick zur Küche. Carlo war verschwunden oder hatte sich sonst wie unsichtbar gemacht.

»Im Carport steht ein Kleinwagen. Ich glaube, es ist ein Toyota.«

»Ein Freund ist hier. Ich hoffe, es macht dir nichts aus.«

Belinda hob ihre Augenbrauen. »Ich glaubte ...« Sie winkte ab und ließ sich im Wohnzimmer auf einem der Stühle nieder. »Es war ein langer und hektischer Tag. Ich dachte zuerst, ich komme nicht weg. Offerierst du mir einen Drink?«

Seltsam, wie sie sich bedienen ließ. Früher war sie selbst zum Kühlschrank gegangen oder hatte den Wein aus dem Keller geholt. Nach der Trennung musste es in ihr einen Schalter umgekippt haben. Ansprüche auf das Haus hatte sie in der Folge nicht gestellt, obwohl ihre persönliche Note in diesen Wänden steckte. Sie hatte die Möbel ausgesucht und für eine heimelige Atmosphäre gesorgt.

Fontana nahm zwei Gläser von der Bar und holte Gin und Tonic aus dem Kühlschrank. Carlo hatte sich offensichtlich in sein Zimmer zurückgezogen. Fontana stellte die Gläser auf den Tisch, goss Gin ein und füllte mit Tonicwasser auf. »Kein Eis, wie früher?«

»Nein danke. Es gibt Dinge, die ändern sich nie.«

»Du siehst gut aus.« Fontana versuchte, eine entspannte Konversation zu beginnen. Die Jahre zwischen ihrer Trennung und heute machten es nicht leichter. Den Grund, weshalb Belinda ihn verlassen hatte, verstand er noch immer nicht. Sie hatten eine schöne Beziehung gelebt, sogar die Hochzeitsglocken läuten hören und sich gemeinsame Kinder vorstellen können, bis er sie mit seinen Rezepten für Psychopharmaka überrumpelt hatte. Sie hatte ihn auf einmal nicht mehr als seriösen Arzt gesehen, sondern als eine Art Heilpraktiker, der nicht dazu befugt war,

Arzneimittel zu verordnen, geschweige denn selbst ausgetüftelte Medikamente in der Apotheke herstellen zu lassen. In ihren Augen hätte er die Approbation längst verloren. Belinda als Apothekerin war dem Kontrahierungszwang unterlegen. Sie hatte die Pflicht, ärztlich verschriebene Medikamente an den Patienten abzugeben. Fontanas »Pfuscherei«, wie sie es nannte, hatte sie mit ihrem Gewissen nicht vereinbaren können. Deshalb hatte sie ihre gut florierende Apotheke übergeben und war sang- und klanglos aus seinem Leben verschwunden. Ein nicht gerechtfertigter Entscheid. Fontana verstand es bis heute nicht.

»Danke, man wird nicht jünger.«

Fontana hob sein Glas. »Auf uns und dass wir unsere neulich im Sanatorium besprochenen Ziele erreichen werden.«

»An meiner Einstellung hat sich nichts geändert.« Belinda nippte an ihrem Glas, und das kurze Aufflackern von Begeisterung in ihren Augen war so schnell weg, wie es erschienen war. »Halte mich von deiner Scharlatanerie fern.«

»Harte Worte.« Fontana nahm einen großen Schluck. »Deine Vorgängerin Constance Glatthard hatte kein Problem damit. Sie hat gut daran verdient, eine Win-win-Situation. Meine Rezepte schlagen an.«

»Es sind nicht ausnahmslos deine Rezepte, lieber Alfons.« Belindas Stimme klang wenig erfreut. »Was Massimo Caprici früher als effizient angesehen hatte, dürfte heute nicht nur verstaubt, sondern absolut tabu und nicht erlaubt sein.«

»Seinen Patienten hat es geholfen.«

»Alfons, bleib realistisch, sonst müsste ich meine Meinung, dass du trotz allem ein guter Therapeut bist, wieder ändern.«

»Ich bin Psychiater.« Fontana ließ sich seine Empörung anmerken.

»Leider nicht mehr für mich. Du weißt, wie ich damals zu allem gestanden habe. Und nicht vergessen: Constance hat es das Leben gekostet. Dieses Risiko gehe ich nicht ein, auch wenn du mich von einer milden Wirkung deiner Medikamente überzeugen könntest. Ich beliefere dich weiterhin mit zugelassenen

Medikamenten und den Geräten für den medizinischen Gebrauch. Da hat sich im Vertrag nichts geändert. Aber noch einmal: Verschone mich von den Fontana'schen Heilsubstanzen.« Ihr Lächeln misslang.

Fontana schwieg. Mit dieser klaren Antwort hatte er nicht gerechnet. Was seinen Charme anbelangte, gelang es ihm nicht mehr, Belinda gefügig zu machen. Sie war anders als Johanna, kühler, introvertierter und vor allem sehr gewissenhaft. Sie glaubte wohl, sich in ihrem fortgeschrittenen Alter keine Mätzchen mehr erlauben zu können. Als sie jünger gewesen war, hatte sie sich auf einer Gratwanderung befunden, in ihrem Beruf oftmals den Spagat zwischen Legalem und Unerlaubtem vollführt, verbunden mit einem gewissen Nervenkitzel, den Fontana allzu gut kannte. Sie waren beide verliebt und wild gewesen.

Er war es sich bewusst, dass er sie auch körperlich nicht mehr würde zurückerobern können.

»Was meinst du damit, dass es Constance das Leben gekostet hat?«, fragte er in die Stille hinein.

Belindas Blick löste sich vom Fenster, wo sie eine Weile hingestarrt hatte. »Es müsste dir auch langsam auffallen, dass die mutmaßlichen Suizide der letzten Monate und Tage drei Frauen und einen Mann betreffen, die eng mit dem Sanatorium zusammengearbeitet haben.«

»Das ist Zufall.« Fontana war es nicht recht, dass Belinda dieses Thema anschnitt. Natürlich hatte er sich Gedanken darüber gemacht. Aber wer in einem Sanatorium für psychisch Kranke arbeitete, hatte einen etwas anderen Bezug zum Tod als ein Normalsterblicher. Suizide oder Selbsttötungsversuche gehörten dort zur Tagesordnung, so brutal es in manchen Ohren klingen mochte. In der heutigen Gesellschaft war die Seele je länger, desto mehr großen Belastungen ausgesetzt. Denken, Fühlen und die geistige Fähigkeit der Menschen standen unter einem permanenten Druck. Wie jemand mit Emotionen, Wahrnehmungen, Empfindungen und Empathie umzugehen hatte, wurde von wenigen, die es besser zu wissen glaubten, gesteuert.

Intuition und individuelle Motivation existierten kaum mehr. Der Mensch war Gesetzen unterworfen und musste gehorchen. Fontana machte diese Beobachtungen schon lange. Kam dazu, dass die negativen Einflüsse etablierter Konventionen, Normen und Gewohnheiten stetig zunahmen. »Zufall«, wiederholte er und wusste im selben Moment, dass er mit dieser Bemerkung ein fruchtendes Gespräch gleich im Keim erstickt hatte. Er musste sie bei Laune halten. »Freuen wir uns auf die Schlucht.«

»Deswegen bin ich ja hier.« Sie verzog ihren Mund zu einem erzwungenen Lächeln.

Verdammt, warum musste sie ihn nur so ansehen? Niemand blickte so wie sie. Es war, als forderte sie ihn heraus, und gleichzeitig ließ sie ihn links liegen. Er fragte sich, weshalb sie seiner Einladung gefolgt war. »Ich habe uns eine Platte Sushi bestellt. Ich muss sie nur noch aus dem kühlen Keller holen. Oder möchtest du zuerst in die Schlucht gehen?«

»Beleuchtet?« Belinda schmunzelte. »Das wirkt erst, wenn es dunkel ist.«

***

Max fühlte sich wie ausgestellt. Nachdem sie in den öffentlichen Räumen nach Fede gesucht hatten und sie auf seine Anrufe nicht reagierte, saßen sie nun im Aufenthaltsraum des Sanatoriums und wurden von allen Seiten wie Eindringlinge gemustert. Paulina hatte Kaffee besorgt und war darum bemüht, von dem Kuchen, den es nach dem Mittagessen gegeben hatte, ein paar Reststücke zu holen.

Nach Essen war weder Max noch Milagros zumute. Wenn Milagros freiwillig auf Schokoladenkuchen verzichtete, ging es ihr nicht gut.

»Sie sagten, Ihr Chef sei nicht da.« Max wandte sich an Paulina, die in ihrem Teller stocherte.

»Aus unerfindlichen Gründen sind alle weg.«

»Alle?« Milagros warf Max einen fragenden Blick zu.

»Weder Dr. Borsody noch Dr. Papadopoulos sind hier, mit Ausnahme dreier weiterer Ärzte. Diese sind im Moment besetzt.« Paulina war untröstlich. »Dr. Fontana fuhr gestern Morgen früh weg, aber dass ihm Dr. Borsody folgen würde, kann ich mir nicht erklären. Sie hätte es sonst auf unserem Stundenplan eingetragen.«

»Stundenplan?« Milagros hob den Kopf.

»Wir sagen dem so. Eine Art Stempeluhr. Zurzeit schieben wir viele Überstunden. Es ist wichtig, dass diese registriert werden.«

»Warum hätte Frau Borsody Fontana folgen sollen?«, fragte Max, dem die Stempeluhr egal war.

»Sie sind liiert.« Paulina sah aus, als hätte sie in eine Zitrone gebissen.

»Und Dr. Papadopoulos?«

»Er muss hier irgendwo sein, ansonsten hätte er es mich wissen lassen.«

»Können Sie ihn nicht erreichen?«

»Sein Piepser ist ausgeschaltet. Möglicherweise ist er bei einem Patienten und möchte nicht gestört werden.«

»Vorher sagten Sie, er sei auch verschwunden.«

Paulina zerdrückte jetzt den Kuchen mit der Gabel, ohne davon zu essen. »Ich weiß nicht, ob ich es Ihnen erzählen kann.«

Max fand es an der Zeit, Paulina darüber aufzuklären, wer er in Wirklichkeit war. Er zog seine Visitenkarte aus der Hosentasche und legte diese auf den Tisch.

Unter dem gestrengen Blick der Patienten ringsherum nahm Paulina die Karte in die Hand. Sie formte ihre Augen zu zwei Schlitzen und las. »Sie sind Detektiv?«, sagte sie so leise, dass es Max kaum verstand. »Und was sind Ihre Beweggründe, hier ... aufzutauchen?«

»Die vier Todesfälle von April bis heute.« Milagros war offenbar für Transparenz.

Max widersprach ihr nicht. »Im April nahm sich Evelyne Sommerhalder das Leben. Sie war im Santa Madre als Psychiaterin tätig. Zwei Tage später starb Constance Glatthard ebenso bei den Reichenbachfällen. Sie war Apothekerin und belieferte das Sanatorium mit Medikamenten und medizinischen Geräten.«

»Das war eine tragische Sache.« Paulina schluckte schwer. Ihr runzeliger Hals bewegte sich nervös. »Wenn man in einem Sanatorium arbeitet wie diesem hier, muss man immer mit solchen Kollateralschäden rechnen.« Ihr Gesicht verfinsterte sich.

»Kollateralschäden?« Milagros brachte sich erneut ein.

»Eine Psychiatrie ist nun mal … ich meine …« Paulina verhaspelte sich. »Nicht nur mit suizidalen Patienten muss man hier rechnen, auch mit Mitarbeitern, die der Belastung nicht gewachsen sind.«

»Aber«, bohrte Max weiter, »finden Sie es nicht seltsam, dass es zwei Monate später noch einmal zu einem zweifachen Suizid kommt? Und wieder sind zwei Personen Opfer, die für das Sanatorium gearbeitet haben. Die Pflegerin Anjali Schläppi und Pfarrer Marvin Steger. Wurde hier im trauten Kreis der Ärzte und Pfleger darüber diskutiert, oder hat man es einfach hingenommen … als Kollateralschaden, wie Sie es nennen?«

»Die Polizei war hier.« Paulina stützte ihre Ellenbogen auf dem Tisch ab und legte das Kinn in ihre Hände. »Bereits im April mussten wir Fragen beantworten. Soviel ich weiß, waren die Beamten gestern oder vorgestern bei Dr. Fontana. Es ist bedauerlich, was passiert ist, aber das hat mit uns nichts zu tun.«

»Die Opfer wiesen Bisswunden auf. Die Polizei geht inzwischen von Gewaltverbrechen aus.« Max bluffte. Er wusste wahrscheinlich weniger als Paulina. »Kontrollieren Sie die Patientenzimmer regelmäßig?«

»Selbstverständlich. Es gibt immer welche, die die Medikamente nicht einnehmen und sie verstecken.«

»Wurden auch Zahnprothesen gefunden?« Max erinnerte sich an Fedes Nachricht und ihren Fund in Shanice Pellegrinis Schrank.

»Warum sollten wir Zahnprothesen finden?« Paulina seufzte. Offenbar wurde ihr alles zu viel.

»Gibt es jemanden im Sanatorium, der sich künstliche Eckzähne hat machen lassen?«

Paulina zog ihre Augenbrauen hoch und sah demonstrativ auf ihre Armbanduhr. »Hören Sie, für solchen Schabernack habe ich keine Zeit. Ich muss Sie jetzt bitten, das Haus unverzüglich zu verlassen.«

Max dachte nicht daran. »Ich möchte, dass Sie mir auf der Suche nach Fede helfen.«

»Fede?« Paulina runzelte die Stirn. »Wer ist Fede?«

»Federica, die Sie unter Ihre Obhut genommen haben.«

»Hören Sie, ich habe wirklich keine Befugnisse, aber andere Patienten, um deren Seelenwohl ich mich kümmern muss. Gehen Sie jetzt bitte, sonst rufe ich die Aufsicht.«

Max wollte nicht klein beigeben. Fedes Leben war in Gefahr. Von ihr fehlte jede Spur. »Ich mache Ihnen einen Vorschlag. Sie lassen uns im ganzen Haus umsehen. Ich versichere Ihnen, wir werden vorsichtig sein und niemanden von den Patienten gefährden.«

Paulina seufzte. »Sie bringen mich in eine unangenehme Situation, das ist Ihnen schon klar, oder? Wenn auskommt, dass sich unbefugt fremde Leute im Gebäude aufhalten, wird es der letzte Arbeitstag für mich sein.« Sie kniff die Lippen aufeinander, ihr Mund war nur noch ein schmaler Strich. Es sah aus, als überlegte sie. »Andererseits muss ich so oder so gehen.«

»Ihnen wurde gekündigt?«, fragte Milagros, die aufmerksam den Dialog zwischen Max und Paulina verfolgt hatte.

»Ich bin über siebzig. Meine Tage im Sanatorium sind gezählt. Einverstanden«, schloss sie, »sehen Sie sich um, und wenn Sie darauf angesprochen werden, sagen Sie ungeniert, es sei meine Idee gewesen.«

✳✳✳

Die Dämmerung war fortgeschritten, als Fontana das Eintrittsticket beim Eingang zur Rosenlauischlucht bezahlte. Er und Belinda waren nicht die einzigen Gäste, die dem Lichterspektakel beizuwohnen gedachten. Doch der Hauptharst sei bereits oben, versicherte die Kassiererin, einige Gäste seien schon zurück. Sie warf einen Blick zum Café Schluchthüttli, wo ein paar Wanderer den Durst mit kalten Getränken löschten.

»Müssen wir den gleichen Weg wieder zurück?« Fontana steckte Retourgeld und Billett ins Portemonnaie. Nachts war er noch nie durch die Schlucht gewandert.

»Oh nein, das gäbe ja einen Stau. Am Ende der Schlucht gehen Sie durch eine Drehtür und gelangen unmittelbar danach zum Abstieg. Aber keine Sorge, oben bekommen Sie eine Fackel, damit Sie den Pfad nicht verfehlen.«

Fontana und Belinda hatten sich Wanderschuhe angezogen und ihre warmen Fleecejacken im Rucksack eingepackt. Noch war die Luft mild.

Das Tosen des Weißenbachs drang unerbittlich in ihre Richtung, als sie den Weg zum Einstieg einschlugen. Lichter wanden sich den Pfad hinauf wie Leuchtschlangen in der einbrechenden Nacht. Silberfarben rauschte der Wasserfall über einen Felsen. Da war plötzlich Musik, ein gewaltiges Fortissimo, Cello und Geige, Klavier, ein Sousaphon und das Saitenspiel auf einer elektronischen Gitarre. Dramatische Klänge beim Zugang zum Tunnel.

Belinda wandte sich nach Fontana um. »1901 ließ ein Hotelier aus der Gegend, wenn ich mich nicht irre, hieß er Kaspar Brog, den oberen Teil der Schlucht erschließen. Mit neuntausend Schüssen Dynamit wurde der Steg in den Felsen gesprengt, das waren hundertachtzig Pakete Sprengstoff. Dreißig Jahre später baute man den Schluchtweg auf die heutige Länge aus.«

Typisch Belinda. Sobald sie ihr Wissen verlautbaren konnte, war sie nicht mehr zu bremsen. »Kennst du zufällig die Symphonie, die uns berieselt?«

»Berieselung ist das nicht gerade.« Belindas dunkles Lachen verschmolz mit dem Klang von Wasser und Musik. »Und unter einer Symphonie verstehe ich etwas anderes. Das, was du hörst, ist ›Time‹ aus dem Film ›Inception‹ von Hans Zimmer.«

»Wusste ich es doch.« Fontana genoss die Dramatik, während er hinter Belinda die romantisch beleuchteten Grotten und bizarren Felsschliffe entlangging.

»Während Jahrtausenden hat das Gletscherwasser phantastische Kunstwerke aus den Felsen geformt, sie geschliffen und gemeißelt.« Belinda wies in die Tiefe. »Siehst du den Gletschertopf? Das Wasser hat eine unbändige Kraft.« Sie drehte sich frontal nach Fontana um. »Hast du gewusst, dass man Wasser mit der Frau vergleicht?«

Er musste schmunzeln. »Anpassungsfähig?«

»Unverdrossen.« Sie ging weiter.

Der Weg führte durch Tunnels, unter tief hängendem Gestein durch und öffnete immer wieder neue Einblicke in den Schlund der Gletscherschlucht. Musik und Licht harmonierten. Es war kühl geworden. Die Gischt benetzte die Gesichter. Der Pfad stieg an. Belinda blieb immer wieder stehen, fast euphorisch brachte sie ihr Wissen vor, sprach von Wasserwirbeln und Kathedralkuppeln und wies mit Blick zurück auf einen Felsenkopf hin, der sich gegen den Nachthimmel abzeichnete. »Das ist de Gaulle.«

Fontanas Augen folgten der Richtung. »Mit viel Phantasie.«

»Und dort oben«, Belinda zeigte auf eine Stelle neben einem Wasserfall, »siehst du den Kopf eines Elefanten.«

»Mit noch mehr Phantasie.«

»Das wundert mich. Dir mangelt es sonst nicht an Einbildungskraft.« Sie drehte sich von ihm weg und schritt voran.

Fontana holte sie ein. »Was willst du damit sagen?« Er mochte ihre versteckten Andeutungen nicht leiden. Das war früher schon so gewesen. Kleine spitze Bemerkungen hatten ihn damals in Rage gebracht. Belindas Wesenszug hatte sich nicht verändert.

Sie erwiderte nichts darauf. Sie lehnte sich über eine Brüstung und zeigte auf einen Engpass zwischen den Felsen. »Sieh, wie das Wasser schäumt und sprudelt. Die Beleuchtung ist wie Magie.«

Von der Musik war allerdings nichts mehr zu hören. Das

tosende Dröhnen der Wassermassen hatte sie verschlungen. Das Naturorchester hatte ihren Platz eingenommen.

Fontana blieb ein paar Schritte hinter Belinda zurück. Er konnte sich an den Bildern, die die Schlucht ihm bot, kaum sattsehen. Rote, gelbe und grüne Scheinwerfer sorgten für ein gewaltiges Beleuchtungsspektakel.

Plötzlich ging das Licht aus.

Fontana stand im Dunkeln. Im Bruchteil einer Sekunde dachte er, die Welt stehe still, selbst das Wasser hielt an, erstarrte in der Szenerie, die er eben noch wahrgenommen hatte. Eine Sinnestäuschung.

In seinen Augen tauchten kurz die Komplementärfarben zu den Scheinwerfern vorhin auf: Cyan, Blau und Magenta.

Sie hätten sich beeilen sollen. Irgendwann war die Show zu Ende. Bloß das Dröhnen des Wassers, seinen Widerhall zwischen den gewaltigen Gesteinsbrocken hörte er wieder, und es erinnerte ihn an das Vergangene. Als hätte jemand einen Film angehalten. Die Spulen liefen zurück mit einem unheimlichen begleitenden Geräusch. Im Dunkeln klang es bedrohlich.

Fontana glaubte seine Orientierung zu verlieren. Wie angewurzelt blieb er stehen, getraute sich keinen Schritt mehr zu gehen, weder nach vorn noch rückwärts. Wenn er nur einen Tritt verfehlte, würde er womöglich umfallen, das Geländer verfehlen und stürzen. Er schnallte seinen Rucksack vom Rücken ab, öffnete den Zipper, den er zu ertasten vermochte, griff hinein und suchte sein Smartphone. Die Fleecejacke hatte er längst angezogen. Er berührte eine Trinkflasche und einen Schokoriegel, seine Regenjacke und die Regenhose – seine Standardausrüstung. Das Smartphone rutschte nach unten. Fontana packte es und zog es heraus. Es gelang ihm nicht auf Anhieb, die Lampe zu aktivieren. Was in der Helligkeit selbstverständlich war, schien in der Finsternis unmöglich.

Er rief nach Belinda, wartete auf ihre Antwort. Sie musste sich weiter oben befinden, wo sie ihn nicht hören konnte.

Endlich berührte er das Icon für die Aktivierung des Lichts.

Der grelle Strahl reichte kaum weiter als bis zum Tunnel, aus dem er vor Kurzem getreten war. Fontana drehte sich einmal langsam um die eigene Achse, um sich zu orientieren. Es konnte doch nicht so schwierig sein. Zigmal war er durch die Rosenlauischlucht gewandert, bei Tag, er kannte doch diesen Weg wie die eigene Hosentasche.

Unter ihm donnerte der Weißenbach in undurchdringliche Schwärze, hinter ihm glänzten Steine, wie Dachziegel aufeinandergeschichtet. Oben führte der Weg ins Nirgendwo. Fontana entschied sich, diesem zu folgen. Während der Lichtkegel über den Pfad hüpfte, setzte Fontana einen Fuß vor den anderen. Er rügte sich für seine Urangst, ins Ungewisse gehen zu müssen.

»Belinda! Belindaaaaa!«

Sie hatte vielleicht die Drehtür längst passiert, nahm eine Fackel in Empfang und fragte sich, wo ihr Begleiter geblieben war.

Ein Unglück kommt selten allein. Das ging Fontana durch den Kopf, als das Handylicht löschte. Der Akku war leer. Er würde nicht einmal mehr telefonieren können.

Er streckte seine Arme aus. Es gelang ihm, den Handlauf des Geländers zu erfassen. Er packte ihn mit beiden Händen, spürte die kalte Gischt.

Durchatmen und sich überlegen, wie er raschestmöglich nach oben gelangte. Der Weg zurück kam für ihn nicht in Frage. Er tastete sich dem Geländer entlang, das linksseitig lag. Wenn er Richtung Himmel sah, erkannte er vage die Umrisse der Felsen.

Auf einmal spürte er eine Bewegung neben sich. Wie ein Flattern, ein Blatt im Wind, der Hauch von nichts. Fontana ließ eine Hand los, wedelte um sich. Noch bevor er den Widerstand richtig wahrnahm, packte ihn jemand am Hals. Der Schmerz kam unvermittelt. Es fühlte sich an, als würde er gebissen. Fontana griff mit der einen Hand an seine Gurgel, das seltsame Ding war weg. Aber da war plötzlich etwas Klebriges, Warmes, sein eigenes Blut. Mit der anderen Hand schlug er wild um sich. Er rutschte über den Boden, verlor den Halt, konnte sich wieder auffangen. Ein Gedanke an seine Kleider. Die mussten verschmutzt sein.

»Verflucht, wer sind Sie?«, rief er in das unaufhaltsame Rauschen hinein. Seine Augen hatten sich ein wenig an die Dunkelheit gewöhnt. Er registrierte nichts als einen Schemen, der erneut auf ihn zukam. Fontana versuchte, ihm auszuweichen, stolperte und richtete sich hastig wieder auf. Den Rucksack hatte er längst verloren, das Smartphone musste irgendwo liegen. Neben sich spürte er die kalte Felswand, und nacktes Grauen packte ihn. Der Orientierungssinn ließ ihn im Stich. Er berührte noch einmal das Geländer, bevor er über die Brüstung gestoßen wurde und die Bodenhaftung ihm abhandenkam. Ein Griff ins Leere. Unter ihm tobte der Weißenbach. Fontana fiel. Es ging schnell. Er hörte seinen eigenen Schrei, bevor er aufschlug und von den eiskalten Wogen mitgerissen wurde. Noch einmal tauchte er auf, schnappte nach Luft. Er ahnte, dass sämtliche Knochen gebrochen waren, doch er fühlte sich wunderbar leicht. Er vermochte, sich kurz an etwas festzuhalten. Ein Ast, ein Stück Holz. Vielleicht war es nur Einbildung. Eine Erinnerung, die wie ein Flash in sein Bewusstsein drang, während tausend Bilder durch seinen Kopf rasten. Es war, als sähe er sich in einem Garten sitzen. Die Sonne brannte auf ihn nieder, dieses gleißende Licht …

NEUNZEHN

Er läutete und wartete, bis er durch eine grüne Lampe aufgefordert wurde, den Raum zu betreten.

Sonntagmorgen und kaum eine Wolke trübte den Himmel. Auf den Straßen war es ruhig.

Max war erst um Mitternacht ins Hotel zurückgekehrt, nachdem er das Sanatorium bis auf die Mitarbeiterzimmer erfolglos nach Fede abgesucht hatte. Um halb zwölf hatte Paulina ihn unmissverständlich gebeten zu gehen. Von ihrer Hilfsbereitschaft war nichts geblieben als ein nervöses Herumrennen. Max' Anwesenheit hatte auf allen Etagen für Unruhe gesorgt. Vergeblich hatte er versucht, Fede auf dem Smartphone zu erreichen. Dieses war außer Betrieb, wahrscheinlich lag es am leeren Akku. Milagros hatte Santa Madre bereits früher verlassen, mit der Ausrede, es gehe ihr schlecht und sie sei müde.

Max drückte die Tür auf und betrat ein kleines Büro. Den Mann hinter dem Pult sah er kaum. Zwei riesige Bildschirme versperrten ihm den direkten Blick auf die volle Ansicht eines kahlköpfigen Typs.

»Was führt Sie zu uns?« Der Kerl erhob sich und zeigte seine wahre Größe. Mindestens eins fünfundachtzig, mit breiten Schultern und einem Pokerface, auf dem ein Dreitagebart spross.

Max stellte sich mit Namen vor, während er sich über das Pult beugte, auf dem ein beschriftetes Plastikschild stand.

Der Mann kam ihm zuvor und wies mit dem Finger auf sich. »Wachtmeister Twerenbold.« Er setzte sich, worauf er wieder hinter den Bildschirmen verschwand.

»Ich möchte eine Meldung machen.« Max hatte es sich gut überlegt und deswegen in der zweiten Nachthälfte kaum geschlafen. Er hatte Fede nicht gefunden. Noch vor sechs Uhr hatte er Sandro Anderegg eine Nachricht über Whatsapp gesandt. Er wolle aussteigen und den Vorschuss zurückerstatten. Die ganze Sache werde ihm zu unheimlich.

»Setzen Sie sich bitte.« Twerenbold wies auf einen Plastikstuhl. »Name?«

»Maximilian von Wirth. Mir gehört eine Detektei in Hergiswil.« Er wollte nicht mehr als nötig sagen.

Twerenbold tippte auf seine Tastatur. »Was möchten Sie melden?«

Max hatte sich die Sätze zurechtgelegt, mit denen er beginnen wollte. Als es so weit war, bekam er plötzlich Skrupel. Sandro war noch immer sein Mandant. Auch hier galten, anders zwar als in der Anwaltskanzlei, Verschwiegenheit und Loyalität gegenüber dem Auftraggeber. »Ich wurde vor ein paar Tagen mit einem Fall betraut, der die Todesfälle vom April dieses Jahres sowie die zwei letzten bei den Reichenbachfällen tangiert.«

»Aha.« Twerenbold strich sich über die Glatze.

»Ich hörte, dass die Polizei nicht mehr an Selbstmord glaubt.«

»Aus der Zeitung?«

»Ich gehe davon aus, man hat es aus der Zeitung.«

»Hm … wie ich es verstehe, ermitteln Sie im Auftrag eines Klienten.«

Max war mulmig zumute. Er war in die Falle getappt, bevor er sein Anliegen überhaupt anbringen konnte. Er hätte es anders angehen sollen, diplomatischer. »Ich möchte eine Vermisstmeldung machen.«

»Im Zusammenhang mit den Reichenbach-Morden?«

»Es ist also Fakt, dass es sich bei den mutmaßlichen Suiziden um Mord handelt?« Falsche Bemerkung, falsche Frage. Max musste sich räuspern. Wie konnte er bloß so unprofessionell vorgehen? Aber es war die Angst um Fede, die ihn unüberlegt handeln und drauflosreden ließ.

»Dazu kann ich nichts sagen. Aber«, Twerenbold musterte ihn kritisch, »wenn es um eine Vermisstenanzeige geht, müssten Sie in die Personenfahndung. Und die ist im zweiten Stock.« Twerenbold lehnte auf seinem Bürostuhl zurück. »Nun denn, der

Posten ist im Moment nicht besetzt. Zwei unserer Mitarbeiter sind krank. Wen wollen Sie als vermisst melden?«

Max war froh um jede Frage oder Handlung, die ihm sein Anliegen erleichterte. Twerenbold schien unterfordert zu sein. Sein Glück. »Meine Lebenspartnerin.«

Twerenbold kam mit dem Oberkörper nach vorn und legte seine Hände wieder auf die Tastatur. »Name?«

»Federica Hardegger, wohnhaft im Drachenried oberhalb Stans.«

»Alter?«

»Bald vierzig.«

Twerenbold tippte ein. »Signalement?«

»Eins siebzig groß, schlank, kräftig.« Max dachte an Fedes weibliche Formen.

»Haar- und Augenfarbe?«

»Rote gelockte Haare, lang, also etwa bis Mitte Rücken, schwarze Augen.«

»Besondere Merkmale?«

»Sie trägt Tattoos.«

Twerenbold sah auf. »Erinnern Sie sich an Sujets?«

Max kratzte sich am Kopf. Er kam sich vor wie ein Depp. »Ich kann Ihnen ein Foto zeigen.« Er trug es in seinem Portemonnaie, welches er aus der Gesäßtasche seiner Jeans kramte. Er schlug die Klappengeldbörse auf und nahm das Bild, welches er neulich vom Handy kopiert und ausgedruckt hatte, aus dem Schubfach. »Hier, es ist neueren Datums.« Fede in Hotpants und bauchfreiem Top. »Sie mag Tattoos.« Sie ist verrückt danach, aber das behielt er für sich. Er reichte das Bild über das Pult.

Twerenbold nahm es kommentarlos entgegen, sah darauf, für Max' Dafürhalten eine Spur zu lange. Wenn der Polizist verwundert war, ließ er es sich nicht anmerken. »Darf ich das Foto behalten?«

Nein, auf keinen Fall! »Selbstverständlich.«

»Wann haben Sie Frau Hardegger zuletzt gesehen?«

»Am Mittwochmorgen.«

Twerenbold sah auf seine Agenda. »Das war am 21. Juni, also vor vier Tagen. Hatten Sie keinen Kontakt mehr zu ihr? Mittels Anrufe, elektronische Nachrichten?«

Max holte sein Smartphone hervor und öffnete die Anzeige der Whatsapp-Nachrichten. Dass er Fede im Sanatorium gesucht hatte, wollte er vorerst für sich behalten. »Am Freitag bekam ich eine letzte Nachricht von ihr. Vorgestern Nacht versuchte sie, mich anzurufen. Ich habe es nicht gleich bemerkt. Als ich sie zurückrufen wollte, nahm sie nicht ab. Seither ist Funkstille.«

»Was hat sie denn geschrieben?«

Max reichte Twerenbold das Handy.

Er nahm es entgegen, sah darauf und las. Er runzelte die Stirn. Seine dunklen Augen verschwanden in den Falten. »Gehe ich richtig in der Annahme, dass Ihre Lebenspartnerin mit Ihnen zusammenarbeitet?«

»Stimmt.«

»Warum sagen Sie es nicht gleich?«

»Ich befinde mich in einer ambivalenten Lage. Es ist heikel, verstehen Sie?«

Twerenbold verstand es nicht. Max sah es ihm an. »Die Polizei ermittelt seit dem tödlichen Sturz am 15. Juni. Gleichzeitig wurden die Ermittlungen von den beiden Fällen im April wieder aufgenommen. Ein Cold Case.«

»Ein kalter Fall wird auf einmal wieder heiß.« Max dachte an die Hinterbliebenen, die gewiss schon gern früher Antworten auf die Hintergründe der Suizide, die doch keine waren, bekommen hätten.

Im selben Moment, als Twerenbold das Smartphone zurückgeben wollte, blinkte es auf dem Gerät. »Sie haben einen Anruf. Sandro Anderegg? Sorry, der Name erscheint auf dem Display.«

Max drückte ihn weg. Er hatte kein Bedürfnis, sich Sandros Wutausbruch anzuhören. Denn einen solchen würde es mit Sicherheit geben. Max hatte seinen Auftraggeber vor den Kopf gestoßen. Dieser würde es nicht einfach hinnehmen.

»Ist Sandro Anderegg Ihr Mandant?« Twerenbold war ja nicht blöd. »Verschweigen Sie mir etwas?«

»Ich bin in eine verzwickte Situation geraten.« Es hatte keinen Zweck, die Informationen zurückzuhalten. Schließlich war *er* zur Polizei gekommen und nicht umgekehrt. Noch immer hatte Fedes Verschwinden Priorität. »Vor mehr als einer Woche bekam ich von ihm den Auftrag, nach dem wahren Täter zu suchen, der am 15. Juni Evelyne Sommerhalder bei den Reichenbachfällen über das Geländer gestoßen hatte. Er machte sich große Sorgen um seinen Bruder, der von einer Stunde auf die andere verschwunden war.«

»Weshalb sorgte er sich?«

»Ihre Kollegen, Herr Twerenbold, beschuldigen ihn des Mordes.«

Wieder blinkte das Smartphone. Max nahm es von der Tischplatte auf, auf die er es gelegt hatte. »Es ist wieder Sandro Anderegg.«

»Dann nehmen Sie den Anruf entgegen«, forderte Twerenbold ihn auf.

»Okay, Sie entschuldigen mich.« Max verließ das Büro und meldete sich.

»Max, verdammt. Du bringst mich in Schwierigkeiten. Das ist nicht dein letztes Wort von heute früh, oder?« Max musste einige Flüche über sich ergehen lassen. »Carlo hat mich angerufen. Sein Freund, bei dem er untergekommen ist, sei gestern Nacht nicht aus der Rosenlauischlucht zurückgekehrt.«

»Du kannst den Herrn ruhig beim Namen nennen.« Max ließ den Satz nachwirken. »Es handelt sich um Dr. Alfons Fontana, Chefarzt und Leiter des Sanatoriums Santa Madre. So viele Zufälle kann es nicht geben. Haben sich die beiden zusammengetan? Im Umfeld des Sanatoriums sind innerhalb von zwei Monaten vier Menschen bei den Reichenbachfällen gestorben, auf die ähnliche Art, wie dein Bruder Corinne Häberli in den Tod hatte schicken wollen.«

»Stopp! Warte! Du bringst da etwas durcheinander.« Sandro

schnaubte hörbar. »Ich wusste nicht, wie eng Carlo mit Fontana befreundet ist. Aber wenn er sich um ihn sorgt, muss es etwas Ernstes sein. Ich selbst kenne Fontana über unsere Firma.«
»Neulich sagtest du, du kennst ihn nicht.«
Sandro ging nicht darauf ein. »Carlo hatte sich damals bereit erklärt, sich um den Abtransport von Sondermüll zu kümmern. Daraus muss eine Freundschaft entstanden sein.«
»So eng, dass dein Bruder sich beim Arzt versteckt?«
»Er ist dort gewiss sicherer als bei mir.«
»Hat er noch etwas gesagt?«
»Eine Frau habe sie besucht. Nach dem Nachtessen sei sie mit Fontana weggefahren. Fontana habe Carlo darüber informiert, dass sie das Lichterspektakel in der Schlucht anschauen und später zurückkehren wollten.«
»Und das sind sie nicht.«
»Carlo sagte, nur die Frau sei um Mitternacht zurückgekommen und habe ihr Gepäck geholt. Dann sei sie weggefahren, ohne ein Wort zu sagen.«
»Er hat nicht mit ihr gesprochen? Sie nach Fontana gefragt?«
»So wie ich meinen Bruder kenne, hat er keinen Anlass gesucht, sich mit der Dame zu unterhalten.«
»Kennt er wenigstens ihren Namen?«
»Nur den Vornamen. Belinda.«
Max sah zur Tür, die in Twerenbolds Büro führte. Belinda. Es konnte nur Belinda Kohler sein. So viele Belindas gab es nicht. Was hatte sie mit Fontana privat zu tun gehabt? Max erinnerte sich an ihre Worte, dass sie nach einer langen Pause wieder zusammenarbeiten würden. »Ich muss jetzt leider auflegen.«
»Wir sollten reden«, sagte Sandro. »Deinen Rückzieher akzeptiere ich nicht. Auf keinen Fall. Du bist schon zu stark in die ganze Sache involviert, als dass du jetzt den Schwanz einziehen kannst.« Er drückte ihn weg.
Max hielt das verstummte Handy einen Moment in der Hand, bevor er es in seiner Hosentasche einsteckte und zurück ins Büro

ging. Er fühlte sich gerade von allen Seiten unter Beschuss. »Da bin ich wieder.«

Twerenbold winkte ihn zu sich. »Ich werde die Fahndung nach Ihrer Partnerin herausgeben. Dann schicke ich mal unverbindlich eine Streife ins Sanatorium.« Er bedachte Max mit einem kritischen Blick. »Meine Kollegen werden sich möglicherweise bei Ihnen melden.«

***

Das Dach unten, den Wind im Gesicht, Bergersens Kompositionen im Ohr. Sommer und Sonne und die Aussicht auf einen Apéro im Schatten zusammen mit Fede. Der Gedanke daran hätte Max unter normalen Umständen beflügelt.

Milagros neben ihm holte ihn in die Realität zurück. Bergersen hatte den Bündner Spitzbueba weichen müssen, seit Milagros auf den Geschmack gekommen war, Jodellieder hätten es an sich und würden die Stimmung heben, besser als die schweren, dramatischen Stücke aus Max' und Fedes Musikrepertoires.

Mit voller Lautstärke und rasant im Tempo fuhren sie bergwärts Richtung Rosenlaui, als hinter ihnen das Martinshorn der Polizei ertönte und wenig später im Rückspiegel ein Streifenwagen mit Blaulicht ins Blickfeld kam. Max fuhr bei der nächsten Ausweichstelle raus und hielt an. Die Eskorte zweier Polizeiautos und eines Krankenwagens brauste an ihm vorbei, halsbrecherisch und gefährlich nah hintereinander.

»Sollte jetzt ein Postauto entgegenkommen, kracht es.« Milagros seufzte und drehte die Musik zurück. »Blueme« verstummte fast augenblicklich. »Die kennen wohl nichts.«

»Am besten, wir fahren gleich hinterher.« Max drückte aufs Gaspedal und fuhr zurück auf die Straße. Er folgte dem Konvoi und hatte innerhalb kurzer Zeit aufgeholt.

»Was ist passiert?« Milagros klappte die Sonnenblende herunter und begutachtete sich im angebrachten Spiegel. Sie holte den Lippenstift aus der Handtasche und schraubte den Deckel ab. »Könntest du die Schlaglöcher meiden? Mir gelingt es sonst nicht, eine gerade Linie zu ziehen.«

Max sah sie von der Seite her an. Seine Mutter war manchmal nicht zu retten. »Am besten, du machst den Rest gleich weg. Besser wird es wohl nicht.«

Milagros steckte den Lippenstift zurück in die Tasche. »Du hast recht. Bei der Hitze verläuft er und lässt mich wie einen Clown aussehen.«

Mit einem *solchen* Problem hätte sich Max liebend gern auseinandergesetzt. Es hätte ihn von seinem Nachdenken abgehalten. Fontana war verschwunden, und mit ihm Belinda Kohler, falls er Sandro glauben durfte. Wenn sie Carlo Anderegg im Ferienhaus angetroffen hatten, war es Belinda vielleicht zu viel geworden. Nun, Max würde es bald herausfinden. Carlo Anderegg in seinem Versteck zu schonen, hatte er sich jetzt abgeschminkt. Vielleicht wusste er, wo Fede war.

An diesem seidenen Faden hielt sich Max fest, als er oberhalb des Hotels Rosenlaui auf den Parkplatz beim Zugang zur Gletscherschlucht fuhr. Polizei und Krankenwagen hatten auf der Höhe des »Schluchthüttlis« angehalten. Eine Polizeiabsperrung verhinderte die Durchfahrt zur Schwarzwaldalp und somit zu Fontanas Chalet.

»Was jetzt?« Milagros klebte fast an der Frontscheibe.

»Wir steigen aus und gehen zu Fuß.«

»Nicht dein Ernst, oder? Maximilian, wenn ich gewusst hätte, dass du mit mir eine Bergwanderung machst, hätte ich kein Kleid angezogen.«

»Das spielt doch jetzt keine Rolle mehr. Im Kofferraum befinden sich Fedes Wanderschuhe. Ziehe diese an.«

Milagros schmollte, war zu erwarten gewesen. »Die sind mir zu groß.«

»Besser als zu klein.« Max verließ seinen Wagen. Er stieß Luft aus, ihm fehlte es an Geduld. Jede weitere Minute, die er nicht bei Carlo Anderegg war, konnte eine zu viel sein. Max öffnete den Kofferraum und holte die Schuhe daraus hervor. Während

Milagros sie anzog, ging er ein paar Schritte bergwärts und wollte sich ein Bild von dem Unfall machen.

Vor dem Zugang zur Rosenlauischlucht flatterten rot-weiße Bänder im Wind. Zwei uniformierte Polizisten hielten die Stellung. Schaulustige hatten sich eingefunden. Mit Kameras und Handys ausgerüstet, hielten sie die Maulaffen feil. Viel war nicht zu sehen. Der Unfall musste in der Nähe des Wasserfalls passiert sein. Oder hatte jemand ein gesundheitliches Problem gehabt? Aber dann wäre die Polizei nicht hergefahren.

»Und, sieht man etwas?« Milagros hatte ihn eingeholt. Sie war außer Atem. Schweißperlen rannen über ihre geröteten Wangen. Sie wischte sie mit einem Taschentuch weg.

»Da gibt es nichts zu gucken.« Max zog sie auf den Weg, der zur Schwarzwaldalp führte. »Wenn du nicht schlappmachst, sind wir in einer halben Stunde beim Chalet.«

»Untersteh dich.« Milagros zeigte auf ihre Füße. »Ich bin fit wie ein …«, sie überlegte, »wie ein Bergschuh.«

Max schritt zügig voran. Der Weg führte abwechselnd die Straße entlang und durch Waldabschnitte. Milagros machte keinen Pieps und versuchte augenscheinlich, mit ihm Schritt zu halten.

»Du bist ja richtig gut in Form.« Es sollte motivierend klingen.

Milagros' Kopf glich derweil einer überreifen Tomate. »Mach … dich … nur lustig … über mich.« Sie atmete heftig, hielt sich aber tapfer.

Eine Brücke querte den Reichenbach. Auf der anderen Seite döste eine Gruppe von heimeligen Berghäusern im warmen Sonnenlicht. Max peilte Fontanas Chalet an. Noch rührte sich nichts. Carlo Andereggs Toyota stand im Carport, die Nummernschilder waren abmontiert. Er hatte an alles gedacht, um keinen Verdacht zu erregen.

»Das ist das Ferienhaus des Psychiaters?« Milagros konnte ihre Bewunderung kaum im Zaum halten. »Ich muss schon sagen, der Mann hat Geschmack.«

»Über Geschmäcker lässt sich streiten.« Max war es zu altmodisch. Trockene Sommer und kalte Winter hatten an der Fassade Spuren hinterlassen.

Beim Eingang angekommen, betätigte Max die Klingel. Es dauerte eine Weile, bis die Tür aufging.

»Da bist du endlich.« Carlo Anderegg hielt inne. »Sie?« Er musterte zuerst Max, dann Milagros, konnte sich offensichtlich keinen Reim auf die Besucherkonstellation machen.

»Wen haben Sie denn erwartet?«

»Ich dachte, Alfons, ehm … Dr. Fontana sei endlich zurück.«

»Seinetwegen sind wir hier. Dürfen wir reinkommen?« Max stellte seinen linken Fuß auf die Türschwelle. »Sie können mir nicht mehr ausweichen, Herr Anderegg. Ich arbeite daran, dass Sie sich wieder frei bewegen können, aber dazu müsste ich alles über Sie erfahren, auch von Ihrer Beziehung zu Dr. Fontana und zum Sanatorium Santa Madre.« Max zeigte auf seine Mutter. »Das ist Milagros von Wirth. Die Dritte im Bund«, legte er nach.

Carlo Anderegg öffnete nur zögerlich die Tür bis zum Anschlag und ließ Max und Milagros beinahe widerwillig eintreten. »Bitte sehr.« Er vergewisserte sich, dass sich niemand sonst vor dem Haus befand. Er schloss die Tür, drehte den Schlüssel und führte seine Gäste ins Wohnzimmer. »Nehmen Sie Platz.«

Um einen soliden Holztisch standen sechs Stabellen. Max zog zwei von ihnen hervor und ließ sich auf einer nieder. »Vorab, wissen Sie etwas über den Verbleib meiner Freundin Fede?«

»Warum sollte ich?« Carlo Anderegg blieb stehen und verschränkte die Arme.

»Sie war im Sanatorium und ist dort spurlos verschwunden. Sie haben Kontakt mit Dr. Fontana, dem Chef der Klinik. Möglicherweise hat er Ihnen von ihr erzählt.«

»War sie stationär in der Klinik?« Carlo Anderegg runzelte die Stirn. »Über Patienten sprechen wir nie. Unsere Themen sind die lückenlose und legale Entsorgung abgelaufener Medikamente.«

»Sind dies so viele an der Zahl, dass Sie monatlich einen Lkw voll davon abtransportieren müssen?«, provozierte Max. Er ging davon aus, dass noch ganz andere Dinge auf dem Sondermüll landeten, konnte sich aber kein Bild davon machen, worum es sich handelte.

»Hören Sie, ich habe keine Ahnung, was Sie von mir wollen und warum Sie auf meine Tätigkeit zu sprechen kommen. Ich habe mir nie etwas zuschulden kommen lassen, was die Entsorgungen betrifft. Auch mein Bruder nicht. Warum es auf einmal ein Thema sein soll, geht mir nicht in den Kopf.« Carlo Anderegg kratzte sich am Kinn. »Alfons ist ein guter Freund. Er hat mir das Haus zur Verfügung gestellt, bis meine Unschuld bewiesen ist. Mein Bruder hat Sie angeheuert, um mich vom Verdacht, dass ich ein Mörder sein soll, reinzuwaschen. Er hat Ihnen einen Vorschuss von zehntausend Franken bezahlt. Tun Sie einfach Ihre Arbeit.«

Max nickte betroffen. »Okay.« Er sah zu Milagros, die sich ausnahmsweise ruhig verhielt. Das lag wohl an ihrer Erschöpfung. »Reden wir über Dr. Fontana. Er war mit Belinda Kohler hier. Er ging nach dem Dinner mit ihr weg und ist nicht wieder zurückgekehrt. Ihr Bruder sagte mir, dass Sie sich Sorgen machen.«

»Es war seltsam. Diese Belinda wollte mir nichts sagen.«

»Haben Sie sie denn gefragt?«

»Nein.«

Eine innere Unruhe ergriff Max. Er vergeudete seine Zeit mit Carlo Anderegg.

ZWANZIG

Fede erwachte in einem fremden Bett. Dort, wo sie lag, war es diesig und stickig warm, und sie schwebte in Orientierungslosigkeit. Sie versuchte sich daran zu erinnern, was gewesen war, bevor sie eingeschlafen war. Sie war in ihr Zimmer zurückgekehrt. Oder doch nicht? Das hier war nicht ihr Zimmer. Sie setzte sich auf, ihr Rücken schmerzte, als hätte sie auf einem Nagelbrett gelegen. Sie ließ ihren Blick umherschweifen. Gegenüber bemerkte sie zwei hoch angesetzte Fenster mit violetten Vorhängen, wo kaum Licht durchsickerte, und einen Schemel unmittelbar darunter. Der Raum war nicht größer als drei auf vier Meter, mit zwei Türen. Fede erhob sich, ihr schwindelte, während sie den Raum inspizierte. Die eine Tür führte in ein kleines Badezimmer mit Lavabo, Toilette und Dusche, die andere war geschlossen. Ein Schlüssel existierte nicht.

Wo war sie gelandet? Fede quälte der Durst. Auf einer Kommode neben dem Bett fand sie eine Flasche Mineralwasser und ein Glas. Alles fremd. Sie musste sich anstrengen, um ihre Gedanken zu ordnen. Jemand hatte sie hierhergeführt. Oder war sie selbst dahingekommen? Im Delirium? Befand sie sich noch immer im Sanatorium oder außerhalb? Hatte man sie entführt?

Fede öffnete die Mineralwasserflasche und setzte sie an den Mund. Sie zögerte, überlegte, ob die Flüssigkeit vergiftet war. Jetzt drehe ich komplett durch, dachte sie und trank mit gierigen Schlucken. Danach fühlte sie sich etwas besser. Sie hatte doch versucht, Max anzurufen. Oder hatte sie es bloß geträumt? Noch einmal von vorn.

»Ich war draußen im Garten, später im Wald. Weshalb?«
Niemand antwortete ihr.
»Dann kam Paulina. Ja, daran erinnere ich mich.« Paulina hatte sie auf ihr Zimmer gebracht. Sie hatte ihr etwas verabreicht. Warum hatte Fede es eingenommen? Hatte sie es tatsächlich ge-

schluckt? Sie suchte nach ihrem Handy. Wahrscheinlich hatte man es ihr wieder abgenommen. Verflixt. Es war ein Alptraum. Sie war eingesperrt, wusste nicht, wo, und ein Kontakt nach draußen existierte nicht.

Sie sah zu den zwei Fenstern. Draußen musste Tag sein, zumindest war es noch hell. Sie ging zu einem schmalen Schrank und öffnete ihn. Dieser war leer. War das hier eines der Personalzimmer? Sie lagen unter dem Boden. Die beiden Fenster bezeugten es, das separate Bad ebenso.

Jemand hatte sie in einem Mitarbeiterzimmer eingeschlossen. Vielleicht dasjenige von Anjali Schläppi? Fede fröstelte.

Das Handy war weg, und außer einer Flasche Mineralwasser gab es nichts.

Warum hatte man sie eingesperrt?

Sie setzte sich auf die Bettkante und schloss die Augen. »Komm, mach schon«, sprach sie zu sich selbst. »Du weißt es.« Paulina hatte sie im Garten gefunden.

Wer aber hatte sie hierhergebracht?

Fontana? War er zurückgekehrt? Hatte er herausgefunden, wer sie in Wirklichkeit war? Würde man sie auch umbringen?

Sie musste hier raus. Sie brauchte ein Telefon, um Max zu benachrichtigen, der gewiss längst nach ihr suchte. In Fedes Kopf überschlugen sich die Gedanken. Sie sah sich erneut um. Ihr Blick blieb an den zwei Fenstern hängen. Sie hätte ein akrobatisches Geschick haben müssen, um sich zu ihnen hochzuhangeln. Das Bett! Wenn sie es unter die Fenster schieben würde, könnte sie vielleicht besser an sie gelangen. Fede schob den einen Vorhang zur Seite, nahm den Schemel und zog einen Flügel auf, der unverschlossen war. Das Bett schien jedoch zu niedrig, um den Zweck zu erfüllen. Die Kommode! Fede rückte sie von der Wand weg. Sie brauchte ein paar Anläufe. Unter großer Anstrengung schob sie sie über den Holzboden unter die Fenster. Ihre Aktion hinterließ Spuren. Der Boden war zerkratzt. Egal, das war nicht ihr Problem. Wenn sie sich weiterhin so unbeholfen anstellte, war sie am nächsten Tag noch da. Sie griff an die eine Unterseite und kippte die Kommode seitlich. Deren Füße befanden sich jetzt vertikal zum Boden. Der Aufprall war enorm gewesen. Man musste ihn im ganzen Haus gehört haben. Fede wartete. Nichts rührte sich.

Nun musste es passen. Sie stieg auf die Kommode. Der Fensterrahmen reichte jetzt bis zu ihrem Becken. Fede stützte die Hände ab und zog sich hoch. Auf halbem Weg hielt sie inne, weil die Kraft sie im Stich ließ. Vermaledeite Medikamente. Warum hatte sie sie geschluckt und nicht ausgespuckt?

Noch einmal. Sie nahm Anlauf, ging zuerst in die Knie und stieß sich von der Kommode ab. Sie holte tief Atem, zog sich hoch und legte sich über den Fenstersims. Geschafft. Erleichtert atmete sie aus.

Draußen war es still. Fede zwängte sich durch die schmale Öffnung und robbte über das Gras, bis sie auch die Füße im Freien hatte.

Eine Weile blieb sie sitzen und sah sich um. Sie befand sich hinter dem Haus, dort, wo der Garten und der Wald lagen. Der Hintereingang der Klinik musste ganz in der Nähe sein. Fede drehte sich zur Seite und kam auf die Knie. Sie erhob sich und schlich der Mauer entlang. Nach ein paar Metern gelangte sie zur Tür. Wieder blieb sie stehen. Ob es zu riskant war, ins Haus zu gehen? Solange sie nicht wusste, wer sie eingesperrt hatte, galt es, Vorsicht walten zu lassen.

Fede entschied sich, den nächsten Schritt zu tun. Man wähnte sie im Personalzimmer. Vielleicht war es tatsächlich Paulina gewesen, die sie eingeschlossen hatte, was immer der Grund war.

Fede drückte den Türgriff hinunter, die Eingangstür gab nach. Fede zwängte sich durch den Spalt, erreichte den Korridor, der zum Speisesaal führte. Aus dieser Richtung drangen Gelächter und das Klappern von Besteck und Porzellan. Es war zwischen sieben und acht Uhr, Essenszeit. Fede schlich weiter. Um das Telefon im Büro des Küchenchefs zu erreichen, musste sie durch den Speisesaal *und* durch die Küche gehen. Das war ihr zu riskant. Ihr blieb Fontanas Wohnung im fünften Stock.

Dort musste es einen Festnetzanschluss geben. Vielleicht hatte sie ihn letzthin nicht beachtet. Sie ging zur Treppe. Nichts rührte sich. Vielleicht hatte Fede bloß Glück. Etwas anderes hätte sie im Moment nicht verkraftet. Sie stand unter Druck und konnte nachfühlen, wie es den Patienten hier ging. Sie wünschte nicht, dass der Zustand bestehen blieb.

Auch auf der Treppe war niemand. Fede ging nach oben. Auf der fünften Etage angelangt, vernahm sie ein Wimmern. Ein Patient war wohl fixiert worden. Es schauderte sie. Die Tür zu Fontanas Wohnung war unverschlossen.

Bedeutete es etwas Gutes oder Schlechtes? Hatte Dr. Borsody letzthin vergessen, die Tür abzuschließen? Möglich war es. Auch Ärzte mochten hin und wieder zerstreut sein. Noch einmal einen Blick zurück. Die Luft war rein. Fede betrat die Wohnung.

***

Dr. Borsody kam wie ein aufgescheuchtes Huhn über den Korridor gerannt.

So hatte Paulina sie noch nie erlebt. »Was ist denn los?«

»Wir haben die Polizei im Haus.«

»Ach so, und weshalb?« Paulina wollte sich nicht aus der Ruhe bringen lassen, obwohl ihr Dr. Borsodys Benehmen überhaupt nicht gefiel.

»Wir treffen uns im Sitzungszimmer.« Dr. Borsody war außer Atem. »Wo steckt Costa?«

»Er müsste noch beim Essen sein.« Paulina tat etwas, das sie in den letzten Jahren nie gemacht hatte. Sie nahm Dr. Borsody beim Arm, als diese auf ihrer Höhe ankam. »Jetzt beruhigen Sie sich und erzählen Sie mir der Reihe nach, was los ist.«

Dr. Borsody stieß Paulina zurück, als wäre sie eine Aussätzige. »Ist Alfons noch nicht da?«

»Ihn habe ich nicht gesehen. Soviel ich weiß, kommt er erst heute Abend spät zurück.«

»Ich kann ihn nicht erreichen.«

»Er will nicht gestört werden, Sie kennen ihn doch.«

Dr. Borsody runzelte die Stirn, während sie Paulina ins Visier nahm. »Was soll denn diese Bemerkung?«

»Ich meine, dass Sie … dass Ihr …« Paulina brach ab. Es ging sie nichts an. »Ach, nichts.«

»Das denke ich auch.« Schnippisch wie so oft. Dr. Borsody machte auf dem Absatz kehrt. »Kommen Sie, wir hören uns an, was die Polizei von uns will.«

Paulina spürte, wie ihre Knie nachgaben. Ein ungutes Gefühl bemächtigte sich ihrer. Etwas Schreckliches musste passiert sein. Die Patienten befanden sich Gott sei Dank im Speisesaal und bekamen von der Aufregung nichts mit. Paulina folgte der Ärztin, die mit wehendem Arztkittel im ersten Stock den Korridor entlang bis zum Sitzungszimmer lief. Sie öffnete die Tür dorthin. Bevor sie die Tür hinter ihr ins Schloss fallen ließ, hatte Paulina sie erreicht.

Zwei in blaue Uniformen gekleidete Männer standen am Ende des langen Tisches. Baldur hatte sich an ihre Seite gestellt. Sein sonst rosiges Gesicht glich einem Laken.

»Leider habe ich weder Dr. Fontana noch Dr. Papadopoulos gefunden«, sagte Dr. Borsody. »Sie müssen mit mir vorliebnehmen und mit einer der Stationsschwestern. Das ist Paulina.«

Der ältere der beiden Polizisten übernahm das Wort. »Wann haben Sie Dr. Fontana zum letzten Mal gesehen?«

»Warum?« Paulina kam Dr. Borsody zuvor. »Ist etwas mit ihm?«

»Am letzten Donnerstagabend«, sagte Dr. Borsody. »Am Freitag fuhr er in sein Ferienhaus auf die Schwarzwaldalp.«

Der jüngere Polizist tippte etwas auf sein Tablet. »Schwarzwaldalp, sagten Sie?«

Dr. Borsody sandte einen verkniffenen Blick zu Paulina. »Ja, er wollte drei Tage ausspannen.«

»Hat er gesagt, mit wem?«

Wieder sah Dr. Borsody zu Paulina herüber. Paulina ahnte, woran sie dachte. Möglicherweise hatte Fontana nebst seiner

Kollegin noch andere Eisen im Feuer. Jaja, geschah ihr recht. Warum musste sie sich auch immer so aufspielen?

»Er fuhr allein«, sagte Dr. Borsody. »Oder hat er Sie etwas anderes wissen lassen, Paulina?«

»Nein, nein, mir war nicht einmal bewusst, dass er ein verlängertes Wochenende macht.« Paulina hatte es zwar auf dem Plan gesehen, sich aber weiter nicht den Kopf darüber zerbrochen.

»Was ist passiert?«, fragte Dr. Borsody und setzte sich an den Tisch.

»Dr. Fontana ist tot.« Baldur wog seinen mächtigen Kopf hin und her.

»Eine Touristin hat ihn heute Vormittag außerhalb der Rosenlauischlucht im Weißenbach gefunden«, ergänzte der Polizist. »Nach ersten Ermittlungen gehen wir von einem Tötungsdelikt aus.« Er faltete ein Blatt Papier auseinander und übergab es Dr. Borsody. »Das ist eine richterliche Durchsuchungsbescheinigung.« Er sah auf seine Armbanduhr. »In einer halben Stunde wird der Kriminaltechnische Dienst der Berner Kantonspolizei das Gebäude durchsuchen.«

Dr. Borsody erhob sich reflexartig, als wäre ihr die Tragweite des Gesagten erst jetzt bewusst geworden. »Das können Sie nicht. Im Haus leben psychisch kranke Menschen. Die Aufregung kann ich nicht verantworten.« Fontanas Tod schien sie auszublenden.

Paulina dagegen musste sich am Tisch abstützen. »Er ist tot?« Sie spürte, wie sich alles in ihrem Kopf drehte. Zuerst Evelyne Sommerhalder, dann Anjali Schläppi und jetzt Dr. Fontana. Die Psychiaterin, die Pflegerin und nun der Psychiater, wenn man von Pfarrer Steger und der Apothekerin Constance Glatthard einmal absah.

Das Sanatorium musste verflucht sein. Die Therapien schlugen in eine falsche Richtung aus. Paulina hatte es schon immer gewusst. »Gott, sei uns gnädig!« Sie musste Costa sprechen.

***

»Max?«

»Fede! Endlich ... wo zum Teufel bist du? Alle suchen nach dir.«

»Alle?« Seine Stimme zu hören, war wie Balsam, brachte etwas Normalität zurück in diesem Irrenhaus. »Ich hatte keine Gelegenheit, mich zu melden. Hier ist die Hölle los. Man hatte mich eingesperrt. Ich telefoniere mit Fontanas Apparat. Man hat mir mein Handy wieder weggenommen.«

»Geht's dir gut?«

»Ich bin ein wenig müde von den Medikamenten. Es scheint hier die normalste Sache der Welt zu sein, dass sie dir Tabletten verabreichen, die dich ruhigstellen. Ich fühle mich wie nach einer Narkose.«

»Fontana ist tot.«

»Was sagst du?« Fede ließ den Telefonhörer sinken. Fontana. Nicht möglich. Dieser charismatische, gut aussehende Psychiater sollte das Zeitliche gesegnet haben? Tot? Dabei hatte Fede ihn in Verdacht gehabt, er würde hinter den »Suiziden« stecken. Hatte sie sich dermaßen getäuscht? Sie legte den Hörer wieder ans Ohr. »Wer sagt das?«

»Es kam soeben in den Nachrichten. Er soll gestern Abend in der Rosenlauischlucht in den Tod gestürzt sein. Die Polizei hält sich bedeckt. Aber der Boulevard hat in der Onlineausgabe durchsickern lassen, dass er gebissen worden sei.«

Fede setzte sich auf Fontanas Bürostuhl. Wie ein Flash drangen die Bilder der letzten Stunden in ihr Gedächtnis. Shanice. Die Zahnprothese. Ihr Verschwinden in der fast gleichen Zeit, in der Fontana weggefahren war.

»Bist du noch da?«

»Ja, ja ... ich ...«

»Was ist los mit dir?«

»Ich bin geschockt. Da kreuzt man den Weg mit Menschen, die dann plötzlich sterben ...« Fede rang um eine gefestigte Stimme. Am besten, sie wechselte das Thema. Sie schluckte. »Hattest du schon Kontakt mit dem Zahnarzt?«

»Nein, ich habe ihn nicht erreicht. Ich werde es gleich morgen Montag angehen. Warum fragst du?«

»Shanices Verschwinden kann kein Zufall sein.«

»Du glaubst, sie steckt hinter den Morden?« Max ließ ein heftiges Zischen vernehmen. »So, wie du sie mir beschrieben hast, wird sie zu solchen Taten nicht fähig sein.«

»Und wenn sie von Zorn erfüllt ist?«

»Zorn, Besessenheit, ist es das, was du sagen wolltest? Eine teuflische Macht, die sie fernsteuert?«

»Max, sei nicht albern. Wir wissen beide, zu was Menschen fähig sind, wenn sie unter Druck oder nahe an einem Nervenzusammenbruch stehen. Selbst in einer Psychose entwickeln sie übermenschliche Energien, oder erst recht. Und glaube mir, Shanice hat etwas an sich, das prometheisch ist.«

»Drück dich bitte so aus, dass auch ich es verstehe.«

»Sie ist übermenschlich. Ich bringe den Verdacht nicht los, dass Shanice sehr gebildet ist.«

»Woraus schließt du es?«

»Ich müsste mehr über sie in Erfahrung bringen«, wich Fede aus.

»Nein, wirst du nicht. Ich hole dich jetzt dort raus. Seit du im Sanatorium bist, kann ich nicht mehr richtig schlafen. Ich werde von Alpträumen gequält, die sich verdammt real anfühlen. Du hattest genug Zeit, dich umzusehen.«

»Ich habe kaum Beweise. Die Hälfte der Zeit, die ich hier verbracht habe, lag ich in einer Art Koma. Man hat mich mit Beruhigungsmitteln vollgepumpt. Ich weiß zumindest, wie man die Patienten hier ruhigstellt. Den meisten von ihnen wird nach dem Nachtessen ein starkes Schlafmittel verabreicht. Es kommt mir vor, als befände ich mich hier in einem Altersheim. Auch die betagten Menschen werden mit Medikamenten in einen Tiefschlaf versetzt, damit die Nachtpfleger ihre Ruhe haben.«

»Jetzt übertreibst du.« Max räusperte sich. »In einer halben Stunde warte ich beim Hintereingang auf dich. Und keine Widerrede.« Er legte auf.

Trotz der nervenschwächenden Medikamente fühlte sich Fede in Hochform. Ihr war es gelungen, aus einem der Personalzimmer zu steigen. Ihr Glück, dass die Fenster nicht vergittert waren. Man hatte sie eingeschlossen gehabt. Das hieß für sie, man betrachtete sie als eine Gefahr für das Sanatorium. Die Frage blieb, wer, wenn nicht Fontana, wollte sie einschüchtern? Fontana lebte nicht mehr. Auch ihn hatte man beseitigt, wie die vier Opfer vor ihm. Hingen die Morde, denn dass es Morde waren, davon musste Fede jetzt ausgehen, mit den therapeutischen Maßnahmen zusammen?

Fede kam immer wieder auf Shanice zurück. Sie lauschte. Sie hatte vergessen, wo sie sich befand und dass sie noch lange nicht aus der Gefahrenzone heraus war. Fede öffnete die oberste Schublade beim Korpus. Vielleicht müsste sie noch einmal die Patientenakten durchsehen. Sie zu studieren, dazu reichte die Zeit nicht. Wollte sie in einer halben Stunde beim Ausgang sein, musste sie sich beeilen. Sie griff nach der Liste, auf der die Mitarbeiter vermerkt waren, ging jeden Namen durch, als ein Geräusch sie aufschreckte. Jemand musste draußen auf dem Korridor sein. Sie hörte Stimmen, vernahm Schritte. Unüberlegt steckte Fede die Liste zurück und stieß die Schublade zu. Sie erreichte die Tür des Büros. Es gelang ihr, in den Flur zu treten und die Tür hinter sich zuzuziehen, als jemand die Wohnungstür aufstieß. Fede versteckte sich neben der Garderobe, die im toten Winkel von der Tür aus nicht zu sehen war. Dagegen sah Fede zwei Polizisten eintreten. Sie wandten ihr den Rücken zu, peilten das Büro an und verschwanden darin.

Fede wurde die Bedeutung in einem Sekundenbruchteil bewusst. Sie vergewisserte sich, dass sich auf dem Korridor niemand aufhielt. Noch ein letzter Blick in Shanices Zimmer. Es war nicht abgeschlossen und das Bett leer.

Fede ging über die Treppe nach unten. Auf dem untersten Absatz begegnete ihr Paulina.

»Federica, da sind Sie ja.« Ihre Überraschung war nicht gespielt. »Ihre Mutter war hier, hat Sie gesucht.«

»Meine Mutter?« Fede musste nicht lange überlegen, wer gemeint war, und als Paulina den Namen von Wirth erwähnte, war es klar. Warum hatte Max nichts davon gesagt? »Ich habe geschlafen, nachdem Sie mich in Narkose versetzt hatten.«

»Ich habe Ihnen nichts verabreicht.« Paulina sah sie mit einem ehrlichen Blick an.

»Ich muss dringend Frau Dr. Borsody sprechen.« Fede strich Paulina über die Schulter. »Es ist wichtig.«

»Vorher war sie noch da.« Paulina schniefte. »Es ist etwas Grauenhaftes geschehen. Dr. Fontana ist tot.«

Für Fede nichts Neues. Dennoch schauderte ihr. »Schrecklich. Weiß man, wie es passiert ist?«

»Man fand ihn am Fuß der Rosenlauischlucht. Die Polizei ist hier und durchsucht das Gebäude, als würden sie hier etwas finden.«

Hatte Paulina wirklich keine Ahnung?

»Frau Dr. Borsody befindet sich im Sitzungsraum und informiert unsere Mitarbeiter über den tragischen Verlust unseres … ach so guten Doktors.«

Fede wollte sich in Bewegung setzen, als Paulina sie zurückhielt. »Dort können Sie nicht hin.«

Fede erwehrte sich des Griffs. »Ich muss sie sprechen. Niemand kann mich davon abhalten.« Sie ließ Paulina stehen und ging die Treppe hinunter.

Vor dem Sitzungszimmer angekommen, wartete Dr. Borsody bereits auf sie. »Federica, was soll das?« Offenbar hatte das Buschtelefon bestens funktioniert. »Bitte machen Sie hier keinen Aufruhr. Ich schätze Sie als überlegt ein.«

»Ach, jetzt plötzlich? Aber Sie haben recht. Ich bin nicht die, für die mich hier alle halten.« Fede nahm die Ärztin am Arm. »Hören Sie mir jetzt gut zu.« Sie fasste sich ein Herz. Es fiel ihr schwer, Johanna Borsody die Stirn zu bieten. Die Frau strahlte Energie aus und würde sich von einer wie Fede nicht einschüchtern lassen. »Ich weiß, was in diesen Mauern getrieben wird.«

»Was fällt Ihnen ein? Getrieben? Das klingt, als führten wir ein Bordell.«

»So weit davon entfernt waren Dr. Fontana und Sie nicht«, provozierte Fede. »Ein Techtelmechtel in der Küche?«

»Das, das ... Sie impertinente Person. Ich hätte Sie sofort fixieren sollen, als man Sie vor der Tür fand.« Johanna Borsody war daran, ihre Nerven zu verlieren, was Fede gelegen kam.

»Beruhigen Sie sich.« Sie streckte versöhnlich ihre Arme aus. »Ich heiße Federica Hardegger, und Max von Wirth ist mein Partner. Wir betreiben ein Detektivbüro und ermitteln in mehreren Tötungsdelikten. Die Spur führte ins Sanatorium. Deshalb bin ich hier. Trotz meiner vielen Tattoos sehe ich mich als gesunde Frau, und falls Sie meinen IQ erfahren möchten, der ist über hundertvierzig.«

Johanna Borsody war perplex. »Alfons wurde ermordet.«

»Davon geht die Polizei mittlerweile aus.« Fede ließ Vorsicht walten. Sie musste die Ärztin auf ihre Seite holen, was sie mit ihrer Aussage vorhin nicht wirklich getan hatte. »Auch Evelyne Sommerhalder, Constance Glatthard, Anjali Schläppi und Marvin Steger wurden ermordet. Denken Sie nach, was die vier Opfer mit Dr. Fontana gemeinsam hatten und was allenfalls auch Sie damit zu tun haben könnten.«

»Das ist eine unverschämte Unterstellung.« Johanna Borsody schnappte nach Luft.

»Sie befinden sich in Gefahr.« Fede hatte nicht vor, die Ärztin zu schonen. »Haben Sie eine Möglichkeit, sich zu verstecken?«

»Ich kann hier nicht einfach weg. Zuallerletzt in dieser Situation.«

»Was ist mit Dr. Papadopoulos?«

»Er mag einem wie Fontana nicht das Wasser reichen.« Johanna Borsody zog ihre Stirn kraus.

»Glauben Sie, *er* hat etwas damit zu tun?«

»Ich kann dazu nichts sagen. Zwischen Alfons und Costa bestand nie eine große Freundschaft.«

»Hat es damit zu tun, dass die beiden nicht die gleichen Auffassungen über die Therapien teilten?«

Johanna Borsody zuckte bloß mit den Schultern.

Fede erinnerte sich an den Eintrag über ihr eigenes Krankheitsbild. »Gehen Sie davon aus, dass einige Ihrer Patienten fremdgesteuert, dass sie besessen sind?«

»Die Seele ist oft auch für uns Psychiater unergründlich. Leider sind wir trotz des medizinischen Fortschritts noch nicht so weit, die Psyche zu materialisieren. Sie ist und bleibt nebulös. Bricht sich jemand den Arm, kann man mit Röntgenbildern den Bruch lokalisieren und ihn entsprechend operieren. Die Seele ist immateriell oder feinstofflich. Es braucht die Erfahrung gut ausgebildeter Ärzte, um zum Beispiel bei einer Psychose die richtige Diagnose zu stellen. Dabei legen wir viel Wert darauf, die Gründe einer Erkrankung herauszufinden. Wir gehen sehr sorgfältig vor, indem wir die Patienten systematisch befragen, um ihren Gesundheitszustand zu ermitteln.«

»Nun, diese Sorgfaltspflicht scheint bei der Prüfung meines gesundheitlichen Zustandes nicht angewandt worden zu sein.«

Johanna Borsody schluckte leer. »*No comment.*«

»Und wenn Sie nicht mehr weiterwissen, greifen Sie zu Übersinnlichem?« Fede ahnte, mit dieser Bemerkung Johanna Borsody erneut vor den Kopf zu stoßen.

Die Ärztin fasste sich wieder. Es schien, als hätte sie ein Erklärungsbedürfnis. »Nebst unseren eigenen jahrelangen Beobachtungen und Entwicklungen können wir zum Glück auf eine umfassende Enzyklopädie namhafter Psychiater zurückgreifen.«

»Sigmund Freud, der Begründer der Psychoanalyse.« Fede musste lächeln, als sie Johanna Borsodys erstauntes Gesicht ansah. »Oder C. G. Jung, der Gründervater der analytischen Psychologie.«

»Sie haben den Gründer des Sanatoriums Santa Madre vergessen. Signor Dottore Massimo Caprici. An seinen hervorragenden Errungenschaften orientieren sich unsere Ärzte noch heute.«

»Steht sicher alles in den Tagebüchern.« Fede erinnerte sich an das Buch, welches sie in Fontanas Wohnung gesehen hatte, und bedauerte es, nicht genügend Zeit gefunden zu haben, es sich eingehender anzusehen.

Johanna Borsody zögerte. »Unter anderem.« Sie runzelte ihre Stirn. »Wie kommen Sie auf diese Sammlung?«

»Detektivisches Gespür.«

»Sie haben in den Privaträumen unserer Mitarbeiter geschnüffelt? Ich könnte Sie anzeigen.«

»Ich bin mir sicher, Sie tun es nicht.«

Die Tür zum Sitzungsraum ging auf. Ein uniformierter Polizist steckte seinen Kopf durch den Spalt. »Frau Dr. Borsody? Ich bitte Sie, nochmals hereinzukommen.«

Fede berührte ihren Arm. »Seien Sie es sich bewusst: Sie sind in Gefahr.«

***

Max wartete vor dem Tor im Wald unterhalb der Miliflue. Seit zehn Minuten war Fede überfällig. Keine Spur von ihr. Anrufen ging nicht. Ihr Handy war aus. Sollte er es über die Festnetzstation des Sanatoriums versuchen? Keine gute Idee. Die Polizei musste längst im Gebäude sein. Wenn er länger hierblieb, konnte er mit dem Zufahren eines Lieferwagens rechnen. Vielleicht der einer Wäscherei, diese würden auch an einem Sonntagabend vorbeikommen. Max startete den Motor und tuckerte zurück zur Ausweichstelle. Er stellte den Motor ab, stieg aus und ging zu Fuß zum Tor. Es wäre ein Leichtes gewesen, sich beim kaputten Maschendrahtzaun hindurchzuzwängen. Er sah davon ab, um keine Spuren zu hinterlassen, ging davon aus, die Polizei würde bald das Gelände absuchen, sollte sie mit den Ermittlungen begonnen haben.

Max tigerte vor der Absperrung hin und her. Fontana war tot, Shanice weg und Carlo Anderegg allein auf der Schwarzwaldalp. Ihn hatte Max noch nicht von der Liste der Verdächtigen gestrichen. Ausgerechnet an dem Wochenende, das Fontana mit ihm gemeinsam verbracht hatte, wurde er umgebracht. Musste Max auch Belinda Kohler in den Kreis der verdächtigen Personen nehmen? Aber welchen Grund hätte sie gehabt, Fontana zu töten?

Er wusste zu wenig über sie.

Mit Constance Glatthards Tod hatte sie die einmalige Chance gehabt, wieder nach Meiringen zu kommen, ihre Arbeit dort wieder aufzunehmen, die sie im Grunde immer sehr gemocht hatte. Dies war jedoch der einzige Grund, der Max an ihrer Schuld zweifeln ließ. Sie war mit Fontana in der Rosenlauischlucht gewesen, wenn er Carlo Anderegg glauben durfte.

Shanice? Im Sanatorium hatte sie sich nicht befunden. War sie inzwischen zurückgekehrt? Fede beschrieb sie als mager, mit einem unterentwickelten Körperbau. Jemanden über ein Geländer zu stoßen, war selbst für einen kräftigen Kerl schwierig.

Carlo Anderegg. Von der Konstitution her kam er der Möglichkeit, der Täter zu sein, am nächsten.

Aber was hätte er für ein Motiv gehabt, Dr. Fontana zu töten? War mit der Entsorgung des Sondermülls etwas schiefgelaufen und Fontana hatte Anderegg ein Ultimatum gestellt? Was hatten aber all die anderen Toten damit zu tun?

Ein raschelndes Geräusch ließ Max aufhorchen. Zwischen den Baumstämmen hinter der Einzäunung bewegte sich ein Schatten.

Max' Anspannung wich, als er Fede erkannte.

»Sorry, sorry …« Sie warf ihre Hände über den Kopf. »Ich musste zuerst um mein Smartphone betteln. Und siehe da, ich habe auf einmal wieder beide in meinem Besitz.« Sie näherte sich dem Tor und suchte nach einem Durchlass im Zaun.

»Hier lang.« Max lotste sie zur kaputten Stelle. »Und dann nichts wie weg.«

Für einmal widersprach Fede ihm nicht.

EINUNDZWANZIG

Dr. Blösch erwartete sie. Er wies auf zwei Besucherstühle in seinem Büro. »Mit Ihrer Mutter hatte ich bereits das Vergnügen.« Er sah Max an, während er auf seinem Drehstuhl Platz nahm. »Ihr Anruf gestern befreite mich von meinem schlechten Gewissen, einer wildfremden Frau aus meiner Praxis erzählt zu haben. Die Dame hatte es tatsächlich geschafft, mich mit ihrer charmanten Art zu umgarnen. Nun aber bekommt ihre Aktion endlich einen Sinn. Sie sagten, es gehe um die Patientin, die sich bei mir Eckzähne hat machen lassen?« Er holte Luft. »Von Gesetzes wegen dürfte ich nichts ausplaudern. Aber es geht um die Unfälle ... Suizide bei den Reichenbachfällen und um den Mord in der Rosenlauischlucht? Ich bin nicht abgeneigt, etwas dazu beizutragen, damit man den Täter fasst.«

Max fand seine Worte übertrieben. »Sie müssen nicht reden, wenn Sie nicht wollen. Aber es wäre von großem Vorteil. Meine Partnerin«, Max drehte den Kopf zu Fede um, »hat im Schrank der mutmaßlichen Täterin ein Gebiss gefunden. Es wies Blutspuren auf.«

»Steht denn jemand unter Verdacht?«

»Wir würden die Person gern vom Verdacht ausschließen«, sagte Fede.

»Aha.« Dr. Blösch lehnte sich zurück und griff sich mit der linken Hand ans Kinn. »Sie kennen die Patientin also mit Namen und gehen davon aus, dass sie bei mir in Behandlung war. Was wollen Sie von mir erfahren?«

»Sie sind der einzige Zahnarzt, der solche ...« Max suchte nach dem richtigen Begriff.

»Überkronungen«, half Dr. Blösch nach.

»Genau. Wem von Ihren Patienten würden Sie eine solche Tat zutrauen?«

»Dass er beißt?« Dr. Blösch lachte verhalten. »Da kommt mir

spontan nur eine Frau in den Sinn.« Er wiederholte, was er Milagros bereits erzählt hatte. »Um zu verstehen, was ich meine … viele amerikanische Schauspieler verwenden solche Gebisse, und die Italiener schwören darauf.« Dr. Blösch griff in die Korpusschublade, nahm etwas hervor und legte ein Foto aufs Pult. »Den Beweis für meine hervorragende Arbeit hatte sie mir mitgebracht.«

Max sah auf das Bild. »Ist sie das?« Er sah genauer hin. »Da sieht man das Gesicht einer weiteren verkleideten Person mit einem ebensolchen Gebiss. Wer ist das?«

»Ah ja, ich erinnere mich. Ihr Begleiter wollte genauso eine Prothese.«

»Kennen Sie den Namen des Begleiters?«

»Nein, die Rechnung musste ich der Frau schicken.«

»Können Sie ihn beschreiben?«

»Das ist lange her … nein, ich erinnere mich nicht.«

»Ist sie das?«, wiederholte Max.

»Möglich.« Sicher war sich Fede augenscheinlich nicht. »Man sieht kaum, wer sich hinter diesem Monster versteckt.« Sie wandte sich an den Zahnarzt. »Wie ist ihr Name?«

Dr. Blösch ging nicht auf die Frage ein. »Ein Jahr später kam sie mit dem Wunsch, ihre echten Eckzähne verlängern zu lassen. Ich klärte sie darüber auf, dass sie mit dem Essen Mühe haben würde. Aber sie wollte die Beißer für eine Party.«

»Haben Sie die Zähne zu einem späteren Zeitpunkt wieder in die Normalform gekürzt?«

»Das war im Mai. Es ist mir schleierhaft, wie sie mit diesem Handicap hat leben können. Nun, ich bin nicht da, um mir über die Verrücktheiten meiner Kundschaft Gedanken zu machen. Es war eine einmalige Aktion. In der Regel kommt man zu mir, wenn man die Zähne bleachen oder gerade richten will, für die jährliche Kontrolle oder zum Flicken.«

»Nennen Sie uns den Namen dieser Frau?« Fede trommelte ungeduldig mit den Fingern ihrer rechten Hand aufs Pult.

»Shanice Pellegrini.«

»Was hältst du davon?«, fragte wenig später Max, als sie die Zahnarztpraxis verlassen hatten.

»Es passt alles zusammen. Shanice ist das beißende Ungeheuer.«

»Das nehme ich dir nicht ab. Du zweifelst doch auch.«

»Klar zweifle ich. Vielleicht hat sie diese Beißer tatsächlich nur für die Halloweenpartys gebraucht.« Fede überlegte. »Die Wirtin vom Gasthaus Zwirgi hat da so eine Andeutung gemacht.«

»Wegen der Zähne?« Max schritt zügig über das Trottoir. Er hatte Hunger und freute sich auf das Frühstück im Parkhotel, wo Milagros auf sie wartete.

»Eine Bekannte von ihr war nach einer Vergewaltigung im Sanatorium Santa Madre. Nach dem Aufenthalt bei Dr. Fontana sei es ihr schlechter gegangen als vorher. Wir müssen aus erster Hand erfahren, was im Sanatorium vor sich geht. *Darin* sehe ich einen Zusammenhang. Gut möglich, dass auch Shanice ein Opfer seltsamer Therapien geworden ist. Und jemand will sich für sie rächen. Dass sie es selbst tut, daran glaube ich einfach nicht.«

»Also war der Besuch bei Dr. Blösch für die Füchse.«

***

»Kommen Sie. Wir können in der Küche miteinander reden.« Beatrice Joller war eine zarte Person um die vierzig und von einer Aura umgeben, die Fede fröstelte. Von der Frau ging etwas Eigentümliches aus, nicht klar, ob es sich dabei um positive oder negative Energien handelte.

»Ich danke Ihnen, dass Sie für ein Gespräch so schnell zugesagt haben.« Fede befand sich in Meiringen in einer kleinen Wohnung, die mit dem Nötigsten ausgestattet war und auf einen Eine-Frau-Haushalt hinwies, jedoch nichts Liebliches ausstrahlte. Es fehlte an Wärme und Geschmack. Vielleicht lag es an Beatrice Jollers seelischer Verfassung, an ihrer fehlenden Motivation, die sie nach ihrer Vergewaltigung und den Klinikaufenthalten nicht wiedererlangt hatte.

»Fiona sagte mir, es gehe um das Sanatorium Santa Madre. Ehrlich gesagt, habe ich keine so gute Erinnerung an meinen Aufenthalt dort. Aber Sie sehen, ich bin nicht mit starken Nerven gesegnet. Ich muss auf vieles achtgeben, was früher für mich normal war. Ich darf noch immer nicht hundert Prozent arbeiten. Möchten Sie einen Kaffee?«

»Lieber ein Glas Wasser.« Fede setzte sich auf den ihr angebotenen Stuhl. »Kaffee lässt meine Nerven flattern.«

»Wem sagen Sie das?« Beatrice Joller nahm zwei Gläser von einem Regal und eine Flasche Mineralwasser aus dem Kühlschrank, stellte die Gläser auf den Tisch und schenkte ein. »Bei mir sind Kaffee und Tee gestrichen, auch Prosecco und Co. Ich muss mich basisch ernähren, jedoch aufpassen, dass ich nicht zu viel davon bekomme, also von den basischen Nahrungsmitteln. Ab und zu esse ich auch Fleisch, Milchprodukte und Brot.«

Fede wollte auf den Kern ihres Anliegens kommen, viel Zeit stand ihr nicht zur Verfügung. Um zwölf hatte sie sich mit Max und Milagros zum Mittagessen verabredet. »Von wann bis wann dauerte Ihr stationärer Aufenthalt im Sanatorium Santa Madre?«

Beatrice Joller setzte sich und zog die Pulswärmer, die sie trotz des Sommers trug, über ihre Finger. In dieser Geste lag etwas Verletzliches. »Ich dachte, ich komme klar ohne therapeutische Maßnahmen. Ich war richtig gut darin, Unangenehmes auszublenden. Aber dieser Abend im Club und der Übergriff auf mich haben mich komplett aus der Bahn geworfen. Es ist jetzt zwölf Jahre her, seit mich meine Frauenärztin zu Dr. Fontana einwies. Vorgesehen war eine zweimonatige Therapie.«

»Die Sie dann abgebrochen haben?«

»Aus den zwei wurden vier Monate. Es war die Hölle.«

»Und trotzdem haben Sie verlängert?«

»Ich hatte keinen Einfluss darauf. Meine Gedanken waren wie ausgelöscht.«

»Erzählen Sie.« Was würde Fede zu hören bekommen, sie, die einen klitzekleinen Einblick ins Sanatorium bekommen hatte? Sie kannte nur, was sie selbst gesehen hatte. Es ging dort vorwiegend um Achtsamkeit und darum, Körper und Seele in Einklang zu bringen, um die Balance zwischen beiden zu halten oder aufzubauen und sich selbst lieben zu lernen. Sie wusste wenig über das Suchtverhalten der einzelnen Patienten, wobei in ihren Augen jeder, der gegen Alkohol- und Tablettensucht kämpfte, eine ähnliche Vergangenheit hatte. Sie waren zu wenig geliebt worden und Außenseiter oder überfordert gewesen. Alkohol verband. Das war die irre Meinung. »Erzählen Sie«, wiederholte Fede, als von Beatrice Joller nichts mehr kam.

»Ich habe die Vergewaltigung nie ganz verkraftet«, begann Beatrice Joller. »Am Anfang war es am schlimmsten. Ich hatte Alpträume, konnte nicht mehr arbeiten, nicht essen. Ich verlor an Gewicht. Aber im Sanatorium wurde ich erst richtig krank.«

»Wie äußerte es sich?«

»Ich litt unter Psychosen, verletzte mich selbst und versuchte, mich umzubringen. Es war, als würde mein Kopf implodieren, der Druck von außen war enorm.«

»Was war der Grund?«

»Bei der ersten Konsultation bei Dr. Fontana wurde eine dissoziative Identitätsstörung diagnostiziert.«

»Hatte Dr. Fontana diese Diagnose allein gestellt?«

»Ja, er sagte mir, dass sich bei mir anhand meines traumatischen Erlebnisses eine Art Überlebensmechanismus meiner Persönlichkeit entwickelt habe. Ich hätte das Schlechte in einem Persönlichkeitsanteil abgespalten. Diese Abspaltungen, er sprach in der Folge von mehreren, seien mein Untergang, wenn ich mich ihnen nicht stellen und sie behandeln lassen würde.« Beatrice Joller sah Fede mit wachsender Skepsis an. »Sie glauben mir nicht?«

Fede versuchte, in ihr gedankliches Chaos etwas Ruhe zu bringen. Musste sie an Beatrice Jollers Verstand zweifeln? Andererseits sah sie in ihr ein Ebenbild von Shanice, die möglicherweise auf eine ähnliche Art therapiert worden war. »Verstehe ich es richtig, Dr. Fontana hat versucht, Ihnen etwas einzusuggerieren?«

»Ja.« Beatrice Joller legte die Arme auf den Tisch. »Heute habe ich Abstand zum Ganzen, dank einer seriösen Therapie in einer anderen Klinik. Aber es hat lange gedauert, bis ich von den Hirngespinsten loskam. Dr. Fontana ging nämlich noch weiter. Er erklärte mir, mein Gehirn sei so programmiert und könne deshalb von teuflischen Mächten ferngesteuert werden. Entsprechend bekam ich Medikamente, die mich halluzinieren ließen. Diese Halluzinationen produzierten wiederum Bilder, auf deren Basis mich Dr. Fontana weitertherapierte. Ich glaubte ihm. Das Böse war sichtbar geworden, also musste es eliminiert werden ... ein einziger Teufelskreis.«

»Worin bestanden diese Therapien?«

Beatrice Joller senkte ihren Blick. »In meinem Fall wurde ich wöchentlich einmal sexuell missbraucht ... das gehörte zur Therapie.«

»Wie bitte?«

»Sie haben schon richtig gehört.« Beatrice Joller versteckte ihre Augen hinter den Händen. »Dr. Fontana inszenierte Vergewaltigungen. Er wurde übergriffig, befahl mir, ihn als den Gewalttäter zu sehen, der mich damals geschändet hatte.«

»Er hat Sie vergewaltigt?«

»So weit ging er nicht. Er war jedoch überzeugt davon, damit verlöre ich meine Ängste, indem ich wiederholt erfahre, dass solche Übergriffe nichts anderes seien als eine Peinlichkeit, etwas, das einen schlimmstenfalls zum Erbrechen brachte. Er behauptete sogar, eine verbale Misshandlung würde mehr Schaden anrichten als eine körperliche. Als es später unter Aufsicht anderer Ärzte zu einem Thema wurde, wollte er nichts mehr davon wissen. Er behauptete, ich hätte mir das bloß eingebildet. Ich sei schizophren. Er brauchte seine eigenen Argumente, um mich fertigzumachen.«

»Sie hätten ihn anzeigen können.«

»Im Nachhinein ist man immer klüger. Aber damals hatte ich einfach keine Kraft, um mich zu wehren.«

Fede musste diese Aussage zuerst verdauen. Aber plötzlich

bekam Fontanas Tod einen Sinn. Wenn er Beatrice Joller vor Jahren missbraucht hatte, hatte er den Missbrauch bis vorgestern an seinen aktuellen Patienten weiterverübt, anders als bei Beatrice Joller, den seelischen Gebrechen angepasst. »War Dr. Fontana der Einzige, der diese Therapien anwendete, oder gab es noch andere Psychiater und Therapeuten?«

»Ich erinnere mich an seine Kollegin Dr. Borsody. Sie war auf der gleichen Linie. Manchmal war ich auch bei ihr. Oder«, Beatrice Joller zeichnete Gänsefüßchen in die Luft, »sie therapierten mich gemeinsam. Das heißt, sie schaute zu und machte Notizen. In meinem tiefsten Inneren wusste ich, dass etwas nicht stimmen konnte. Aber wenn ein Psychiater dir weismacht, wie schlecht es dir geht und dass man dich nur mit entsprechenden Therapien heilen kann, glaubst du ihm. Das eigene Denken kommt dir abhanden.«

Fede erinnerte sich an die Tagebücher von Dottore Caprici und bedauerte, das Werk nicht mitgenommen zu haben. »Kennen Sie Pfarrer Marvin Steger?«

»Ja sicher, er besuchte mich einmal die Woche und betete mit mir, dass die dunklen Mächte mich nicht mehr heimsuchen mögen.«

Fede überlegte sich, dass der Priester und Dr. Borsody mit Fontana unter einem geheimen Einverständnis gestanden haben mussten. »Sagen Ihnen die Namen Anjali Schläppi und Evelyne Sommerhalder etwas?«

Beatrice Joller nahm die Hände vom Gesicht. Sie seufzte schwer. »Nein, nie gehört.«

Gut, dachte Fede, die beiden Frauen konnten vor zwölf Jahren unmöglich schon im Sanatorium gewesen sein. Zu der Zeit hatten sie sich noch in der Ausbildung befunden. »Belinda Kohler?«

»Nein.«

»Wie ist es Ihnen gelungen, den Fängen des Dr. Fontana zu entkommen?«

»Eine nette Pflegerin hatte meine seelische Not erkannt. Sie half mir, das Sanatorium zu verlassen. Ohne ihre Unterstützung wäre ich wahrscheinlich heute noch dort. Ist man erst einmal gefangen, wird eine Flucht ohne Helfer unmöglich.«

Fede dachte an den kaputten Zaun und dass Shanice diesen Defekt ausgenutzt hatte. Andererseits musste Beatrice Joller von Fontana dermaßen manipuliert worden sein, dass sie nicht imstande gewesen war, auf eigene Faust zu fliehen. »Erinnern Sie sich an deren Namen?«

»Natürlich, Schwester Paulina.«

***

Milagros hatte ihre Augen auf den Eingang zum Speisesaal gerichtet. »Da kommt Federica.«

Max folgte ihrem Blick dorthin, wo Fede auf der Treppe zum Garten erschien. Er winkte ihr zu, erfüllt von Freude, sie in diesem luftigen Sommeroutfit zu sehen. Selten genug trug sie ein Kleid, dabei stand es ihr gut – wären diese Tattoos nicht auf den Armen gewesen –, sogar außerordentlich gut.

»Esst ihr draußen?« Fede küsste Max auf den Mund. Sie schmeckte nach Pfefferminze.

»Wenn's dir recht ist.« Milagros lud sie auf einer gemütlichen Couchgruppe zum Sitzen ein. »Dein Besuch hat lange gedauert. Erzähl. Was hast du herausgefunden?«

»Lass sie doch erst mal ankommen.« Max strich Fede über den Arm. »Ist alles okay mit dir?«

»Wir haben wahrlich in ein Wespennest gestochen.«

Ein Kellner kam vorbei und nahm die Bestellung auf. Fede lehnte ab, als Milagros ihr die Speisekarte reichte. »Nein danke, ich brauche etwas Starkes.« Sie bestellte einen Whisky on the rocks.

»Ist wirklich alles in Ordnung?« Max machte sich Sorgen. Der Aufenthalt im Sanatorium hatte Spuren hinterlassen. Sie gähnte, reagierte nicht auf seine Frage, schien mit ihren Gedanken anderswo zu sein.

»Dann warten wir noch mit dem Essen«, schlug Milagros vor, worauf der Kellner mit der Getränkebestellung etwas konsterniert abmarschierte.

Es vergingen ein paar Momente, in denen alle schwiegen. Durch die mächtigen Baumkronen sickerte Sonnenlicht, warf fabulöse Schatten auf das Gras. Aus dem Hotelinnern drang dezente Musik.

Max brach das Schweigen. »Etwas bedrückt dich, ich sehe es dir an.«

»Es zeichnet sich je länger, desto mehr ab, dass jemand im Umfeld des Sanatoriums mit den Therapeuten und Pflegern aufräumt, die zweifelhafte Heilungsmethoden anwenden ... oder angewandt haben. Ich hege diesen Verdacht schon länger. Nun hat mir heute ein früheres Opfer den Beweis geliefert.«

»Ein Beweis mit Hand und Fuß?« Milagros strich den Rock über das Knie. Sie hatte ein klassisches Deux-Pièces angezogen, welches ihr über den Bauch spannte. »Gibt es etwas Schriftliches?«

»Lasse mich bitte aussprechen. Fontana und seine ...«, Fede zog Luft ein, »nennen wir sie mal Verbündete, haben wahrscheinlich über Jahre ihre Patienten falsch behandelt und sie richtiggehend manipuliert. Anstatt individuell und seriös zu therapieren, basierten die Heilmethoden auf absurden Verschwörungstheorien.«

»Und wie wollen wir das beweisen, wenn alle tot sind?« Milagros ließ nicht locker. Sie lief auf Hochform.

»Noch lebt Johanna Borsody.« Fede holte ihr Smartphone aus der Tasche. »Hier, das Gerät ist wieder aufgeladen. Als ich in Fontanas Wohnung war, gelang es mir, von dem ominösen Buch mit dem Titel ›Die Tagebücher des Dottore Massimo Caprici‹ ein paar Fotos zu machen. Allein das Inhaltsverzeichnis sagt einiges über die Behandlungen aus, die der Begründer von Santa Madre festgehalten hatte. Die angewandten Therapien sind seelischer und körperlicher Missbrauch aufs Schändlichste. Das Schlimmste daran ist, dass sich kaum jemand gewehrt hat. Wenn es mir gelingen würde, die untergetauchte Shanice zu befragen, kämen wir einen großen Schritt weiter.«

»Und wenn sie die Mörderin ist?« Max hatte seine Bedenken. Der Kellner brachte die Getränke.

»Befolgen wir die Idee des Meisters Sherlock Holmes.« Milagros nahm das Champagnerglas zur Hand und rezitierte Doyles Leitsätze für seinen Detektiv. »Was also ist unmöglich?«

»Mam, was soll das? Verschone uns mit der Romanfigur.«

»Immerhin war sein Erfinder ein britischer Arzt. Prost.« Sie nahm einen Schluck vom perlenden Schaumwein. »Was also können wir als unmöglich abhaken?«

»Dass Shanice die Täterin ist«, sagte Fede.

»Dagegen sprechen ihre Beißer, die du gefunden hast.« Max wollte dieses Beweismittel nicht beiseitelegen.

»Dieses Thema hatten wir doch schon. Wir können sie von der Liste streichen.« Fede griff nach dem Tumbler. »Ich würde das Augenmerk auf die Stationsschwester Paulina richten.« Fede erzählte von den unglaublichen Lippenbekenntnissen der Beatrice Joller. »Sie war es, die die Patientin vor ungefähr zwölf Jahren aus Fontanas Klauen gerettet hat. Was, wenn Paulina einfach genug hatte von all den Lügen und sie endlich aufräumen wollte?«

»Glaubst du daran?« Ihrer Mimik zu urteilen nach, dachte sich Fede bereits Alternativen aus. Als sie nicht antwortete, fragte er: »Woran denkst du?«

Fede schüttelte den Kopf. »Ich habe das Gefühl, etwas gesehen zu haben, was uns weiterbringen würde.«

»Wir dürfen die Polizei nicht behindern. Ich sprach vorhin mit dem Beamten, bei dem ich dich als vermisst gemeldet hatte. Er meinte, du würdest als Zeugin gelten.«

»Was hast du gesehen?« Milagros nahm Fedes Faden wieder auf. »Woran erinnerst du dich?«

»Die Namenslisten der Patienten und Angestellten in Fontanas Unterlagen lassen mir keine Ruhe. Ich überlege mir die längste Zeit, wie Shanice mit ledigem Namen geheißen hat. Noch trägt sie den Namen ihres Mannes, Pellegrini. Mir kommt der zweite Name nicht in den Sinn.«

»Ist er denn wichtig?«, fragte Max.

»Ich habe den Namen nicht bloß im Zusammenhang mit Shanice gelesen ... Da war etwas auf der zweiten Liste.«

»Mach dich nicht verrückt. Ich glaube, mit Fontanas Hinschied ist der Fall definitiv bei den Kriminalisten angekommen.«

»Wir haben einen Auftrag.« Fede tat entsetzt. »Es geht um Carlo Anderegg und seine Rehabilitation, und es geht um viel Geld. Wenn ich die Stunden ausrechne, die wir bisher dafür aufgewendet haben, plus die Spesen, reicht der Vorschuss nicht, um alles abzudecken. Wobei«, Fede warf Milagros ein Lächeln zu, »wir für Kost und Logis nicht den vollen Preis verrechnen müssen. Vier Sterne waren nicht vorgesehen.« Fede lehnte sich zurück und kuschelte sich in das Rückenkissen. »Ich gehe noch einmal ins Sanatorium.«

Max schauderte bei dem Gedanken, Fede könnte sich erneut in Gefahr begeben, denn dass diese gebannt war, daran glaubte er nicht. »Was versprichst du dir davon?«

»Wir brauchen alle Namenslisten.«

»Diese wird die Polizei bereits konfisziert haben.«

»Da bin ich mir nicht sicher. Wem würden sie nützen?« Fede machte eine Kunstpause. »Ich muss mit Paulina sprechen.«

***

Er hatte die Jalousien geschlossen, innen vor die Haustür eine Kommode geschoben und darauf geachtet, dass nachts kein Licht seine Anwesenheit verriet. Seit die Nachricht vom Tod seines Gastgebers Alfons Fontana ihn erreicht hatte, saß er hier wie auf glühenden Kohlen. Er musste hier weg, bevor die Polizei ihn aufspürte.

Carlo Anderegg steckte bis zum Hals in der Bredouille, je mehr Zeit verstrich, desto ungemütlicher wurde es für ihn. Sein

Bruder hatte ihm versprochen, ihn aus der Krise herauszuholen. Dafür war ihm kein Preis zu hoch. Aber er war dagegen gewesen, sich der Polizei zu stellen. Man habe wegen der Bisswunden zu viel in der Hand gegen ihn. Verdammt! Gab es einen Nachahmungstäter? Voll schräg. An Corinnes Hals hatte man seine Zahnabdrücke gefunden. Bei den Opfern im April hieß es, es seien Bissspuren eines Wildtieres, welche die Ermittlungen einstellen ließen und ihn, Carlo, vom Verdacht entlasteten oder diesen gar nicht erst aufkommen ließen. Ausgerechnet der Suizid einer jungen Pflegerin war ihm zum Verhängnis geworden. Er hatte Anjali gekannt und sich kurz vor ihrem Tod mit ihr unterhalten. Er hatte sie auch geküsst, aber das Wasser musste seine DNA zum Verschwinden gebracht haben, nur so konnte er es sich erklären. Weiber! Er hatte noch nie ein Händchen für eine gefestigte Beziehung gehabt. Er sei zu grobschlächtig, hatte man ihm an den Kopf geworfen. Ja, er hatte ein gewisses Maß an Brutalität in seinen Genen. Er und sein Bruder waren aus dem gleichen Holz geschnitzt. Sandro jedoch wusste sich zu helfen mit dieser Gummipuppe, der er einen Namen gegeben hatte. Clementine, wie niedlich. Vielleicht würde sich Carlo früher oder später ein ähnliches Modell anschaffen müssen. Mit denen hatte man keinen Ärger.

An der Haustür klingelte es. Sie waren da. Falls sie einen Schlüssel besaßen und sich Einlass verschaffen wollten, würde der Schlüssel, der innen steckte, sie von dem Vorhaben abhalten. Und ihn, Carlo, gleichzeitig verraten. Vielleicht. Noch überwog die Hoffnung.

Wer außer Sandro, Max von Wirth und dieser Belinda wusste noch, dass er sich hier verschanzt hatte? Durfte er der Frau trauen? War sie sogar die Mörderin? Mutmaßlich waren sie gemeinsam in der Schlucht gewesen.

Der schrille Ton der Klingel machte ihn nervös. Er holte sein Handy aus seiner Hosentasche, sah auf das Display und bemerkte, Max von Wirth hatte ihn mehrmals gesucht. Ob er Neuigkeiten hatte? Carlo ging im Dunkeln in den Flur. Zwischen den Ritzen der geschlossenen Fensterläden sickerte etwas Licht und half ihm, sich in den Räumen zurechtzufinden.

Es läutete ein drittes Mal. Jemand klopfte auf das Türblatt. Carlo legte sein Ohr darauf. Er vernahm eine Stimme.

»Herr Anderegg, machen Sie auf. Ich bin es, Max von Wirth.«

Eine Falle? Er durfte nichts riskieren. Andererseits hatte Max von Wirth vielleicht Neuigkeiten für ihn, und da er ihn telefonisch nicht erreicht hatte, war er hierhergefahren, um ihn zu sprechen. Netter Kerl.

Carlo schob die Kommode von der Tür weg und drehte den Schlüssel im Schloss um. Ein metallisches Geräusch entstand. Er drückte den Griff hinunter und öffnete.

»Wird auch langsam Zeit.« Von Wirth zwängte sich an ihm vorbei in den Flur. »Warum nehmen Sie die Anrufe nicht entgegen?« Er sah sich um. »Und öffnen Sie die Fenster. Hier drin erstickt man ja.«

»Die bleiben geschlossen.« Carlo verschränkte die Arme und versperrte von Wirth den Weg zu den Fenstern. »Ich habe gehört, was passiert ist. Fontana ist tot. Ich befinde mich in seinem Ferienhaus, und draußen läuft ein Mörder frei rum, der sich meine Bissattacken zu eigen macht.« Es hätte nicht so lustig hinüberkommen sollen, wie es sich anhörte.

Von Wirth lachte nicht. »Belinda Kohler ist verschwunden.«

»Ist sie die Frau, die hier war?«

»Sie hat in Meiringen eine Apotheke. Sie wissen nicht zufällig, wo sie sich aufhält?«

»Sie fuhr mit ihrem Gepäck weg, nachdem sie ohne Alfons zurückgekehrt war.«

»Ich war heute Morgen an ihrem Arbeitsort. Dort wird sie vermisst. Zu Hause ist sie auch nicht.«

»Sie glauben doch nicht etwa, ich hätte ihr etwas angetan.« Carlo setzte sich auf eine Stabelle.

»Die Sache scheint eindeutig und keine Frage der Auslegung, egal, von welcher Seite man sie betrachtet.«

»Warum hätte ich sie beseitigen sollen, hä?«

Von Wirth schritt zwischen der Tür und dem Tisch hin und her. »Warum laufen die Fäden ausgerechnet hier zusammen?«

»Sie spekulieren, oder?«

»Ich reime mir gewisse Dinge zusammen.«

»Was für *gewisse Dinge*?« Carlo musste sich zusammenreißen, um nicht laut zu werden. »Ich schwöre bei Gott und bei meiner verstorbenen Mutter, ich habe nichts damit zu tun … Ich habe mich gebessert und versuche, mein cholerisches Temperament zu zügeln. Ich hatte sieben lange verfluchte Jahre Zeit, mir über das, was ich Corinne angetan hatte, Gedanken zu machen. Ich finde das Strafmaß nach wie vor nicht gerechtfertigt, und mir ist bis heute nicht klar, weshalb damals alle gegen mich waren. Aber, Herrgott Sakrament, ich habe eine Moral.«

Von Wirth zog eine Stabelle unter dem Tisch hervor und setzte sich endlich. Dieser Typ machte ihn hibbelig. »Ich glaube Ihnen. Ich frage mich, wem Sie erzählt haben, weshalb man Sie des versuchten Mordes angeklagt und verurteilt hatte.«

»Allen und niemandem. Ich erinnere mich nicht.« Er erinnerte sich sehr wohl. »Fontana, natürlich. Ich musste ihm von meiner Misere erzählen. Er war, mit Ausnahme meines Bruders, der Einzige, der mich nicht als Übeltäter sah. Sieben Jahre.« Carlo verbarg sein Gesicht hinter seinen Händen. Diese Jahre im Knast waren alles andere als ein Lehrgeld gewesen. Im Gegenteil. Eine unterschwellige Wut hatte sich in ihm entwickelt, gegen die er täglich ankämpfte. Er hatte sich zusammenreißen müssen, um nicht zu rebellieren. Ein Priester hatte ihm dabei geholfen. Carlo legte die Hände auf den Tisch. »Alfons bot mir an, mich zu therapieren. Aber ich bin nicht meschugge. Ich sagte ihm, dass ich es gut fände, wenn er mich trotz meiner Vergangenheit weiterhin als Abnehmer und Entsorger seiner abgelaufenen Medikamente beschäftigte.«

»Haben Sie nebst Arzneimitteln auch andere Dinge aus dem Sanatorium entsorgt?«

Warum zum Henker interessierte es ihn? »Als wir mit der Zusammenarbeit begannen, war da auch ein Röntgengerät dabei, ein paar Bettgestelle und alte Matratzen, die über die Jahre ersetzt wurden. Und eine Art Foltermaschine, sie musste aus der Zeit des Zweiten Weltkriegs stammen. Im Dachstock liegen noch einige solcher Geräte. Alfons wollte sie alle weghaben, aber dann kam Corinnes Sturz. Nach meinem Haftaustritt war es kein Thema mehr.

»Ihr Bruder hätte die Arbeit übernehmen können.«

»Den plagten andere Sorgen.«

»Soviel ich weiß, verdient man heutzutage mit Sondermüll das große Geld. Warum wurde diese Arbeit eingestellt?«

»Ich habe nicht gesagt, dass sie eingestellt wurde. Ich sagte lediglich, dass der Müll auf dem Dachstock nicht entsorgt wurde.«

»Glauben Sie, ich würde dort oben etwas finden, was mich in diesem verzwickten Fall weiterbringt?«

»Warum reiten Sie darauf herum?« Carlo konnte es nicht nachvollziehen.

»In diesem alten Gebäude muss es ein Geheimnis geben, etwas, das aus den Anfängen seiner Entstehung stammt.«

»Jetzt fangen Sie auch noch damit an.« Carlo nervte es. »Ein Geheimnis, welches die Morde rechtfertigt, wenn es denn auskommt?«

»Warum? Hatte Fontana davon gesprochen?«

»Er hat einmal Andeutungen gemacht. Immerhin diente das Sanatorium im Zweiten Weltkrieg als Auffanglager schwer beeinträchtigter Menschen. Damals galt es als Irrenanstalt. Ich erinnere mich an die Erzählungen meines Urgroßvaters. Nachdem Dottore Caprici das Sanatorium altershalber aufgegeben hatte, beschlagnahmte eine Gruppe von zwielichtigen Ärzten das Haus. Für Experimente ... muss wohl daran liegen, dass das Haus verflucht ist.«

»Was für Experimente?«

»Das weiß *ich* doch nicht.«

ZWEIUNDZWANZIG

»Federica?«

»Lassen Sie mich bitte ins Haus.«

»Das geht nicht.«

»Ich muss mit Ihnen reden, Paulina. Dr. Fontana ist tot, nach einer Reihe bislang ungeklärter Todesfälle. Es scheint, als wären noch mehr Mitarbeiter von Santa Madre auf der Todesliste des Täters aufgeführt. Hat Dr. Borsody Ihnen nichts gesagt?«

»Wir sprechen nur das Nötigste miteinander. Wir haben das Heu nicht auf der gleichen Bühne.« Paulina hielt noch immer den Türgriff in der Hand.

»Weil sie eine etwas andere Auffassung von den angebotenen Therapien hat als Sie?« Fede drückte sich an Paulina vorbei ins Entree. Der Lüster über ihr zitterte im Luftzug und ließ die Kristalltränen hell klingen. »Wir müssen verhindern, dass es zu weiteren Todesfällen kommt. Dazu brauche ich Ihre Hilfe.«

»Sind Sie Polizistin oder was?« Vermutlich hatte sie gerade etwas Mühe, Fede nicht mehr als Patientin, sondern als gewiefte Detektivin zu sehen. »Die Polizei war doch da. Was glauben Sie zu finden, was die Kriminaltechniker nicht gefunden haben? Und was Frau Dr. Borsody betrifft, ich selbst bin keine Ärztin. Ich würde mir nie im Leben anmaßen, ihre Behandlungsmethoden zu kritisieren.«

»War der KTD auch in Fontanas Wohnung?« Fede tat so, als wüsste sie es nicht.

»Selbstverständlich.« Paulina schloss endlich die Tür, während sie hörbar scharf Luft ausstieß. »Na, dann kommen Sie halt. Ich mache sowieso bald Feierabend.«

»Können wir in Fontanas Wohnung gehen?«

»Die ist versiegelt.«

Fede hatte damit rechnen müssen. Aber was war schon ein Polizeisiegel, wenn man es mit dem Daumennagel aufschlitzen konnte? Sie peilte die Treppe an, die in die oberen Etagen führte. Noch waren ihre Gefühle gegenüber Paulina gespalten. Eines war sicher: Im Sanatorium gab es zwei Lager. Von den wenigen Mitarbeitern, die auf Fontanas Seite standen, lebte bloß noch Johanna Borsody. Die andere Seite, möglicherweise von Dr. Papadopoulos angeführt, hatte es sich offenbar zur Aufgabe gemacht, mit den falschen Therapien aufzuräumen. War Papadopoulos bereit zu morden oder morden zu lassen? Nach Adam Riese rutschte er in der Hierarchie der Ärzte auf das oberste Podest.

Auf der Treppe begegnete Fede Flo und Roger. Nur Flo grüßte, als er Fede erkannte. »Hallo, hast du's geschafft? Hat man dich gehen lassen?« Er blieb auf einem der Treppenabsätze stehen. In seiner Stimme lag Wehmut. »Ich wünschte, ich könnte das hier auch bald hinter mir lassen, die Vergangenheit aus meinem Leben streichen und von vorn beginnen.« Von den Turbulenzen im Gebäude hatte er wohl nichts mitbekommen.

Fede lächelte ihn an. Obwohl sie keine Weltmeisterin im Trostspenden war, tat ihr Flo leid, und sie hatte das Bedürfnis, ihm etwas Erheiterndes zu sagen. »Alles, was du warst, was du bist und sein wirst, ist ein Teil von dir. Es kommt, wie's kommt.« Sie hatte dagegen kein Verlangen, Flo mit der Wahrheit aus dem umsorgten Kokon des Sanatoriums zu reißen. Nicht alles, was hier für die Patienten getan wurde, war des Teufels. Sie ging weiter und gelangte auf den fünften Stock. Sie erreichte die Tür zu Fontanas Wohnung und wunderte sich. Das Siegel war bereits zerrissen.

Fede wandte sich nach Paulina um. »Könnte jemand in der Wohnung sein?«

»Ich kann mir etwa vorstellen, wer. Es ist sicher Frau Dr. Borsody. Sie hat sporadisch mit Dr. Fontana zusammengelebt.«

Also hatte Paulina auch davon Kenntnis. Fede klopfte. Sie hatte gerade keine Lust auf Überraschungen. Ihre Vorahnung hatte sie nicht getäuscht. Kaum hatte sie die Hand vom Türblatt genommen, machte Dr. Borsody auf. Augenscheinlich war es ihr nicht recht, hier gesehen zu werden.

»Hoppla«, war das Einzige, was über ihre Lippen kam. Diese wurden zu einem Strich.
»Frau Dr. Borsody, was tun Sie da?« Paulina genoss es offensichtlich, die Ärztin zu verunsichern. »Da war ein Siegel angebracht.«
»Stellen Sie sich vor, das ist mir auch aufgefallen.« Dr. Borsody gab sich äußerst giftig. »Ich musste noch etwas abholen.« Sie trug jedoch nichts bei sich, hatte aber eine ziemliche Alkoholfahne. »Sie sind auch da, Federica?« Wahrscheinlich war Fede noch immer eine Patientin für sie.
»Gut, treffe ich Sie hier an. Wir sollten noch einmal reden.«
»Ich weiß, Ihre Angst, mir könnte Ähnliches passieren wie … Alfons.«
»Nennen Sie mir einen Grund, um mich nicht zu sorgen.«
Dr. Borsody warf zuerst Paulina, dann Fede einen Blick zu. Sie räusperte sich. »Die Polizei hat mich bereits dazu befragt.« Sie wirkte gefasst. »Zum Tod meines Kollegen Dr. Fontana.«
»Was haben Sie ihr geantwortet?«
»Das, was mich nicht selbst belastet. Wie schnell gerät man in den Kreis der Verdächtigen. Ich muss wohl meinen Anwalt hinzuziehen. Ich habe eine Vorladung bekommen. Morgen muss ich bei der Polizei antraben.« Ihr entfuhr ein Hicksen.
»Wollen wir unter dem Türrahmen stehen bleiben?«
»Sie haben recht, Federica. Wir gehen in Alfons' Wohnung.« Und an Paulina gewandt. »Lassen Sie uns bitte allein.«
Paulina blieb eine Weile stehen, schmollte, ohne etwas zu sagen, und drehte sich um. Fede sah ihr nach, wie sie zur Treppe ging und kurz darauf aus ihrem Blickfeld verschwand. Dann folgte sie Dr. Borsody einen Stock höher in Fontanas Wohnzimmer.
Das hier konnte länger dauern, und der Plan, die Namenslisten aus dem Büro zu holen, versickerte zwischen Dr. Borsodys Angebot, mit ihr eine Tasse Kaffee zu trinken oder zu Ehren des Verstorbenen mit einem Glas Rotwein anzustoßen, ins Nirgendwo.
Fede entschied sich für ein Glas Wasser und setzte sich auf

einen eleganten Ohrensessel, der ihr letzthin nicht aufgefallen war. Aber da hatte sie anderes im Kopf gehabt, als sich mit der Ärztin bequem zu unterhalten.

Dr. Borsody ließ in der Küche Wasser aus dem Hahn und füllte damit ein Glas. Dieses stellte sie auf den Salontisch. Sie setzte sich Fede gegenüber und schlug das eine Bein elegant über das andere. Trotz der Hitze trug sie Strümpfe, deren strassbesetzte Bänder am Saum des Arztkittels hervorblitzten. Fede musste sich zugestehen, in erster Linie vor einer attraktiven Frau zu sitzen, die ihre Reize nicht nur bei den Männern spielerisch einsetzte. Dennoch ließ es Fede völlig kalt.

»Dann halt mit Wasser.« Dr. Borsody hob ihr Glas, welches sie vornehmlich mit Whisky gefüllt hatte. »Stoßen wir auf Alfons an.« Sie musste ein paarmal leer schlucken, während Tränen über ihre Wangen kollerten.

Fede hatte schon befürchtet, der Tod ihres Kollegen würde sie nur am Rand berühren.

Dr. Borsody fuhr sich übers Gesicht, dann setzte sie das Glas an und trank es zur Hälfte aus. »Entschuldigen Sie bitte ... ich, es ist nur, mit Alfons hatte ich die besten Ficks.«

In einer anderen Situation hätte Fede gelacht. Ihr gegenüber saß jedoch eine Ärztin, die Fontanas zwielichtige Therapien unterstützt oder selbst angewandt hatte.

Dr. Borsody straffte ihren Rücken, stellte das Glas auf den Tisch zurück und wischte sich mit der Hand den Mund ab. Sie stieß Luft aus. »Ausgerechnet vor Ihnen mache ich mich angreifbar. Aber ehrlich gesagt, Sie waren mir seit Anbeginn suspekt. Zugegeben, Sie haben Ihre Rolle perfekt gespielt ... die Frau ohne Gedächtnis, die Wahnsinnige, die sich verfolgt fühlte. Jedermann im Sanatorium ging Ihnen gehörig auf den Leim, Alfons eingeschlossen. Sie hätten Schauspielerin werden sollen. Was für ein exquisites Theater. Sogar ich fiel anfänglich darauf herein. Dann aber machte ich mir Ihr Handy zu eigen und fand die Adresse der Detektei. Gut, habe ich mir gesagt. Jetzt musst du Vorsicht walten lassen. Wenn Federica eine Schnüfflerin ist, wird sie nicht grundlos hier sein. Als ich Ihren Partner anrief, stellte ich mich nichts ahnend dar.«

»Sie waren es, die mich in den Personaltrakt eingesperrt hat, oder?« Fede traute es der Ärztin durchwegs zu.

»Ich musste Sie außer Gefecht setzen.«

»Was Ihnen nur bis zu einem gewissen Grad gelang.« Fede fühlte Genugtuung, zumal sie die Ärztin hatte austricksen können.

»Ich habe nicht damit gerechnet, Sie könnten aus einem der hoch angesetzten Fenster entkommen.«

»Waren es auch Sie, die mich im Wald niedergeschlagen hatte?«

Dr. Borsody griff nach dem Whiskyglas. »Nein, aber ich habe einen Verdacht.«

»Ach ja?« Fede wartete gespannt auf ihre Ausführungen. Würde die Ärztin sie in ihr Vertrauen ziehen? Alles erzählen, was sich hinter den Mauern des Sanatoriums abspielte? Würde sie von den unmenschlichen Therapien berichten, in die sie selbst involviert war?

»Inzwischen weiß ich, dass Sie eine intelligente Frau sind und ich nichts vor Ihnen verbergen kann. Ja, manchmal braucht auch unsereins einen Seelendoktor, der zuhört. Vor acht Jahren kam ich hierher ins Santa Madre, unter etwas außergewöhnlichen Umständen.«

»Das bedeutet?«

»Ich war Patientin bei ihm. Da war Alfons bereits ein renommierter Psychiater mit, zugegeben, seltsamen Heilmethoden. Aber er konnte mich davon überzeugen, wie später auch meine Kollegin Evelyne Sommerhalder und die Pflegerin Anjali Schläppi.«

»Erlauben Sie mir die Bemerkung«, fuhr Fede ihr ins Wort, »Pfarrer Marvin Steger war ebenfalls eingeweiht, nicht wahr?«

»Er war unterstützender Priester, der dem Bösen die Stirn bot.«

»Und die Apothekerin Constance Glatthard? Welche Rolle spielte sie?« Fede wollte es aus erster Hand erfahren.

»Sie stellte die Medizin gemäß Alfons' Rezepturen her.«
»Nun sind alle tot, außer Ihnen.« Fede gelang es nicht, diplomatisch zu sein. »Warum fürchten Sie sich nicht?«
»Weil mir vor einem halben Jahr bewusst wurde, welchen kriminellen Machenschaften ich aufgesessen war, und ich danach versuchte, mich von diesem Irrsinn zu distanzieren.«
War sie so sorglos, wie sie sich gab? Fede konnte es nicht nachvollziehen. Der Mörder hatte ihren Gesinnungswandel vielleicht nicht mitbekommen, und Dr. Borsody bot sich als Zielscheibe geradezu an.

* * *

Kurz nach dem Mittag betrat Max die Apotheke ein weiteres Mal an diesem Tag. Über der Tür bimmelten die Glöckchen. Er fasste den Raum ins Auge. Jemand bediente, zwei andere Angestellte füllten Regale auf. Von Belinda Kohler noch immer keine Spur.
»Guten Tag, kann ich Ihnen helfen?« Eine der Mitarbeiterinnen schob einen Wagen voller Kartons zur Seite und widmete sich Max, nachdem sie zuerst einen Blick zu ihrer Kollegin geworfen hatte. Sie trug einen weißen Kittel und im Haar ein farbiges Band und machte nicht den Eindruck, über Kundschaft erfreut zu sein.
»Ich suche Frau Kohler. Ich hatte sie heute Morgen nicht angetroffen, ist sie vielleicht am Nachmittag zur Arbeit erschienen?« Max sah sich erneut um. Der andere Kunde hatte bezahlt und war im Begriff, die Apotheke zu verlassen.
»Sie befindet sich im Labor. Kann ich ihr etwas ausrichten?«
Wenigstens lebte sie. Max fragte: »Könnten Sie sie bitte holen?«
»Ich glaube nicht, dass ich sie stören darf.«
»Es ist dringend. Sie weiß, wer ich bin.« Max reichte der jungen Frau seine Visitenkarte. »Geben Sie ihr diese. Ich werde hier auf sie warten.«
Ein neuer Kunde betrat die Apotheke. Max zog sich zurück

hinter ein Gestell, auf dem verschiedene Vitaminpräparate sowie Mittel gegen Mückenstiche und Verstauchungen präsentiert wurden. Manchmal konnte sich Max auf sein Bauchgefühl verlassen. Aber er wusste nicht, ob er Belinda Kohlers Anwesenheit als positiv oder negativ betrachten musste. Und als abgebrühte Frau konnte er sie sich einfach nicht vorstellen.

Belinda Kohler ließ nicht lange auf sich warten. Sie kam auf Max zu und konnte nicht verbergen, wie ungelegen sein Besuch ihr kam. »Sie geben wohl nie auf.«

»Das ist mein Job, hartnäckig zu bleiben, auch wenn ich allen Grund hätte, mich zurückzuziehen. Wie ich vernommen habe, ist die Polizei längst aktiv.«

»Das kann man wohl sagen. Diese hatte mich heute Vormittag bereits in meiner Privatwohnung besucht.«

»Um welche Zeit?«

»Ich wüsste nicht, was Sie das angeht.« Belinda Kohler hüstelte vor sich hin. »Entschuldigung. Im Moment liegen die Nerven blank.«

»Dann kennen Sie den Grund, weshalb ich hier bin?«

»Dr. Fontanas Tod.« Belinda Kohler lehnte sich an eines der Gestelle. Ihre Stimme hatte an Lautstärke verloren. »Schrecklich. Es ist ein Schock. Ich weiß nicht, was ich dazu sagen soll.«

»Wäre es auch für mich.« Max behielt sie im Auge. »Am Samstag waren Sie mit ihm zusammen in der Rosenlauischlucht, gestern fand man ihn tot am Fuß des Wasserfalls.« Max sah, wie Belinda Kohler leer schluckte.

»Kommen Sie, gehen wir in den Keller. Hier könnten die Wände Ohren haben.«

»Wir könnten auch ins Labor gehen«, schlug Max vor.

»Das geht nicht. Dort muss es steril sein. Es gibt eine Schleuse, aber der Vorraum ist nicht sehr bequem und bietet keine Sitzgelegenheit.«

»In den Keller also.« Sie hätte auch ein nahe gelegenes Café vorschlagen können. Ausgerechnet in den Keller wollte sie. Max schritt Belinda Kohler hinterher, sie hatte sich bei ihren zwei

Arbeitskolleginnen abgemeldet. Er war ein wenig enttäuscht. Zu gern hätte er nur einmal einen Augenschein in ein richtiges Labor genommen, wo Salben, Tinkturen oder Medikamente hergestellt wurden. Ob Belinda Kohlers Arbeitsplatz mit modernen Geräten ausgestattet war? Es blieb bei seiner Vorstellung.

Sie verließen den Raum durch eine Tür neben dem Kabuff und landeten in einer Art Vorhof, von dem weitere Türen abgingen. Die eine war mit »Laboratorium« beschriftet, eine andere mit »Keller«.

Max konnte sich einen entsprechenden Vorschlag gerade noch verkneifen, nicht doch ins Labor zu gehen, als Belinda Kohler die Kellertür aufstieß. Eine steile Treppe führte nach unten in einen dunklen Schlund, den auch das Licht kaum auszuleuchten vermochte. Eine einzige gelbe Funzel verhinderte, dass Max die Stufen nicht verfehlte. Es roch nach Moder, so wie es in alten Kellern üblich war. Kein Tageslicht, kaum Frischluftzufuhr, viel Feuchtigkeit, die vom Boden und von den Wänden drückte. Das ideale Klima für Schimmelpilz. Ein anderer Geruch wurde übermächtig, je weiter sie nach unten stiegen. Max war drauf und dran umzukehren. Es war der falsche Tag, um sich von etwas Unerwartetem überraschen zu lassen. Er blieb auf einem der Tritte stehen.

»Na, kommen Sie. Was ist?« Belinda Kohler war schon unten und sah ihn an

»Dieser Gestank.«

»Das ist bloß Schwefel. Mein Nachbar, ein Möchtegernweinhändler, hat früher hier unten seine Kochweine gepanscht. Er ist mit seiner Miniaturkelterei ausgezogen, nachdem sich der Nachbar mit der Bäckerei darüber beschwert hatte, wie sehr es hier stinke. Der Geruch ist geblieben. Aber keine Angst, er ist harmlos.«

Max nahm die letzten Tritte unter seine Füße. Verflixt, warum umtrieb ihn ein so mulmiges Gefühl? Warum fürchtete er sich vor einer Frau wie Belinda Kohler? Zugegeben, es war nicht die Frau allein, es war die Situation, mit ihr zusammen in diesem nach Schwefel und Moder stinkenden Keller zu sein. Er attestierte sich viel mehr physische Kraft als ihr, aber ihrer psychischen Energie war er unterlegen.

Sie ging über einen unebenen Boden aus Beton und Sand weiter zu einer Lamellentür, welche den Durchgang zu einer grau verfärbten Holzprofilwand bildete. Sie öffnete mit einem mitgebrachten Schlüssel ein Vorhängeschloss und klinkte es aus. Sie öffnete die Tür. »Voilà, da wären wir.«

Auf keinen Fall wollte Max dorthinein gehen, obwohl das, was er sah, an ein heimeliges Straßencafé erinnerte, wäre die Luft nicht so schrecklich erstarrt gewesen. »Das erwartet man hier tatsächlich nicht.« Max blieb unter dem Holzrahmen stehen. Nebst einem Bistrotisch und drei Gartenstühlen auf einem verblassten Teppich stapelten sich an den Wänden Kartons, Plastikkisten und Bananenschachteln, die man zum Umziehen brauchte. Auf dem einen Regal in einem Gestell, das früher für Bücher hatte herhalten müssen, stand eine Kaffeemaschine neben einer Zeile Tassen, einer Zuckerdose und einem Behälter mit Teelöffeln. Es gab sogar fließend Wasser, was doch sehr erstaunte, hier unten in diesem Abstellraum.

Wozu diente er?

Max rührte sich nicht vom Fleck, obwohl ihn Belinda Kohler bereits zweimal aufgefordert hatte, sich zu setzen. Vor allem beschäftigte ihn die Frage, was sie mit ihm vorhatte. Wohl kaum nur Kaffee trinken.

Belinda Kohler setzte sich auf einen Stuhl, auf dem sogar ein Kissen lag. »Wenn Sie stehen bleiben wollen, bitte sehr, tun Sie sich keinen Zwang an.« Sie verschränkte lächelnd die Arme. »Hier sind wir zumindest ungestört.« Sie machte eine Sprechpause.

Max realisierte, dass dieses Kellerabteil nicht das einzige war. Links und rechts davon existierten ähnliche Nischen und dienten als Stauraum für Fahrräder, Schlitten, Skier, Koffer, Taschen und jedweden Krimskrams.

»Was wollen Sie von mir?«

Belinda Kohlers Augen kamen im spärlichen Licht nicht besonders zur Geltung, aber Max spürte, wie sie ihren Blick in seinen bohrte.

Stand er vor Fontanas Mörderin? Oder sogar vor einer Fünffachmörderin?

***

Dr. Borsody hatte ihr Glas bereits zum dritten Mal aufgefüllt und Fede das Du angeboten. »Nenne mich Johanna. Vielleicht magst du über meinen altmodischen Namen sinnieren. Aber ich hatte schräge Eltern, die fanden, sie müssten sich in meinem Vornamen verewigen. Sie hießen Joe und Anna ... Gott hab sie selig.«

Fede war nicht erpicht darauf, mit der Ärztin auf Freundschaft zu machen. »Wir bleiben beim Sie.« Sie hielt Dr. Borsodys Blick stand.

Diese dagegen schlug die Augen nieder. »Wie Sie wollen.« Ihre Stimme hatte einen schmollenden Unterton angenommen.

»Erzählen Sie mir, was sich in der Vergangenheit zwischen den Mauern des Sanatoriums zugetragen hat. Vor acht Jahren sind Sie hierhergekommen. Hatte Dr. Fontana Sie irgendwo abgeworben?«

»Nein, ich habe auf eine Annonce reagiert.« Dr. Borsody suchte wieder den Blickkontakt zu Fede. »Ich hatte gerade eine Zusatzausbildung hinter mir, als ich das Inserat entdeckte. Es war zur gleichen Zeit, als ich mit meiner Sexualität ein ziemliches Problem hatte. Für mich war es trotzdem wie ein Sechser im Lotto. Ich wollte schon immer in ein gruseliges Sanatorium ... hicks. Und nachdem mir Alfons den Dachboden gezeigt hatte, war es um mich geschehen. Dort stand tatsächlich eine Foltermaschine, eine Art Schraubstock, die man mittels Drehhebel in Bewegung brachte. Alfons sagte, man habe damit die Köpfe eingeklemmt und sie so lange zugeschraubt, bis das Opfer redete. Falls es dies nicht tat, habe es ihm buchstäblich das Gehirn zerquetscht. Man muss sich das mal vorstellen.«

Fede wollte es sich nicht vorstellen. »Hat Dr. Fontana diese Foltermethoden bei seinen Patienten angewandt?«

»Nein, wo denken Sie hin? Irgendwann ließ er das Gerät entsorgen. Aber ich glaube, das hat in ihm etwas ausgelöst, allein die Vorstellung, was man mit dieser Maschine machen konnte. Gesundung durch Sadismus. Alfons' Heilpraktiken basierten auf Capricis Tagebüchern, aber das wissen Sie schon.«

»Und woraus bestanden diese, nebst dem ›Nachspielen‹ einer Vergewaltigung?«

»Sie haben Kenntnis davon?« Dr. Borsody fuhr mit den Händen vor ihr Gesicht und ließ ihrer Entrüstung freien Lauf. »Ich ... ehm ... Alfons glaubte, die Situation, die der Patient bei der Entstehung seiner psychischen Krankheit erlebt hatte, wiederauferstehen zu lassen. Nur so, war seine Meinung, könne man das Böse überwinden, mit einer Rückkehr zum Auslöser.«

»Eine Meinung, die auch Sie vertreten haben?«

Dr. Borsody nickte. »Bis vor einem halben Jahr. Ich ließ ihn zwar im Glauben, dass ich seine Methodik nach wie vor unterstütze, aber in mir selbst hatte längst ein Schalter ins Gegenteil gekippt.«

»Trotzdem war Ihr Zusammenhalt auch gegen außen sichtbar.« Fede überlegte. Konnte man seine Mitarbeiter so täuschen? Alle die Therapeuten, sogar Dr. Papadopoulos? »Wer hat davon gewusst?«

»Von was?«

»Von Dr. Fontanas Therapien.«

»Nur die Mitarbeiter, die selbst darin involviert waren.«

»Sind Sie sicher?« Der Mörder, dachte Fede. Der Mörder wusste es auch. Aber er hatte vielleicht keine Ahnung, dass Dr. Borsody sich mittlerweile von all dem Übel distanziert hatte. Nur fragte sie sich, wie man solch abartige Methoden, wie Fontana sie angewandt hatte, vor den anderen Ärzten hatte geheim halten können. Sie arbeiteten unter dem gleichen Dach, trafen sich zu den Sitzungen, aßen gemeinsam zu Mittag. Da musste doch etwas durchgesickert sein.

Fede sah in Gedanken die Patienten, die sie in der kurzen Zeit ihres Aufenthalts kennengelernt hatte. »Was machte Dr. Fontana mit Sabrina? Wenn ich es mir überlege, muss er sie im Alkohol ertränkt haben.«

»Ein naheliegender Gedanke.«

»Der springt mich geradezu an.«

Dr. Borsody sah sie mit hochgezogenen Augenbrauen an. »Sie irren sich nicht. Er war daran, ihr Alkohol in einem Maße intravenös zu verabreichen, dass sie fast gestorben wäre. Im letzten Moment konnte ich ihn davon abhalten. Auch bei Roger versuchte er es auf diese Weise. Er war sich sicher, dass man das Übel nur so beseitigen konnte, indem man es an den Wurzeln packte. Gegenüber seinen Mitarbeitern kommunizierte er dies jedoch anders.«

»Und Flo, der mit dem Burn-out?«

»Er steckte ihn in die Isolation und gab ihm während einer Woche Arbeit, mehr als Flo in seinem Beruf hatte bewältigen können. Er hat sie alle bestraft, und Pfarrer Steger hat ihn dabei unterstützt, indem er seine Handlungen absegnete.« Dr. Borsody nahm einen großen Schluck aus ihrem Whiskyglas. Es machte den Anschein, als müsste sie die Ungeheuerlichkeiten, von denen sie sprach, mit dem Destillat hinunterspülen. »Es ging noch weiter …«

»Noch weiter?«

Dr. Borsody räusperte sich. »Für Alfons waren es keine leeren Versprechungen. Es waren Maximen. Für ihn bedeutete es, die Ursachen des Problems zu bekämpfen. Er war überzeugt davon, Flo von dem Burn-out zu heilen, weil er dieses anging und es verstärkte. Er zwang das Unbewusste ins Bewusste, nach Capricis Leitsätzen, und bestrafte es … zum Teil durch unmenschliche Methoden.«

Fede hatte Mühe, ihr zu glauben. Wollte sie sich mit diesem Geständnis reinwaschen? Auch wenn sie sich, wie sie gesagt hatte, vor einem halben Jahr von dieser Art der Therapien distanziert hatte, trug sie große Schuld. Sie hätte Fontana und alle, die von den Gräueltaten wussten oder sie praktizierten, anzeigen müssen. Warum hatte sie es nicht getan? Aus Angst vor den Konsequenzen für sie selbst? »Haben Sie es der Polizei genauso erzählt?«

»Ich habe eine Vorladung«, wich Dr. Borsody aus. »Morgen Nachmittag muss ich vorsprechen.«

»Wen haben Sie in Verdacht?«

»Wer Alfons umgebracht hat?«

»Und alle die Mitarbeiter vorher.«

»Ich habe keine Beweise, also werde ich meinen Mund halten.«

»Was machen Sie, wenn der Mörder oder die Mörderin nicht weiß, dass Sie die Seiten gewechselt haben?«

»Ich werde auf der Hut sein.«

* * *

Max hatte den Mut aufgebracht, sich auf einen der Gartenstühle zu setzen. Er behielt jedoch die Holztür im Auge, was ihm im Angesicht der Situation jetzt etwas lächerlich vorkam. Das Vorhängeschloss lag auf dem Bistrotisch. Es bestand keine Gefahr, hier eingeschlossen zu werden. »Frau Kohler, was ist an dem Abend geschehen, als Sie mit Dr. Fontana die Rosenlauischlucht besuchten?«

»Nichts Besonderes. Wir waren zwar spät dran, ich glaube, wir waren die Letzten, die hochgingen. Da wir beide große Menschenansammlungen scheuten, machte es uns nichts aus. Ich erzählte Alfons von dem, was ich über die Schlucht wusste. Er hörte mir aufmerksam zu. Wir hatten keine Eile. Alfons blieb dann allerdings immer mehr zurück, wahrscheinlich weil ihn der Lichterzauber, die tosenden Wasser und die wilde Natur so faszinierten. Ich auf jeden Fall befand mich kurz vor dem Ausgang, als das Licht ausging.«

»Das Licht ging aus?« Max bemerkte auf dem gegenüberliegenden Gestell eine trübe Glasflasche, in der etwas Undefinierbares schwamm. Hier wollte einfach nichts richtig zusammenpassen. Warum hatte Belinda Kohler den Keller so seltsam eingerichtet? Hatte dies eine besondere Bewandtnis?

»Ende der Show.«

»Erinnern Sie sich, wie spät es war?«

»Elf?« Belinda Kohler hob ihre Schultern. »Ich konnte es auch der Polizei nicht genau sagen. Nach dem Drehkreuz wurden Fackeln verteilt. Ich bediente mich einer und ging dann runter, was mich sicher eine halbe Stunde gekostet hat.«

»Sie haben sich keine Gedanken über Ihren Begleiter gemacht?«

»Natürlich habe ich noch gewartet. Aber Alfons ist ... war ein erwachsener Mann, und ich kannte seine Macken von früher.«

»Was für Macken?« Max' Blick fiel auf einen Stapel Konservendosen, bei denen er nicht sicher war, ob sie bloß der Dekoration oder als Notration dienten. Unter einer dünnen Staubschicht las er »Ravioli«.

»Wenn ihm etwas nicht in den Kram passte, nahm er Abstand.«

»Gab es an diesem Abend Anlass dazu?«

Belinda Kohler überlegte, indem sie ihre hübsche Nase krauste. »Eigentlich nicht.«

»Als Sie beim ›Schluchthüttli‹ ankamen, was haben Sie gemacht?«

»Ich wartete etwa zehn Minuten, und als Alfons nicht erschien, bestellte ich ein Taxi, holte meine Sachen im Ferienhaus ab und fuhr nach Hause, wo mich heute früh die Polizei aus dem Bett klingelte.«

Max nahm es ihr nicht ab. »Aber so reagiert doch niemand, wenn nachts in der Schlucht ein Freund verschwindet.«

»Für Alfons und mich war das schon früher normal gewesen. Wir liebten diese Spielchen, das Unvorhergesehene, Verstecken, Katz und Maus.« Sie kicherte.

»Sie hätten im Ferienhaus auf ihn warten können.«

»Klar, wenn dieser Anderegg sich nicht breitgemacht hätte.«

»Warum haben Sie mich in diesen Keller geführt?«
»Themenwechsel?«
»Erklären Sie es mir.« Das komische Gefühl blieb, die Apothekerin könnte etwas mit ihm vorhaben.
Belinda Kohler ließ die Frage im Raum stehen, und Max ging nicht weiter darauf ein.
»Glauben Sie, Dr. Fontana hat Suizid begangen?«
Belinda Kohler schüttelte den Kopf. »Sie sind ein komischer Kerl.«
Max schluckte die Bemerkung herunter.
»Nein, ich glaube nicht, dass sich Alfons selbst umgebracht hat. Einen Unfall schließe ich aus. Die Schlucht ist gut gesichert. Da fällt man nicht einfach runter, außer jemand hilft nach.«
»Haben Sie einen Verdacht?«
»Sie sollten sich im Sanatorium umhören. Ich selbst kann Ihnen nicht weiterhelfen.«
»Warum sind wir in diesem Keller?« Diese Frage drängte sich Max noch immer auf.
»Alfons und ich kamen früher oft hierher. Hier ließ sich gut reden und in alten Zeiten schwelgen. Mein kleines Kabuff oben ist alles andere als schalldicht. Ich lebte früher in einer Wohngemeinschaft, zusammen mit zwei Frauen. Ich wollte nicht, dass man mich mit dem Leiter des Sanatoriums sah.«
»Sie hätten sich auch bei ihm treffen können.« Max fiel auf, wie ihr Gespräch ins Belanglose driftete.
»Er war ein spezieller Mensch …«
Max fuhr ihr ins Wort. »Wie würden Sie ihn einschätzen?«
Belinda Kohler wandte ihr Gesicht ab. »Jetzt, wo er tot ist, kann ich es sagen: Ich zweifelte oft an seinem Verstand. Manchmal dachte ich, er selbst würde von Dämonen heimgesucht. Ich verstehe nicht viel von Psychiatrie, mit Ausnahme von dem, was mir Alfons erzählte. Er sah sich als unantastbar und überlegen. Fehler gab er nicht zu, und Reue zeigte er nie. Wenn Sie mich fragen, war er ein Psychopath.«

DREIUNDZWANZIG

Eine nicht fassbare Apothekerin und eine liebestolle Ärztin waren die letzten noch verbliebenen Glieder in einer Kette von Menschen, die mit dem verstorbenen Dr. Fontana in einem engen Verhältnis gestanden hatten. Sie hatten Fontanas Heilmethoden gutgeheißen. Und sie hatten geschwiegen, später die Seite gewechselt. Sie als Mörderinnen zu sehen, fiel Max schwer.

Er, Fede und Milagros hatten sich nach dem Frühstück im Garten getroffen und saßen nun auf den bequemen Couches unter dem Baum, wo sie auf die Ankunft eines Polizeiermittlers warteten. Max hatte es noch zu verhindern versucht, aber er hatte mit dem Besuch auf dem Polizeiposten neulich den Stein ins Rollen gebracht. Jetzt den Kopf in den Sand zu stecken, wäre falsch gewesen. Er musste da jetzt durch. Wichtig war, dass alle drei am gleichen Strang zogen.

Milagros hatte wie üblich einiges zu ihren Ermittlungen beigetragen. Sie hatte bloß am Sonntag mehr ausgespannt als Einsatz gezeigt. Aber bei ihr wusste man es nie so genau, was sich hinter ihrer Fassade verbarg. Sie hatte heute noch nicht viel gesprochen. Fede dagegen hatte einen Stapel Unterlagen mitgebracht. Darunter befanden sich das ominöse Buch des Dottore Caprici sowie die Namenslisten der Mitarbeiter und der Patienten des Sanatoriums. Fede war gestern spät aus dem Santa Madre zurückgekehrt und hatte sich gleich schlafen gelegt. Max hatte sie am Morgen aus dem Tiefschlaf geküsst, damit für ein wenig Zärtlichkeit Zeit blieb. Als Milagros an die Tür geklopft und zum Frühstück geladen hatte, war es vorbei gewesen mit der Zweisamkeit.

»Auch einem berühmten Psychiater wie Alfons Fontana blieb der Tod nicht erspart.« Fede redete vor sich hin, was nach dem berauschenden Liebesmorgen etwas ungewohnt herüberkam. Max hatte mehr erwartet als ihre rosa gefärbten Wangen und die philosophischen Wogen, nachdem er sie wieder einmal zum Höhepunkt gebracht hatte. Immerhin waren sie auf einem guten Weg, was ihre Sexualität betraf. »Der Tod offenbart uns unsere Bedeutungslosigkeit auf dieser Erde, auf der wir nur auf der Durchreise sind. Wir kommen einsam und gehen einsam. Dazwischen versuchen wir, Monumente zu errichten, die nicht mehr aus den Köpfen der Nachfahren verschwinden sollen. Was für ein Trugschluss. In Wahrheit ist alles flüchtig. Auch unsere Existenz. Ein Fliegenpups im Universum.«

Milagros riss die Augen auf. »Was ist denn in dich gefahren?« Sie entsetzte sich hörbar. »Natürlich lassen wir Erinnerungen zurück, und sei es bloß in Form eines Kindes. Wir leben in ihnen weiter.« Sie warf Max einen zerknirschten Blick zu, der etwa so viel hieß wie: »Du hast es in der Hand.«

Zum Glück betraten in diesem Moment zwei Männer den Garten und steuerten die Couches an.

Max erhob sich, erleichtert darüber, musste er auf Milagros' Ansinnen keine Antwort liefern. Es war ihm peinlich. »Haben *wir* miteinander telefoniert?«

Zwei Polizisten, wie sich schnell herausstellte, in Zivil und in Max' Alter, blieben stehen. Einer der beiden stellte sich mit Namen Fallegger vor, Oberleutnant bei der Berner Kantonspolizei. Schwarze kurze Haare und ein gepflegter Vollbart waren sein Markenzeichen, der andere, dunkelblond und kräftig, blieb im Hintergrund.

»Wir hätten Sie auch vorladen können«, sagte Fallegger und setzte sich mit Max gleichzeitig. »Die Ereignisse haben sich überstürzt, und da Ihre Lebenspartnerin wieder zum Vorschein gekommen ist, erachteten wir die Kontaktaufnahme mit Ihnen nicht als zwingend.«

Fedes Verschwinden musste also bis nach Thun durchgesickert sein. Was Max gerade etwas verwunderte. Nun, vielleicht hätte er mehr über seinen Auftrag erzählen müssen. Er hatte sich zurückgehalten. Ob er damit den Mord an Fontana hätte verhindern können, blieb dahingestellt.

Fallegger deutete auf den Tisch, auf dem nebst Fedes Ausbeute an Dokumenten bunte Espressotassen Platz fanden. »Sind das die Unterlagen, von denen Sie gesprochen haben?«

Fede nickte.

»Von wem haben Sie diese?«

»Die wurden mir gestern ausgehändigt.«

Sie waren nicht Teil der laufenden Ermittlungen und von der Polizei nicht verlangt worden. Max atmete innerlich aus. Kein Dilemma. Noch nicht. Fede hatte die Listen kopiert.

»Darf ich?« Fallegger griff nach einem der fünf Mäppchen, die Fede vorbereitet hatte.

Es war eine seltsame Situation. Niemand fand die richtigen Worte. Am Rand des Gartens hatten sich bereits die ersten Schaulustigen eingefunden. Warum das so war, blieb ein Rätsel. Es gab aber immer welche, die ein Gespür für Sensationen hatten.

Fallegger sah die Dokumente durch. Wahrscheinlich richtete er sein Augenmerk auf die Überschriften. Milagros schlürfte Espresso, Fede streichelte abwesend über eines ihrer Tattoos. Max saß wie auf Nadeln. In den Baumkronen zwitscherten die Vögel. Es hätte ein stinknormaler Sommertag sein können. Doch da waren die Meldungen im Radio gewesen, die ketzerischen Berichte im Boulevardblatt, sogar das Schweizer Fernsehen hatte am gestrigen Abend davon berichtet. In der Rosenlauischlucht sei ein umstrittener Psychiater ums Leben gekommen, und die Frage war plötzlich im Raum gestanden, ob die Reihe der denkwürdigen Therapien im Sanatorium endlich ein Ende nehmen würde.

Es schien, als hätte man davon gewusst und nichts dagegen unternommen. Der Beschuldigte C. A. war nicht vom Verdacht entlastet, dass er mit den Morden etwas zu tun hatte. Denn auch bei Fontana hatte man Bissspuren gefunden.

»Warum haben Sie uns nicht früher kontaktiert und uns in Ihre detektivischen Ermittlungen eingeweiht?« Fallegger schoss mit der Frage in die Runde. »So, wie ich es auf den ersten Blick erkenne, hätte es uns eine Menge Arbeit erspart.«

Die ihr erst gar nicht in Erwägung gezogen habt. Max schluckte den Satz hinunter.

»Kommt dazu, dass Sie sich in unmittelbare Gefahr begeben hatten.«

»Erlauben Sie mir die Bemerkung«, sagte Milagros, »dass Sie immer davon ausgingen, den Mörder in Carlo Anderegg zu sehen.«

»Gnädige Frau«, Falleggers Stimme wurde minimal lauter, »wer vor der Polizei flieht, macht sich verdächtig.«

»Könnte es nicht auch Angst gewesen sein, wieder in Untersuchungshaft zu landen?« Milagros gab nicht auf. »Der arme Kerl hat wegen seines cholerischen Temperaments sieben Jahre Haftstrafe abgesessen. Warum vergessen wir, das Gute in einem Menschen hervorzuheben, und stellen ihn stattdessen wegen eines Verstoßes an den Pranger, nein, schlimmer, man sperrt ihn ein und stiehlt ihm sieben Jahre seines Lebens …«

»Mam!« Max griff über den Tisch und legte seine Hand auf ihren Arm. »Bitte, sei still.« Es war ihm unangenehm. Milagros eignete sich im Alter mühsame Züge an. In letzter Zeit war sie in Gedanken oft weit weg, mischte sich aber liebend gern in Gespräche ein, mit Ansichten, die fast verstörend wirkten.

Fallegger erwiderte nichts darauf, aber seine Augen sprachen Bände. »Gut.« Er seufzte. »Sie haben Ihren Job getan, Herr von Wirth. Wir machen unseren. Unsere Wege trennen sich somit, mit der Bitte, dass Sie weitere Ermittlungen, was die Reichenbachfallmorde und den Mord in der Rosenlaui betreffen, definitiv uns überlassen. Ich nehme die Unterlagen als Beweise mit.« Capricis Buch inklusive.

»Das war ein kurzes Intermezzo.« Milagros hob ihr Glas, als die Polizisten im Hotelinnern verschwunden waren. »Prost auf eine weitere gute Zusammenarbeit. Wenn dieser Fallegger glaubt, wir würden den Fall ad acta legen, hat er sich getäuscht.« Sie merkte offensichtlich, dass sie den Mund zu voll genommen hatte. »Entschuldigt, Kinder. Das entscheidet ihr.«

Während Max sich davor hütete, etwas zu erwidern, griff Fede lächelnd nach ihrer Handtasche, die sie neben die Couch gestellt hatte. Sie entnahm ihr die kopierten Dokumente und legte diese auf den Tisch. »Hier, das ist die Mitarbeiterliste. Auf einen Patienten kommen mehr als ein Betreuer. Zurzeit arbeiten fünf Psychiater, elf Therapeuten, einundzwanzig Pfleger, der Küchenchef mit einer dreiköpfigen Brigade, drei Serviceangestellte, vier Frauen für die Reinigung sowie der Buchhalter und ein Hausmeister im Sanatorium. Fontana habe ich bereits weggezählt.«

»Eine stattliche Anzahl Leute, die sich um die Patienten und das Haus kümmern«, warf Max ein. Das Sanatorium musste wider Erwarten rentieren. Er nahm die Mitarbeiterliste zur Hand und wandte sich an Fede. »Du hast gesagt, dir sei etwas auf der Liste aufgefallen.«

Fede reichte ihm die Patientenliste. »Hier zum Vergleich. Vielleicht findest du heraus, was ich meine.«

»Im Gegensatz zu dir bin ich nicht mit einem fotografischen Gedächtnis gesegnet.«

»Dazu braucht man keines. Ich war von den anderen Dingen so sehr abgelenkt, dass ich das Naheliegendste völlig übersah.«

Max legte die Listen auf seinen Knien nebeneinander.

»Nicht nach den Sternen greifen, denn das Böse liegt so nah.« Fede verschränkte die Arme.

Max las die zum Teil fremdländischen Namen, zuerst auf der Patienten-, dann auf der Mitarbeiterliste. Fede ließ ihn rätseln. Aber er meckerte nicht. Die polizeilichen Ermittlungen waren im Gange. Dennoch juckte es ihn in den Fingerspitzen, und wenn er Fede und Milagros ansah, erging es ihnen gleich. Bis hierher hatten sie alle Hebel in Bewegung gesetzt, um Carlo Anderegg zu helfen und ihn von dem Verdacht, mit den Reichenbachmorden etwas zu tun zu haben, zu befreien.

»Hast du's gesehen?« Fede riss Max aus den Gedanken.

»Ich glaube, ja. Auf den beiden Listen existiert einmal ein und derselbe Nachname.«

»Maximilian, bitte, lass die Katze aus dem Sack.« Milagros hatte sich von ihrem Platz erhoben und kam um den Tisch herum an Max' Seite. »Um wen geht's?«

Max deutete mit seinen Zeigefingern auf die beiden identischen Namen.

»Das ist Zufall«, war Milagros überzeugt.

»Nein«, sagte Fede. »Der Kreis schließt sich. Jetzt müssen wir nur herausfinden, wo er sich zurzeit aufhält, der Rest wird sich ergeben.«

»Aber das ergibt doch keinen Sinn.« Wieder Milagros.

»Doch, doch.« Fede streckte ihren Rücken. »Es gibt ein Licht am Horizont, und alles, was bislang geschehen ist, bekommt eine Bedeutung. Wir müssen noch einmal ins Sanatorium.«

***

Fede konnte sich nicht erklären, weshalb das Santa Madre heute in einem noch düstereren Licht erschien als die Tage zuvor. Trotz des schönen Wetters strahlten die Fassaden unheilvolles Dunkel ab. Das Haupttor wirkte bedrohlich, und der Name Massimo Caprici über dem Bogen stach wie eine Provokation hervor.

Die Sinne mussten ihr einen Streich spielen, oder das Wissen darum, bald schon in die Arme des Täters zu laufen, erzeugte etwas Beängstigendes in ihr. Max hatte sie begleiten wollen, doch Fede hatte abgewinkt. Mittlerweile kannte sie sich im Sanatorium recht gut aus. Sie drückte die Klingel, die den Klang einer Sirene hatte.

Die Tür ging einen Spaltbreit auf, und der Hausmeister erschien. »Sind Sie angemeldet?«

Kein »Guten Tag«, kein Lächeln, eine grimmige Visage. Er kam ihr vor wie die Inkarnation des Satans. Fede erinnerte sich an einen schlecht gelaunten Mann um die sechzig, dem sie immer ausgewichen war. Seine Aufgabe bestand darin, im Sanatorium nach dem Rechten zu sehen, die Reinigungsequipe zu kontrollieren und den Garten auf Vordermann zu bringen, was er sichtbar vernachlässigte.

»Ich bin Fede, kennen Sie mich nicht mehr?«

Der Hausmeister glotzte sie an. »Was wollen Sie?«

»Ich würde gern Frau Dr. Borsody sprechen.«

»Die ist nicht da.«

Jemand öffnete jetzt die Tür ganz. »Lassen Sie es gut sein und gehen Sie an Ihre Arbeit.«

»Dr. Papadopoulos.« Fede hatte nie direkten Kontakt zu ihm gehabt und ihn nur sporadisch gesehen, den immer freundlichen Psychiater, dem die Güte ins Gesicht geschrieben stand. Er war der Mann in Fontanas Schatten gewesen, die zweite Besetzung. Zurückhaltend und korrekt, so stellte sie ihn sich vor. »Ist Frau Dr. Borsody nicht im Haus? Ich müsste sie dringend sprechen.«

Papadopoulos hielt die Tür einladend auf und strich sich über seine schwarz glänzenden Haare, die er am Hinterkopf zu einem Knoten zusammengebunden hatte. »Treten Sie ein. In der Zwischenzeit habe ich erfahren, wer Sie sind. Johanna hat mir von Ihnen erzählt. Sie haben unsere Leute mit Ihrer Dreistigkeit schön zum Narren gehalten.« Kein böses Wort, ein verschmitztes Grinsen. »Johanna therapiert einen unserer Patienten. Sie möchte nicht gestört werden. Aber vielleicht kann ich Ihnen helfen. Man sagte mir, Sie seien Detektivin.«

Fede blieb neben dem Eingang stehen. »Es geht um Shanice. Ich gehe davon aus, sie ist nicht wieder aufgetaucht.«

Papadopoulos schüttelte mit zusammengekniffenem Mund den Kopf.

»Sie haben keine Ahnung, wo sie sein könnte?«

»Doch, mittlerweile wissen wir es. Wir haben eine Postanschrift von ihr, wo unser Buchhalter jeweils die Rechnungen hinschickt.«

Fede hatte mit Papadopoulos' Redseligkeit nicht gerechnet und zuallerletzt mit dem Ausplaudern von internen Angelegenheiten.

»Dürfte ich die Adresse sehen?« Fede wollte nicht zugeben, dass sie diese längst bei sich hatte.
»Selbstverständlich.«
Wohl war Fede nicht. Gut möglich, dass sich hinter dem lächelnden Gesicht die perfide Absicht versteckte, sie in eine Falle laufen zu lassen. Wem durfte sie trauen? Wo war Vorsicht vonnöten?
»Ich werde sie holen. Warten Sie solange auf mich.« Papadopoulos verschwand in Richtung Treppe.
Fede lehnte sich an die Mauer neben der Tür. Sprungbereit für eine Flucht, sollte Papadopoulos mit einem Pfleger zurückkommen.
Aus dem hinteren Teil des Erdgeschosses erklang Musik. Um diese Zeit fand die Bewegungstherapie statt, wo sich fast ausnahmslos alle Patienten versammelten. Jemand trat aus dem Speisesaal. Fede erkannte in ihr eine der Reinigungsfrauen.
Papadopoulos kam mit einem A4-Blatt zurück. »Ich habe die Adresse ausgedruckt.« Er überreichte Fede das Papier. »Seltsamerweise hat sich die Polizei nicht danach erkundigt.«
»Sie ist bereits im Besitz der Personal- und Patientenliste.«
»Ah ja ...«
»Noch eine Frage, bevor Sie mich los sind.« Fede wartete auf keine Erwiderung. »Die Arbeitszeit Ihrer Mitarbeiter wird doch registriert. Könnten Sie mir davon einen Auszug geben?«
Papadopoulos sah auf seine Armbanduhr. »Ich muss leider los, da ich in zwei Minuten mit einer Therapie beginne. Lassen Sie mir Ihre Visitenkarte hier. Ich werde Ihnen die Liste per E-Mail schicken.« Er machte eine Kunstpause. »Für welchen Zeitraum müssten Sie diese haben?«
»Ab dem 26. April in diesem Jahr bis jetzt.«

***

Max war mit Milagros unterwegs ins Rosenlauital. Vor einer Viertelstunde hatte er eine Nachricht von Fede erhalten, die ihn sowohl erschreckt als auch überrascht hatte, und er war sofort losgefahren. Nun galt es, keine Zeit zu verlieren.

»Klärst du mich endlich auf, warum ich halb angezogen in deinem Wagen sitze und warum du wie ein Henker fährst?« Demonstrativ hielt sich Milagros am Sitz fest.

Sie hatte unbedingt mitfahren wollen, auf ihre Bemerkung ging Max nicht ein. Wie üblich übertrieb sie.

Milagros knöpfte die ärmellose Bluse zu, die sie über einer klassischen Hose trug. »Was ist los?«

»Fede verfolgt eine Spur. Sie hat endlich herausgefunden, wo sich Shanice aufhalten könnte.«

»Shanice?«

»Die Patientin, die aus dem Sanatorium verschwunden ist, die Frau mit dem Dracula-Gebiss.«

»Ja, natürlich … mein Gedächtnis zu so früher Stunde ist nicht mehr, was es mal gewesen ist. Und die haust wirklich im Rosenlauital?«

»Ihre Postadresse befindet sich dort. Es heißt noch lange nicht, dass wir Shanice auch dort antreffen werden. Aber zumindest erfahren wir, wer ihr Geldgeber ist.« Max hoffte, Milagros bohrte nicht weiter. Aber sie war damit beschäftigt, sich zu schminken und ihre Haare zu richten.

Max' Befürchtungen, die Polizei beim Restaurant Kaltenbrunnen anzutreffen, erwiesen sich als nicht begründet. Möglicherweise folgte sie einer anderen Spur. Ob Max nachhinkte oder voraus war, wusste er nicht. Er erreichte die Stelle, wo eine Brücke den schnurgerade dahinfließenden Reichenbach überquerte, und gelangte auf die Ebene mit den verstreuten Häusern, bevor die Scheideggstraße im Wald des Rufenhubels verschwand. »Gschwandtenmad«. Nach der Bushaltestelle verließ Max die Hauptstraße und fuhr auf einen Seitenweg, der Richtung Rufenengässli führte. Von Weitem sah er Fedes Mini im Schatten einer Tannengruppe stehen. Max fuhr darauf zu, hielt an und stieg aus. Fede lehnte an der Karosserie und beschäftigte sich mit ihrem Smartphone.

Sie sah auf. »Ich habe gerade eine Liste von den Arbeitszeiten im Sanatorium bekommen. Papadopoulos hat sie geschickt. Es scheint, als hätten wir ihn auf unserer Seite.« Fede hielt Max ihr Smartphone vor die Augen. »Hier, kannst du das lesen?«
»26. April.«
»Merke dir die Namen, und hier am 28. April.« Fede scrollte die Liste auf dem Display nach oben. »15. Juni und ... das kann kein Zufall mehr sein, am 19. Juni, an allen vier Todestagen der Opfer von den Reichenbachfällen hatte diese Person hier«, Fede tippte auf einen Nachnamen, »ihren freien Tag. Arkasson. Shanice heißt mit ledigem Namen auch Arkasson. Bei diesem Typ werden wir jetzt einen Besuch abstatten.«
»Dein Verdacht hat sich also erhärtet.« Max wusste nicht, ob er sich mit dieser Tatsache zufriedengeben wollte. Die Gefahr war noch nicht vorüber. Im Gegenteil, sie zeichnete sich plötzlich als sehr akut ab.
»Papadopoulos schreibt, niemand von den Mitarbeitern habe gewusst, dass Shanice einen Bruder hat. Lediglich Fontana sei davon ausgegangen. Zu sehen bekommen habe er den Mann aber nie. Er galt als verschollen.«
»Verdammt«, entfuhr es Max. »Du warst ihm so nah.«
»Genau, ich bin mir sicher, er war es, der mich im Garten niedergeschlagen hatte. Er musste herausgefunden haben, dass ich herumschnüffle. Wenn er aus demselben Holz geschnitzt ist wie Shanice, ist er nicht dumm. Bloß seine Körpermaße lassen den Verwandtschaftsgrad nicht gerade zu. Shanice ist die Zierliche, er ein Koloss.« Fede steckte das Smartphone in ihre Hosentasche. »Komm, gehen wir zum Haus.«
Max hielt sie zurück. »Was könnte sein Motiv gewesen sein?« Obwohl Max es vermutete, wollte er es nicht wahrhaben. Nur zögerlich folgte er Fede, die ihren Gang fortsetzte.
»Das werden wir herausfinden.«
Das Haus, eine Art Alphütte, die Mauern aus klobigen Steinen, die Wände aus Holz, die in ein Schrägdach mündeten. Klein und verwittert. Von der Straße aus kaum ersichtlich, der perfekte

Ort, um sich zu verstecken, weil man hier niemanden vermutete, außer vielleicht einen Schafhirten.

Bei der Tür angekommen, suchte Max vergeblich nach einem Namensschild, was ihn verwunderte. Die Post wurde wissentlich nur dorthin gebracht, wo ein Adressat ersichtlich war. Max sah auf einen Briefkasten am Wegesrand. Dort musste der Name stehen. Er ging zurück und vergewisserte sich. »S. und B. Arkasson«. Kein Zweifel. Sie waren am Ziel.

Fede klopfte, und Max erreichte die Tür. »Hätten wir der Patienten- und Mitarbeiterliste bloß eher Beachtung geschenkt.«

»Das perfekte Verbrechen.« Fede polterte mit der Faust aufs Türblatt. Nichts rührte sich. Fede drückte den Türgriff nach unten, die Tür gab nach. »Scheint doch jemand zu Hause zu sein.«

»Du kannst da nicht einfach rein.« Max stellte sich ihr in den Weg. »Das ist Hausfriedensbruch. Man kann uns anzeigen.«

Fede ging nicht auf den Vorwand ein. Mit einem Bein stand sie bereits im Haus. »Hallo, ist jemand da?«

Keine Antwort. Max folgte Fede in eine Stube, die gleich hinter dem Eingang lag. Das warme Licht des Tages leuchtete die Winkel aus. Neben der Stube gab es zwei Türen. Max klopfte und stieß darauf die eine Tür auf. Er landete in einem Schlafzimmer, welches mit braunen Vorhängen abgedunkelt war.

Max machte auf dem Bett einen Körper aus.

»Shanice!« Es war Fede, die auf das Bett zustürzte. Sie griff an den Hals der Frau. »Sie hat noch Puls. Die Ambulanz muss her. Sofort. Sie ist nahe daran zu dehydrieren.«

Max hatte keine Ahnung, woran Fede dies erkannte. Er holte sein Handy hervor, Fede riss es ihm aus der Hand und wählte die 144.

Max vergewisserte sich, ob Shanice ansprechbar war. Er sah auf sie hinunter. Ihr Anblick graute ihm. Es war, als läge ein Skelett da, ein bis auf die Knochen abgemagerter Frauenkörper, lange strähnige Haare. Das hellblaue Kleid, in welchem sie fast verschwand, sorgte für wenig mehr Volumen und verfälschte die traurige Realität.

Max legte ihr widerwillig die Hand auf den rechten Arm. »Shanice, hören Sie mich?«

Unerwartet schlug sie die Augen auf. »Wer sind denn Sie?« Im Geist war sie wach, das verrieten ihre Augen.

»Ich bin Max.« Er zeigte auf Fede. »Das ist Federica, die Sie aus dem Sanatorium kennen.«

»Auch so eine Bekloppte wie ich?« Shanice versuchte zu lächeln. »Willst du mich ins Santa Madre zurückbringen?«

»Kannst du aufstehen?« Max blieb beim Du.

»Aufsetzen geht.« Shanice drehte sich auf die rechte Seite und kam langsam zum Sitzen. Sie verzog ihren Mund, was bewies, wie sehr es sie anstrengte und schmerzte.

»Warum bist du aus dem Sanatorium weggegangen? Ich habe dir doch gesagt, ich würde dir helfen.« Fede wandte sich an Shanice, während sie Max das Handy zurückgab. »Sie werden bald da sein«, sagte sie, dass nur Max es hörte.

»Ich fürchtete mich vor Fontanas Therapie.«

»Wer schaut zu dir?« Max kniete auf Augenhöhe mit Shanice.

»Mein Bruder, das heißt, mein Halbbruder. Wir hatten denselben Vater.«

»Und wo ist dein Bruder jetzt?«

»Keine Ahnung. Er sagte, er müsse noch etwas erledigen.«

Fede setzte sich aufs Bett. Sie legte Shanice den Arm um die Schultern. »Bist du sicher, er hat nicht gesagt, wo er hingeht? Denk nach, Shanice.«

Jemanden umbringen? Max war nicht wohl bei dem Gedanken. Er sah auf die Kommode neben dem Bett und entdeckte eine Zahnprothese. Er machte Fede darauf aufmerksam. »Ist sie das?«

Fede sah hin. »Ja ... siehst du die Blutspuren?«

Max griff danach. Wie hatte Dr. Blösch gesagt? Eine Überkronung? Max drehte das Gebiss, entdeckte Blut oder rote Farbe, mit Lack übermalt. »Das ist Theaterblut.«

Shanice folgte seiner Handlung. »Ich bin Graf Dracula. Bei

der Halloweenparty war ich ein echter Hingucker.« Sie lächelte ein wenig.

Max ließ es dabei bewenden. »Wo ist dein Bruder?« Er war sich sicher, Shanice wusste es.

»Lass mich überlegen. Er hat jetzt eine Woche Ferien. Er ist mir keine Rechenschaft schuldig. Ich bin froh, lässt er mich in Ruhe ... alle lassen mich in Ruhe. Ich will nicht mehr. Ich weiß, dass ich sterben werde. Irgendwann wird die Schleimhaut in der Speiseröhre wegen des vielen Erbrechens reißen. Dr. Udrisold hat mich davor gewarnt.« Das Lächeln war verschwunden, hatte einer tieftraurigen Miene Platz gemacht.

»Du wirst nicht sterben.« Fede jetzt, überzeugt. »Ich nehme die Verantwortung auf mich, dass man dich in einer Klinik unterbringt, in der man dich weder misshandelt noch dich für Experimente missbraucht. Du wirst wieder gesund. Ich verspreche, alle Hebel in Bewegung zu setzen, damit es dir bald besser geht. Wo ist dein Bruder?«

»Du checkst es nicht ... Warum suchst du meinen Bruder?«

»Weil wir davon ausgehen müssen, dass er fünf Menschen auf dem Gewissen hat.«

»Baldur?« Shanices Entsetzen war nicht gespielt.

Max nickte. Er hatte den Pfleger nur einmal gesehen, als er und Milagros im Sanatorium nach Fede gesucht hatten. Da war er ihnen über den Weg gelaufen. Ein freundlicher Mann, den man leicht mit einem Sumoringer hätte vergleichen können. Massig und groß. Aus seinen Augen hatte Güte gesprochen. Ein Menschenfreund, der mit den Patienten umging, als wären sie alle seine Brüder und Schwestern. Er musste die Missstände gekannt und Fontana auf die Finger geschaut haben. Die Frage blieb, weshalb er Shanice nicht einfach aus dem Sanatorium geholt hatte und mit ihr weggezogen war. Oder warum er nicht Anzeige erstattet hatte. Hatte er es sich zur Aufgabe gemacht, das Personal, welches Fontanas Heilmethoden tatkräftig unterstützte, zu eliminieren? Es gab keine andere Erklärung.

Und es war die einzig plausible.

Max hatte Mühe bekundet, als Fede mit dieser These bei ihm auftauchte. Die Überzeugung, Baldur Arkasson könnte hinter dem Drama stecken, musste in ihr schnell gereift sein zu dem Zeitpunkt, als sie die Patientenliste mit der Liste der Mitarbeiter verglichen hatte.

Max' Handy klingelte. Es war Milagros. Er fuhr über den Touchscreen und meldete sich.

»Maximilian!« Sie war außer Atem. »Da fährt wer über den Weg zur Hütte. Und wenn ich ihn mir so ansehe, ist er ein wirklicher Brocken. Ich glaube, ich habe ihn schon im Sanatorium gesehen. Nehmt euch in Acht. Vielleicht ist er der, den ihr sucht.«

»Wo befindest du dich?« Max kannte seine Mutter. Obwohl er ihr geraten hatte, im Auto auf ihn zu warten, traute er ihr zu, dass sie den Wagen längst verlassen hatte.

»Ich stehe im Schatten eines Baumes. Der Fahrer hat kurz angehalten und sich vergewissert, dass niemand im Auto sitzt. Auch in Federicas Wagen hat er gesehen ...«

Nicht gut. Die beiden Autos verrieten ihre Anwesenheit.

»Danke.« Max drückte seine Mutter weg und wandte sich an Fede. »Wir bekommen Besuch.«

Sie sah überrascht auf. »Baldur?«

»So, wie ihn Milagros beschrieben hat, müsste er es sein.« Nicht das, was Max sich vorgestellt hatte. Er hoffte, die Ambulanz möge bald hier sein und ihn von einer Konfrontation mit dem Pfleger abhalten und ihn vor allem von heiklen Fragen verschonen. Und er hatte Angst. Angst vor einem unberechenbaren Mörder. Angst vor dem Wolf im Schafspelz. Vielleicht hatte Baldur mehr als fünf Menschen auf dem Gewissen. Wer wusste denn, welche Dämonen sich in ihm verbargen und zu was er sich auserkoren fühlte.

»Versteck dich, ich werde mit ihm sprechen.« Fede erhob sich, selbstsicher wie eh und je. Unbekümmert, dachte Max.

»Was habt ihr gegen Baldur? Er kann niemandem ein Haar krümmen.« Shanice versuchte, auf die Beine zu kommen.

»Ich glaube dir, Shanice«, sagte Fede.

Max schätzte ab, wohin er in diesem kleinen Haus gehen konnte, ohne von Baldur bemerkt zu werden. In der Stube mit der angrenzenden Kochnische war es unmöglich, sich zu verkriechen. In den Kleiderschrank? Es blieb nur diese Möglichkeit. Kaum hatte er dessen Tür geöffnet, vernahm er Baldurs schwere Schritte. Er drückte die Kleiderbügel beiseite und schlüpfte in ein rauschendes Stoffmeer, eine Sammlung schöner Gewänder, die Shanice in ihrer besten Zeit getragen haben musste. Das dezente Fluidum eines Parfüms streifte seine Nase. Doch bereits hörte er Baldurs Stimme.

VIERUNDZWANZIG

Fede sah direkt in sein breitflächiges Gesicht. In den Hamsterwangen verschwand ein kleiner Mund.
»Ach, Federica, was für eine Überraschung.« Baldur näherte sich der Tür zum Zimmer. »Gehören Ihnen die beiden Autos vor dem Haus?« Er blieb beim höflichen Sie, als könnte er damit seine mutmaßlichen Taten ungeschehen machen.
»Hallo, Baldur.« Die beiden Autos. Verflixt! Warum hatte ihnen dies entgehen können? Fede überlegte blitzschnell. »Ich bin mit meinem Mini hergefahren.«
»Ein Nidwaldner Nummernschild ... der Mustang hat ein ähnliches ... NW.«
»Keine Ahnung, wem der gehört«, flunkerte sie. »Als ich ankam, stand der schon da. Ich habe mich auch gewundert. Muss ein Wandervogel sein, der die Frechheit hatte, seinen Wagen bei Ihnen zu parken. Die kennen wohl nichts, diese Leute.« Fede redete, um des Redens willen. Sie spürte eine latente Furcht. Baldur. Er hätte sie ohne Weiteres zwischen seinen Händen zerdrücken können. Er stand unter dem Türrahmen und versperrte ihr den einzigen Fluchtweg. Max hatte sich im Schrank verkrochen. War besser so. Ob er ihr zu Hilfe kam, wenn es brenzlig für sie wurde?
»Warum sind Sie hier?« Baldur kam näher, mit diesem wiegenden Gang. Seine Schultern kippten zur Seite, sein Kopf schaukelte ein wenig.
»Ich habe mir Sorgen um ...«, fast hätte Fede »Ihre Schwester« gesagt, »um Shanice gemacht.«
»Wie sind Sie an unsere Adresse gekommen?«
Er schien ihr überlegt und wachsam. Er musste auch bei den Taten nichts dem Zufall überlassen haben.
»Ich hatte im Sanatorium danach gefragt. Sie wurde mir ausgehändigt.«

Ob er ihr diese Antwort abnahm? Hatte er zudem mitbekommen, dass sie eine Detektivin war?

»Hören Sie, Baldur.« Fede fasste sich ein Herz. Die Flucht nach vorn. »Die Ambulanz wird hier bald eintreffen und Shanice ins Krankenhaus bringen. Wenn sie noch länger hier liegen bleibt, wird sie sterben, das wissen Sie.«

»Auf keinen Fall geht sie zurück ins Sanatorium.«

»Nein, das wird sie nicht.« Fede ging auf Shanice zu und legte ihr den Arm um die Taille. »Ich habe die Missstände im Santa Madre gesehen und Shanice versprochen, ihr zu helfen. Nun bin ich da.«

»Ich weiß, Sie sind eine Schnüfflerin.« Über Baldurs Gesicht breitete sich ein Grinsen aus, in dem keine Spur von Bösartigkeit lag. »Dann sind wir uns zumindest in diesem Punkt einig.«

»Shanice hätte alle Möglichkeiten gehabt, das Sanatorium zu meiden.« Fede war sich der heiklen Bemerkung bewusst, erwartete entsprechende Erwiderung.

Baldur wich einen Schritt zurück. Er war offensichtlich nicht auf Konfrontation aus. »Ihr Arzt hat sie immer wieder dorthin überwiesen. Ich hatte keine Handhabe, was das betrifft.«

»Seit wann arbeiten Sie im Sanatorium?« Fede musste ein vernünftiges Gespräch beginnen, ihm das Gefühl geben, auf seiner Seite zu stehen. Sie wollte den Dingen endlich auf den Grund gehen, obwohl sie vor Baldurs Unberechenbarkeit Angst hatte. Er war nicht mehr der Bedächtige, der Trost spendete, in seinen Augen hatte sich die Gutmütigkeit verflüchtigt, als hätte etwas in ihm auf Angriff gewechselt.

Sein Blick war auf einmal kalt. »Seit etwa zehn Jahren. Ich war es sogar, der Shanice am Anfang motiviert hatte, sich ins Santa Madre einweisen zu lassen. So hatte ich eine gewisse Kontrolle über sie, dachte ich …« Baldur stockte. »Mit den abartigen Heilmethoden des Dr. Fontana hatte ich nicht gerechnet.« Baldur setzte sich auf Shanices Bett. Dieses quietschte unter seinem Gewicht, die Matratze hing durch. »Bis Evelyne Sommerhalder auftauchte. Plötzlich hatte Fontana eine Komplizin, eine Psychiaterin, die seine Therapien unterstützte und sie selbst durchführte. Sie vergötterte ihren Chef, war dessen verlängerter Arm. Ich hatte in dieser Zeit eine Schlafzelle in der fünften Etage. Nachts wurde ich aus meinem Schlaf gerissen, weil die Patienten in der Isolation durchdrehten und Panikattacken hatten. Bei derer Pflege fielen mir die Blutergüsse auf, von Schlägen, die sie sich unmöglich selbst zugefügt haben konnten, auch von Einritzungen an den Armen. Die Patienten erzählten mir, wie sie gefoltert wurden. Sie nannten Namen wie Fontana, Borsody und Sommerhalder. Ich gab es an die Leitung weiter, ging sogar zum Präsidenten des Stiftungsrats. Aber wer glaubt schon psychisch kranken Menschen? Wer glaubte mir, dem tollpatschigen Riesen? Und warum hätte man mich anhören sollen, steckten doch alle unter der gleichen Decke, schlimmer, sie unterstützten den Initianten … Ich vergesse nicht, wie er sagte, die Patienten würden es sich einbilden, sie hätten Wahnvorstellungen. Ich wandte mich an Pfarrer Steger, der einmal die Woche ins Sanatorium kam, bis ich herausfand, dass er Fontanas und Sommerhalders Heilmethoden guthieß. Später zog ich Dr. Papadopoulos zurate, aber dieser nahm mich nicht ernst. Im Gegenteil: Er belächelte meine Phantasie, wie er es nannte, und riet mir, ich solle mich nicht zu sehr aus dem Fenster lehnen. Ich musste etwas dagegen tun.«

Fede schluckte leer. War das gerade ein indirektes Geständnis? Sie sagte nichts.

»Von nun an hielt ich ein Auge auf meinen Arbeitgeber. Er sympathisierte auch mit der jungen Apothekerin Constance Glatthard, stellte Rezepturen aus, und sie stellte daraus Medikamente und Tinkturen her, welche den Patienten verabreicht wurden. Antidepressiva und Aufputschmittel. Frau Glatthard hätte es in der Hand gehabt, Meldung zu erstatten. Tat sie aber nicht.« Baldur stützte seine Arme auf seinen Knien ab und verbarg das Gesicht eine Weile in seinen Händen.

Fede wusste nicht, wie sie darauf reagieren sollte. Es schien, als hätte Baldur eine Art Racheengel gespielt. Aber solange sie nicht wusste, wie er die Opfer umgebracht hatte, stand alles noch offen, auch die Frage, ob er tatsächlich der Mörder war. Indizien gab es einige, seine Zahnprothese, die Tatsache, dass er an den fünf Tagen, in denen die Opfer zu Tode gekommen waren, nicht im Sanatorium gewesen war. Aber die Beweise fehlten.

Baldur schnaubte und riss die Hände von seinem Gesicht weg. »Anjali Schläppi, die Pflegerin, war die Schlimmste von allen. Wenn sie glaubte, unbeobachtet zu sein, redete sie auf ihre Schutzbefohlenen ein, wie besessen sie seien. Per Zufall kam ich an Capricis Buch, welches er ›die Tagebücher‹ nannte. Ich fand nie Zeit, alles zu lesen. Aber das, was ich gesehen hatte, reichte aus, um zu begreifen, was im Sanatorium geschah. Glauben Sie mir, die ganze Brut, von der ich spreche, hatte sadistische Züge.«

»Warum haben Sie sich nicht an die Polizei gewandt?«

Baldur sah Fede an, als hätte er sie erst jetzt richtig wahrgenommen. »Polizei. Polizei. Was hätte die denn tun sollen?«

»Anzeige erstatten.«

»Sie wiederholen sich. Sie wissen genauso gut wie ich, wie's läuft. Mir als Pfleger würde man nicht glauben, und die Patienten, die es betrifft, haben nicht den Mut, sich zu wehren. Und bis einer Anzeige nachgegangen wird, leiden die Gepeinigten weiter.«

Fede wurde es immer mulmiger zumute. Baldur war überzeugt von dem, was er sagte. Würde er auch mit der ganzen Wahrheit herausrücken, dass er der gesuchte Mörder war? Fede sah auf die Uhr, die über Shanices Bett hing. Die Ambulanz müsste bald da sein. Im Schrank harrte Max aus. Eine seltsame Situation, in die sie sich hineinmanövriert hatte. Vor ihr saß ein Fünffachmörder, und sie als Laie versuchte, ihn in ein vernünftiges Gespräch zu verwickeln.

Es war brandgefährlich.

Max' Smartphone klingelte.

Baldur fuhr herum, vergewisserte sich, wo der Ton herkam, schoss vom Bett auf und ging zum Schrank.

***

Milagros verharrte noch immer hinter der Tanne, hinter die sie sich zurückzog, nachdem sie das Auto verlassen und mit Maximilian telefoniert hatte. Beim Haus rührte sich nichts. Sie hatte ein ungutes Gefühl. Dieser Oger, wie sie Baldur in Gedanken nannte, war vielleicht tatsächlich ein menschenfressendes Ungeheuer. Einen so kolossalen Mann hatte sie ihrer Lebtage nie gesehen.

Sie näherte sich dem Haus, das die Bezeichnung nicht verdiente. Es war alt und baufällig und ging als »bessere Hütte« gerade noch durch. Milagros duckte sich und schlich sich heran. Auf dem Weg zur Tür, die einen Spaltbreit offen stand, suchte sie fieberhaft nach einem Gegenstand, den sie als Waffe einsetzen konnte. Ihr Inneres kribbelte. Neben der Tür war ein Spaten angelehnt, wie ein Zeichen und die Aufforderung, nach ihm zu greifen. Milagros nahm ihn in beide Hände, kam sich wie eine Totengräberin vor, war auf alles gefasst. Sie stieß die Tür auf.

Das Bild, welches sich ihr bot, erschreckte sie dermaßen, dass sie den Spaten fast fallen ließ. Baldur hatte ihr den Rücken zugewandt. In seinen Armen hielt er Maximilian von hinten. Er musste ihn fest im Griff haben. Federica stand vor einer mageren Frau mittleren Alters.

Federica hatte sie entdeckt und versuchte offensichtlich, sich ihre Überraschung nicht anmerken zu lassen. Sie sprach auf den Hünen ein. »Baldur, das hat doch keinen Zweck. Bald ist die Ambulanz da. Wie wollen Sie sich aus der Situation retten?« Und mit leiser Stimme. »Es ist vorbei. Geben Sie auf, Ihrer Schwester zuliebe. Sie lieben sie doch, sonst hätten Sie sich nie zu solch einer Tat hinreißen lassen.«

Maximilian, dessen Verzweiflung Milagros bloß erahnte, röchelte infolge reduzierten Sauerstoffs. Baldur drückte ihm mit seinen Pranken die Gurgel zu. Maximilian so leiden zu sehen, aktivierte den Beschützerinstinkt und die Kampfbereitschaft einer Mutter in Milagros. Sie zögerte nicht und hob den Spaten an, schwang ihn über ihren Kopf und ließ ihn auf Baldur niedersausen.

Es gab ein hässliches Geräusch. Blut spritzte. Der Koloss ging zu Boden. Noch im Stürzen ließ er Maximilian los. Dieser kippte nach vorn und Baldur zur Seite.

Milagros holte ein weiteres Mal aus.

»Nein, nicht!« Es war Federica, die aufschrie und Milagros vor einer Dummheit bewahren wollte. »Milagros, bitte nicht. Du bringst ihn um.«

Doch Milagros sah dunkelrot. »Und wenn schon, er wollte meinen Sohn töten. Eine Ratte weniger.«

Inzwischen hatte sich Maximilian aufgerichtet, kam auf die Beine. Er fasste sich an den Hals und hastete auf Milagros zu. Im letzten Moment gelang es ihm, den Spaten zu fassen, bevor sie wiederholt gnadenlos auf Baldur eingeschlagen hätte. Milagros fühlte sich und ihre Familie bedroht.

Von weit her hörte sie ein Martinshorn, das näher kam. Dann ein zweites.

Maximilian kümmerte sich darum, dass Baldur auf dem Boden liegen blieb, während Federica die Wunde am Hinterkopf in Augenschein nahm. Shanice jammerte im Zustand des Schocks. Sie war ein Schatten ihrer selbst, unfähig, etwas zu unternehmen.

Maximilian sandte Milagros einen fragenden Blick zu. »Hast *du* die Polizei gerufen?«

»Ja, habe ich.« Sie spürte eine nie gekannte Kälte in sich.

»Mit welcher Begründung?«

»Ich habe mir Sherlock Holmes' Überlegungen zunutze gemacht. Ich habe all das ausgeschlossen, was unmöglich war, nämlich, dass Shanice«, Milagros zeigte auf die magere Frau neben dem Bett, »die Toten auf dem Gewissen hat. Dazu ist sie zu schwach. Was übrig blieb, war Baldur, ihr Blutsverwandter. In seinem Wesen steckt die Lösung.«

»Du bluffst, oder? Du hast gewusst, dass Shanice und Baldur Geschwister sind, spätestens als du die Liste angesehen hast.«

»Klar, aber mein sechster Sinn ist auch nicht zu unterschätzen.«

Wenig später betraten drei Sanitäter das Haus. Hinter ihnen

gingen zwei Polizisten in Uniform. Sie erfassten schnell die Lage und zögerten nicht.

»Hände hoch!«

Die Situation war grotesk. Milagros wusste nicht, wen die Polizisten meinten, als einer von ihnen mit der Knarre auf sie zielte. Der andere stieß mit seinem rechten Fuß den Spaten über den Boden. Einer der Sanitäter kümmerte sich um Baldur, der sein kurz verlorenes Bewusstsein wiedererlangt hatte. Der Verletzte blinzelte und begann zu weinen. »Ich werde gestehen.« Er sandte einen Blick zu seiner Schwester. »Aber retten Sie ihr Leben. Sie ist alles, was mir bleibt. Ich liebe sie.«

* * *

Es war spät geworden. Im Parkhotel Escada gingen die Lichter an. Im Speisesaal war ein runder Tisch mit fünf Sets aufgedeckt. Sandro Anderegg hatte sich eingefunden, zusammen mit seinem Bruder Carlo, der ein wenig unsicher um sich sah. Die letzten Tage hatten ihn gezeichnet. Er hatte viel von seiner Grobschlächtigkeit verloren. Wahrscheinlich würde es eine Weile dauern, bis er sich der Freiheit bewusst war. Er würde sich vor der Polizei verantworten müssen, das war klar, weil er sich vor ihr versteckt hatte. Aber mit einem guten Anwalt und einer Geldstrafe würde er bald aus dem Schneider sein.

Milagros hatte sich in typischer Manier herausgeputzt und trug seit ihrem lebensrettenden Einsatz das Kinn höher als sonst und ein geblümtes Sommerkleid, welches sie sich in Meiringen gekauft hatte. »Die Normalgrößen werden auch immer kleiner«, hatte sie zum Besten gegeben und damit ihre angegessenen Pfunde auf den Rippen verteidigt. Während sie das Gespräch anführte, saß Fede ruhig da. Ihr musste die Aktion besonders eingefahren sein.

Sie hatten den Mörder gefasst. Vor der Polizei und in ihrer Anwesenheit war er geständig gewesen, Evelyne Sommerhalder, Constance Glatthard, Anjali Schläppi, Marvin Steger und Alfons

Fontana über das Geländer in den Tod gestoßen zu haben. Max hatte bei Baldur eine Art Resignation vermutet, bevor Shanice von der Ambulanz ins Krankenhaus gebracht wurde. Ihr Leben hing an einem seidenen Faden, da hatte Fede noch so viele tröstende Worte aussprechen und Baldur auf eine baldige Genesung vertrösten können.

Er habe die »Täter« studiert, hatte Baldur gesagt, und sie, wenn es die Situation zugelassen hatte, zu den Aussichtsplattformen der Reichenbachfälle gelockt. Ihm hatte man vertraut, dem immer fröhlichen, gutmütigen Pfleger mit dem Herz am rechten Fleck, und keinen Wunsch abschlagen können. Mit Ausnahme von Constance Glatthard habe er zudem, als kleines Andenken an seine Schwester mit dem Halloweengebiss und als Zeichen seiner Tat, alle in den Hals gebissen, mit einer Zahnprothese, die er zeitgleich mit seiner Schwester beim Zahnarzt hatte herstellen lassen. Bei Fontana habe er sich gedulden müssen, bis sich dieser zusammen mit Belinda Kohler in die Rosenlauischlucht begab. Die Frage, ob Belinda Kohler in die ganze Sache eingeweiht gewesen war, hatte er nicht beantworten wollen.

Der Fall war einer der verzwicktesten ihres Trios gewesen, ging Max mit Fede einig.

»Weißt du«, fragte Fede, »warum er seine Taten mit dem Biss markiert hatte?«

Sandro Anderegg brachte sich ein. »Er hatte offensichtlich gewartet, bis man Carlo freiließ, um ihm die Schuld in die Schuhe zu schieben. So gesehen, ein cleverer Schachzug.« Er klopfte seinem Bruder neben ihm auf die Schulter. »Erinnerst du dich an den Pfleger?«

»Baldur, klar erinnere ich mich. Er half mir jeweils, die abgelaufenen Medikamente in den Camion zu verfrachten. Manchmal redeten wir miteinander.«

»Ist dir an ihm etwas aufgefallen?«, fragte Max.

»Aufgefallen nicht. Aber er sprach schon früher oft von seiner Schwester, die er vergötterte.« Carlo Anderegg stöhnte leise auf.

Max spürte so etwas wie Erleichterung. Der Fall war jetzt bei der Berner Kantonspolizei in Thun und würde dem Detektivtrio noch einiges an Zeit abverlangen.

Trotzdem ein Grund zum Feiern.

Der Küchenchef persönlich kam an den Tisch.

»Ach, Herr Rufibach.« Milagros himmelte ihn an. »Was können Sie uns denn empfehlen?«

»Heute habe ich selbst hergestellte Würste auf dem Speiseplan.«

»Die waren alle im Weltall?« Milagros lachte in die Runde. »Herr Rufibach, im Hotelprospekt steht, Sie hätten eine Wurst ins Universum geschossen. Erklären Sie uns, wie Sie es angestellt haben?«

Rufibach druckste ein wenig herum. »Diese Glanznummer ist leider verblasst, aber damals, als ich die Idee hatte, war sie *die* Sensation. Gewürzwürste herzustellen war schon immer ein Hobby von mir. Um die Konsistenz zu prüfen, wollte ich sie einer außergewöhnlichen klimatischen Situation aussetzen.« Er lachte und hinterließ den Eindruck, man dürfte seine Erzählung nicht für bare Münze nehmen. »Ich schoss die Wurst mittels eines Wetterballons, der mit Helium gefüllt war und einen Durchmesser von achtzehn Metern hatte, siebenunddreißigtausend Meter hoch in die Stratosphäre. Ich befestigte daran zwei GoPro-Kameras, damit ich den Beweis liefern konnte, die Wurst war oben angekommen. Das Bild im Hotelprospekt bezeugt es.« Rufibach lachte erneut, und Max sah sich vier erstaunten Gesichtern gegenüber. Er rief sich die Fotografie der Wurst in Erinnerung. Sie war mit einem Ring an einer Minirakete befestigt. Im Hintergrund erkannte man das weiße Wolkenband über der Erde und darüber helles Blau, welches in dunkles überging.

»Ist es dort oben nicht zu kalt für eine Wurst?« Milagros erholte sich kaum mehr. »Die ist ja schockgefrostet.«

»Sechzig Grad minus«, erläuterte Rufibach. »In zwei Stunden war sie oben, also mit einer Geschwindigkeit von fünf Metern pro Sekunde.«

»Und wie kam sie wieder runter?«, fragte Fede, die Rufibachs Geschichte mit wachsendem Misstrauen zu verfolgen schien.

»Der Ballon platzte, die Wurst kehrte an einem Fallschirm auf die Erde zurück, das heißt, sie landete nicht weit von der Startrampe entfernt. Da ich ein GPS-Gerät montiert hatte, konnte ich die Wurst orten.«

»Das ist ein Fake, oder?« Fede schüttelte ungläubig den Kopf.

»Nein, kein Fake.« Rufibach streckte seinen Bauch raus. »Es bedingte eine stabile Wetterlage. Alles andere war ein Pappenstiel.«

Milagros hob ihr Glas. »Es lebe die Wurst.« Sie drehte sich nach Max um. »Und was habt ihr als Nächstes vor?«

Fede nahm ihm die Antwort ab. »Wir werden nach Norwegen reisen, Max und ich ... aber bereits von hier mit dem Wohnmobil losfahren. Ich kann meinen Schatz nicht zwingen, sich in ein Flugzeug zu setzen.« Sie warf Sandro Anderegg einen süffisanten Blick zu. »Er war so nett und hat mir bei der Umbuchung geholfen.«

Max dachte an den Ring, den er Fede vor Jahren hatte schenken wollen. Er würde ihn auf die Reise in den Norden mitnehmen. Vielleicht ergäbe sich die Gelegenheit, seiner Traumfrau im Angesicht der Mitternachtssonne endlich einen Heiratsantrag zu machen. So gesehen konnte er sich ein »*Spend the night standing*« gut vorstellen.

Anmerkung und Dank

Im Februar 2022 durfte ich anlässlich eines Genussabends im »Zwirgi« in Schattenhalb eine Lesung inszenieren und eine Nacht in diesem außergewöhnlichen Gasthaus verbringen. Das Rosenlauital steckt voller Geschichten. Für mich war schnell klar, dass ich einen Krimi dort ansiedeln würde. Aus der Beschaulichkeit in diesem Teil des Berner Oberlands sind Skizzen entstanden, Phantasien und letztendlich der Kriminalroman, den Sie, liebe Leserin, lieber Leser, in den Händen halten.

Wie immer stecken viele gute Geister hinter einem Projekt wie diesem. Auf meiner Recherche haben mich liebe Menschen begleitet, die ich hier speziell erwähnen möchte.

Ich danke Gesa und Jean-Claude Grand, Gasthaus Zwirgi, herzlich für die Gastfreundschaft. Sie sind es, die mich für diesen Krimi motiviert haben.

Danke der Buchhandlung Jenny und Banholzer AG in Meiringen für die Anfrage einer Lesung, welche den Stein erst ins Rollen gebracht hat.

Danke Dr. Herbert Annen für die letzten Korrekturen, was den medizinischen und psychiatrischen Bereich in diesem Buch betrifft. Sollte es noch immer Ungereimtheiten geben, übernehme ich die volle Verantwortung.

Danke Basil Schmid, renommierter Koch von Beruf, für die witzige Geschichte mit der Wurst im All. Diese hat sich in dessen Regie tatsächlich so zugetragen.

Danke meiner Lektorin Irène Kost für die immer gute und geduldige Zusammenarbeit.

Danke dem Emons Verlag und seinem Team. Ich fühle mich überaus wohl bei ihm.

Und – eigentlich müsste es am Anfang stehen: ein herzliches Danke an meine treuen Leserinnen und Leser. Allein die Vorstellung, Sie mit meinen Krimis zu unterhalten, macht mich glücklich.

Mit wenigen Ausnahmen sind die Örtlichkeiten rund um Meiringen, Schattenhalb, Rosenlaui und Interlaken authentisch. Der Inhalt ist selbstverständlich frei erfunden, ebenso das Sanatorium Santa Madre, welches in beschriebener Form auch unter anderem Namen nicht existiert.

Die Erfolgsserie der Bestsellerautorin Silvia Götschi
Alle Titel sind auch als eBook erhältlich.

Allegra-Cadisch-Reihe:

Jakobshorn
ISBN 978-3-95451-260-7

Mattawald
ISBN 978-3-95451-482-3

Bärentritt
ISBN 978-3-95451-777-0

Valérie-Lehmann-Reihe:

Herrengasse
ISBN 978-3-95451-713-8

Klausjäger
ISBN 978-3-95451-988-0

Muotathal
ISBN 978-3-7408-0053-6

Einsiedeln
ISBN 978-3-7408-0318-6

Itlimoos
ISBN 978-3-7408-0509-8

www.emons-verlag.de

Lauerzersee
ISBN 978-3-7408-0784-9

Etzelpass
ISBN 978-3-7408-1262-1

Kaltbad
ISBN 978-3-7408-1263-8

Max-von-Wirth-Reihe:

Bürgenstock
ISBN 978-3-7408-0413-8

Engelberg
ISBN 978-3-7408-0625-5

Interlaken
ISBN 978-3-7408-0929-4

Davosblues
ISBN 978-3-7408-1119-8

Tod an der Goldküste
ISBN 978-3-7408-1407-6

Weitere Kriminalromane:

Der Teufel von Uri
ISBN 978-3-7408-0179-3

www.emons-verlag.de

111-Orte-Reihe:

**111 Orte im Kanton Schwyz,
die man gesehen haben muss**
ISBN 978-3-7408-0116-8

**111 Orte in Nidwalden,
die man gesehen haben muss**
ISBN 978-3-7408-0566-1

www.emons-verlag.de